夜行堂《やこうどう》奇譚《きたん》

伍

嗣人
TUGU
HITO

産業編集センター

『夜行堂奇譚 伍』人物

桜 千早
Sakura Chihaya
隻腕の見鬼。
夜行堂の使い走り。
大野木宅に居候。

夜行堂店主
Yakohdou Tensyu
骨董屋
「夜行堂」店主。
正体の知れない
存在。

大野木龍臣
Ohnogi Tatuomi
県庁生活安全課
勤務。
オカルト嫌い。
筋トレに励む。

柊
Hiragi
桜千早の元姉弟子。
酒精をこよなく愛する。
葛葉
Kuzuha
帯刀家に仕える
使用人。
菩薩のように
優しい。
帯刀
Tatewaki
帯刀家当主。
管理する山から
下りられない。

遠野恭也
Tohno Kyouya
鷹元楸のクラスメイト。
明るく社交的で気配りの
できるヒーロー的存在。
木山千景
Kiyama Chikage
帯刀の元弟子。
魂の色に
取り憑かれた老人。
鷹元 楸
Takamoto Hisagi
純粋無垢で、
天使のような印象を
与える女子高生。

口絵：げみ

夜行堂奇譚　伍

目次

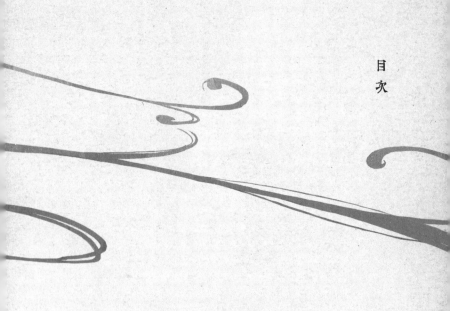

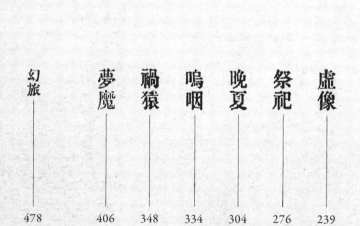

序

座敷に敷かれた豪奢な布団に、一人の老人が横たわっていた。

幾つもの呪詛によって全身はくまなく侵され、内臓のほとんどは既に機能していない。文字通りに身を引き裂く痛みが間断なく襲いかかるが、唸り声一つあげることはなかった。

座敷にはもう一つの人影がある。彼岸花をあしらった着物に身を包んだ美しい女が、傍らで静かに病床の老人を看ている。

その瞳は金色に輝き、ちょうど開け放った縁側の向こうに見える夜空の月のようだった。彼女の表情は穏やかで、まるで幼子を寝かしつけるような慈愛に満ちている。

「……葛葉《くずは》」

かすれた吐息が辛うじて言葉となったような声に、彼女は静かに頷く。もう随分前から、意識が途切れ途切れになっていた。

「此処《ここ》におりますよ」

そっと口を寄せて耳元で囁く。

間もなく、この老人は死ぬ。その全てを彼女は見てきた。父親を亡くし、幼くして当主となった時から傍を離れず、今日この日までの人生を静かに見届けてきたのだ。

それは彼女にとって、ほんの瞬きほどの時間ではあったが、閃光のように強く眩しいものだった。しかし、この老人からすれば後悔ばかりの人生だったろう。

「葬儀には、あの子らを招かぬよう。舞い戻り囚われては元も子も、ない。見届け人には、大野木《おおのぎ》君が適任だろう。彼ならば、まず囚われることもあるまい」

「はい。実直な方ですから」

ふふ、と静かに微笑んで老人は視線を天井へ向ける。死相の浮かんだ顔は痩せこけて、かつての面影は殆ど残っていなかったが、鳶色《とびいろ》の瞳だけは幼い頃と何も変わっていなかった。

あの日、父を異形の奉公人たちに喰われて途方に暮れていた幼子を助けたのは、彼女の気まぐれ以外の何物でもない。ただ、この美しい瞳が欲しいと思った。それだけのことだ。

老人は自身の死が近いのを悟っていた。全身から活力が少しずつなくなっていくのを感じる。身体のあちこちに微細な傷が走っていて、そこから命とでも言うべき何かが少しずつ漏れ出ている。身体が死ぬ準備をしている。実際、もう幾らかは既に死んでいると言っていい。

己の身体を蝕む呪詛は、外ならぬ己の血にかけられていた。逃れる術はない。

山の神との契約を反故《ほご》にした代償。約束された繁栄を捨て去れば、災禍が襲ってくることは当然の道理である。祝福と呪詛は表裏一体。同じモノの別側面にしか過ぎないのだから。一族の血脈は死に絶えた。残るは当主、只一人となった。これで、この御山も他の山の如くになる。初めから人の身に余る務めであったのだ。

誓約を交わした初代の当主が抱いていたのはささやかなものだったのだろう。取るに足らぬ小さな願いが、この一族の始まりだったに違いない。子どもが、家族が、一族が飢えることのないように願ったのだ。

だが、次第に請う願いは大きく、与えられる祝福も比例して大きくなっていった。やがて生じた小さな歪みは時を経て大きくなり、ついには人の手に余るようになる。それでも一度手に入れた繁栄を手放すことはできないのが、人の業というものだ。

老人は、その幕引きをしなければならなかった我が身を呪ったことはない。死して尚、御山に魂を縛られる者が自分の後に続かないというのなら、これほど満足なことはなかった。

「辛くはございませんか？」

「……葛葉、お前は好きなように生きなさい。もう私に囚われる必要など、ないのだから」

老人が末期の息を吐いたなら、彼女や屋敷に縛っている式との主従契約は終わる。残った遺体も葬儀の際に食べ尽されるだろう。葛葉に比べれば、手元に残った式《しき》はどれも劣る。長年、帯刀《たてわき》の家に仕えてきた強力な式は全て娘に奪われてしまったが、それも初めから分かっていたことだ。

「柊《ひいらぎ》に仕えても、良かったのだぞ」

主人の言葉に、彼女は苦笑しながら首を横に振った。

「お断り致します。血の繋がりはなくとも、あれは娘のようなものですから」

「ふふ、そうか。そうだな。あれは、娘だ」

血が繋がらずとも、親愛の情は湧くものだ。

「柊には何も託さないおつもりですか」

確かめるような問いに老人は力なく微笑んで、首を縦に振れない代わりに一度だけゆっくりと瞬きをしてみせた。

「仙《せん》となる娘の裾を、掴むような真似は、したくないのだ」

「しかし、桜《さくら》様には後始末を頼んだのでは？」

その問いに大きく息を吸い、そうだ、と告げる。

「千早《ちはや》でなくては、ならない。柊では敵わぬ。人の理《ことわり》の中にいる者にしか、斃《たお》すことのできない者が存在する。千景《ちかげ》の遺したアレは、そういう類《たぐい》のものだ」

老人の息が浅く、短くなったのを彼女は感じ取った。痩せ細って骨の浮いた手を取り、柔らかく握る。そうして額を愛おしげに撫でた。

「さぁ、もうお話も充分でございましょう。心残りがあるのなら、わたくしに聞かせてくださいまし。どのような話でも構いません」

「ふ、ふ。心残り、ばかりだ。俺の人生など、はな」

老人の瞼《まぶた》が少しずつ閉じていく。意識が朦朧としていくにつれて、身体を蝕んでいた痛みは和らいでいった。脳裏を過ぎるのは、かつての日々だ。後悔と罪の意識に苛《さいな》まれた人生が走馬燈となって駆け巡っていく。それでも、輝くような日々は確かに在ったのだ。

「葛、葉」

「はい。此処に」

「今まで、世話になった」

「滅相もありません」

「少し、眠る」

「はい」

「子どもたちを、頼む」

「ええ、きっと見届けましょう」

老人が静かに瞼を閉じる。今際の際に、脳裏を過ぎった感情が涙となって頬を濡らした。

「――……千景。俺は、」

言葉が途切れる。

最期に大きく息を吸って、長くか細い息を吐き切ると、そのまま心臓の鼓動が止まり、脈が尽きた。

畳の上に女の涙が一粒、二粒と落ちて丸い染みとなる。金色の瞳を閉じて、老人の両手をそっと重ね合わせた。

「おやすみなさい、燈《あかり》」

幼い頃にそうしていたように、額に優しく口づけをする。

悪夢を見て眠れないと泣きじゃくった夜、母が恋しいと泣いて起きた朝。当主という責務から解放された老人は、ようやくただ一人の人間に戻ることができた。

開け放った縁側の向こうに見える桃や桜の花が風に巻かれて、一斉にその花弁を落とした。

一陣の風に舞って遠く、彼方の山へと夜空を渡っていく。

その様子を女は、何処《どこ》か清々しい気持ちで眺めた。

青い月明かりが目に眩いほど、煌々と輝いていた。

朧霧

鍵を開けて部屋に入り、とにかく換気をしようと居間の窓を開け放った。熱風でも無風よりは幾分かマシだ。ついでに傍らの扇風機を足で点ける。

窓の外へ視線を投げると、道路の向こうの公園からけたたましく鳴く蝉の声が聞こえてくる。夏の日射しを浴びたグラウンドが白く浮かび上がるように見えた。何処かで工事をしているのか、パイルバンカーが硬い地盤を砕いていく音が規則的に響いている。

旧式の扇風機が痙攣するように首をがたつかせながら、左右へ生温い風を送る度に、この部屋の不快指数が上がっていくような気がした。

畳の上に散らばった新聞や広告チラシ、督促状に目をやりながら、ともかく荷物を畳の上に下ろす。エアコンのリモコンを探したが、どうしても見つけることができないので諦めた。

長居するつもりはなかったが、この暑さでは頭が朦朧とする。首にかけたタオルで額の汗を拭いながら、棚や机の中を物色していく。

「大丈夫ですか？」

「ええ。大丈夫です」

入り口の方から声をかけてきた大家に返事をしながら、鍵は後で持っていきます、と伝えた。あの大家もこのまま家賃が支払われないのではないかと気が気ではなかっただろう。

部屋中をくまなく探してみたが、やはり手がかりになりそうなものは何一つ見つけることができなかった。しかし、妙に気になったのは登山靴が数足見つかったことだ。どれもボロボロになるほど使い込まれている。

玄関で靴の底を眺めていると、扇子で顔を仰ぎながら大家が顔を覗かせた。もう戻ったと思っていたので、思わず悲鳴をあげそうになる。

「それにしてもお兄さんによく似ていらっしゃる。よく言われるでしょう」

そうですね、と相槌を打ちながら玄関の戸棚の方も探すと、ここからも履き潰した靴が幾つか出てきた。泥汚れが酷く、いったい何処を歩けばこんな状態になるのか不思議になるほどだ。

「自分が兄と連絡が取れなくなったのは今年の三月のことです。でも、六月までは家賃が支払われていたんですよね」

「確かにそうですけど、うちは家賃も共益費も引き落としですからね。今月に引き落としをさせて貰う際に、銀行から残高不足だと言われたんですよ」

それで非常用の連絡先に電話をかけたのか。実家ではなく、弟の番号を書いている辺りがいかにも兄貴らしい。

「兄を最後に見たのはいつですか」

「さぁ、どうでしたかね。新しい入居者がやってくる前だから、三月の頭くらいだったように思うけど。正確な日にちは覚えていませんね。なにせ昼間はまず顔を合わせませんし、休日も朝早くから出かけていらっしゃるようでしたから。夜は遅くまで起きていらっしゃるみたいでしたけど」

私の記憶の中にある兄貴は、休日に何処かへ意欲的に出かけるような人間ではない。アウトドアなどまずやらない。あの靴を見ていると、妙な違和感が拭えなかった。

「うちとしては家賃さえ滞納されなければ、問題はないんですけどね。しかし、誰も住んでいない部屋の家賃を支払い続けるのは勿体ないでしょう。契約の更新まであと半年ありますけど、どうしますか」

大家はもう兄が戻ってくるとは思っていないらしい。実際、三月に姿を消してから音信不通のままだ。警察へ行方不明者届も出したが、なんの進展もない。勤めていた会社には無断欠勤を理由に一方的に解雇されたようで、解雇通知書がこのアパートのポストに届いていた。

「家賃なら私が払います」

「それならまぁ、構いませんけど。ご両親の連絡先も念の為、頂いておいても良いですか」

「……分かりました」

次に私が失踪した時のことを考えているのだろうか。

せめて帰ってくる家があれば、兄貴が戻ってきた時にも安心できるはずだ。

「そういえば、つい先日も、お兄さんのことを訪ねてきた人がいましたよ。部屋を見せて欲しいと。でもね、警察でもないのにそんなことできませんよ」

「兄の友人か何かですか?」

「いえ、確か県庁の人間だと言っていましたね。スーツ姿の役人と、いかにも今時の若者という感じの若い男の二人組でしたよ」

「二人組?」

「ええ。おまけに若い方には右腕がなかった」

怪訝に思わずにはおれない。いかにも怪しい。

「連絡先などは分かりませんか」

分かりますよ、と言って大家はポロシャツの胸ポケットから名刺入れを取り出すと、一枚の名刺を抜き取ってこちらへ寄越した。

名刺には『県庁特別対策室　室長　大野木龍臣《たつおみ》』とある。描かれているロゴマークも県のそれに間違いなく、住所や番号も紛れもない本物のようだ。

「そんな部署、聞いたこともありませんよ。いったいどんな部署なんだか」

「宜しければこれ、頂けませんか？」

「ええ。構いませんよ」

大家は興味なさそうに言ってから部屋の奥へ、うろんげに目をやった。

「もういいですか？　これから妻と買い物へ出かけたいんですよね」

「すいません。お手数をかけました」

私は頷き、換気の為に開けた窓を閉めて鍵をかけた。苦しげな音を立てる扇風機のコンセントを引き抜いて、兄貴が三月まで暮らしていた小さく散らかった部屋を後にした。


失踪した兄貴の手がかりになりそうなものは、この名刺しかない。とにかく収穫があっただけでも良しとすべきだろう。

アパートを出てからバイクを県庁へと走らせる。その二人組が兄を訪ねてきたというのなら、何らかの事情を知っていてもおかしくない筈だ。

「しかし、どうして県庁なんだ」

警察や興信所というのなら、まだ分かるが、県庁の人間が個人宅を訪ねてくるケースが想像できない。納税が滞っているとか、そういう話でもないだろう。

初めてやってきた庁舎は遠くから眺めるよりもずっと大きく、敷地も広大だ。バイクを駐輪場の方へと走らせて、脇に停める。出入り口にには警備員の姿があったが、念には念を入れて鍵を前輪と後輪へそれぞれかけていると、不意に傍らに誰かが立った。

「いいバイクっすね」

顔を上げると、人懐っこそうなすらりとした長身の青年がバイクを見ていた。手足が長く、猫のような目をしている。歳は自分よりも幾らか若そうだ。

「普段からメンテナンスしてないと、あんな風には走れない」

「古いバイクだからね、手入れをしてやらないと満足に走らなくなるんだ。部品もメーカーに在庫がないから、故障をすると苦労するしね。とにかく金がかかる」

「あー、その気持ちすげぇ分かります。よかったら、近くで見てもいいですか」

「いいよ」

あざっす、と頭を下げて傍らにしゃがみ込むと、バイクのエンジンや足回りを興味深そうに観察している。

「君もバイク乗り？」

「少し前までは。今はほら、こんな有様だからバイクには乗れなくて」

彼は砕けた口調でそう言うと、右腕の袖を左右に揺らして見せた。ぶらぶら、と中身のない袖を見てもしやと思わずにはおれない。

「変なことを聞くかもしれないんだけど、君、もしかして特別対策室の人？」

私の問いに彼は怪訝そうな顔をして立ち上がると、首を傾《かし》げた。

「全然覚えてないいんだけど、俺たちどこかで会ったっけ？」

「いや、初対面だよ。うちの兄貴の、長居《ながい》聡介《そうすけ》のアパートに来ただろう？　大家さんから君たちのことを聞いたんだ」

名刺を取り出してみせると、彼は少しだけ考える素振りをしてから、ああ、と思い出したように大きく頷いた。

「そっか。アンタの兄貴だったのか」

さっきまでの声のトーンとは明らかに違う、戸惑った物言いに嫌な予感がした。

「兄貴に何かあったのか」

「何があったのかを調べている最中だよ。色々と立て込んでてさ。家族の人と連絡が取れてよかった」

「待て、待て。言葉を濁さないでくれ。兄貴に何かあったのか、と聞いているんだ。まずは、その質問に答えてくれ」

追い縋る私に対して、彼は困ったように頭を掻いた。

「少なくとも死んではいない、筈だ」

「どういうことだ。兄貴は今、何処にいるんだ」

「詳しいことは分からないけど、末成《うらなり》樹海に入ったらしい」

末成樹海といえば、県の北西部にある有名な自殺スポットだ。樹海とはあくまで通称で、実際には末成という地名らしい。富士の樹海ほどの規模はないが、地下へ続く洞窟が幾つも点在し、許可のない立ち入りは禁止されていると聞いていた。美嚢《みのう》の自殺団地が有名になる前は、あそこが一番有名だった。

「あそこは古い禁足地《きんそくち》なんだ。本来、人が出入りしていい場所じゃない」

「禁足地？」

「足を踏み入れたら障《さわ》りがあるから、立ち入ることを禁止された場所のことだよ。アンタの兄貴、そこに配信動画を撮りに入ったまままもう何ヶ月も出てきてないんだ」

配信動画、と聞いて一瞬頭が混乱した。

「え？　何だって？」

「だから、動画を撮りに行ったの。ネットに上げる為だろ」

「動画配信者だって？　うちの兄貴が？」

「そうだよ。あちこちの心霊スポットを回って動画を撮っていたんだと。俺も見たけど、今回は場所が悪かったな。まぁ、あんなことしてれば遅かれ早かれ、何かあったさ」

あと運も悪かった、とぼそりとつけ加えた。

私の知る兄貴は内向的な性格でコミュニケーション能力に欠けていて、内に閉じ籠るタイプの人間だった筈だ。およそ動画配信なんてするような人じゃない。

「……人違いじゃないのか？　兄貴がそんなことをするとはとても思えない」

「ネットにアップされている動画を見てみろよ。『心霊☆カウンターズ』ってチャンネルがあるから。十中八九、本人だ」

にわかには信じられない。念の為と思って検索をかけると、呆気なく見知った兄貴の顔が大写しになった動画のサムネイルが表示された。髪型がやけに派手に変わっているが、間違いなく兄貴だ。

登録者数十万人という数字に眩暈がした。こんなものを親父たちが見たら卒倒するに違いない。キャラクターなのか知らないが、変な語尾をつけて話しているのが見ていてイラっとする。

今まで投稿された動画のサムネイルにざっと目を通しただけでも、兄貴が心霊スポットを回っていたというのは事実であることが分かった。字幕やテロップまで入れて、かなり本格的な動画ばかりだ。仕事の片手間で作れるようなクオリティにはとても見えない。

　私の頭の中にあった兄貴のイメージが根底から覆されていくような思いがした。実家にいた頃に抑圧されたものが相当あるとは思っていたが、想像していたよりも激しいものが眠っていたらしい。

「詳しい話が聞きたいなら中で話そう。俺もこれから対策室へ行くところだからさ、案内するよ」

「その対策室というのは、なんなんだ？」

　よく分かんねー、と彼は興味なさそうに言いながら額の汗を左腕で雑に拭《ぬぐ》う。

「割と名前の通りだよ。特別な案件の対策をするって意味では間違いない。俺は雇われの委託業者だからさ、その辺りは室長に聞いてくれ」

　そういえば大家から貰った名刺は、その室長のものであるらしい。大野木龍臣。いかにも古風で厳《いか》めしい名前だ。強面の大男が大勢の室員を従える様子が目に浮かび、思わず尻込みしそうになる。

「……分かった。案内してくれ」

　こっちだ、と先を歩き始めた隻腕の彼を追いかけるが、スタスタと庁舎とはまるで違う方へ進んでいくではないか。

「おいおい、何処へ行くんだ。こっちだろう？」

「そっちは本館。対策室はボロっちい北官舎にあるんだ」

にやり、と意地の悪い笑みを浮かべる。

「こんなとこに流されるのはよっぽどの無能か、有能だけど融通の利かない奴かのどっちかだ」

「県庁勤めなんだから、エリートだろうに」

「ただの役人だよ」

「委託業者だと言ったが、君は何を請け負っているんだ？」

「そうだな、色々やってるよ」

そうして隻腕の青年に案内された特別対策室は、まるで他の部署から追いやられたように北官舎館四階の端にひっそりとあった。

「おーい。手がかりが向こうからやってきたぞ」

ノックする素振りすらなく、まるで自分の家に帰ってきたような気軽さでドアを開けて中へ入っていってしまった。

失礼します、と一応声をかけてから彼の後へ続くと、室内は想像していたものとはまるで違っていた。役所なのだからもっと事務的な空間を想像していたが、視線隠しか知らないがハニカム構造の壁がまず視界に入る。その向こうには応接用の革張りのソファが置いてあるのだが、どう見てもオフィス用品ではない。月九ドラマにでも出てきそうなアーバンなデザインのソファなのだ。

棚の上には海外メーカーの全自動珈琲マシンが置いてある。あんなものはどう考えても私物だろう。

「大野木さん。寝てんの？」

半透明の衝立の向こうで机に突っ伏したまま微動だにしないのが、どうやら室長の大野木という人物であるらしい。座っていても、背が高いのがよく分かる。

「おい、起きろってば。ほら」

隻腕の青年が情け容赦なく肩を揺り動かすと、苦しげな声をあげて目を覚ました。それから辺りを見渡し、机に広げたハンカチの上にある眼鏡を手に取る。そうして目をこすりながら私の方を見ると、怪訝そうな顔になった。

「ええと、こんにちは」

「どうも」

「まだ寝惚けてんな。起きろよ。探していた長居さんの身内だ」

しっかりしろ、と背中を叩くと彼が椅子から立ち上がった。

大きい。身長はゆうに百九十はあるだろうか。私も百八十は超えているのでそれなりに大きい方だと思っていたが、隻腕の青年も同じくらいはある。この大野木という人が大きいのだ。おまけに胸板が厚い。身体つきが普段から体を鍛えている人のそれだ。

「いたた。もう起きましたから、叩かないでください。すいません、お見苦しい所をお見せしてしまいました」

なんだか想像していたよりも、ずっと物腰が優しそうでホッとした。

「ここんとこ、ずっと寝てなくてさ。いつもは割とシャキッとしてるんだけど」

「割とは余計ですよ。改めまして、ご挨拶を。県庁特別対策室の室長を務めております、大野木龍臣と申します。あちらは委託業者の桜千早さんです。以後お見知りおきを」

「ご丁寧にどうも。自分は長居篤哉《あつや》と申します。すいません、名刺を今日は持ってきていなくて」

「ああ、お気になさらないでください。こうしてお会いできたのは幸運でした。しかし、どうして県庁へ？」

私は大野木さんに、兄のアパートへ行ってからの一部始終を話して聞かせた。

「そうでしたか。無駄足になっていなかったということですね」

よかった、と大野木さんは言いながら応接用のソファへ座るように手で促した。

「アイス珈琲を淹れましょう。千早君も飲みますか？」

「いや、俺はいいよ」

千早、と呼ばれた隻腕の青年はソファではなく、大野木さんが寝ていた机の椅子に座って胡座《あぐら》を掻く。私は早く本題に入りたいという気持ちを堪《こら》えて、ソファへと腰を下ろした。

「さて、仕事の話をしましょう」

「はい。お願いします」

「私たちが依頼人から長居聡介さん方の捜索を依頼されたのは一週間ほど前のことです」

「え、兄貴以外にも行方不明になっている人がいるんですか」

「はい。お兄さんの他に三名の方が三月の中旬に樹海へ入っています。彼らは聡介さんのご友人で、撮影の為に禁足地に入ったそうです。依頼人の詳細はお伝えできないのですが、その人は五人目のメンバーでした」

「待ってください。つまり兄貴たちは五ヶ月近く前に樹海に入ったまま、出てこられていないということですか？　遭難じゃないですか」

「そうですね。しかし、依頼人の方はどうしても通報できなかった」

「どうしてですか」

「犯罪行為をしていたからです。撮影の為に私有地へ無断で侵入し、器物を損壊したこともあったようですね。ネットに上げられていた動画には全て目を通しましたが、彼らは過激なことをすることで再生回数を稼いでいた傾向がありました。当然、警察に関与されたら困ると通報するのが恐ろしくなったそうです」

にわかには信じられない話に絶句した。しかし、思い出してみればあのアパートには動画を編集する為の機材のようなものは何一つ見つからなかった。仲間がいなければ、仕事と兼業であんなことはできないだろう。

「その依頼人とやらと話すことはできますか」

一言言ってやらねば気が済まない。我が身可愛さになんてことをしてくれたのか。

「それはできかねます。ただ貴方が会いたがっていたとは伝えておきます」

「是非そうしてください」

その誰かがすぐに警察に通報していてくれたなら事態はまだ違っていた筈だ。少なくとも警察からこちらにも連絡が来て、事態を把握することができただろう。

「どうか依頼人を責めないでください。相談してもらえなければ、この事件は露見することさえなかったでしょう」

「……いったい何があったんですか？」

こちらを、と言って大野木さんが取り出したのはタブレット端末だった。

「十日ほど前に依頼人の元へ送られてきた動画です。動画の送り主は聡介さん、貴方のお兄さんです」

再生ボタンを押すと、真っ白な映像が流れ始めた。よく見れば濃い霧が出ているようで、合間合間に立ち並ぶ木々や、その影が映っている。聞こえてくるのは重い足取りで進む音と、浅い呼吸音。ファイルの下には日付と時刻が詳細にカウントされている。動画編集に使うデータをそのまま送ってきたのだろう。

『おい、おい！　来た来た、来たぞ！』

焦った様子の男性の悲鳴じみた声。カメラが激しく揺れて、横たわった木の下へ潜り込むように隠れる。苔生《こけむ》した地面、土は濃い黒色をしていた。

一瞬、兄貴ではない二人の男が映ったが、焦り方が尋常ではなかった。まるで何かに追われているような怯え方だ。

白く煙る映像の向こう、霧の中を影のようなものが闊歩している。一つではない。明らかに人の形ではないが、動物にしてはあまりにも形が奇抜すぎた。

『ひっ、ひっ』

引き攣《つ》ったような悲鳴をマイクが拾っている。湿った土を掻く音がして画面が揺れた。霧の向こうで赤ん坊の泣き声がして、すぐそばの草むらで何かが駆けた。

『よせ、見るな、見るんじゃない』

声を潜めて言ったのは兄貴の声だ。地面に伏せるように画面が暗くなったところで動画は終わっていた。

「……動画の日付は依頼人が受け取る前日のものでした」

「なんですか。今の、」

化け物。そう口にするのは憚られた。

「なんだろうな。でも、とにかく普通じゃないのは見たら分かるだろ？　別に呼び方はなんでもいい。妖怪、あやかし、もののけ、化け物。まぁ、とにかく怪異ってやつだ。俺たちはそういうものが関わっている事件をどうにかする為の仕事をしている」

椅子に胡座を掻いた桜さんがそう言って、左手で器用に手にしたペンをくるくると回した。

「特別対策室。なるほど、確かにこれは特別な対策がいるって訳ですか」

「当然、警察へ通報することも考えましたが、そういう訳にもいかず」

「そうでしょうね。こんな映像を見せても動いてくれるとは思えない」

警察だって暇ではない。なまじ変なものが映っているせいで証拠にも使えない。フェイク映像だと笑われるのが関の山だ。

「一応、顔見知りの刑事さんにも相談はしてみたのですが、現時点では人員を割いて頂くのは難しいようで」

「どのみち警察の出る幕じゃない。繋がらないんだから」

「繋がらないというのはどういう意味ですか？」

「禁足地は一種の異界のようなもんだ。何もかもが歪《ひず》んで、傾いでいる」

「……話が見えない。どういうことだ」

「長居さん。実は先日、私たち二人で禁足地へ入ってみたのです」

氷が入った冷たいグラスに注がれた珈琲をテーブルに置きながら、大野木さんが気まずそうに言った。

「本当ですか。兄貴の手がかりはありませんでしたか」

「結論から話しますと、上手くいきませんでした。彼と入り口を変えながら何度か試みたのですが、ただの薄暗い森でしかなかったんです」

「そこに入る時も色々と変えてみたんだけどな。早朝、正午、夕方、夜と試してみたけど、肝心の霧が出てこない。何も視えない。気味が悪いだけの普通の森にしか繋がらないんだ」

つまり兄貴たちのいる所は、私たちのいる所とは時間も空間も異なっているということか。にわかには信じられない話だが、先の映像が作り物とは思えなかったのも事実だ。

「でも、長居さんがいれば辿れるかもしれない」

「私がですか？　なぜ」

「不思議に思うよな。だけど縁ってそういうもんでさ。糸みたいに繋がってて、それを辿ってでしか交わらないモノがこの世にはあるんだ」

だからできたら協力してほしい。そう言われて断る理由は私にはなかった。元々、一人で探し出すつもりだったのだから。

「同行させてください。生きているのなら、連れて帰らないと気が済まない」

「それは助かるよ。依頼人は絶対行きたくないの一点張りでさ。まぁ気持ちは分かるんだけどじゃあどうするのかって困ってたんだ。ようやく光明が見えてきたな。大野木さん」

「そうですね。正面に車を回してきます。急ぎましょう」

二人は慣れた様子であっという間に身支度を済ませると、大野木さんがバインダーとボールペンのセットをこちらへ寄越した。

「申し訳ありません。車の中で書いて頂いても良いですか？　依頼書と同意書にサインをお願いします」

対策室を出て歩きながら確かめると、二枚の書類が挟んであった。依頼書は分かる。しかし、同意書が分からない。

「死んでも文句言うなっていう奴だよ」

廊下を歩くスピードを緩めないまま桜さんがニヤリと意地悪く笑うと、隣を歩いていた大野木さんがたしなめるように彼の肩を軽く叩いた。

「なんだよ。覚悟が足りないなら、ここで止めるべきだろ」

「誤解を招くような言い方はやめてください。長居さん、これはですね」

「いや、いいですよ。兄貴が見つけられるなら、多少の危険はしょうがない」

桜さんの反応を見ていて気づいた。この同意書でふるいにかけているのだ。これに同意できないくらいの覚悟なら、彼らに同行することはできないということだろう。

「長居さんはついてきてくださるだけで構いません」

「大野木さん、この人はもう部外者じゃないぜ」

「自分の身くらいは自分で守れますよ」

大野木さんはまだ何か言いたげであったが、小さくため息をついてから真剣な眼差しをこちらへ向けた。

「生涯で最も恐ろしい思いをすることになるかもしれませんよ」

分かっていますよ、と私は自信を持って応えた。

しかし、この時の私は何一つ分かってなどいなかった。

◯

道中、大野木さんの運転する車の後部座席で兄貴たちがネットに上げた動画を眺めていたが、想像していた以上に過激な内容で見ている方が恐ろしくなるものばかりだ。これが他人なら『バカな奴』と笑えば済むが、身内なのでまるで笑えない。

何処かの廃れた神社へ潜り込んだり、山奥の廃村に泊まったりなど正気を疑うようなものばかりだ。不法侵入や器物破損、どこが面白いのか。

「罰当たりなことを」

何を考えているのか、まるで理解できない。こんなことをしておきながら、動画をネットに公開してしまうなんて常軌を逸している。

「何してんだよ、馬鹿兄貴」

「なぁ」

頭を掻き毟る私に、助手席の桜さんが声をかけてくる。

「アンタの兄貴、昔からそんなことばっかしていたのか？　拝殿の中で降霊術したり、鳥居の上に登ったりさ。悪霊退治って言いながらやることがメチャクチャだ」

「真面目な兄貴だったんですけどね。どうしてこんなことをするようになったのか、まるで分からない」

「俺も動画を見てみたけどさ、途中までは神社巡りをしたりするだけの動画だったんだよな。地味だけど、あちこちの神社を取り上げていて。俺は割と好きだったよ」

そう言われて動画の投稿一覧から初期のものを再生してみる。そこには碌《ろく》に動画編集もしていない、ただ携帯のカメラで撮影したような、いかにも素人じみた動画が公開されていた。再生回数も極端に少ない。

「途中から急にオカルトっていうか、心霊スポットを回るようになるんだけど。そこから編集したり、テロップがついたりしてえらく本格的になるんだ」

「仲間ができた辺りから、おかしくなったのか」

七本目の動画のあたりで最恐などという派手な単語が目立つようになった。再生回数も桁違いに多くなっている。コメントも増えたが、明らかに視聴者層が変わった。煽るような過激なコメントが目立つのだ。

「お兄さん方が失踪する直前の動画の予告によれば、今回は樹海で自殺した方の遺体を見つけに行くつもりだったようです」

「……。どんなモラルをしているんだ」

いや、モラルそのものが欠如していなければ、こんな不謹慎なことはできないだろう。

「禁足地に手を出したのは拙《まず》かったな。ああいう場所はそもそもが不安定なんだ。だから人が足を踏み入れないように昔から言い伝えられてきた」

倒した助手席に寝そべったまま、桜さんが器用にペットボトルの蓋を開ける。

「調べた限りですが、江戸時代の初めには既に古くからの禁足地として有名だったようで、藩主が改めて立ち入りを禁じたと言います。曰く、神隠しに遭うと。なので樹海を囲うように塀を設けて、番兵も立てていた時期もあったようですが、それらは空襲で消失しています。今は金網で覆っていますが、工具で網を切ってしまえば立ち入ることは容易いですからね」

「肝試しがしたい連中も、まずあそこには立ち入らない。何せ幽霊が出るなんて話はないからな」

「でも、自殺団地の次には名前の上がる心霊スポットだと聞いたことがあります」

「ああ。それはあそこが自殺の名所だからだよ。神隠しに遭ったたって騒がれてた人がここで遺体で見つかるって事件が相次いだ時期があるらしくてさ。……でも、もしかしたら自殺のつもりなんてなくて、遺体になるまで帰れなかっただけなのかもしれないけどな」

急に窓の外に、鬱蒼と生い茂った暗い森が現れた。

「ついたぜ」

住宅街の中に唐突に現れた森。ここが末成樹海だという。もっと山奥の自然に溢れた場所を想像していた。これでは近所の子どもたちが忍び込んでしまいそうなものだが、よく見れば背の高い金網のフェンスが物々しく周囲を囲っていて、およそ簡単に中へ入ることはできないようだ。

「こんな住宅街にあるのか」

「どっちかっつーと、禁足地を避けて家が建ったんだ」

最寄りのコインパーキングへ車を停めて、そこで服と靴を着替えることになった。流石に普段の装いで歩き回れるような場所ではないだろう。

「長居さんは千早君のスペアを使ってください。予備を車に積んでおいて正解でした。備えあればなんとやらです」

「すいません。助かります。しかし、この季節に長袖ですか」

「百足や蜂などの毒虫が多いので、刺されないようにする為です。蒸し暑いですが、我慢してください」

合羽《カッパ》かと思ったが、撥水性の高いフード付きのアウトドアコートだった。聞けば、合羽は生地が弱いので枝葉に引っかかるとすぐに破れてしまうからだという。靴は登山靴で兄貴の家にあったものによく似ていた。兄貴もあちこちの山奥や廃墟に出かけていたから、ああした靴が捨てるほどあったのだろう。

「さて、千早君。何処から入りましょうか」

「正面から行こう。長居さんも、それでいい？」

「は、はい。大丈夫です」

コンパーキングを後にして樹海の方へと歩きながら、次第に鼓動が速まっていくのを感じた。口の中の水分が枯れていくのが分かる。緊張しているのだと分かっていても、どうすることもできない。禁足地へ入る、という行為を自分でも思っていた以上に恐ろしく感じているらしかった。

見上げると、鉛色の空からはいつ雨が降ってきてもおかしくはない。兄貴のアパートにいた時はいかにも夏という感じだったのに、ここに来てから急に気温が下がってきたように思う。

樹海の出入り口と思われる場所にはゲートがあり、分厚い南京錠がかかっていた。あちこちに『立入禁止』『二十四時間録画中』『関係者以外の立ち入りを禁じます』などという看板がかけられている。これを見てなお、中へ入ろうという者は本当によっぽどだ。

大野木さんは鍵の束を取り出すと、手際よく南京錠を外してゲートを押し開いた。暗鬱とした樹海の奥から何かただならない気配を感じて、思わず背筋がぶるりと震える。

「よし。行こうか」

桜さんの言葉に頷いて、大野木さんがその後ろを歩き始めた。私はそんな二人の後に続かねばならないのだが、恐ろしくて仕方がない。たった数歩、森の中へ進んだだけで悪寒が止まらなかった。まだ昼間だというのに、木々に遮られて陽射しがまるで届かない。

木々の根がうねるように地面から顔を出し、複雑に絡み合っていて歩きにくかった。油断していると爪先を引っかけて転びそうになる。

荷物らしい荷物も担いでいないのに、妙に身体が重い。前を行く二人を追いかけるだけで疲労が蓄積していく。あちこちから感じる奇妙な視線がおぞましい。

「長居さん。大丈夫ですか」

私と違い、息一つ切らしていない様子の大野木さんに感心せずにはいられない。私よりも年上なのに全く疲れが見えなかった。

「ええ。問題ないです」

「この先に少し開けた場所がありますから、そこで小休止にしましょう」

大丈夫です、と強がりたかったが、まるで余裕がない。就職してからは満足に運動をしていなかった。すっかり身体がなまってしまっている。

「大野木さんもそうですが、桜さんも随分と手慣れていますね。普段から山歩きでもしているのですか？」

「私はようやく慣れてきた所ですが、彼は出会った頃から野山を駆け巡るのが得意でしたね。颯爽と道なき道を走る様子はさながら鹿のようですよ」

軽く笑う大野木さんも、改めて見てみると身体つきが格闘技をしている人のそれだ。県庁職員という割にフィジカルも相当に鍛えているらしい。つくづく変わった二人組だ。

「彼の右眼、青く光って見えるんですけど、気のせいじゃありませんよね？」

「ええ。あの右眼で怪異を視ているそうです」

「怪異、ですか。……大野木さんはそういうのを信じていますか？」

口にしてから、しまった、と思った。疲れていて頭が回っていなかった。今のは失礼な質問だった。

「すいません。その、失礼なことを」

「長居さんの仰りたいことは分かりますよ。あの動画を見てもにわかには信じられませんよね。私も対策室の室長を拝命された時には、そういう非科学的なものはどうしても信じられなくて困惑したものです」

「ですが、今は信じていらっしゃると？」

「私は自分の目で見たものしか信じないと決めていただけです」

その考え方はよく分かる。

「怪異なんて荒唐無稽だと思ってました。今まで一度も見たことがありませんから」

「それは幸運でしたね。あれらとは関わりのない人生の方が幸せというものです。知らずとも良いことは幾らでもあります」

温和に微笑みながら、そら恐ろしいことを言う。

「二人とも動くな」

先頭を進んでいた桜さんが声をあげる。視線の先には濃い霧が出ていて、濛々と煙る白いそれが辺りを覆っていく。

「霧が出てくるのは初めてですね」

「ああ、ようやくだ。……繋がったぞ」

逃げようかとも思ったが、退路を塞ぐように霧が覆い尽くしていく。

「そこを動くなよ。なるべく声も出すな」

強張った声に息を呑む。微かに漂ってくる異臭。妙に鉄っぽい匂いに顔を顰める。血の匂いだ。私のような素人にも分かる。ここから決して遠くはない場所に何かの屍がある。それもそう古くはないものが。

悲鳴をあげる間もなく、全員が濃霧に飲み込まれる。視界が白く塗り潰されるようだった。

咄嗟に伸ばした自分の手がようやく見える程度で、隣に立っていた筈の大野木さんの姿さえ見つからない。

不意に傍らを何かが通り過ぎる音がした。大野木さんが耐えかねて駆け出したのだと思い、思わずその後に続こうとした所で桜さんの言葉が脳裏を過ぎった。

『そこを動くなよ』

走り出したい衝動を堪え、口を手で覆ってゆっくりとその場に膝をつく。うるさいほど心臓が激しく鼓動しているのが分かる。冷静さを欠くのはよくない。周囲の状況が分からないまま、闇雲に逃げ出せば兄貴たちの二の舞だ。

来るべきじゃなかった、という思いがどうしようもなく胸に溢れる。

ずるり、と背後で巨大な何かが地面を這う音がした。枝を轢《ひ》き潰しながら、私の背丈など優に超える其れが、ゆっくりと進んでいくのが分かる。その巨体を想像して血の気が失せる。霧に隠れてこちらからは見えないが、あちらからは私のことなど丸見えかもしれない。

恐怖で頭がおかしくなりそうだ。

「あ」

急に、現実感が遠のいていく。起きている出来事が夢のように思えてならない。そうだ。これは悪い夢ではないのか。そう思うと急に心が楽になるのを感じた。このまま立ち上がって霧の奥を歩いていけば夢から醒めることができるかもしれない。

呆然と立ち上がろうとした瞬間、横から腕を掴まれた。

「待て待て。立つな」

いつの間にか傍に桜さんと大野木さんの姿があった。平然としている桜さんの横で、大野木さんは血の気の失せた顔をして、匍匐《ほふく》前進をするような体勢のまま固まっている。

「声は出すなよ。また戻ってくるぞ」

現実感が戻ってきたのと同時に、全身から嫌な汗が吹き出した。自分の現状を思い出して、気が遠くなりそうだ。

「ここにいても仕方がない。とにかく進み続けよう。縁者がいれば、自然とそっちに引かれるかもしれないしな」

こくこく、と大野木さんが頷く。私はとにかく此処を離れたくて仕方がなかった。

「綻《ほころ》びは視えているから、とりあえずそこまで行こう。逸れないようについてきて」

その後は、とにかく桜さんの後をついていくので精一杯だった。霧の向こうで何かが蠢《うごめ》いていても、そちらには目も向けずにただひたすらに進み続けた。兄貴たちが樹海の何処かにいたとしても、そんなことはもうどうでも良かった。

恐ろしい。逃げたい。

この二つの耐え難い感情だけが私を支配していた。

真っ直ぐに進み続けていたはずだが、どういう訳か、出入り口のゲートへ戻ってきていた。樹海の中には一時間もいなかった筈なのに、既に外はすっかり暗くなってしまっている。

私はへたり込んだまま、もう一歩も動きたくなかったが、大野木さんと桜さんの二人は泥だらけのまま話し合いを続けていた。

「戻ってきてしまいましたね」

「ごめん。あの向こうで繋がっていると思ってたんだけど」

「しかし、時間の進み方が違うという仮説は正しかったようですね。これなら長居さんたちの生存も充分に考えられます」

「問題は、あの霧の中でどうやって見つけ出すかだな」

「あそこにいた怪異は何なのでしょうか。視えましたか」

「んー。怪異というより、神様に近いものかも」

「ああ。そもそも神隠しとは、隠し神に出くわすことだという伝承がありましたね」

「禁足地にされる筈だ。この森の中が神域ってことか。ならさ、こうやって端の方から地味に木を伐採していくのはどうかな」

「昔から、ここの木を切ると祟《たた》りがあるそうですよ」

「えー。じゃあ、もう燃やすしかねぇよ」

「千早君。冗談でも言っていいことと悪いことがありますよ」

「分かってるよ。でも、あいつにはあんまり頼りたくないんだよ」

困り果てた様子で頭をくしゃくしゃと掻いてから、桜さんがこちらへ視線を向ける。

「長居さん。そろそろ動きたいんだけど、少しは落ち着いたか」

「ええ。でも、何処へ行くんです。またあそこに戻るというんですか。あんな化け物の潜む森に戻るなんてどうかしている。私はもういい」

行きたくない、と本音が溢れた。一度こぼれてしまえばもう止められなかった。堰を切ったように感情が口をついた。

「あんな兄貴のことなんてどうでもいい。もうきっと生きちゃいない。あんなものが徘徊している森で生き残るなんてこと、あの鈍臭い男にできるもんか」

「……悪い。怖かったよな」

憐れむような視線に、恐怖心が怒りへと変わった。

「あんなもの、誰だって怖いだろ！　兄貴の遺体を見つけても狼狽しない自信ならあった。多少の危険も覚悟の上だ。でも、あんなものは冗談じゃない。熊の方がまだマシだ。あんな化け物をどうしようっていうんだ。逃げられたのだって運が良かったからだろう？　次はないかもしれないじゃないか」

甘く見ていたと言われてしまえばそれまでだが、真実私は命を失うかもしれない危険というものをまるで理解していなかった。出てこられたから良かったものの、そうでなければ私もあそこから出られないまま、最後には自死を選んでいたかもしれない。

「……あなたたちは怖くないんですか？」

「怖いさ。でも、アンタの兄貴と、馬鹿な仲間たちを助けられるかもしれない。傍《はた》迷惑で馬鹿な奴らだけど、命を取られなきゃならないほどの悪人じゃない」

確かにそうかもしれない。でも、私は自分を犠牲にしてでも誰かを救いたいとは思えなかった。それが血を分けた兄貴であっても、あんな場所に戻ることはできない。

「すいません。もう帰らせてください」

桜さんは何か言おうとしたが、それを大野木さんが止めた。何も言わずに首を横に振り、桜さんはそれに従うように小さくため息をこぼしたが、それだけだった。

「分かりました。私たちは長居さんの意思を尊重します」

「大野木さん。すいません」

「いえ、謝らないでください。気持ちは分かりますので。私たちは県庁へ戻りますが、長居さんはどうしますか?」

大野木さんは慇懃に言いながら、上着を脱いで首元のネクタイを緩めた。

「屋敷町にビジネスホテルを取っています。明日の朝には地元へ帰ろうかと思います。これ以上、会社を休むわけにもいきませんから」

「分かりました。近くまでお送りしましょう」

「ありがとうございます」

ご協力感謝します、と大野木さんはそう告げたが、桜さんはこちらを振り返ろうとしなかった。落ち込んでいるようにも見えるが、やはり軽蔑されたのかもしれない。

自分の兄を見捨てて尻尾を巻いて逃げた、情けない弟。

そんなことは誰よりも私自身が嫌というほど分かっている。

○

屋敷町で大野木さんたちと別れて、茫然自失になりながら小さなビジネスホテルへと帰った。食事を摂る気にはまるでなれない。時刻はそれほど遅くはなかったが、ベッドに倒れるように横になると、そのまま眠りについてしまった。

私は泥のように深く眠り、何の夢も見なかった。兄のことを夢に見るかと思ったが、そんなことはない。ようやく深く呼吸ができたような思いがした。

不意に、真夜中に目が覚めた。

瞼を擦って身体を起こすと、腹の虫が鳴った。そういえば今日は朝食しか食べていない。散々動き回ってから眠りについたので、空腹に耐えかねたのだろう。

「……こんな時にも腹が減るんだから、薄情な弟だよな」

兄貴はきっと生きたまま帰ってはこられないだろう。あちらで死ねば、遺体だけはこちらで見つけることができる。それだけでも弔おう。

実家の両親は兄貴の死を嘆くだろうか。昔から散々、出来損ない呼ばわりしてきたのは知っている。受験に失敗しても何一つ言葉をかけなかったような両親だ。

促すように、またお腹が鳴った。

「ああ、腹が減った」

時刻は深夜一時を回ろうとしていた。こんな時間にまだ開いている店があるだろうか。

「とりあえずコンビニで何か買ってくるか」

部屋に鍵をかけてフロントへ下りると、既に従業員の姿はなかった。正面入り口は開いているので鍵を持ったままホテルを後にする。

深夜の屋敷町は想像していた以上の活気に溢れていた。歓楽街という訳ではないのだが、遅い時間までやっている居酒屋や割烹料理店が多いらしい。どの店先にも提灯《ちょうちん》が並び、それぞれの屋号を冠した印が入り、個人宅には家紋が入っているようだ。

しかし、どの店もラストオーダーの時間を過ぎてしまっているので入りようがない。せめて何か温かいものが食べたいと思ったが、望みは薄そうだ。

熱帯夜というほどではないが、やはり汗ばむ程度には蒸し暑かった。シャツの上部のボタンを外していても息苦しい。

それ以上に問題なのは、肝心のコンビニが見当たらない。武家屋敷の多い古い町並みの景観を守る為か、見える範囲にはないようだ。

「参ったな。流石に朝まで何も口に入れられないのは辛いぞ」

不意に、何とも言えない芳しい匂いがして足が止まった。狭い路地裏、その先から匂いが漂ってくるようだった。

思わず路地裏へ足を踏み入れると、そこからはもう止まらなかった。とにかく匂いの元を見つけようと歩みを進めていく。路地の奥へと進むにつれて、明かりを灯している店が多くなるようだったが、一見しただけではどんな店か分からない。

「何処だ。何処から漂ってくるんだ、この匂いは」

食欲を唆《そそ》る匂いだ。炙られた肉から滴り落ちる脂のような、絶妙な塩梅の香辛料の入り混じった匂いに涎《よだれ》が滴る。

どれほど路地を進んだか分からない。一軒の店先に小さな屋台が出ていた。看板には『よもつ飯』とある。じゅうじゅう、と音を立て煙が濛々と立ち込めていた。顔を俯けた店員が黙々と串に刺さった肉を焼いている。焼き鳥のように見えるが、炭で炙られている肉はとても鶏肉には見えない。牛のようでもあり、豚のようでもあり、そのどちらでもないようにも見える。

「これは何の肉ですか」

私の問いに、店員は答えない。ただ黙々と串をひっくり返し、肉を炙っていくばかりだ。こうして眺めているだけでも堪らない気持ちになってくる。

「お幾らですか？」

店員はやはり答えずに、吊るされた木の札を指差す。そこには『ヨメイ』とあった。

「ヨメイ？　いや、私が聞きたいのはお値段なのですけど。この串は一本、お幾らなのですか？」

もう一度問いかけた時だった。不意に背後から手首を掴まれた。一瞬、デジャブのように感じて桜さんが後ろに立っているかと錯覚した。

「こらこら。君のような人がこんな所で買い物をしてはいけないよ」

そう落ち着いた声で言ったのは、黒髪の美しい女性だった。すらりと背が高く、夏だというのに肩からカーディガンを羽織っている。透けるように白い肌に、切れ長の目。

こちらへ、と手を引かれて思わず足が動いてしまう。あっという間に先の店が背後へ流れるように去っていって、やがて見えなくなってしまった。

呆然としていると、いつの間にか手が自由になっていた。

「生死の狭間に近い者が通ると、ああして店を出すんだ。もし一口でも食べていれば生きてはいなかったよ。君はとても運がいい」

彼女はそう言うと煙管《キセル》を咥えてから、吸い込んだ紫煙を細く吐いた。甘い香りが辺りに漂うと、あちこちで小動物が悲鳴をあげて何処かへ逃げ去っていく気配がした。

「？」

「雑多なものが少しばかり集まりすぎていたからね。散らしておいた。大丈夫、君は気にしなくていい」

薄く笑んでから、私のお腹へ視線を向ける。

「よほどお腹が空いているようだ。私の店が近いから、何かつまんでいくかい？　空腹のままでは帰路でまた何かに捕まるかもしれない」

「いえ、流石にそこまでご迷惑は」

「空腹というのは厄介でね。様々なよくないモノを惹きつけてしまう。何、そう大したものはないんだ」

だが味は保証するよ、と笑う。

いつもなら固辞して回れ右をしている所だが、確かに空腹のままこの道を戻るのは自殺行為のような気がした。それにこの路地裏は街中だというのに、あの禁足地の空気によく似たものを感じさせた。

「分かりました。申し訳ないですが、お言葉に甘えても良いでしょうか」

「勿論だとも。さぁ、ついてくるといい」

この空腹をどうにかするのが先決だ。少なくとも悪人という様子はない。むしろこんな時間に女性の店を訪ねても良いものか、とそちらの方が気になるくらいだった。

私は名乗り、彼女の名を聞こうとしたが、教えてはくれなかった。

「今の私は名乗るべきものを持ち合わせていない。そうだね。店主と呼ばれることが多いから、そう呼んでくれて構わないよ」

いったいどういう意味だろうか。警戒されているのとも違う。真実、彼女自身はそう思っているように感じられた。

「ここが私の店だ」

そこは一軒の古い店舗で、外見からすると何の商いをしている店か分からない。磨《す》りガラスの引き戸には一枚の紙が貼られていて、そこには達筆な文字で『夜《や》行堂《こうどう》』とある。軒先に吊るされた提灯が淡く辺りを照らし上げていた。

「夜行堂、ですか」

「そう。しがない骨董店さ」

ガラス戸を引いて入っていった彼女の後に続く。薄暗い店内には骨董品が所狭しと並んでいるが、統一性がまるで感じられない。歪《いびつ》な形の壺、天狗の面、西洋風のオルゴール、ぐい呑、行李《こうり》、蓄音機、唐傘、籐籠《とうかご》、掛け軸。どれもこれも価値があるのか判然としない。何処にも値札がついておらず、本当に商売をしているのだろうか。

「さて、何があったかな」

「すいません。ありがとうございます」

店の奥はどうやら住居に繋がっているようなので、私はとりあえず骨董品を眺めて待つことにした。

あれこれと見ていると、不意に棚から落ちて足元に転がるものがあった。慌てて拾い上げると、その形に思わず首を傾げる。握る為の取手があり、その上には色糸が巻きついており、金属の先端には針の穴のようなものが開いている。

「気に入ったものがあったかい？」

奥から戻ってきた店主の手にはお盆があり、おにぎりとお新香が皿の上に載せられていた。

「あの、これはなんでしょうか？」

「糸巻き棒だよ。海外ではノステピンとも呼ぶ」

「スピンドルの一種ですか？」

私がそう言うと、店主が薄く微笑む。

「詳しいね。だが、これは糸縒《よ》り器ではない。気に入ったのなら、持って帰るといい。君にあげよう」

「いえ、そんな。頂く理由がありませんよ」

「理由ならあるとも。それが君を選んだ。ここはね、そういう店なんだ。曰く付きの品が集まり、己に相応しい主を選ぶ場所なのだよ」

彼女は真実そうであるように告げてから、お盆の上のおにぎりを指さした。

「ともかくお腹を満たした方がいい」

「わざわざ作って頂いて申し訳ないです」

おにぎりの味は塩が程よく利いていて、大変美味しかった。少しだけ気になったのは、その大きさがまるで子どもが握ったように小さかったことと、お新香がずいぶん本格的なものだったことだ。決して量は多くなかったが、不思議とざわついていた心が落ち着いていく。

「ご馳走様でした。おかげさまで人心地つくことができました」

「それはなにより」

「あの、よかったら、この糸巻き棒を記念に購入させて頂けませんか？」

「ふむ。その方が君の気持ちが晴れるというのなら、そうして貰おうか。そうだね。お代はこれくらいでどうだろう」

「そんなに安くていいんですか？　儲けにならないでしょう」

「私は引き合わせただけだからね。紹介料としてもらうならこんなものさ」

提示された金額を店主に支払い、糸巻き棒を手に取る。滑らかで触り心地がいい。裁縫なんてできないけれど、なぜだかこれは手元に置いておきたくなった。糸が淡く光を宿しているように見える。

「さて、もう帰りなさい。店仕舞いだ」

「ありがとうございます。助かりました」

ふ、と糸巻き棒へ目を向けると、巻いてあった筈の糸がいつの間にかなくなっていた。落としてしまったのか、と床に目を向ける私を店主が笑う。

「気にしなくていい。役割を果たそうとしているだけだ」

「ですが」

「この世界は君が思っているよりも不思議なことで満ち溢れているのだよ」

言葉の意味が分からないでいる私の背を、後押しするように店主が叩く。

「夜道に気をつけるといい。くれぐれも進むべき道を間違えないように。それから、どこまでいっても、それはあくまで道具なのだということを忘れてはいけない」

夜行堂の主人は甘い煙を身に纏ったまま、店の外まで私を見送ってくれた。

「愛縁、奇縁。様々な縁の糸があるが、その先が何処へ繋がっているのか、その目で見極めなさい」

あれほど苦労して進んだ路地裏だったというのに、帰りは驚くほど早く表通りへと出た。蒸し暑い夏の夜の匂いに、ようやく現実へと戻ってこられたような気がした。

○

子どもの頃から兄貴は両親に疎まれて育った。

運動ができる訳でもなければ、勉強もできない。容姿も恵まれず、鈍臭い性格の長男を父と母は露骨に疎んでいた。暴力を振るわれていた訳でも、食事も満足に与えられないなどということはなかったが、兄貴には何も期待されることがなかった。

弟の私は人並み以上に優れていた訳ではないが、少なくとも兄貴よりはできることが多く、ただそれだけで私は両親の愛情と期待を独占した。

子どもの頃はそれなりに兄弟の仲は良かったように思う。私は兄貴の後ろをついて回り、いつも兄貴の真似ばかりしていた。

しかし、私が小学生の高学年になる頃には兄貴が周囲に比べて、どれほど劣っているのか分かるようになってしまった。兄には親しい友人がいないこと、偏差値の低い高校にしか進学できなかったこと、高校生になっても自転車に乗れないこと。

この時から、私は兄貴の味方でいることをやめた。こんな兄貴の弟である自分を恥ずかしいと思うようになった。両親がいつも話しているように兄は『出来損ない』であることを理解した。

家で交わす兄貴との会話は最低限なものになり、二人で買い物に出かけることもしなくなった。街で兄貴と一緒に歩いているのを友人に見られるくらいなら死んだ方がマシだとさえ思った。

やがて兄貴は大学には進学せずに地方都市で就職を決めた。一人暮らしをするというのは、そのまま家を出て戻ってこないことを意味していたが、父も母もそれについてはなんの心配もしなかった。懸念があったのは一つだけだ。

『迷惑をかけるな』

親元を離れていく息子にかける言葉として、これほど情の薄いものはない。しかし兄貴は何一つ言い返さず、まだ中学生だった私にだけ連絡先を教えてくれた。

『お前は頭がいいんだから、ちゃんと良い大学に進学して、良い会社に就職しろよ』

当たり前だろ、と減らず口を返した弟に笑って、十八年間過ごした実家を出ていった。

兄貴と連絡を交わすのは年に数回、あるかどうか。

電話をかけてくるのは殆ど兄貴の方からで、簡単な近況報告を互いに済ませて、数分程度で終わる。そんな浅い付き合い方だった。

しかし、今年は幾ら待ってもかかってくる筈の電話がない。一抹の不安を感じてこちらから電話をかけると、電話に出た兄貴は妙にテンションが高くていつもとは様子が違っていた。兄貴は昔から混乱したり、追い詰められたりするとテンションが急に上がってしまうことがあった。大丈夫か、とこちらが聞いても『問題ない』『ちゃんとやっている』とにべもない。

何かがあったのだと思い、それから何度か電話をかけていたが、三月に入ると全く連絡がつかなくなってしまった。電話もメールも応答がない。仕事が忙しいのだろう、と放っておいたが、胸騒ぎがするので居ても立ってもいられなくなった。

その結果がこれだ。兄貴が消息を絶ったという禁足地にまで足を踏み入れたが、妖しげな濃霧の奥にいる化け物に怯えて、逃げ帰ってしまった。

成人してからは電話だけが、お互いの交流の全てだった。

私の記憶の中の兄貴と、現実の兄貴とは相当な乖離があるだろう。

しかし、それでも幼い頃、兄貴はとても私に優しかった。兄弟喧嘩をした時にもいつも私を許してくれた。勉強もできず、運動もできない情けない兄貴だったが、私が泣いているといつも駆けつけてくれたのだ。

友達と喧嘩をして泣きながら帰った幼い日を思い出す。兄貴は事情も聞かずに『お前は何も悪くない。兄ちゃんはお前の味方だ』と言ってくれた。私たちの両親は結果を出さなければ愛情を返してはくれなかったが、兄貴だけは違っていた。

間違っていたのは、私たちの方だ。


「……どうして忘れていたんだ」

微睡《まどろ》みから目覚めて身体を起こし、窓の方へ目をやると間もなく夜が明けようとしていた。

昨夜の出来事がまるで夢のように感じられたが、枕元にはあの骨董店で購入した糸巻き棒が無造作に転がっている。手に取ってみると、美しい糸がしっかりと巻きついていた。青、黄、赤、白、黒の五色の糸が一条により合わさったものだ。

糸の先端は壁の方へ伸びており、まるで透過するように続いていた。

試しに動かしてみると、糸はやはり壁をすり抜けて何処かへと真っ直ぐに伸びている。指で触れると僅かに温かい。

「なんだ、これ」

この糸が何処へ向かって伸びているのか。今の私にはそれが分かるような気がした。

簡単に着替えを済ませ、財布と糸巻き棒だけを手にホテルを後にする。チェックアウトの時間までに戻れるかというよりも、生きて帰れないことの方を心配すべきなのだろう。

ここから末成樹海まで行くには車がないと難しい。昨日は大野木さんが送ってくれたが、ホテルの近くにタクシーは見当たらない。とにかく大通りへ出てからタクシーを捕まえる必要があった。

夜明け前の屋敷町は静まり返り、心地よいほど涼しい。点滅する信号機の彼方に見える東の空が僅かに白み始めていた。

おそらく五色の糸は真っ直ぐに樹海の方へと伸びているようだが、どうやら最短距離で目的地へと繋がっているらしく、私は建物を迂回しながら進んでいかなければならなかった。

幾ら観光地と言えども、こんな時間から走っているタクシーなど見つからない。そもそも車道を車が一台も走っていないのだ。

その時、前方から走ってくる車がこちらへ向かってパッシングした。眩い光に思わず足を止めると、車が道路脇に止まった。運転席から出てきた長身の男性には見覚えがあった。

「おはようございます」

特に驚いた様子もなく、大野木さんが頭を下げる。

「どうして、こんな所に？」

「実は昨夜から現地に泊まり込んでいたんです。何か手段がないものかと試行錯誤していたのですが、どうにも行き詰まってしまって。心当たりのある店へ行く途中だったのですが、急に千早君が糸が視えると言い出しまして。もしやと思い、糸の先を辿っていたんです」

「すいません。昨日は逃げ出してしまって」

「いいえ。恐ろしいと思うのは当たり前のことです。私は今も恐ろしくて堪りませんよ」

そう言って微笑んでくれる大野木さんの気遣いに頭を下げた。

「この糸が視えますか？」

大野木さんは糸巻き棒へ視線をやったが、やはり何も視えないのか、首を横に振った。

「私には何も」

「大野木さん、申し訳ないんですが、私も連れていっては貰えませんか」

「勿論です。後ろに乗ってください。急ぎましょう」

頷いて後部座席へ乗り込むと、桜さんが寝不足そうな顔で私を見た。しかし、特に怒っているようには見えない。むしろ同情しているような視線を向けてくるので、少しだけ困惑した。

「……アンタも運が悪いな」

「え？」

「いや、なんでもない。それよりもその糸巻き棒、絶対に落とすなよ。辿り着くまでは文字通り、それが俺たちの命綱だ。まぁ、主人からそう簡単に離れるとも思えないけど、念の為な」

夜行堂の店主のようなことを言う。

「光明が見えてきましたね」

大野木さんがそう言って、力強く車を発進させた。

桜さんの右眼にはしっかりと糸が視えているようで、ハンドルを握る大野木さんに的確に道を指示している。二人とも本当に碌に眠っていないらしく、疲労の色が濃い。

昨日のコインパーキングに車を停めて、長靴を履いて上着を羽織った。

「夜明けまでが勝負だ。夜と朝の間《あわい》に紛れちまおう」

出入り口の鍵を大野木さんが外す。覚悟を決めて中へ入ると、早くも白く濃い霧が辺りを漂い始めていた。こうして見ると、この霧も普通の霧ではないらしい。微かに吹いている風に靡くことなく、まるで自分の意思を持つかのごとく揺らめいて、私たちを囲い込んでいる。

「この糸は兄貴の所へ繋がっているのだと思います」

不思議と、この五色の糸が導いてくれているのが分かる。

生い茂った原生林の中、霧を掻き分けるようにして進んでいくと、霧の向こうに佇むモノをちらほら見かけた。それは女の顔を持つ猿であったり、赤ん坊の顔をした芋虫であったりした。それらはこちらを眺めるように見ていたが、近づいてくる様子はない。

桜さんが話していた通り、これが私たちの命綱なのだろう。この糸巻き棒を落としてしまえば最後、あれらが襲いかかってくるに違いなかった。

途中、苔生した古い石の鳥居を見つけた。

「鳥居はできるだけ潜っていこう。機嫌は損ねないに越したことはない」

「禁足地の中に神社なんてあるものなんでしょうか」

「私が調べた限りでは、そのような記録は見つけられませんでしたが、こうして鳥居があるのですから社《やしろ》があってもおかしくはありませんね。記録に残らないほど古いものかもしれません」

大野木さんの声が震えている。顔色も酷く青ざめていた。

「大野木さん。大丈夫ですか」

「はい。問題ありません。先を急ぎましょう」

もう暫く進んでいくと、目を見張るほどの巨木が横倒しになっていた。幹には朽ちかけた注連縄が結ばれていて、御幣《ごへい》が足元に散らばっている。

「兄貴。いるのか」

糸は倒木と地面の僅かな隙間へと続いていた。ちょうど人が横になって潜り込めるような空間。そこから這い出てきた中年の男に見覚えがあった。黒い土で汚れ呆然としているその顔は紛れもなく自分と血を分けた兄貴だった。

「……篤哉？」

信じられないようにそう呟いた兄貴の後ろから、同じように疲れ果てた様子の三人の男女が現れた。四人とも憔悴しているが、歩けないほどではない。

「助けに来たんだよ、馬鹿兄貴」

「驚いた。どうしてお前が」

事情を説明しようとした私を、桜さんが手で制する。その右眼は燃えるように青く揺らめいていた。しかし、何処を視ているのか、やけに視線が高い。

「感動の再会と行きたいのは分かるけど、詳しい話は後だ。見つかる前に逃げるぞ。そっちの三人も歩けるか？」

「アンタら、警察じゃないのか？　自衛隊とか」

「悪いけど自分で立って歩いて貰う。ついてこられなきゃ死ぬと思え」

桜さんの言葉に兄貴の仲間たちが露骨に不服そうな表情を浮かべる。

「待てよ。こっちには怪我人もいるんだ。仕事で来たんじゃないのか」

「それは」

大野木さんが間に入ろうとしたが、桜さんに押しのけられる。

「入るな、と書いてあっただろ。禁足地にされてるんだ。相応の理由があるのは考えたら分かるだろう。それを無視して面白半分で侵入しといて、いざ自分の命が危険になったら助けろだと？　てめぇの命の責任くらい、てめぇで背負えよ」

「千早君。言いすぎですよ。申し訳ありませんが、我々も自分たちの身を守るので精一杯なんです。可能な限り自分で歩いて頂かなければ、我々にはどうしようもありません。どうかご理解ください」

兄貴たちは俯いて黙り込んでしまった。自分たちがどれほど恥ずかしいことを言ったのか、ようやく理解したらしい。いい歳をして物事の分別がついていないのだ。

「兄貴、行こう。この糸が出口まで導いてくれる」

私は瞼を閉じて、一人暮らしをしている我が家を思い浮かべた。帰ったらまず温かい風呂に入ろう。汚れた身体を洗ってから冷たいビールを飲んで、思う存分寝るのだ。

五色の糸は、兄貴の向こう側へとまだ続いていた。

何かがおかしい。けれど、それが何なのかが分からない。

「どうかしたのか？」

「いや、なんでもない。とにかく進もう」

兄貴に肩を貸して樹海を進んでいく。やって来た道を戻らなくてもいいのか、とも思うが、ここは疑わずに糸を辿るべきだ。この樹海はきっと時間だけでなく、空間も歪んでいる。

「ここはダメだ。右から回り込もう」

桜さんは途中、何度も迂回するように指示を出してくれた。私はただ糸を辿っているだけで、その途中に何があるのか分からない。しかし、桜さんにはそれが視えているらしい。遠回りし避けながら進んでいく。

「……何度もここから逃げようとしたんだ。でも、化け物がいて逃げられなかった。見つからないように隠れていたけど、もう限界だったんだ。飢えて死ぬと思ってたよ」

「当たり前だ。兄貴たちが馬鹿やっている間に外はもう夏になっている」

「まさか。嘘だろう。まだ三日と経ってない筈だ」

「嘘なんかついてどうする。外に出たら思い知るさ。でも、もう二度とこんな馬鹿な真似はしないでくれ。動画配信がしたけりゃすればいい。けど、やって良いことと悪いことがあるだろう？　いい歳をして馬鹿なことをしないでくれよ。兄貴はそんな奴じゃないだろ。通学路のお地蔵様に手を合わせていくような子どもだったじゃないか」

「……すまん」

兄貴もそうだが、後ろの連中もこれだけ痛い目に遭えば思い知るだろう。それでもまだ繰り返すというのなら、好きにすればいい。どうなろうが、もう知ったことではない。

しかし、桜さんや大野木さんはそうはいかないのだ。こういう馬鹿な連中も救おうとしているのだから頭が下がる。誰にでもできることじゃない。

「止まれ」

強張った桜さんの声に全員が硬直したように動きを止めた。

しゃん、と鈴の鳴る音がした。一つではない。幾つもの鈴が同時に揺れる音が、まるで足音のように迫ってくる。

「誰も喋るなよ。怖くても絶対にその場を動くな。……連れていかれるぞ」

そう桜さんが口にした瞬間、目の前の濃霧が急に晴れていった。

木々の向こうに四つん這いで立つ、巨大な異形を何に喩えたらいいだろうか。桜色の打掛《うちかけ》を羽織った毛むくじゃらの何か。狼のように尖った鼻先から目元を覆うように被った布には赤い染料で文字が描かれていた。目が見えないのか、耳を傾け頭を動かしながら己の背丈ほどもある木々を手で押し除けて歩いている。

私たちが悲鳴を飲み込めたのは、予《あらかじ》め桜さんに忠告して貰っていたからだ。そうでなければ、絶叫して逃げ出していたかもしれない。

あまりの恐ろしさに全身が震えた。瞬きをしただけでも見つかるのではないかという恐怖に襲われる。布の隙間から覗く獰猛な肉食獣の口元が牙を剥くのを見て、失禁しそうになった。

耳や首に吊るされた鈴は赤黒く錆びているが、動く度に音色を響かせていた。

この鈴がなければ私たちは足音に気づかなかったろう。鼻と目を覆う布がなければ、私たちはとうに見つかっていた筈だ。

巨大な犬歯の隙間から漂ってくる強い血の匂いに吐きそうだ。冷や汗が全身から滴り落ちそうな恐怖の中、化け物は私たちの眼前からなかなか退こうとしない。

肩を貸している兄貴はぶるぶると震えながら、恐怖に涙を流していた。すぐ隣を歩いていた大野木さんも青ざめた顔で呼吸をするのも躊躇《ためら》っている。ここからでは見えないが、兄貴の仲間たちもきっと同じように怯えているだろう。いつまでもこのままでいれば、やがて誰かに限界が訪れるのは明らかだ。

それが分かっているのか、化け物はここから動こうとしない。頭を傾げるように動かしながら、目の前にいる私たちの気配を感じ取ろうとしているようだった。

その時、私は五色の糸が化け物に伸びていることに気がついた。まさか、と思って糸の先を目で追うと、先端が其れの小指に結びついている。

全身から血の気が引いた。

パニックに陥りそうな私の手を、桜さんが握る。そうして頷いてから、青く光る右腕が糸巻き棒を掴んだかと思うと、大きく振り被って躊躇なく放り投げた。

糸巻き棒はあっという間に視界から消えて、木々の奥で音を立てて落ちた。その瞬間、化け物が跳ね上がるように身を翻すと、足元の木々を蹴り飛ばしてそれが落ちた方へと獲物を見つけた猟犬のように駆けていった。

桜さんを除いた全員が恐怖に身動きできずにいる中、大野木さんが最初に口を開いた。

「……今のは、いったい何だったのでしょうか」

「朽ち果てているけど、この奥に社がある筈だ。だから神様なんじゃないのか？　いや、元神様か」

よく分からないけど、とことともなげに言う。

「あの化け物のせいで俺らは閉じ込められていたってのかよ。ちくしょう」

忌々しげに吐き捨てた兄貴の仲間の一人を桜さんが睨みつける。

「言っとくけどな、アンタらみたいな連中の所為《せい》で変質したんだ。此処には恐ろしいものがある、悍《おぞ》ましい場所であって欲しいという呪いをかけたのはアンタらみたいな人間だ」

「千早君。もうそこまでにしましょう。まずは此処から出るのが先決です」

「……ああ」

桜さんにしか視えないものがあるのだろう。

「行こう。兄貴」

兄貴は後悔と罪悪感の浮かんだ顔で、社があるという方向へ向かって頭を下げた。もしかすると兄貴たちは、その社を目指していたのかもしれない。あるいは、その帰りだったのかもしれなかった。

「ごめんな、篤哉」

「二度とごめんだからな」

それからまた暫く歩いていくと、急に霧が晴れて眩いばかりの朝陽が差した。気づけば、いつの間にか出入り口のゲートに辿り着いていたらしい。

「ああ、出られた」

敷地の外へ出てから、その場に腰を下ろす。もう一歩も動ける気がしない。

兄貴を座らせてからあの糸巻き棒のことを思い出していた。

「桜さん。どうしてあの糸は化け物に通じていたのでしょうか」

「確か五色の糸ってのはさ、極楽浄土に続く糸なんだよ。化け物にしか視えなくても、あれはそういう存在なんだろ。道具には役割がある。あの道具は、持ち主を極楽に導くのが役割だったんだと思うよ」

夜行堂の店主の言葉が脳裏を過ぎった。

「ああ、なるほど、そういうことだったのか」

住宅街から出勤、或いは登校する人たちに奇異の視線を向けられたが、もうそんなことはどうでも良かった。

兄貴を連れて生きて帰ってこられた。それ以上に望むことはない。

○

後日、私は特別対策室へ菓子折を持参した。

「これ、つまらないものですけど。この度は本当にお世話になりました」

応対してくれた大野木さんは破顔して、私が買ってきた菓子折を丁重に突き返した。

「長居さん。お気持ちだけで充分です。私は公務員なのでこうしたものは受け取れません」

「頭が固《かて》ぇなあ。俺が個人的に貰うよ。それなら文句ないだろ？」

背後からやってきた桜さんへ菓子折を渡すと、ソファにどかりと腰を下ろして左手だけで器用に包装紙をビリビリに破いてしまった。蓋に描かれた淡い色調のイラストを見て桜さんが眉をひそめる。

「何だこれ。キャラメル？」

「ヌガーですよ。新屋敷の『カノープス』の看板商品ですね。並ぶのが大変だったのでは？人気店ですから一時間はかかりますよね」

「ええ。なので、並んだのは兄貴です。本当はここへ一緒に来る予定だったんですけど、会社の面接がありまして」

「そうでしたか。お兄様の具合はいかがですか？」

「入院している間にいい感じに痩せました。未だに森を見かけると動悸がするそうですけど、妙な動画を撮ることもなくなりました」

「お元気そうなら良かった」

桜さんが個包装された紙を解いて、菓子を口に放り込む。それからモグモグと噛み砕いて小首を傾げた。

「甘い。柔らかいキャンディみたいな感じだ。ドライフルーツとナッツが入っててうまいけど、めちゃくちゃ歯にくっつくな」

「元々は紀元前にアラブで考案されたハルヴァの一種ですよ。胡桃《くるみ》と蜂蜜で作っていたそうですが、中国に渡り、南フランスへ持ち帰られたことでアーモンドを加えて、長期保存ができるようになったそうです。蜂蜜ではなく、メレンゲを加えたものはベトつきませんが、私はやはり本来のヌガーの方が好みですね」

「へー」

「長居さん、ありがとうございます」

そう言って大野木さんもヌガーを齧った。やはり好みの味であるようだ。私の目立てに狂いはなかった。

「そういえば、残念なお知らせが一つ」

大野木さんの言葉に苦笑してしまう。やはり既に耳に入っていたらしい。

「聡介さんと共に動画撮影をしていた三人と依頼人の女性が消息不明になりました。聡介さんもご存じでしたか」

「兄貴も誘われたようです。呆れて物が言えない」

あれほどのことがあったにもかかわらず、彼らは再び県外の心霊スポットで撮影を始めたという。本物がいるということを知ったからなのか。

撮影する場所も、禁足地のように古くから出入りを禁止されている危険な場所を故意に選んでいたようだ。

そんな投稿を何度か繰り返していたが、つい先日、とうとう消息を絶ってしまった。

「私たちも警告は散々したのですが、やはり聞き届けては貰えなかったようですね」

「せっかく助かったというのに、どうして懲りずに危険な場所へ行くのか。正直に言って理解できない。兄貴も止めたそうですが、裏切り者扱いされて碌に話も聞いて貰えなかったそうです」

ほっとけよ、と桜さんが声をあげた。よほど気に入ったのか、ちょうど三個目を食べ終わった所だ。ヌガーは本来、中毒性があるお菓子だとも言われる。甘味のなかった時代なら尚更だろう。一度、味を覚えたら何度でも求めてしまうのは人の業というものだ。

「自分から死地に行くって聞かないんだから、どんな結末になっても自業自得だ。おまけに誰にも邪魔されないよう、手がかりも消して現地入りしていては追いかけようがない」

打つ手なしだよ、と両手を挙げた。どうやら助けようとはしたらしい。それだけでも充分お人好しだと思うが、口に出すのは憚られた。

「日常に帰りたいって奴なら助けられるさ。でも、日常から離れたくてあちら側に何度も足を延ばす奴を助けるのは無理だよ。結局、自分を助けられるのは自分だけなんだから」

「そうですね。確かに、その通りだ」

最後に遺された彼らの動画を、二人は見ただろうか。

何処かの山間《やまあい》の渓谷で、一夜を明かすと笑い合っていた四人の男女。その向こう岸にある林の中に、大勢の人影が見えるとネットで話題になっているのを。

きっとあの連中は闇に囚われてしまったのだ。

一度は運良く離れることができたのに、その闇にまた足を踏み入れてしまった。そんなことをしていれば、当然いつかは帰れなくなる日が来るだろう。

では、この二人はどうなのだろうか。

誰であれ、深い闇の中へ足を踏み入れれば帰ってこられる保証などない。いずれは彼らもまた闇に囚われて消えていってしまうのではあるまいか。

私は頭を振って、嫌なイメージを振り解いた。

手土産《てみやげ》に買ってきた菓子を一つ頂き口に頬張ると、甘い蜂蜜とナッツの香ばしさが広がる。

身体に悪い食べ物とは総じて甘く、優しい蜜の味がするものだ。

炎罪

とても蒸し暑い夜だった。

コンビニへ炭酸水を買いに行くついでに河川敷を散歩することにした。

真夜中ということもあり、行き交う車も少なければ、散歩をしている人もいない。すっかり寝静まった街を眺めながら、こうして歩くのは悪くない。蒸し暑ささえどうにかならないものかと思うが、それでも昼間に比べたら遥かに過ごしやすかった。

近所のコンビニで用を済ませてすぐに帰ろうと思っていたが、気が変わった。どうせ両親は寝ているし、明日は祝日だ。警官に見つかれば流石に補導されてしまうだろうが、河川敷の土手の反対側へ隠れてしまえば逃げることは容易い。

虫の奏でる音色に耳を傾けながら、せっかくなので少し遠くのコンビニへ行くことを決めた。市街地に近づく形にはなるが、歓楽街の方を歩くようなことさえしなければ問題はないだろう。

夜空を見上げると、目が暗闇に慣れてきたのか随分と多くの星々が瞬いているのが見えた。

青い月明かりの下、緩く弧を描く河川敷を独り歩いた。

不意に、風に強い鉄錆の匂いが交じっているのに気づく。濃い血の匂いだった。

携帯電話のライトで周囲を照らし、匂いの元を探る。とりあえず風上、土手の下へと視線を向けて斜面を滑り落ちないように慎重に下りていくことにした。

勘が当たったらしく、匂いはどんどん強くなってくようだった。

「また花壇に人が埋められているのならつまらないな」

此処からまだ随分先だが、同じ河川敷であることには変わりない。死体を見つけることができるのは悪くないけれど、似たようなものを見ても仕方がなかった。新鮮な感動があるのは最初だけで、慣れてしまえば飽きてしまう。

生い茂った草むらに、うつ伏せに横たわる制服姿の少女の死体を見つけた。青白い肌には血の気はなく、後頭部が陥没していた。辺りに凶器らしきものは落ちていない。すぐ近くに土手を下りる為の長い階段があった。

「この制服は心愛《しんあい》女学院のものか」

あそこは確か厳格なカトリック系の学院だ。学年でリボンの色が分けられており、一年は赤、二年は緑、三年は紫だという。

「緑色のリボンということは二年生だな」

近くに落ちていた枝を使って、髪の毛をどかして傷口を確認するが、血は驚くほど出ていない。脳挫傷を起こして死んだのだろう。瞳孔が開いているので確実に死んでいるが、それほど時間が経っているようには思えなかった。

「階段から転げ落ちたにしては、少し離れすぎている」

誰かが彼女を川の方へ引き摺《ず》ったのか、草に跡がついていた。

息絶えた彼女の横顔は己に起きたことが信じられないという様子で、どこまでも空虚な絶望に満ちていた。

思わず口元に浮かぶ笑みを隠そうと手で覆う。誰にも見られていないとは思うが、長居は無用だ。携帯電話で何枚か写真を撮ると、すぐにその場を後にした。

潰れた雑草の青臭い匂いと、強い血の匂いが鼻腔に残っているが、少しも気にならなかった。

土手を上がってから周囲に視線を配る。人の気配はないが、数時間もしないうちに新聞配達が始まる時間だ。少なくとも通学する学生や通勤する大人たち、早朝からの散歩を日課にしている人間の目に留まり、すぐに大きな騒ぎになるだろう。

監視カメラの類はこの辺りにはないが、この先のコンビニへは行かない方がよさそうだ。

殺人事件が起きれば近隣のコンビニや店舗の監視カメラ全ては捜査対象になる。その中に被害者と同じ年頃の男が交じっていれば否応なく目立つ筈だ。

表通りは避けて、住宅地の狭い道路を選びながら帰ったので家に帰り着くのにいつもの倍以上の時間がかかった。家族を起こさないよう玄関の鍵を静かに外して扉を開ける。涼しいエアコンの風が心地いい。

廊下からリビングの灯りがついているのが見えた。

体育館の崩落事故で姉が亡くなってから、母はああして姉の帰りを待っている。帰ってこないことを当人も頭では理解している筈だが、心の方が受け入れられないらしい。

僕は足音を立てないように通路に面した自室へと戻り、ベッドに横になった。一時間も外出していなかった筈なのに、随分と疲れた。それでも今夜の収穫は大きい。携帯を取り出して撮影した死体の写真を眺めているうちに睡魔が襲ってきた。携帯をスリープ状態にしてから充電ケーブルに繋ぎ、ベッド脇のテーブルに乗せる。

明日の祝日は何があっても、ゆっくり寝て家で過ごすことを決めた。

翌朝、リビングへ行くと両親と妹は三人で出かけたようで、姿も書き置きの類もなく、千円札が一枚無造作に置いてある。これが今日の昼食費用ということだろう。

ぼんやりと眠気が覚めるのを待っている間、あちこちでヘリが飛び交う音が響いていた。寝癖が酷いので冷たいシャワーを浴びてからリビングへ戻る。テレビのリモコンを手に取り、電源を入れると案の定、河川敷で少女の遺体が見つかったという報道で大騒ぎになっていた。

現地から青ざめた顔のニュースキャスターがリポートをする声を聞きながら、台所でミネラルウォーターをコップに注いで飲み干す。警察は事件と事故、両方の線で捜査を始めるという。

上空の報道ヘリの映像から、大勢の野次馬が土手に集まっているのが見えた。警察のパトカーが何台も止まっていて、警官たちが血相を変えて右往左往している。青いビニールシートで覆い尽くされた辺りが、ちょうど昨日の少女が倒れていた所だった。

彼女の身元についての報道があるとしても、まだ先のことになるだろう。僕はテレビの電源を落として、冷蔵庫からシリアルを取り出すと、牛乳を注いで簡単に朝食を済ませた。

昨日の彼女の死体は、それほど僕の興味を掻き立てなかった。こうして一夜が明けてみると、撮った写真にもそれほど唆られない。

「飽きたのかな」

携帯の中の写真データを削除してから、テーブルの上へ置いた。もっと心躍るものだと思ったが、そうでもなかったらしい。昨夜の死はあんなにも瑞々しく感じられたのに。

「どうしてだろう」

美嚢総合病院で見つけた死体は朽ち果てていたし、花壇へ埋められていた彼女たちは腐敗していた。しかし、あれらの死は濃密で甘美なものだったように思う。

「何かが欠けていたんだ。決定的なスパイスのようなものが」

昨夜の死体は、仕留めた人間の意思のようなものを感じることができなかった。憎しみや怨嗟《えんさ》、或いは歪んだ性欲や愛情も何もない。

「あんなものは、ただのマネキンだ」

損をしたような、ぬか喜びをしたような気分になったが、自分が愉悦を感じるものを自覚するのは大切なことだ。誰に理解されずとも、僕は僕のそれをきちんと把握しておく必要があった。

冷静に考えれば、彼女の死因は階段から転倒しての脳挫傷といった所だろう。あの土手は勾配《こうばい》がきつい。自分で足を滑らせたのか、それとも誰かに突き落とされたのかは知らないが、ともかく後頭部をぶつけて死んだのだ。

たった、それだけ。せいぜい死体を隠そうとして引き摺ったが、途中で諦めて逃げ出したというのが関の山だろう。

その想像が、ますます僕を白けさせた。

「なんてつまらない」

心底そう思う。取るに足らない死だ。事故死など老衰と何が違うというのか。

僕は幼い頃からどうしようもなく死に惹かれていたが、あの鷹元楸《たかもとひさぎ》という少女に出会ってからそこに指向性が生まれたように思う。

忌々しいことだ。あの女の所為で自分が変えられてしまったように感じるなんて。

不意に携帯電話が鳴った。嫌な予感がして画面に目をやると、鷹元楸の名前が見えた。取らずにおこうかとも思ったが、やはり嫌な予感がする。

「……なに」

『おはよう。遠野《とおの》君、気持ちのいい朝だと思わない？』

電話の向こうで妙に上機嫌な鷹元の声がした。透明感のある鈴を転がすような声に苛立つ。

「要件は？」

『ちょうどあなたのマンションの前に来ているの。あなたの家は何階かしら？』

鷹元の言葉に絶句した。こんなものは悪い夢だ。クラスの誰よりも、この女には自宅を知られたくなかった。

「……帰ってくれ」

『どうして？　私、あなたと相談したいことがあるの。それに面白い人を連れてきたわ。あなたもきっと驚く』

『今日は家でゆっくり過ごすつもりだから邪魔しないでくれ。話なら学校で改めて聞くよ』

『どうしても会わないっていうのなら、管理人さんにお願いすることになるけど、それでも構わない？　私、あなたの恋人を名乗るわよ？』

反射的に舌打ちする。今すぐ電話を切りたいが、突然、家に押しかけられた上に親の耳に入りそうな嘘まで撒き散らされるのは我慢がならない。

「僕が行くまで大人しくしていろ。誰にも話しかけるな」

『エントランスで待っているから。急いでね』

電話を切ってから急いで身支度を済ませて、鞄に財布だけを突っ込んでエレベーターへ乗り込んだ。鷹元一人なら素のままで構わないが、誰かを連れてきているというのならそうはいかない。特に第一印象は大事だ。

エレベーターの鏡の前で、表情と声のトーンを整えているうちに一階へ着いた。

エントランスには白いワンピース姿の鷹元と、見覚えのない顔の少女がいた。同い年くらいだろうか。整った顔立ちをしているが見るからに気が弱そうだ。何かに酷く怯えた様子で周囲に視線を動かしている。一見して友達という間柄の雰囲気ではなかった。

僕は一瞬だけ思案して、人当たりの良い笑みを浮かべる。口角を僅かに上げて目を細める。そうして声を少しだけ高くすることを意識した。

「やぁ、おはよう。鷹元さん、君が訪ねてくるなんて珍しいね」

珍しいも何も初めてのことだ。そもそも、どうやって僕の家の場所を知ったのかが気がかりだ。大方、教師連中を使って住所を開示させたのだろう。そのくらいのことなら彼女にとっては造作もないことだ。

鷹元はにっこりと微笑んで傍の少女の肩に触れた。

「紹介するわね、こちら御堂《みどう》胡桃《くるみ》さん」

「どうも、はじめまして。遠野恭也《きょうや》です。鷹元さんのご友人ですか？」

愛想よく問いかけた僕から目を逸らしながら、困ったように誤魔化すような笑みを浮かべる。コミュニケーションが得意なタイプではないようだが、それ以上にこの怯え方は少し異常だ。大人しめの服装も相まって、益々気が弱そうに見える。

「可愛いでしょう、胡桃さん。兎みたいで」

世間一般的な物差しから言えば愛らしい少女だ。小柄で華奢な体格、端正な顔立ちに、色素の薄い長い髪。およそ脅威というものを一切感じさせない小動物じみた所がある。支配欲を満たしたいタイプの男からすれば堪らないだろう。

「そうだね」

僕は適当に相槌を打ちながら、周囲に目を配った。いつまでもエントランスにいたら近所の人に見られてもおかしくない。

「とりあえずさ、もう少し静かで涼しいところで話そうよ。御堂さんもその方がいいよね？近所に僕のよく行く喫茶店があるんだけど、どうかな？」

「えっ、あっ、はい」

青ざめた顔で同意する彼女に頷いて、率先してマンションを離れることにしたが、鷹元はそれが不服らしい。

「私、遠野君の部屋がどんな様子なのか気になるわ。年頃の男の部屋に入る機会なんてそうないもの。今日、ご家族はいらっしゃるの？」

「妹の具合が悪くてさ。母さんが看病をしているから、また今度にしよう」

自分の部屋に鷹元を入れるだなんて悪い冗談だ。僕にとってデメリットしかない。

二人を連れて家から少し離れた喫茶店へと向かう。

蝉のけたたましい鳴き声と焼きつくような陽射しに辟易しながらも、僕は御堂さんへの気遣いを忘れなかった。あれこれと世間話を色々と振ってみたが、警戒されているのか、上手く会話にならない。俯いて怯える様子は見ている方を不快にさせた。

そんな御堂さんとは対照的に、鷹元は嫌味なくらいに明るく朗らかだ。深窓の令嬢といった様子の彼女をすれ違う人が次々と振り返っていく。中には言葉を失って口を丸くする人もいる。男女を問わず、人の心を魅了する鷹元のことが僕は気持ち悪くて仕方がなかった。

自分が懇意にしている喫茶店へ、この二人を連れていくというのは気が進まない。しかし、安易にファミレスに入ってクラスメイトと遭遇するようなことだけは避けたかった。

「遠野君、今朝のニュースを観た？」

一瞬、反射的に素の自分でそっけなく言葉を返そうとして、表情から取り繕う。

「ああ、観たよ。またあの河川敷で誰か亡くなっていたらしいね」

怖いね、と淡々と答える。あれだけの騒ぎだ。知らない、などと言えば不審に思うだろう。

「ええ。痛ましい事件よね。亡くなった女の子、心愛女学院の生徒らしいわ」

にっこりと秘密を共有する親友同士のように嬉しそうに訃報を語る鷹元の横で、心底怯えた様子で息を呑む御堂さんを僕は見ていた。

「……そうだね」

スキップでも始めそうな足取りの鷹元は、くすくす、と可笑しさを隠し切れない様子で微笑む。クラスメイトたちが見れば即座に心を奪われてしまうだろうが、こういう時の鷹元はその外見とは裏腹に、悍ましいことを考えていることが多かった。

行きつけの喫茶店『ロビン』は、線路沿いの寂れた商店街にある。入り口も分かりにくいので常連客以外がやってくることはまずない。

入り口の扉を開けて店内に入ると、ドアベルの丸い音が響く。

一見すると小さな店のようで、入ってみると思いのほか店内は広く、カウンター席とは別にテーブル席が十席以上もある。

カウンターで常連客と話をしていたマスターは老齢の女性で、こちらを一瞥しただけで何も言わない。こちらから声をかけない限り、客に一切干渉してこないのがこの店の最大の美点だ。

それぞれのテーブル席の壁面にはランプが設置されていて、薄暗い店内のテーブルを淡く照らし上げていた。流れる控えめなジャズも好ましい。

万が一にも話が他の客へ聞こえないよう、奥のテーブル席に腰を下ろした。反対側に鷹元と御堂さんが腰かける。緑色の柔らかな座面が指に心地いい。

「素敵なお店ね。メニューを取ってもらえるかしら」

「ああ」

鷹元は楽しげにメニューを広げて御堂さんに見せるが、彼女は青い顔をして怯えたままだ。よほど僕が警戒されているのか、あるいは彼女の方に問題があるのか。

「私、アイス珈琲に決めたわ。胡桃ちゃんは？」

「わ、私も同じものを」

僕は頷いて席に常備してある注文票と鉛筆を手に取り、注文を書き記した。それを手にカウンターへ向かい、マスターに手渡す。

「アイスコーヒーを三つ、お願いします」

マスターは無言で頷いて、注文票を受け取る。常連客は僕の方など見向きもしなかった。席へ戻ると、鷹元が何故か僕の座っていた方に移動していた。そうして自分の隣をポンポンと手で促すように叩く。

「遠野君はこっち」

「……なんで僕がお前の隣に座らなくちゃならないんだ」

いつもの調子でそう言ってから、思わず素で話していたことに気がついた。案の定、御堂さんが怯えた様子で僕の方を見ている。彼女の裏切られた子犬のような表情に、酷く嗜虐心をくすぐられるのを感じた。

「鷹元。わざとやったろう」

「胡桃ちゃんに素顔を見せてあげたくて。見た目ほど軽薄じゃないって教えてあげないと、いつまでも怖がるでしょう？」

そう言われて、はい、と言えるような人間ではないだろう。むしろ逆効果だ。

ため息をついてから僕は仕方なく鷹元の隣に腰を下ろす。幸い席が広めに設けてあるので、二人でかけても余裕がある。

「それで。話というのは？」

「ええ。実は朝のニュースで話題になっていた河川敷の殺人事件、犯人は胡桃ちゃんなの」

「ふぅん。そうか」

「驚かないの？　どうして？」

興味津々になっている鷹元とは対照的に、御堂さんは唇を引き結んで自分の膝を凝視していた。長い前髪で表情は見えないが、これほど怯えている様子を眺めるのは悪くない。

「別に大した理由はない。ただ、鷹元は事件だとはっきり言っただろう。今朝のニュースでは事件か事故か、断定はしていなかった筈だ」

「なんだ、つまらない」

「しかし、どう見ても彼女は人を殺しそうなタイプには見えない」

そう僕が言った瞬間、御堂さんが顔を上げた。泣きそうな、怯えているような、それでいて何処か笑っているような顔に思わず視線が釘付けになる。

彼女は何か言いたげに口を動かそうとしたが、上手く言葉にならないのか、結局一言も発せないままに口を噤んでしまった。

「私が代わりに説明するわ。胡桃ちゃんは楽にしていて」

「そもそも、どうして御堂さんが殺したことを鷹元が知っているんだ」

「見てたの。一部始終を」

そう言ってにっこりと満面の笑みを浮かべた所で、ちょうどマスターがアイス珈琲を持ってきた。グラスを三つコースターと共に並べて、軽く会釈をして去っていく。

「綺麗な人ね。凛として美しい魂の色をしているわ」

「君にはそんなものまで視えるのか」

「ええ。遠野君は煮詰めた臓物のような色ね」

クラスメイトたちが鷹元のことを偶像のように崇めているのが、僕には到底理解できなかった。何が薄気味悪いかと言えば、おそらくは大抵の人間が、鷹元楸という少女の本性を知っても尚、彼女への信仰じみた感情を捨てないであろうことが分かるからだ。

「話の続きを」

「日が暮れる頃だったかしら。たまたま土手を歩いていたら、女の子の怒鳴り声が聞こえたの。それで気になって河川敷に目をやっていたら、胡桃ちゃんが一緒にいた女の子から髪の毛をこう乱暴に掴まれていて。喧嘩というより、一方的に暴力を受けているようだったわ。

酷く怒鳴られていたから」

　この季節なら日暮れは午後七時くらいだろうか。散歩をする人の多い時間帯を明らかに避けている。

「そうして揉み合っているうちに相手がバランスを崩して階段から転げ落ちたの。頭を打ったのか、それきり動かなくなったわ。胡桃ちゃんは酷く動揺していて、とにかく隠そうと足を持って引き摺ろうとしていたから、私がそれを止めたの」

　救急車を呼ぼうとしなかった理由は聞くまでもない。鷹元は最初から助けるつもりなどなかったからだ。御堂さんは最悪の目撃者に捕まったと言っていい。

「事故に見えるように彼女を元の場所に戻して、それから急いで二人で現場を離れたの。胡桃ちゃんの話を聞いていたら、力を貸してあげたくて」

「……それが僕と何の関係がある。力を貸したいのなら、好きに貸せばいいだろう。僕を巻き込むな」

　きっぱりと拒絶してからアイス珈琲を口に含む。焙煎された珈琲豆の風味が素晴らしい。

「復讐を、するんです」

　御堂さんが絞り出すようにそう言った。愛らしい、いかにも家族に愛されて育った少女といった風の甘い声。

「私、高校でいじめられていて。寮の人たち、みんなで私のことをいじめるんです。保田《やすだ》さんは同じクラスの人なんですけど、いつもお金を寄越せって、言ってきて。お母様たちからの仕送りを奪っていくんです」

「酷いでしょう？　相応の罰を与えないといけないわ」

まるで新しい玩具を見つけた幼い子どものようだ。普通の感性を持つ人間なら、御堂さんの悩みを聞けば、教師、または然るべき機関に相談するべきだと言うだろう。だが、鷹元は違う。断崖絶壁に立つ人を見つけたのなら、耳元で甘い言葉を囁き、その背をそっと押すタイプだ。悪意などない、純度だけは高い好奇心で。

そして、僕は窮地に立った人間が、どう跳ぶのかが見たい。

「確かに酷い話だ。君はどうしてやりたい？」

「あ、あの、本当はもう、辛くって。自殺してしまおうって思って、いたんです。でも、鷹元さんがそんなのは勿体ないって、言ってくれて。怖いけど、復讐したいって思ったんです」

ぶるぶる、と膝の上で握り締めた拳を小さく震わせる彼女は確かに怒っていた。

「寮の人たち、みんなに復讐がしたいんです」

その後になら死んでも構わない、と彼女は思い詰めた表情でそう言った。

「大丈夫よ。私たちが手助けしてあげるから。傷つけられた尊厳は取り戻さないといけないわ。それは正しいことよ」

怯えた表情の中に縋るような笑みを浮かべて、御堂さんは何度も頷く。私たちという言葉には引っかかるものがあったが、ここで大袈裟に反対するのも面倒だ。飽きたらフェイドアウトすればいい。

「だから具体的にはどうしたいのか聞かせて貰ってもいいかな」

「あ、あの、私がどれだけ傷ついていたのか、理解して貰いたいんです。ドアに指を挟まれて折られたことや、ま、真冬に半裸で外に締め出されたこともありました。どんなに泣いても、やめて欲しいと言っても、誰もやめてくれないんです」

この猛暑日に長袖のワンピースを着ているのは、そういう理由もあったのか。肌を極力見せないようにしているのは、防衛意識というよりも、それらの傷跡を人に見られたくないのだろう。

「教師はいじめのことを知らないのか？」

「り、寮監の先生には、何度も話しました。でも、いつも相手にしてくれなくって。自業自得だって。取り合ってもらえないんです」

「自業自得？」

「いいえ。わ、私が先生の恋人に色目を使ったって言うんです。でも、私、職員室の場所を尋ねられたから答えただけで。何も、していません」

その寮監というのは女性だろう。彼女の言わんとしていることは容易に想像できる。目の前にいる、この愛らしく気の弱い少女は、男の庇護欲を掻き立てるのだろう。ただ話をしているだけでも、まるで彼女が自分の恋人に弱みを見せているように見えたのかもしれない。それが真実かどうかは、おそらく問題ではないのだろう。

「なるほどね。君は自分をいじめてきた連中を殺してやりたいと思うのかな」

僕の問いに御堂さんは顔を真っ青にして、ぶんぶんと首を横に振った。

「そ、そんな怖いこと考えていません。ただ、ほんの少しでもいいから私の痛みを知って欲しくて。それに保田さんが亡くなったのは、私のせいじゃありません。先に手を出してきたのは、保田さんの方です」

じわ、と大きな目に涙が浮かぶのを見て、僕は質問をするのをやめた。長々と続く不幸語りに耐えたのは、新たな死体に出会うチャンスだと思ったからだ。そうでないのなら、僕には特に感じるものはない。強いて言えば『面倒』ということだけだ。そうやって泣いて何になるというのか。

「遠野君。女の子の扱いをもう少し覚えた方がいいわね」

「……そんなことよりもやりたいのなら、急いだ方がいい。日本の警察は有能だ。捜査の手が及ぶ可能性は皆無じゃない。町中の監視カメラはもちろん車載カメラもチェックされるだろう。対岸の土手を走る車のカメラに二人が写っている可能性もある」

「それは私も同感」

そういえば一つ気になることがあった。

「昨日、保田さんは寮には戻らなかった。寮でも騒ぎになったんじゃないのか？」

「いいえ、昨夜はそれほど騒ぎにはなりませんでした。届けを出さないまま、無断で外泊することは日常茶飯事だったので、みんないつものことかと」

「普段から品行方正という生徒でもなかった訳か」

「さ、騒ぎになったのは今朝方のことです。夜明け前に寮監が起床チャイムを放送して、みんな飛び起きました。それから保田さんが河川敷で遺体になって見つかったと言われて。その後すぐ、鷹元さんから電話を貰ったんです。昨日の続きをしましょうって」

「鷹元さんじゃなくて、楸って呼んで欲しいな」

にっこりと微笑みかける鷹元に、御堂さんが顔を赤くするのを見て辟易した。お友達ごっこがしたいのなら、他所《よそ》で勝手にすればいい。

「大丈夫よ、あなたは何も間違えていない。きっと話せば分かって貰えるわ」

手を合わせて朗らかに宣言する鷹元は、輝くような笑みを浮かべた。

◯

会ってみて分かったが、御堂さんは自分から復讐を選ぶような人ではない。だが、保田さんが事故死した現場を鷹元に見られてしまったのが、彼女の運の尽きだ。

弱みを握られたまま、精神的にも動揺している所を唆《そそのか》されたのだろう。鷹元の吐く甘い言葉は蛇のように、救いを求めている相手の薄暗い欲望を肯定する。

喫茶店を後にした僕たちは一度、御堂さんと別れることにした。彼女は女学院の敷地内にある寮へと戻り、僕たちは学院から程近い交通センターで待機する。一階から四階まではバスの停留所になっており、五階はゲームセンター、六階と七階は飲食店のフロアになっていた。

「可愛いでしょう。彼女」

適当に入った、いかにも女子が喜びそうな桃色がやけに目立つカフェ。テーブルの向かいに座る鷹元がクスクスと笑いながら、紅茶に入れた角砂糖をスプーンで溶かしていく。

「僕を巻き込むのはやめろ」

「遠野君が喜ぶと思ったの」

「……保田さんとかいう生徒の死体なら、昨夜偶然見かけたよ。今まで君と見てきたものに比べたら、取るに足らないものだった」

「やっぱり。そうじゃないかと思っていたわ。だって、あなたの大好きなものの話をしているのに酷くつまらなそうなんだもの」

「御堂さんに何をさせるつもりだ」

「別に何も。私はあの子のことが気に入ったの。だから力を貸そうと思っただけ。だって、あんなに良い子がいじめられているのに、誰も助けてあげないなんておかしいわ」

「もっともらしいことを言うなよ。別の狙いがあるんだろう」

まさか、と無垢に笑ってから窓の外へ視線を投げる。大きな交差点を行き交う大勢の人々が、此処から眺めるとまるで蟻のようにちっぽけに見えた。踏み潰してしまえば、鮮やかな赤い花があちこちに咲いたようになってさぞ美しいだろう。

「この土地にはね、結び目があるの」

「……なんだって？」

急に話が見当違いの方へ飛んだので困惑した。

「きっと生まれてくる私が好き勝手にできないように長い年月をかけて、あちこちにそういう仕掛けを施したのね。私が女の子として生まれてきてしまったのも、その所為。せっかく大叔父様が沢山の種を蒔いてくれたのに。何もかもちぐはぐになってしまって、私のスペアも手の届かない所へ行ってしまった。本当に残念だわ。でもね、失敗したこの先に何が待っているのか。私、それがすごく気になるの」

溢れ出る好奇心を隠そうともせず、鷹元は楽しげに続ける。狂人の戯言だ。いちいち口を挟む方がどうかしている。

「私は失敗した。でも、未来が分からないことが、こんなにも楽しいことだなんて思わなかったわ。白紙の未来をどうするのか。何を描くのか、考えただけでドキドキするの」

軽く握った小さな手を唇に添えて、くすくすとはにかむように笑う。

「……君が何を言っているのか。僕にはさっぱり分からない」

「いいの。聞いて欲しいだけだから。遠野君、私はね、その結び目を少しずつ解いていきたいの。本当は大叔父様に手伝って欲しかったのだけれど、あの人は邪魔もしない代わりに手伝ってもくれなかった。残された人生は、きっと自分の為だけに生きると決めたのね」

鷹元は少しだけ残念な顔をしてから、僕ににっこりと微笑みかけた。

「遠野君が本当に見たいと思うものを、私ならきっと見せてあげられると思うわ」

「僕が本当に見たいもの？」

「ええ。その一端をもしかしたら見せてあげられるかもしれない」

勿体ぶった言い方に思わず苦笑する。『ロビン』のものに比べれば、風味も何もない水っぽい珈琲に口をつけながら、僕は顔を顰めた。どうせ時間を潰すのなら、もっと違う場所もあったのに。

「そんなもの、別にないよ」

そうかしら、と鷹元は言って微笑む。

「終わりの風景」

ゾッとするような冷たい声だった。一瞬、騒がしい店の中に僕と鷹元二人きりになった錯覚を抱いた。荒廃して何もかもが滅び尽くした世界。この世に残っているのは、僕と鷹元だけになってしまったような虚無感に、思わず口元に亀裂のような笑みが浮かんだ。

「ッ」

咄嗟にハンカチで口元を隠す僕を見て、鷹元はクスクスと可笑しそうに微笑う。

「今更、隠さなくても良いのに」

「黙れ」

人の心を見透かすような言葉が心底憎たらしい。

「とにかく後悔はさせないから。ね？」

「……警察の捜査の手が伸びてきたと感じたら、僕は手を引くからな。君たちだけで勝手にやるといい。止めはしないよ」

「ええ。いいわ」

そんなことができるのなら、とでも言いたげな笑顔が忌々しい。

携帯電話を開くと、もう間もなく約束の時間だ。

「時間だ。そろそろ行こうか」

「ええ。行きましょう」

カフェを出た僕たちは人気《ひとけ》のない裏通りを選んで進んでいく。表通りに比べて店はほぼないが、監視カメラの類も置かれていない。

歩道のすぐ脇を底の浅い川が流れていた。川底も護岸ブロックで覆われていて、いかにも街中の川という印象だ。水量は少ないものの、水質は悪くないのか、透明度の高い水が流れていた。

その中に、ちらりと赤い蛇のようなものが交じって流れていくのが見えて思わず足が止まる。よく見ると、それはどんどん濃さを増して、川の水を真っ赤に染め上げていった。

反射的に、人の血だと分かった。

少し先に架けられた小さな橋。その真下に仰向けに横たわる同い年くらいの女の子が、ぽつかりと口を開けたまま両手を挙げて死んでいる。口の中に透明な水が溜まり、小池のようになっていた。光を失った虚ろな瞳が、頭上で燦々と輝く太陽を無感情に見上げる様子は悪くない。

川へ落ちた拍子に頭をぶつけたのか。後頭部からは鮮やかな赤い血が流れ続けていた。時折、柘榴の実のように赤黒い血の塊が、ぼろぼろとこぼれ落ちていく様を眺める。

その橋から少し離れた場所で、愕然とした表情で御堂さんが一人で立ち尽くしていた。

どうやら話し合いは上手くいかなかったらしい。

そんな彼女の元へ、鷹元が駆け寄る。そうして両手を握って笑いかけた。

「お疲れさま。胡桃ちゃん、大丈夫？　その頬、どうしたの？」

呆然としたまま御堂さんが橋の方を指差す。口の内側を切ったのか、唇の端から血がこぼれ落ちていた。

「真鍋《まなべ》さんが、橋の上で私のことを殴ってきたの。私、ただ謝って欲しかっただけなのに。急に私のことを人殺しって呼んで。それでびっくりして」

言葉の途中で固まったように、ぎし、と表情が軋む。恐怖というよりも、戸惑いの方が強いようだ。

「突き落とした？」

好きな人を尋ねる時のように、好奇心が抑えられないといった様子で鷹元が問いかける。

「分からないの。もう帰るって真鍋さんが踵《きびす》を返したところまでは覚えている。でも、気がついたら真鍋さんが橋の下に落ちていて」

何が何だか分からない、と混乱する御堂さんを鷹元が慰めるように抱き留めた。そっと背中を優しく撫でながら、涙を流す彼女の耳元で何事か囁く。

「本当？　私、悪くない？」

「ええ。だってそうでしょう？　胡桃ちゃんは分かって欲しかっただけなのに、ひどい言葉を使ったのは誰？　先に話し合いを拒絶して暴力に訴えたのは誰かしら」

「……真鍋さん」

「そう。だから、貴女は何も悪くない」

鷹元の言葉は毒だ。それも、ともすれば薬にさえ用いられるほどの危険な麻薬の類だろう。用法さえ間違っていなければ人を励まし、飛躍的に向上させるに違いない。だが、この女は己の好奇心を満足させることしか考えていない。

「とにかく此処を離れましょう。作戦会議をしなくちゃ」

鷹元は楽しげに御堂さんの手を引いて、狭い路地の奥へと進んでいく。幾ら目立たない裏通りとはいえ、通行人は皆無ではない。すぐに通報を受けた警察がやってくるだろう。

しかし、なんとも危なげな犯行だが、それを近くで眺めるのは悪くない。直接、手を下す訳でもなく、加担する訳でもない。ただアドバイザーのように側にいて結末を特等席で鑑賞できるというのは一種の快感だ。

僕は御堂胡桃という少女には、まるで興味はないけれど、この何処かが欠落したような危うい様子は見ていて飽きない。復讐をしたい、と言いながらも彼女からは憎悪というものが一切感じられないからだ。

「遠野君、なんですか？」

いつの間にか彼女のことを見つめていたらしい。全くの無意識だったが、彼女は頬を赤くして顔を逸らしてしまった。変な誤解をさせてしまったらしい。

「いや、違うんだ。誤解をさせたならすまない」

「遠野君ったら、もう他の女の子に目移りしているの？」

「お前は黙っていろ」

三人でそうやって揉めながら歩いていると、前方から血相を変えた男性警察官が走ってくるのが見えた。あちこちから野次馬が私たちが今やってきた方へと嬉々として走っていく。

「ふふ、まるで鬼ごっこみたいね」

「ほんとう」

事態が分かっていないのか、二人とも実に楽しげだ。端からこうして眺める分には二人ともいかにも弱々しくて愛らしい存在のように見えるが、人というのは見た目によらない。たった今まさに目の前で死体を見ておきながら、もうそんなことなど忘れてしまったかのように平然としている。

「ねぇ、次の復讐は誰にするの？」

まるで遊園地で次はどのアトラクションにしようかと聞くような気軽さだ。

「ええと、沢山いるから、その、決め切れなくて」

こちらも負けていない。ついさっき人を突き落としておいて、もう次のことを考えているというのは異常だ。いや、これくらい異常でなければ鷹元も僕も手伝おうとは思わない。結局の所、僕たちはこの新しい興味深い対象を眺めて楽しんでいるのだ。

「どれくらい？」

「みんなF棟の寮生だから、あと十五人。寮監の先生も入れたなら十六人になる、よ」

へへへ、と何処か照れたように言う御堂さんに、僕はふと聞きたくなった。

「ちなみに寮生は全員で何人いるんだい？」

「十五人」

「……つまり全員からいじめられていたのか。それは酷いな」

「私、気持ち悪いんだって。だから、部屋のものを窓から捨てられたり、着替えを燃やされたり、鞄を隠されたりするの。でも、帰る家とかないから。我慢しなくちゃ、いけなくて」

全寮制の寮を辞めるということは、学校を退学するということに等しい。

「あと十六人に復讐なんて、現実的じゃないね。毎日、一人ずつ君が殺せたとしてもあと半月もかかる。それに警察は二件目の犯行も確認しただろう。こうなれば、寮の人間に容疑が向けられるのは避けられない」

一旦、復讐は延期すべきだ。さもなければ、すぐに見つかってしまう。

「そうね。私も同意見よ。胡桃ちゃんには何か考えがあるの？」

「ない、です」

こんな調子でよく二人も殺せたものだ。相手がよほど油断していたのか、あるいは虚を突いたのか。そのどちらかだろう。実際、彼女自身も犯行の時のことを覚えていないというのだから、どうしようもない。

「それでも、やりたいのね」

「はい。そうなんです」

「どうしたらいいかしら。何度も繰り返すのはリスクだって遠野君は言うし」

鷹元がわざとらしく小首をかしげると、御堂さんがふいに顔を輝かせた。

「どうしたの？　何か名案でも浮かんだ？」

「はい。みんなを一度に殺すことができたなら一回で済みます」

手を合わせて、うっとりとした様子で話す彼女の表情は何処か恍惚としていた。

「そんなことできるのか？」

「方法はこれから考えます」

にっこりと微笑みながら話す御堂さんは、明らかにおかしい。今朝は怯えてこそいたが、まだマトモそうに見えたのに。

「とにかく今日はもうこのまま寮に帰った方がいい」

「そんな。また離れるなんて嫌です。申請すれば女友達なら寮にだって入れます。側にいて、楸ちゃん」

子犬のように大きな瞳を見開き、どこか歪な笑みを浮かべる。そんな彼女から、先程までは感じなかったはずの狂気を感じる。

「そんな目立つ真似するなんて、リスクしかないだろ」

それでも御堂さんは決断できずにいたようだが、鷹元がそっと彼女の耳元で何事か囁くと、御堂さんは鷹元に抱きついて、こくこく、と素直に頷き始めた。

「ね？　また連絡をするから」

「きっとよ。約束、ね？」

ええ、と鷹元が微笑むと御堂さんは手を振って、雑踏の向こうへと駆けていった。往来の激しい人混みを避けて、近くの百貨店の入り口にある噴水の前へ移動する。ひんやりとした空気に少しだけ落ち着きを取り戻した気がした。

「彼女に何を言ったんだ？」

「そんなに難しいことは何も話していないわ。早く、またあなたに会いたいって伝えただけ」

可愛いでしょう、彼女。と楽しげに微笑むが、僕はまるで笑えない。

「鷹元。彼女に何をしたんだ」

「どうしたの？　そんな怖い顔をしないで」

クスクス、と笑う度に腰まで伸ばした黒髪がサラサラと揺れる。保護欲をかきたてるような柔らかそうな身体も、艶やかな唇も、目の前にいるこの女の外見全てが、そう見えるように造られた、何かの擬態に思えて仕方ない。

「遠野君。今までになく怖い顔をしているわ」

「気色悪いんだよ。あんな使い古された言葉遊び程度で、人の心は動かない。説得する体で、一体何を彼女にしたんだ」

「怖い顔だわ」

「誤魔化すな」

観念したように鷹元は両手を広げて、噴水の縁に腰を下ろした。それから隣に座るように僕を促す。断ればきっと話すのをやめるだろう。仕方なく隣へ腰かけた。

「素直でよろしい」

「早く話せ」

鷹元は微笑を浮かべたまま、ポケットから小さな四角いチョコレートを取り出して見せた。この季節にそんなものを持ち歩くなんてどうかしている。

「遠野君は、人の心というのはどういうものだと思う？」

「……問いが漠然としすぎていて意味が分からない」

「例えば、遠野君が私を殺したいとするでしょう」

「ああ」

「もちろん、仮の話よ。もしもの話。そういう時、心の中では沢山の感情が幾つかの波のようになって押し寄せるの。快楽のままに私を押し倒してめちゃくちゃにしてしまいたい、というのが性欲ね。そんなことはどうでもいいからただ殺してみたい、というのが殺人衝動。警察に捕まるからできない、と制止するのが理性ね。他にも小さな感情の波が沢山あるの。そういう競合する幾つかの波に飲み込まれて、心はその方向性を決めるの」

途中、想像したくもない感情が交じっていたような気がするが、あえて無視する。

「それと御堂さんの話がどう繋がるんだ」

「私はね、その心の中に起こる小波をコントロールすることができるの。でも、それほど融通のきくものではなくて、例えばその人の心の中にない波は起こすことができない。全く殺意のない相手の殺意を大きくすることはできないし、正義感がこれっぽっちもない人を聖人にしたりすることはできないの」

この話をしているのが鷹元でなければ、話の途中で帰っていただろう。だが、この女は死というものを視ることができる。例えば、咲き誇っている花の死を奪って、枯れた花に与えてやれば生死は入れ替わるのだ。

「……それで彼女の心を弄《いじ》ったのか」

「あら、いじわるな言い方ね。もう耐えられないって今にも死んでしまいそうな心を救う為に、心の中の波を少し整えただけ」

「具体的には、どうしたんだ？」

「好奇心を大きくして、恐れを小さくしたわ」

それだけ、と隠し事を暴露したようにはにかんでチョコを頰張る。

「好奇心、ね」

「胡桃ちゃんはすごく怖がりなの。いつも怯えていて、誰かに攻撃されるんじゃないのかって周りを警戒して。そういう姿が益々、相手の嗜虐心をくすぐるのが分からないの。ほら、あの子は顔立ちも可愛いし、スタイルもいいでしょう？　でも、気が弱いの。だから、格好のいじめの的にされる」

恐れが小さいというのは、つまりブレーキが利きにくいということだ。

「今まで彼女が抑え続けていた小さな波が大きくなったということか」

「ああして人に甘えることも我慢してきたのね。凄く可愛いと思わない？」

「小さな子どもの相手をしているようで面倒だよ」

ふと周りを見ると、いつの間にかギャラリーが増えていた。鷹元狙いでナンパにやってきている連中も多いのだろう。妙な誤解をされて絡まれるようなことになると困る。

「もう用件は済んだから、僕は帰るよ」

「そうね。私も帰るわ」

当然のようについてくるのが忌々しい。

「鷹元。君が帰るのなら僕は残るよ」

「何故？　どうせ帰り道は一緒だと思うのだけれど」

「急用を思い出したから書店へ寄ろうと思って」

「あら、奇遇ね。私もちょうど書店へ行こうと思っていたの」

面倒臭い。この女はこういう人物だっただろうか。しかし、これ以上、ここで痴話喧嘩のようなことを続けるよりもさっさと離れてしまう方がいい。

「勝手にするといい」

「ええ。そうするわ」

僕はクラスメイトに目撃されないことだけを願いながら、なるべく鷹元から離れて買い物をすることになった。鷹元は何が楽しいのか分からない。困惑して機嫌が悪くなっていく僕の様子を観察しているような気がした。

●

入学して寮に入ったばかりの頃は、私たちはとても仲良しで、お互いがどんな人なのかを知ろうと沢山話をした。憧れの女学院に入るまで、みんなどんな苦労をしてきたのか。

でも、私だけが一般試験を受けずに、推薦で合格したのだと知ると、みんなの態度が一変した。私は面接と小論文しか受けていないので、それを卑怯だと言う子もいて、私はとても困惑した。推薦を受けるには中学校で沢山勉強をしなければいけなかったし、面接と小論文の練習も誰より数多くやったから受かったのに。

それなのに、みんなは私のことを『容姿合格』だと言った。顔がいいから、面接官の男の先生に気に入られたんだって。

私がそんなことはないよ、と言う度にみんなは結束を固めていくようで、少しずつ言葉の強さはエスカレートしていって、ついにはゴミやブスと言われるようになってしまった。

毎日、毎日、毎日。

言葉を交わす度、何かをする度に、みんなの中の私に対する評価は下がっていくような気がした。

きっと初めて会った、あの瞬間が最高得点で、その後はずっと減点方式だったんだ。容姿が気に入らない、顔立ちがムカつく。胸が大きいのも男の人に媚びているし、声が高いのもバカみたい。

沢山の悪口に、暴力が交じるようになるまでに、それほど時間はかからなかったと思う。髪を引っ張られて、お腹を叩かれて、足を踏みつけられて。痛くて泣いても、誰もやめてくれない。みんな本当に楽しそうに、私のことを叩くんだ。

寮監の先生に、助けてくださいってお願いに言ったら、そんなの自分でどうにかなさいって一蹴された。それはきっと先生の恋人が私にお手紙をくれたから。困りますって、断ったのに。何度も何度もやってきて。先生はあっという間に、私の先生ではなくなって、みんなと一緒になった。

学校に入ったら、あの家を出たなら、きっと上手くいくと思っていたのに。どうして、こんなに上手くいかないんだろう。

お母さんは私のことが大嫌い。新しいお父さんは私が着替えているといつも覗きにやってきて、とうとうお母さんに見つかった。あっという間に家の中はめちゃくちゃになった。お母さんは泣きながら私を叩いて、こう言ったのだ。

『お前が誘ったんでしょう』って。まるで大人の女の人に言うみたいに、私のことを憎んでいた。

本当のお父さんが生きていてくれたなら、こんなことにはならなかったのかな。

お父さんもいないのに、お母さんまでいなくなって。私はいらない子になった。

高校を出たら帰ってこないで、とお母さんは見送りにも来てくれなかった。


やり直したかったのに。

お友達を作って、沢山遊びたかったのに。

どこで間違えたんだろう。

顔も心も気に入らないって言われたら、どうしたらいいんだろう。

保田さんは倒れた時、まだ生きていた。

でも、私のことを睨みつけて、殺してやるって言ったんだ。

気がついたら、私は石を掴んでいた。

殴ったのは、一度だけ。

殺意も、憎悪も、何もなかった。

軽い気持ちで石を振り下ろした。実際、卵の殻を割ったみたいな感触がして、中身がドロドロと流れ出ていくのを見て、もう取り返しがつかないことに気がついた。

怖い。怖い。怖い。

考えたら、今までずっと怖かった。

お母さんに嫌われるのが怖くて。

家庭を壊してしまうのが怖くて。

友達を失くしてしまうのが怖くて。

ずっと、ずっと怖かった。

この恐怖から逃れたくて仕方がなかった。

だから、あの日、楸ちゃんと出会ったのは私にとって運命だったんだと思う。

楸ちゃんは私の心に触れてくれた。

少しずつ恐怖は小さくなって、代わりに私の中にあった小さな願望が大きくなっていった。

楸ちゃんはそれのことを好奇心と言った。

私はただ見てみたいだけ。

みんなが本当の恐怖を前にした時に、いったいどんな顔をするのか。

それだけが、どうしても知りたい。

〇

数日後の夕方、鷹元に呼び出された僕は『ロビン』へやってきていた。焙煎した珈琲豆の香りを嗅ぎながら、いつもの席で待っていようと思っていたのだが、既にそこには鷹元の姿があった。今日はいつもとは違い、浴衣姿だった。これから夏祭りにでも出かけるのだろう。

「呼び出すから、てっきり御堂さんも一緒かと思っていたよ」

「今日はね、少し違うの」

鷹元はメニューからアイス珈琲を選んで注文した。僕は少し身体が冷えていたのでホットにした。

「勉強は進んでいるの？」

「それなりに。妹の相手もしなくちゃならないから、なかなか難しいよ」

「妹想いなのね。今度、ご挨拶に行ってもいい？」

「断る」

変な誤解をされては困る。こうして休みの日に外でコソコソと会うこと自体、本当は嫌なのだ。自分の生活圏に他人が入ってくるのが何より我慢ならない。

「それで？　要件はなんだ」

「胡桃ちゃんが花火を見に来て欲しいんですって」

「花火？」

「そう。今夜、大きな花火が上がるんですって。しかも真夜中の三時に」

「そんな遅くに開催される花火大会がある筈がないだろ」

「私もそう思う。だから、きっと個人的に開催するんだわ」

鷹元の声には含みがあった。まるで秘密の符牒で情報をやり取りするスパイのように。

「行くでしょう？」

「それでその格好をしているのか？　随分と気が早いな」

マスターが珈琲を二つ持ってきてくれた。サービスの豆菓子を中央に置いて、僕の方にはミルクも砂糖も置かない。

どうも、と言うと小さく会釈だけしてカウンターへと戻っていく。

「これは別件。クラスの子たちと夏祭りに行くの。田邊《たなべ》君たちと途中で合流するそうよ」

そういえば田邊が鷹元に告白するのだと仲間内で話していたのを思い出した。つまり今夜の夏祭りとはそういうことだろう。どちらにせよ、僕には関係がない話だ。

「そう。それは楽しそうだ」

珈琲を口に含みながら、苦味と香りを楽しむ。

「全くそんなこと思っていないでしょう。遠野君のグループは行かないの？」

「行くんじゃないかな。僕は行かないけど」

「あら、意外ね。行かなくてもいいの？　いつも別人のようにはしゃいで行くじゃない」

「騒がしい場所は好きじゃないんだ。今夜はアルバイトに行っていることになっているから、誰からも誘いを受けていない」

「抜け目ないのね」

「褒め言葉として受け取っておくよ」

あの二人目の事件以降、一時はお茶の間を賑わせていたテレビの報道も幾らか沈静化していた。全く別件の大きな事件が他県で起こったので、そちらに注目が集まったのだ。それでも警察は捜査本部を設置して捜査を続けているので、まだ大人しくしておく必要があった。

「あれから御堂さんには何度か会ったのか？」

「ええ。つい先日少しだけね。とても元気そうだったわ。事情聴取は受けたみたいだけど、大したことは聞かれなかったそうよ」

物的な証拠もないし、学校側も生徒を守ろうとするだろう。おまけに相手は寮生活だ。外部に出なければまず追及は受けない。家へ帰すよりも管理しやすい。それからマスコミの関心もすぐに別の事件に移ったのが幸いした。

警察は間違いなくマークしているだろうが、学院の中は治外法権だ。

「彼女はもう復讐は諦めたのかな」

「どうかしら。でも、期待はしているの」

それは僕も同じだ。他人に強制されたのでも、唆されたのでもない。己の意思で行われた殺人にこそ価値がある。たとえ、それがどんなに稚拙なものであったとしても、そこには必ず意思が必要だ。

それから僕たちは何気ない会話をして、それなりに盛り上がった。最近観た映画やドラマの話、共通の友人の話や、新学期に向けての方針を幾つか。

「じゃあ、今夜の花火大会で会おう」

「ええ。また今夜ね」

待ち合わせがあるので先に鷹元が席を立って店を出ていった。

僕は鞄から読みかけの小説を取り出して、栞《しおり》を挟んでいた頁を開いて文字を追いかけ始める。サリンジャーの『ライ麦畑でつかまえて』という有名な本だが、この中に好きな一節がある。

《おかしなもんだけど、誰にもわかんないようなことを言いさえすれば、相手は、たいていこっちがやってもらいたいことをやってくれるもんさ》

御堂さんが何をしようとしているのか、僕はそれが楽しみで仕方がなかった。

彼女の中で大きく成長した殺意が、いったいどんな形になって弾けるのか。それを想像すると、たまらなくワクワクした。

今夜は絶対に寝過ごすことはできない。真夜中の散歩だけでも心が躍るというのに、それに花火が加われば言うことなしだ。

こんなに夜がやってくるのを心待ちにしたことは、今まで一度もなかった。

●

時刻は深夜の二時三十分。

心も身体も準備は万端。

私は私の心を守る為に、やろうと決めたことを今夜決行する。

シミュレーションは完璧だ。何度も水で試して、その度に沢山いじめられたけど、その甲斐もあって間違いなく上手くやれる。

寮監が見回りにやってくるのは午前一時。それ以降は彼女はお酒を飲んで就寝する。

音を立てないように外へ出て、倉庫へ向かう。此処には季節ごとで使わない備品を納めている。私はそこに大量のガソリンを見つけた。発電機に使うというガソリンが、いつも使われないまま倉庫に置いてあるという話を用務員さんから教えてもらった。もちろん、倉庫には鍵がかかっているけれど、私がお願いをしたら合鍵をくれた。みんなにいじめられているから、隠れられる場所が欲しいと言っただけなのに。

寮の出入り口は正面玄関と、勝手口に一つずつ。階段は中央の大階段だけ。もちろんエレベーターの類はない。

私はガソリンのタンクを並べて、一つずつ傾けて中身を階段へ少しずつこぼしていく。こぽり、こぽり、と音を立ててガソリンが気化しながら階下へと流れ落ちていく。どのくらいの量をこぼせば満遍なく一階まで届くかは把握済み。

残りのガソリンを両手に持って、中身をそれぞれの部屋の前へと静かに撒いていく。特に玄関の前へは念入りに。

ようやく全てのガソリンを撒き終えて、私は勝手口から外へ出ると、ドアを塞ぐようにしてガソリンのタンクを蓋を開けて放置した。

準備は万端と言いたい所だが、このままだと私まで火だるまになってしまうので着替えて水を頭から浴びて気化したガソリンまで洗い落とす。

ちょうど約束の時間がやってきた。

入学してからの日々が、頭の中で走馬灯のように蘇る。

「さぁ、花火大会の始まりです」

着火剤に火をつけて、タンクの上へと放り投げると、放物線を描いた着火剤の火が綺麗にタンクの真上に着地した。その瞬間、爆発するように炎が炸裂した。

ワクワクが止まらない。

約束の場所まで急がないと。

復讐の出来栄えを見て貰う為に、私はこの日の準備をしていたのだから。

炎は廊下に撒かれたガソリンを舐めるように辿って、中央階段まで一息に疾走すると、まるでロケット花火のごとき勢いで火柱となって一気呵成《かせい》に四階まで燃え上がり、倒しておいたガソリンタンクの中身に着火して激しい爆発を起こした。

「あは、あはは！　あははは！」

走りながら、燃え上がっていく寮を眺める。ようやく異常に気づいたのか、あちこちの窓から虫のように張りつく皆の顔が見えた。その間にも炎はさらに勢いを増して、黒煙を上げながら紅蓮の炎へと成長していく。既に一階の部屋は火の海だ。窓から簡単に逃げられないように、こっそりと簡易式の窓ロックをつけておいたのが思った以上に効果的だったようだ。

助けて、助けて、と皆の悲痛な叫び声が聞こえる。どの口で言うのだろう。私が何度そう言っても、誰も止めてはくれなかったのに。

髪の毛に火がついた子が踊り狂う姿が見えた。寮監室の先生は廊下へ飛び出したようだけど、どうせ何処にも逃げ場はない。

「楽しい！　楽しい！」

あちこちの部屋の窓が割られて、助けを呼ぶ絶叫が夏の夜に谺《こだま》する。生きたまま焼かれ死ぬ恐怖はいったいどんなものだろう。

絶叫を聞きつけてやってきた他の棟の寮生は、生きながらにして焼かれていく同級生の姿をこの先、一生忘れることはないだろう。真夏の夜に響く断末魔の交響曲を聴きながら、いったい何を思うのか。

みんな、焼かれて死ぬ。

火に炙られて、死んでいく。

きっとそれが何より彼女たちは辛いはず。

みんな、日曜のミサには必ず出席するほどの敬虔なクリスチャンなのだから。

「ねぇ、みんな。いま、どんな気持ち？」

返事はない。

ただ轟々と炎の燃え上がる音が聞こえ、黒い人影が窓の縁に立っているのが見えるだけ。

なんて清々しいんだろう。

◯

僕と鷹元は激しく燃え盛る木造の寮を、向かいの坂の上から眺めていた。敷地の外からなので詳細には見えないが、引火して燃え上がり、大勢の女子生徒の悲鳴が夜風に乗って聞こえてくる様はどうしようもなく感動的だった。

自分をいじめていた相手を一人残らず焼き殺す。おまけに、クリスチャンを火刑にしてしまうなんて最高の皮肉だ。正直、最初から最後まで笑いが止まらなかった。

鷹元も満足そうにうっとりと目を閉じて、最後の一人の断末魔までしっかり堪能したようだった。逃げ惑い、命乞いをし、熱い熱いと叫びながら焼かれていく様は、今まで観てきたどんな映画よりも見応えがあった。

「ふふ、まるでウィッカーマンだな」

「なあに、それ」

「古代ガリアでドルイドによって行われていた儀式でね。人の形を模して作った巨大な檻《おり》の中に生贄にする人間を沢山入れて焼き殺すんだ」

「楽しそう。でも、何の為にそんなことをするの？　生贄にするのなら、何か理由があるのでしょう？」

「さぁ、何の為かは想像するしかないけど、どうしてそんなことをしたのかは分かったよ。今、こうして目の当たりにしてよく理解できた」

「ふふ。何故かしら」

「愉快だからさ。ああやって逃げ場を失くした人間が苦しみ悶えて死んでいく様は見ていて痛快だろう？　神様もきっと喜ぶに違いない。そう思ってやったんだ。間違いないよ」

我慢し切れずに、僕はケタケタと笑ってしまった。

「とてもいいものを見せてもらったわ。やっぱり胡桃ちゃんとはお友達になれそう。行く所にも困るでしょうから、助けてあげないと」

「そうかい。君の好きにしたらいい」

僕は少しハイになっていた。夜更かしをして、こんな素晴らしいものまで見られるなんて、テンションが上がらない方がどうかしている。

「彼女は復讐を成し遂げたんだ。尊敬するよ。僕は彼女のことを一人の人間として心から尊敬する。最高だ」

「ねぇ、見て。火が隣の寮へ燃え移ったわ」

「ははは！　傑作だ！　見なよ、みんな逃げ出していくぞ」

真夏の夜の夢にしては、できが良すぎる。

花火というよりはキャンプファイヤーだが、僕はこちらの方が好きだ。

ああして火がついて踊り狂う姿を眺める方が花火なんかよりも何倍も楽しいのだから。

禁足

その依頼は県の北西部にある小さな村落からのものだった。差出人は診療所の医師で、名前を林田惣一《はやしだそういち》さんという。手紙には診療所を訪れる奇妙な来訪者について、その解明をお願いしたいという旨が丁寧に綴られていた。

「この辺りでしたら帯刀様の管理なさっていた地域ではありませんか？」

山道を走る社用車のハンドルを握りながら、助手席から窓の外を眺める千早君に声をかける。彼の視線の先には深い渓谷があり、巨岩の間を翠色の渓流が勢いよく流れていくのが見えた。先日の雨で水量が増えているらしい。

「あー、うん。そうじゃないかな。戸森《ともり》って地名は聞き覚えがあるよ」

「平成に入ってから過疎化がかなり進んだようですね。かつては鉄道も通っていましたが、利用客が激減して今は廃線となったそうです」

民間鉄道が廃線しているのは戸森だけではない。美濃の石炭採掘など戦前から県内各所を繋いでいた小さな鉄道は廃線となり、今では再利用もされないまま放置されて遺構となっている所も少なくなかった。

「棚田が多いな」

「傾斜地で稲作を行う最適解ですね。これだけの規模なら千枚田として観光の名物にできそうなものですが」

観光地化というのは一朝一夕で叶うことではない。特に山村であれば尚更だ。

車がようやく離合できそうな幅しかない県道を暫く進んでいくと、左側に『林田診療所』

と書かれた看板を見つけた。描かれた矢印に従って左折し、緩い坂道を少し進んだ先に小さな洋風の平屋を見つけた。白い壁面に赤いポストが取りつけられており、緑の屋根とのコントラストが美しい。正面に掲げられた木製の看板には柔らかい文字で『林田診療所』とある。

診療所の前のスペースへ車を止め、外へ出るとひんやりとした山特有の空気にぶるりと背中が震えた。山から吹き下ろす風が冷えて木々の間から吹き込んでくるせいだろう。

「ふわぁ。眠ぃ」

「仕事は今からですよ。しっかりしてください」

「昨日も遅かったんだから仕方ないだろ」

「海外ドラマを真夜中まで観ていただけじゃありませんか。さも働いていたみたいに言わないでください。散々、早く寝てくださいと言ったのに」

「毎回、次の話が気になって仕方ないようなラストなんだよ」

「社会人ですか、それでも」

呆れてものが言えないが、確かに彼は勤め人ができるタイプの人間ではないように思う。他人から縛られるのを嫌い、自分で考えて働く方が性に合っているのだろう。私は公務員なので公に尽くすのが仕事だが、彼は自分にしかできないことを仕事に選んだ。そういう点で、私は彼のことを尊敬している。しかし、勤務態度はもう少し改めて貰いたい。

「どうですか。何か視えますか？」

千早君は辺りをぐるりと見渡したが、特にこれといったものはないようで首を横に振った。

「別に何も。こういう所は珍しいよ」

「そうですか？」

「だって診療所とか病院の周りって割といるんだよ。焼きついたままっての。どうしても人が死ぬ所だしな」

「その理屈で言えば、墓地には霊が出ないのですか？」

大昔ならともかく、現代は亡くなった場所と埋葬される墓地は全く別の場所であることが多い。縁も所縁《ゆかり》もない土地に埋葬されることも少なくないだろう。

「ああ。埋葬されている人の霊は出ないよ。そもそも弔われてないなら墓に入れないだろ」

「なるほど。確かにその通りですね。しかし、墓地というと霊が出るイメージがありますが」

「ああ、関係者の生き霊ならよく出るよ。うんざりするくらいに」

「……そうですか」

「墓参りに行くことがあれば教えてやるよ」

聞かなければよかった、と私は心の底から後悔した。今後、お墓参りには絶対に千早君を連れていくまいと固く決心する。

その時、診療所の扉が開いて白衣姿の若い男性が顔を出した。髪を七三に分けて黒縁の眼鏡をかけ、温和な笑みを浮かべている。年齢は私と同世代だろう。

「どうも。こんにちは。ええと県庁の対策室からいらした方でしょうか？」

「そうです。はじめまして」

慌てて入り口へ向かい、出てきた白衣の男性に頭を下げてから名刺を差し出す。

「特別対策室室長の大野木龍臣です」

「ご丁寧にどうも。この診療所の医師をしております、林田惣一です。そちらの方が例の桜さんですか。いや、随分とお若い」

千早君は「どーも」と会釈したかと思うと、何かを見つけたように、診療所の裏手の方へ一人で無遠慮に進んでいく。あまりにも平然と向かうので止める暇もなかった。

「すいません。優秀なのですが、少し周りが見えない所がありまして」

「いいえ、才能がある方というのは総じてそういうものでしょう。自分だけの世界を持っている。それは余人には計り知れないものです」

林田さんはそう言ってから診療所の裏手へと私を案内してくれた。敷地はぐるりと金属製の柵で覆われていた。動物の侵入を防ぐというのが目的だろうか。

「ああ、それは小さい患者さんが斜面から落ちないようにする為に設けたものです。小児科も兼ねていますから、幼い患者さんも多くて。よく庭で遊ぶんですよ」

確かに柵の向こうは急斜面になっている。一ヶ所、鬱蒼と生い茂った草木の中に獣道のようなものが見えた。

「素晴らしいですね」

「どうでしょうか。役所の傍にも病院があります。あちらの方がここより何倍も設備が揃っていますし、入院患者が出た場合には転院して貰っているのですが、こんな小さな診療所でもないよりはいいんです」

「こちらはいつから？」

「祖父の代からです。亡くなった父が倒れたのを機に東京から故郷へ戻ってきた際に思い切って改築しまして、診療所を洋館に作り直したんです。裏手の住居部分は和風建築のままでして。台所も土間なので冬は炊事が辛いんです」

左手の薬指に指輪は見えない。案外、林田さんも独身のようだ。同世代の独身男性というだけで親近感が湧く。

話に聞いていた通り、診療所の裏手には和風建築の平屋がひっそりと佇んでいた。雨戸を収納する為の戸袋と、広縁というガラスの格子戸で仕切られた縁側の前で千早君がじっと立っていた。

「変な来訪者っていうのは、ここから入ってくるんだろ？」

林田さんが息を呑む。それから信じられないように笑った。

「そうです。でも、どうして分かるんですか」

「痕跡が視える。ここから出入りしているみたいだな。そこの柵の向こうにある獣道から下りて行ってる」

「ああ、それは出入り口を閉めているからだと思います。診療所を閉める時に車が敷地に入ってこないようにチェーンをかけるんです。昔、薬品を盗みに泥棒に入られたことがありまして」

「でも、そいつは泥棒じゃない。それはアンタも分かってるんだろ？」

千早君の言葉に林田さんは苦笑して頷いた。

「詳しい話は中でしましょうか。今日は休診日なので患者さんも看護師も来ません」

「できたら診療所の方から入ってもいい？　あっちの方も視ておきたいんだ」

「分かりました」

そうして私たちは診療所の入り口の方から中へ入った。靴を脱いでスリッパに履き替え、改めて診療所の中を見渡す。入り口の正面にある待合室の長椅子は五つ。その向こうに診察室があり、処置室も兼ねているようだ。中央には全方位型の石油ストーブがあるが、今の季節は埃除けのシートが被せてある。あちこちに小さな観葉植物の鉢があり、いかにも森の中の診療所といったインテリアだ。

「素敵な内装ですね」

「ありがとうございます。新屋敷のデザイン事務所の方にお願いして作って貰いました。うちは小さい患者さんが多いのですが、小児科ではないのでバランスが難しくて」

作りだけではなく、家具にも強いこだわりを感じる。棚からテレビボードまで角を丸く仕上げた、無垢材のものばかりだ。どれも美しい光沢を放っている。手入れを欠かしたことがないのだろう。

「大野木さん。家具を見に来た訳じゃないからな」

千早君に言われて、思わず我に返った。

「すいません。つい」

「いいえ、こうして褒めていただけるのは嬉しいことですよ。因みに、この奥が住居になっているんです。どうぞ、こちらへ」

診療所の奥にあるドアを開けると、急に景色が一変した。洋風建築から昭和初期の和風建築へと変わり、匂いすら違う。木材と真新しい畳の井草の匂いだ。

「この廊下を進むと縁側の方へ続いています。この時間ですと縁側も心地いいですよ。よければぜひ」

「いえ、お気持ちだけありがたく。人の目がないとも限りませんので」

「でしたら、こちらの座敷でお待ちください」

通されたのは八畳ほどの和室で、障子の雪見窓から庭の様子が見えた。漆塗りの黒い仏壇が置かれ、その隣の床の間には掛け軸がかかっている。一輪挿しには美しい梅が一枝活けられていた。

「素敵ですね、白梅ですか」

「はい。これは患者さんから頂いたものでして。立派に咲いたのでぜひと、お裾分けしてくださったんです」

林田さんはそう言ってから、座布団を二つ座卓の前に並べ、白衣を脱いで対面に腰を下ろした。

「さて、何処から話すべきでしょうか」

「とりあえず最初から。些細な異変でもいいから古いものから教えて欲しい」

「分かりました。記録を残しているので、そちらをお持ちしましょう」

診療所の方へ記録を取りに行った林田さんが持ってきたのは一冊の大学ノートだった。表紙には診療記録とあり、記載を始めた日付がしっかりと書き込んである。

「簡単な診療記録を取ってあります。その日、どんなことがあったのか。どんな患者さんとどんな話をしたのか思い出す為の備忘録です」

ノートには幾つかの付箋が挟んであり、林田さんはそのうち最も古いページを指で捲る。内容に視線を走らせ、それから小さく頷いた。

「日付は一ヶ月前の金曜日です。深夜二時頃、診療所のインターホンが鳴りました。就寝していた私はすぐに飛び起きたんです。急患がやってくることは年に数回ありますから。訪ねてきたのは若い女性でした。歳の頃は二十代前半、もしかしたら十代かもしれません。用件を尋ねると、助けて欲しいと言うんです。泣いていて酷く動揺しているようでした」

「村の方ではなかったのですね」

「はい。小さな村ですから、顔を見ればおよそ見覚えがあるかないかくらい判断がつきます。彼女の顔には全く見覚えがなかったんです。私はともかく話が聞きたいので中で上がるよう促したのですが、頑として入ってこない。理由を聞くと、『勝手には入れない』というので、不思議に思いながらも、中へどうぞ、と言いました」

ああ、これは怪異だ。許しがなければ入ることができないというのは、一種の不文律のようで、余程のことがない限りは破られることはない。ただし、骨董品などの物体に変化したものは該当しないようだ。

　私と千早君は口を挟まず、黙って話の続きを促した。

「診察してみると、右腕の尺骨《しゃっこつ》が折れていました。治療を終えて改めて話を聞けば山道で車と接触したと言うんです。しかも相手は止まることなく走り去ったと。人身事故ですよ。私は轢き逃げ事件として警察に通報することにしたのですが、気がついたらいつの間にか彼女はいなくなっていました。恐ろしくなって帰ってしまったのかもしれません」

「警察に通報はしましたか？」

「いえ、逃げるだけの事情があったのかもしれないと思いまして。しかし、本当にそれでよかったのか。問題なのは、それからです」

　そう言ってノートの付箋が貼られた頁を捲る。

「三日ほど経った頃、全く同じ時間にまたインターホンが鳴りました。訪ねてきたのは小さな男の子が一人。この子は足に怪我をしていて、七針も縫わねばいけなかった。私は名前や住所、親の名前を聞き出そうとしましたが、黙っていて何も言わない。どうしたものか、と考えあぐねている間にこの子も消えてしまいました」

「なるほど。それが何日も続いている訳だ」

「はい。もう一月《ひとつき》ほどそんなことが続いています。毎回、違う方がやってくるのですが、村の人ではありませんし、治療が終わるとすぐに消えていなくなってしまう。どうしたものかと悩んでいたんです」

「おまけに最近は勝手口から入ってきて、アンタに食事を作って帰る。違う？」

「そうなんです。勝手口から出てくる所を一度だけ見かけたことがあるんですが、最初の夜にやってきた彼女でした。驚いて声をかけると一目散に駆けて逃げてしまうんです」

下の道路まで追いかけたが、忽然と消えてしまったらしい。

「料理を作ってくれるんなら、有り難いことじゃん。不味いの？」

「いえ、とても美味しいですよ。ですが、許可もなく家に上がられるのは困ります」

私は千早君と顔を見合わせて、それから神妙に頷いた。

「話はよく分かったよ。林田さん、もし良かったらお水貰えないかな。咽喉《のど》が渇いて」

「ああ、お茶も出さずに失礼しました。少し待っていてください」

慌てて台所へ立った林田さんには何の落ち度もない。ただ二人で話す時間が欲しかっただけなのだ。

「千早君。これはもしかして、そういうことなのでは？　私には何も視えませんが、話を聞いただけでも輪郭を掴んだように思います」

「ああ。だいたい大野木さんの考えている通りだと思う。帯刀老の所でも何度か、そういう話を聞いたよ。祝言にも参加したしな。今回のは一方的な片想いだろうけど」

「にわかには信じられませんが、どうしたものでしょうか」

「俺にどうこうできる話じゃない」

「しかし依頼は依頼ですから、何とか手を打たないと。毎回、無料で診察していたら経営が破綻してしまいます」

「……仕方ない。そっちだけでもなんとかしよう」

「何か妙案があるのですか？」

「別に大したことじゃないよ。とにかく今夜は怪我人が来るのを待ってみようか。手荒なことはしたくない。林田さんにもその目で確かめて貰った方がいいし」

向こうにも事情があるだろ、と千早君はどこか悟ったように言う。きっと彼にはもう訪ねてくるモノの正体も視えているのだろう。

「そうですね。何事も穏便に済ませるのが一番です」

「あとは何か適当なガラスがいるな。上手くいくかどうかは保証しないけど、やれるだけのことはやってみるか」

「ガラスですか」

「うん。狐の窓を使うのが一番手っ取り早いんだけど。毎回それをさせるわけにもいかないしな。ガラスに術をかける方法でやるよ」

おお、と思わず声が漏れた。

「そんなことができるのですか」

「上手くいけばね。まぁ、十回やって一回成功するかどうかくらいだから期待するなよ」

「恐ろしいほど低い成功率ですね」

そういえば柊さんも千早君は術を扱う感性がまるでなかったと嘆いていた。頭の容量の殆どを、欠損した右腕と怪異を視る右眼に割いているからだとも。他のことを新しく覚えられるだけの余白がないのだという。

「申し訳ない。お待たせしました」

お盆に急須と湯呑み、お茶請けを載せてやってきた林田さんは如何にも人が良い。

「住居の方へ人を招くことがまずないもので失礼しました」

「とんでもないです、お気遣いありがとうございます」

急須と湯呑みのセンスもいい。お茶請けの菓子も少し遠出しなければ手に入らないものだ。

「林田さんは怪異のような存在を信じていますか？」

急須のお茶を湯呑みに注ぎながら、林田さんは困ったように笑う。

「東京にいた頃は人の方が恐ろしかったですね。でも、こうして人よりも動物の方が多いような環境に戻ると、そういう理屈では説明できないものもいるのかもしれない、と思うようになりました」

林田さんの考え方は分からないでもない。実際、都市空間における怪異は人から端を発したモノが多く、山や海などではもっと根源的なものに端を発した怪異が多いように思う。

「確かに都会の暮らしは便利でしたけど、周りに人がいない環境に身を置くだけでもお金がかかるんです。それが虚しいと感じたことはありますね。要は性に合っていなかったのだと思います。故郷へ戻ってきて自分でも驚くほど息をするのが楽になったのを覚えています」

林田さんが淹れてくれた緑茶は口当たりが優しく、淡い渋みの中にも旨みがあった。

「正直にお話しすると、私はそれほど今回のことを恐ろしいとは思っていません。少し不思議だな、という程度でして。治療をするのも吝《やぶさ》かではありません。私は医者ですから。ただ、何が起きているのかは知っておきたいんです」

「アンタ。良い人だな」

どうでしょうか、と林田さんは困ったように言ってから、雪見窓の向こうに見える庭を眺めた。

「林田さん。悪いけど、今夜は泊まらせて欲しい。布団も食事も必要ないから。多分、早ければ今夜にでも解決できるよ。それと家中の窓ガラスに落書きするけど、問題ないよな？」

「千早君、もう少し頼み方というものがあるでしょう」

なんだよ、と口を尖らせる。

「いえ、構いませんよ。桜さんが何をしようとしているのかは分かりませんが、それで解決できるのなら何でも使ってください。お布団も来客用のものがありますから遠慮は要りませんん」

ただ、と林田さんは口籠もって申し訳なさそうに頭を掻いた。

「食事の用意を忘れていまして。夕飯は食べに出かけませんか。ご馳走します」

「いいの？　やった。ラッキー」

条件反射のように喜ぶ千早君を制止する。

「林田さん、お気持ちだけ有り難く頂きます。ただ夕食はご一緒させて頂ければ嬉しいです」

「分かりました。まぁ、そうは言ってもこの辺りには飲食店なんてそうないので、地元の居酒屋ですけど構いませんか？」

「はい。ありがとうございます」

昼食を来る途中で済ませておいたのは正解だった。

「なら夕飯までは下準備に費やすか。大野木さんも手伝えよな」

「それは勿論ですが、具体的には何を？」

「筆がいる。あと材料を山の中で幾つか採ってこないと」

「筆ならありますよ。長年、習字をしていたもので」

「一本ダメにしちまうけど、それでもいい？」

「ええ。構いません。下手の横好きというやつで、筆ばかり沢山集めているので。どうぞ好きなものを使ってください。今お持ちしますね」

丁寧にそう言ってから座布団を立った林田さんを見送って、千早君が縁側に続く障子を開け放った。趣向を凝らした庭園もいいが、なんとも素朴で素敵な庭である。

「いい風が吹いてる。もうすっかり春だな。この分なら山に入っても大丈夫そうだ」

縁側に腰を下ろした千早君が大きな欠伸をする様子を眺めて、思わず私も隣に腰を下ろしてしまった。林の間からそよいでくる風が心地よい。

「山で材料を集めるということですが、具体的には何を？」

「それがイマイチ思い出せないんだよな。呪術は殆ど座学だったし、難しくて。書き方は覚えてるんだけど、やっぱり聞いて確かめるしかないか」

酷く気の進まない顔をしてから、千早君は携帯を取り出して覚悟を決めたように電話をかけ始めた。

「……もしもし。俺だけど」

そそくさと正座したのは向こうから見られているかもしれないと警戒したのだろう。相手が柊さんでなければ私も微笑ましいと笑えるのだが、もしかすると、と思わずにはおれない。

「うん、いや、はい」

かくかくしかじかと事情を説明していたようだが、みるみる顔色が悪くなっていく。だらだらと冷や汗を掻いているように見えるのは気のせいではないだろう。

どうやら叱られているらしい。

「分かった。分かったたから。はいはい。ありがとう。……分かったってば」

じゃあな、と言って電話を切った千早君は大きなため息をついてから、憔悴し切った顔で俯く。やはり怒られていたのだろう。

「……むちゃくちゃ怒られた。『散々教えたでしょう、この粗忽者《そこつ》』ってさ」

「柊さんも怒るのですね。少し意外です。想像がつきません」

「いや、めちゃくちゃ怒るよ。手も足も出るしな」

上品な美女というイメージがあるのでにわかには信じられないが、気が強いという印象はある。しかし、手や足が出るところは少し見てみたいものだ。

「とにかく、これで材料集めができる」

「筆を幾つかお持ちしたんですが、こんなもので良いでしょうか」

十数本の筆を持って戻ってきた林田さんが、そう言って縁側に一本ずつ並べていく。私が想像していたよりも遥かに本格的な筆ばかりだ。幾ら数を持っているとはいえ、これほどの筆を用途以外に用いるのは勿体ないのではないだろうか。

「千早君。やはり筆くらい麓の街に行って私が買ってきますよ」

「林田さんの息が入っていない新品じゃダメだ。どれだけボロボロでも家主に使われたものでないと術には使えない」

「しかし」

構いませんよ、と林田さんは温和に微笑んでくれた。なんとも申し訳ないが、こればかりは代用が利かないらしい。

「ただ筆と一言で言っても種類がありまして。どれが一番用途に適しているでしょうか」

「この筆は全部、自然由来のやつ？　毛先とか軸とか諸々」

「はい。その点にはこだわりがありまして。ただ毛先は色々な動物のものを使っていますね。馬、羊、鼬《いたち》、猫、あと狸の筆もありますよ。私のお気に入りは、この狸毛の筆ですね。毛先が硬くて弾力が強いので、力強い字を書くことができます。特に白狸の毛は貴重で、しなやかで美しい字が書けると聞くのですが、持っていないのです」

「へぇ。そりゃあ、好都合だ。この狸の筆を借りよう」

「どうぞ。……お二人はこれから山へ入るのですか？」

「ああ。今のうちに行っておかないと。この分だと三時間も経たずに夕立がやってくる筈だ」

千早君はそう言うが、私には気持ちが良いくらいの快晴にしか見えない。雲一つない澄んだ空だ。しかし、帯刀老の元で修行を積んできた彼が言うのだから本当に夕方から雨が降るのだろう。

「よく分かりますね」

「大野木さんは天気予報しか見ないからなあ。ほら、あっち側の空に石垣みたいな雲が浮かんでるだろ？　あいつが少しずつ大きくなって、山に差しかかると雨を落とすんだ。一時間もすれば止むだろうけど、土地勘のない山を歩く時は慎重になった方がいい」

「そこは信頼していますよ」

「山菜採りに使う背負い籠ならありますけど、使いますか？」

林田さんの言葉に千早君が目を輝かせた。

「いるいる。へへ、これは大野木さんの出番だな」

いかにも悪巧みをしている顔に、一抹の不安が過ぎった。

○

長靴に作業着、帽子に軍手、首元に汗を拭う為のタオルを巻いて、背負い籠を装備すれば完璧な山菜採りスタイルの完成である。

「……何がそんなに可笑しいんですか」

「あはは、似合わねぇ」

ケタケタと涙を浮かべて笑い転げる千早君に殺意を覚えながら、改めて自分の格好を確認するが笑われるような点など一つもない。人が安全に山間部で作業をする為に必要不可欠な装備だ。この背負い籠も竹で編んであるのには理由がある。収穫したキノコなどの胞子が歩いているうちに山に振りまかれることによって、キノコの生息域を拡大することができる。ビニール袋などは荷物にはならないだろうが、将来の為にはならない。決してダサいなどということはないのだ。

「失礼な。千早君も同じような格好じゃありませんか」

そもそも誰がその装備を用意したのか、と問い詰めたい。

「なんだろうな。顔かな？　フォーマルなら何でも着こなすくせに、作業着になると途端に違和感あるんだよな。スーツ姿に慣れすぎてるのかな」

「千早君は作業着もよくお似合いですよ」

「俺はこの手の服は当然着こなすよ」

「なんですか。人をブルジョアジーのような言い方をして」

けけけ、と心底楽しそうに笑う。

診療所の裏手の獣道を一歩ずつ確かめるように登りながら、先を歩く千早君に必死についていく。私も普段から身体は鍛えている方だが、山歩きというのは使う筋肉が異なっているようで、いつまで経っても彼のようにはいかない。整備された登山道ならともかく、獣道をひたすら草木を掻き分けて進んでいくのは骨が折れる。尤も、先頭で草木を鉈《なた》で払いながら進んでいるのは千早君なのだが。

彼は普段の生活では山歩きなどまっぴらだと言って憚らないが、いざこうして山の中へ一歩足を踏み入れると普段よりも遥かに生き生きとしている。

「良い森だな。あちこちに色んな生き物の気配がする。デカい木も多いし、土がしっかりして」

「やはり施業林《せぎょうりん》よりも原生林が多い方が良いのですか？」

「施業林？　ああ、人の手で植えられた木のことか。それは別に関係ないよ。ただ単純に古くて新しい森はいい森だ」

ひょい、と岩の上に飛び乗り、二つ、三つと軽々と岩の足場を飛び越えていく。右腕がないとは思えないほど軽快だ。修行時代、命懸けで野山を駆けずり回っていたというのは、やはり伊達ではない。

「古くて、新しいとは？　矛盾していませんか」

「してねぇよ。古いだけの森だと朽ちていくだけだろ？　バランスが大事なんだよ。古い木が朽ちて倒れた部分には日が射して、そこに新しい木が育つんだ。これが交互に上手いこと進むのがいい森なんだってさ」

「ああ、なるほど。それは納得がいく説明ですね」

岩を必死に這い上がりながら、懸命に後に続く。人間の社会も同じかもしれない。歳をとって役目を終えた人間は、次の人間に居場所を譲るべきなのだろう。

「帯刀老の受け売りだけどな」

「とても破門された弟子とは思えませんね」

「まぁな。でも、しょうがない。音楽性の違いって奴だ」

それはアーティストが解散する時に用いる常套句だ。姉弟子と揃って破門にされるだけの事情があったのだろうが、その詳細を私が知ることはあるのだろうか。

「お、一つ目の材料だ」

私がようやく岩を乗り越えて息を整えていると、千早君が近くの木に近づいていって何かを指差した。

「大野木さん。これだよ、これ」

見つけたのなら採って戻ってきて欲しいのだが、そのつもりはないようだ。あの様子だと私が来るまで呼び続けるだろう。

「はい。どれでしょうか」

これ、と指差した先では木の幹に半月状の赤褐色のものが張りついている。千早君がツンツンと指先で突いているのを確認してから触れてみると、硬くて相当丈夫なものであるようだ。

「木の瘤《こぶ》ですか？」

「違う、違う。キノコ」

「……違いますよ」

「あれ？　サルノコシカケってキノコじゃねぇの？」

「ああ、これがサルノコシカケですか。初めて本物をこの目で見ました。高級な漢方の生薬じゃありませんか」

私の記憶が正しければ止血剤や胃潰瘍の薬として用いられるものだ。胃癌にも効果があるとされてきたが、近年になって多糖類の免疫増強作用が注目されていると新聞で読んだことがある。

「へぇ、そうなんだ。葛葉さんとよく採りに出かけたっけ。……そっか、やっぱり薬だったのか」

「千早君。他の材料を教えてもらっても？」

「ああ」

メモ用紙を受け取り、それらに目を通す。

「……幾つかは漢方薬に用いられる生薬ですが、鉱石や昆虫も交じっていますね。この赤錆というのは？」

「そのままだよ。鉄錆がいるんだ。言っとくけど人に用いるわけじゃねぇよ」

「それなら良いのですが」

「ガラスを変質させる。あの医者の先生はさ、大野木さんと同じタイプだ。自分で視たものしか信じない。でも、自分が視たものは必ず信じる。百聞は一見に如かずっていうだろ？」

私は自身が経験した『一見』を思い出して、ぶるり、と背筋が震えた。あの地下道で怪異を初めて目の当たりにした時の恐怖は忘れられない。

「ショックで寝込んでしまわないと良いのですが」

「大野木さん、大泣きしてたもんな」

「失敬な。そんなことはありませんでしたよ」

誇張表現も甚だしい。

それから山のあちこちで少しずつ材料を集め、ようやく背中の籠が一杯になる頃には雲行きが怪しくなってきた。慌てて下山しようと獣道を急いだが、雨雲がやってくる方が僅かに速い。

「ダメだな。この分だと間に合わない。途中で降られるよりもマシだ。雨宿りしてやり過ごそう。大野木さん、タープ持ってきてたよな」

「はい。すぐ用意しますね」

「助かるよ、ありがとう」

千早君はそう言ってくれたが、元を正せば私が足手纏いだったせいで時間が必要以上にかかってしまった。植物や鉱物の見分けもつかないので、千早君の指示がなければ動くことができない。

紐を手頃な木と木の間に結んで、タープを張っていく。

完成した屋根の下に二人で腰を下ろすと、すぐに激しい雨が降り始めた。バケツの水をひっくり返したような勢いの雨音に何もかも塗り潰される。

「ギリギリだったな。まぁ、すぐに上がるよ」

「すいません。足手纏いでしたね」

「そんなことねぇよ。大野木さんがいなかったら、その籠だって誰が背負うんだ。俺は助かったよ。どうしても荷物を沢山運んだりするには向かない身体だからさ」

ぷらぷら、と右の袖を揺らして笑う。

「それにしても凄い雨ですね」

あまりの雨量に視界が白く煙って見えるほどだ。濡れた土と雨の匂いに交じって、どこか獣臭い匂いがした。

「静かに。動くなよ」

林の奥から枝を踏み砕く音が響く。白く煙る視界の向こうに黒い大きな何かが小刻みに呼吸をしているのが分かった。それは鼻をひくつかせ、匂いを注意深く嗅いだかと思うと、にわかに立ち上がって顔をこちらへ向けた。

熊だ。しかも、大きい。

今まで味わってきた恐怖とはまた別種の恐ろしさに、思わず悲鳴をあげそうになる。しかし、千早君はじっと熊を見つめたまま怯えている様子を一切見せなかった。

「雨宿りしているだけだ。何もしない。雨が上がれば消えるよ」

一瞬、私に声をかけているのかと思ったが、違う。目の前の熊に言い聞かせるようにそう言っているのだ。

「じゃあな」

ブフッ、と勢いよく息を吐くと、熊は前脚を何度か舐めてからこちらに背を向けて、四本足に戻って白く煙る林の奥へと消えていった。

「あいつ、腕を怪我してたな」

「く、熊ですよね。あんなに大きいものなのですか」

「ああ。熊ぐらい何処の山にでもいるよ。向こうも雨のせいで俺たちの匂いや気配に気づけなかったんだな。話の通じるやつでよかった。もし襲いかかられていたなら、どうしようもなかった」

ラッキー、ラッキーと軽く流すようにそう呟く。

「笑い事じゃありませんよ。ああ、心臓が止まるかと思った」

「遭うのが街中ならこうはいかないけどな。この山は豊かだから食い物に困ってるってこともないし。ただ、ああやって急に出くわすと向こうもびっくりするからさ。お互いの為にならない」

九死に一生を得たというのに、千早君はどうということはないように平常通りだ。

「修行時代にも熊は出ましたか」

「ああ。出た出た。熊どころか妖怪も出たよ」

「よくそんな笑えますね」

「生きてるからな。それに縄張りを持つ山の獣や、視ることができる怪異よりも、結局一番怖いのは柊さんだった気がするよ、俺は」

「またそんな冗談ばかり言って」

そうこうしているうちに、千早君の言っていた通りぴたりと雨が上がった。

「よし。片付けて戻ろう」

二人でタープを畳んで下山する途中、木々の間から垣間見た山々が息をするように白く煙る雄大な光景に息を呑んだ。

「大野木さん。急ごう」

「ああ、はい。すぐに」

獣道を小走りで駆け下り続けて、ようやく見覚えのある診療所の屋根が見えた。ホッと胸を撫で下ろしながら庭へ戻ると、千早君が広縁のガラス戸を開けて中へ声をかける。

「林田さん、ここの縁側借りてもいいかなー」

すぐに奥の診療所から林田さんが顔を見せ、タオルを持って和室から広縁へとやってきた。

「びしょ濡れじゃないですか。どうぞ使ってください」

「ありがとうございます」

「大野木さん。とりあえず此処に広げといて。あとはこっちで適当にやるから大丈夫。それよりも林田さんの手伝いをした方がいい」

「え？」

「そうなんです。実は土砂崩れがあったようでして、急患が何人かいらしているんですが、とにかく手が回らないんです。本当に申し訳ないんですが、少しだけ手伝って頂けませんか？」

「それは大変だ。自分で良ければもちろん。しかし、千早君知っていたのですか？」

「んー。なんとなく」

籠の中から材料を取り出しながら、こちらを見ようともしない。これは嘘をついているか、何か隠しごとをしている証拠だ。

「着替えを用意しますので、まずは手を洗ってきて頂いてもいいでしょうか」

「分かりました」

洗面所で丹念に手を洗い、雨で濡れた服を用意してくれたものへ着替える。ひと足先に診療所へ戻った林田さんの元へ急ぐと、何人もの患者で待合室が一杯になっていた。

「ああ、大野木さん。すいません。助かります」

「あの、私は何をすれば良いでしょうか」

「医療行為をして頂くわけにはいきませんから、受付をお願いします。順番にお話を伺ってから患者さんの情報をこちらの紙に書き残してください」

「分かりました。あの、看護師さんに連絡はつかないのですか？」

「何度も電話をかけているのですが、繋がらなくて。本当に申し訳ない」

慌てて診察室へ戻った林田さんを見送って思わず立ち尽くしそうになるが、そんな余裕はない。まずは言われた通りにバインダーを持って順番の先頭にいる患者さんの元へ急ぐ。公務員としてはかなり問題があるように思われたが、そんなことは今更である。

「お待たせしました。大丈夫、」

ですか、と問おうとして思わず言葉に詰まった。

ウェーブがかった髪の中年女性のように見えるが、顔のパーツの位置がおかしい。顔が歪んでいるとか、そういうレベルの話ではない。それでも人の顔に見えるのは、なんとか寄せようとしているのが感じられるからか。

女性はダラダラと汗を垂らしながら、口をパクパクと開いている。

「あの、どこか痛むのですか？」

すると、女性はこくこくと頷いてから、自分の右足を見せた。着物の裾を捲った瞬間、やたらと毛深い足が見えたような気がしたが、瞬きをすると白い女性の足だ。格好に似合わず、何故かピンヒールを履いているのも奇妙だった。足首を捻挫したのか、赤黒く変色してしまっている。

「足首の所ですね。痛みますか？」

やはり返事はなく、ただ首肯するばかりだ。話したくないというよりは、話す訳にはいかないといった様子で酷く緊張している。

「お名前や、ご住所を伺ってもいいですか？」

女性は硬い表情で首を左右に振った。

改めて他の患者を見てみると、なんだか誰も彼もがチグハグな感じがする。老若男女いるのだが、何かおかしい。顔つきか、背格好か。とにかく噛み合っていないのだ。

彼らは一様に強張った顔でダラダラと脂汗を流しながら、私のことを窺い見ている。

「保険証はお持ちですか？」

やはり返事はない。なるほど。これが林田さんの言っていた奇妙な来訪者なのだろう。いつもは真夜中にやってくるというが、どうして今日に限ってこんな早い時間から来たのだろうか。

「そうか。土砂崩れのせいで」

患者たちは私のことが気になって仕方がないようだが、目が合うと慌てて顔を逸らしてしまう。おそらくこの患者たちには名前もなければ、住所もない。当然、保険証など持っている筈もないのだ。

「大野木さん、次の方をお願いします」

「分かりました。足に怪我をしていらっしゃいます」

先ほどの女性が会釈をしてから、ヒョコヒョコと歩いて診察室へと入っていく。よく見れば怪我をしていない方の足はサンダルを履いている。

女性と交代で診察室から出てきたひょろりとした背の高い男性は、目が合うと驚いた顔をして視線を逸らし、それからぎこちない様子で会計もしないまま外へ出ていってしまった。するると、窓の外を一羽の大きな白鷺《しらさぎ》が慌てた様子で飛び立っていくのが見える。

こうして注意深く眺めてみると、なるほどなんとなく面影がある。

その時、ドアが開いて見上げるような大男が入ってきた。

「あっ」

驚いたような顔をした男は妙に顔が毛深い。酷く困った表情で視線を左右に動かして、なるべく目立たないよう壁に張りつくようにして息を潜めた。彼は右手を怪我していた。

私は小さく笑って、咳払いをしてから順番の先頭の患者さんの傍らに座る。

「今日はどうなさいましたか？」

何もかも詳《つまび》らかにするのは野暮というものだろう。


患者の列は途切れることなく、次から次へとやってきた。彼らの殆どが外傷だが、骨折という程の怪我を負ったモノは少ないようだ。

林田さんはとにかく一人でも多くの患者を診ようと余裕がないのか、彼らの少し変わった顔にも全く気づく様子がない。そもそも人の顔の造形にあまり興味がないのではなかろうか、と思うほどだ。

診て貰う患者たちは皆、唇を引き結んで声をあげまいとしているようで、こちらの質問には首を縦に振るか、横に振るかしかしない。人ではない、と薄々分かっているとはいえ、これほど誠実に治療を行う彼の姿勢には素直に敬意を感じた。

二時間ほど経った頃、千早君が擂鉢《すりばち》を片手に診察室へと入ってきて、ぐるりと患者たちを見渡す。すると、患者たちが急にぶるぶると小刻みに震え始めた。輪郭がじわじわと、まるで紙に水が滲むようにぼやけていく。

「あぁ、ごめん。直視したらマズいな」

千早君が慌てて視線を逸らすと、患者たちの震えが止まった。なんだか顔のパーツが余計に散らばってしまったように見えるが、林田さんならそれほど気にならないだろう。

「千早君、お疲れさまです。完成したのですね」

「ああ。多分な。これで大丈夫な筈」

多分、というのが如何にも彼らしい。摺鉢の中を覗き込むと、赤黒いなんとも形容し難い匂いを発する泥のような液体が泡を浮かべている。一目で食用ではないことは理解できたが、ではこれを何に使うのかというとよく分からない。

「あとはこいつを使って筆で呪文字を書くだけだ。これで窓越しに見れば正体が視えるぞ」

「ですが、さっきからチラホラと正体を現してしまっているモノもいましたよ」

「治療が終わって気が抜けた奴だな。これは大抵の奴なら正体を確かめられるぜ」

上手くいけば、と付け加えるのが情けない。よほど自信がないのだろう。

千早君は足元に摺鉢を置いて、スリッパを脱いでから棚の上に上がると、薬品のような何かがついた筆をべとりと窓ガラスにつけた。それから確かめるようにゆっくりと、文字というよりは模様のようなものを描いていく。なんと書いてあるのかは全く分からないが、強いて言えば『眼』だろうか。

「よし。これでいい」

心なしか窓ガラスが微かに青く発光しているように見える。

「まるで千早君の右眼のようですね」

「簡易的なものだけどな。あいつらにとって正体を見破られるのは一つのタブーみたいだから、これでもうここには近づかないよ。大方あっちの医者が春になっても眠りこけてるんだろうけど、あの騒ぎでさすがに起きたんじゃないかな」

「こんな不思議なことができるのなら、普段から使えばいいのに」

「え、元から視える奴がこんな術、何処で使うんだよ」

「ああ、それもそうですね」

時折、千早君が視ている世界のことを失念してしまう。

「それに街中じゃ多分、こんな上手くいかない。山の中ってのは万事こういう術が上手くいきやすいんだ。気脈の後押しがあるから、バフがかかっているみたいな感じかな」

「バフ？　ゲーム用語ですか？」

「そうそう。バフとか、デバフとか言うだろ？　あれ、言わない？」

「一般の社会生活においてはまず用いないかと」

「うーん。バフは強化で、デバフは弱体化みたいな感じかな。とにかく山や海はあちらに近いからか、気脈が濃いんだ。実力に下駄を履いてるような状態だよ。だから俺みたいな才能がない奴でもどうにかできた」

千早君はそう言いながら、摺鉢へ筆をつけてまた別の窓にも模様を描いていく。

「こっちの窓が終わったら、住居の方にも描いてくるから」

「分かりました。お互い頑張りましょう」

「ったく。手間ばっかりかかる依頼だぜ」

それでも恐ろしい怪異や、人の死が関わるようなものよりも余程良い。

「たまにはこういう案件も良いじゃありませんか」

「俺も悪いとは言ってない」

「素直じゃありませんね」

ほっとけ、と千早君が作業に戻ったので、私も案内に戻ることにした。

ふ、と視線を上げると外に行儀よく並んでいる沢山の鹿や猪、蛇や鼬など動物の姿が見えたような気がしたが、敢えて見なかったことにした。

山奥の小さな診療所を頼るのは、人だけではなかったということだろう。

○

ようやく最後の患者を見送る頃には、すっかり夜になってしまった。そっと窓の外へ目をやると、蛇がするすると上機嫌に森の中へ消えていくのが見えた。

「……蛇が突き指ですか」

あまり深く考えない方がいいだろう。

診察室へ顔を出すと、すっかり疲労困憊した先生が椅子にひっくり返っていた。

「林田先生。大丈夫ですか」

「え、ああ。申し訳ない。つい、ウトウトとしてしまいました。大野木さん、本当にありがとうございました。一人ではとてもあれだけの患者さんの相手はできませんでしたよ。なんてお礼を言えばいいのか。依頼の為に来て頂いたのに無関係のことをさせてしまって、本当に申し訳ありません」

「非常事態ですから、仕方がありませんよ。どうぞ気になさらないでください」

「いや、まさか土砂崩れがあったとは。集落に被害は出ていないようですが、やはり山の中は影響があったようですね」

林田さんは眼鏡を外して、眉間を揉みほぐしながら思い出すように笑う。

「今日は少し化けるのが下手な者が多かったようですね。福笑いのような顔が多くて、思わず笑ってしまいそうでした」

「お気づきでしたか」

「あれだけ顔が散らかっていれば流石に。なぜか不思議と恐ろしくはありませんでした」

ぐぅ、と気の抜けた腹の虫が鳴って、自分が空腹であるのだとようやく気がついた。

「大野木さん、申し訳ない。お連れする筈だった店なのですが、この時間ですともう店仕舞いをしているかと。すいません、田舎の飲食店は閉まるのが早くて」

「お気になさらないでください。三人で何か」

買いに出かけましょう、と言おうとして、そういえば千早君を最後に見てから随分と時間が経っていることに気がついた。

診療所の出入り口に鍵をかけて、二人で住居の方へと戻ると、千早君が縁側で誰かと親しげに話している。そっ、と和室から彼の視線の先、土間へと顔を覗かせると二十代に差しかかったばかりと見える若い女性が温和に微笑んでいた。茶色がかった髪を肩の辺りで切り揃えており、柔らかな雰囲気をしている。

「君は」

林田さんがそう声をかけた瞬間、彼女は顔を真っ赤にして手で隠しながら勝手口から外へ飛び出してしまった。そうしてあっという間に夜の闇の中へ走り去ってしまう。

「林田さん。彼女が例の？」

「そうです。最初の晩に訪れた彼女です」

竈《かまど》には羽釜と鉄製の鍋がかけられており、羽釜の蓋を開けるとツヤツヤとした光沢のある白米が炊かれている。鍋の方も蓋を外すと、鶏肉と山菜の鍋が湯気を立てていた。味噌の芳醇な香りが実に食欲を唆る。

「あいつさ、林田さんに恩返しがしたくてやっているんだと。料理もアンタの為に頑張って覚えたらしい」

千早君は縁側で胡座を掻いて、その向こうに見える薄暗い林へと青く燃える右眼を向ける。

「まだそこにいるよ。この窓が最後の一枚」

私たちも林の奥へ目を向けるが、思いのほか夜の闇が濃いので何も見えない。だが、千早君がそう言うのなら、そこに彼女はいるのだろう。自分の想い人を眺めずにはいられないのかもしれない。

林田さんは意を決したように縁側から下りて、沓脱《くつぬぎ》のサンダルを引っかけて庭へ進んでいくと、目の前の林の中へ声をかけた。

「いつも美味しい料理を作ってくれてありがとう。とても感謝している。でも、まずは怪我の経過が気になるから、一度診療所の方へ来て欲しい。今度は勝手口からではなくて、玄関の方から入ってきてくれ。私は君のことをまだ何も知らないんだ。君も私のことを知らないだろう？　少しずつでいいから話をしよう」

待っているよ、と林田さんのよく響く声が林に谺した。きっと山の奥深くにも届いたことだろう。しかし、なんの返事もなかった。

「伝わっているといいのですが、どうでしょうね。お腹が空きましたね。夕飯を頂くとしましょう。桜さんもお待たせしてしまって申し訳ありません」

沓脱から縁側に上がった林田さんが、ガラス戸を半分だけ引いた時だった。

「来たぞ、先生」

千早君の声に振り返った林田さんが、術のかけられたガラス越しに庭を見た。そこには小柄な狸が目を潤ませている。驚いて僅かにガラス戸を開けると、そこには先ほどの女性が同じ場所に立っていた。

彼女は何か言いたげにしていたが、どうしても声にはならないようで、首を横に振ってから、涙を湛えた瞳で丁寧に頭を下げると、解けるようにして消えてしまった。

林田さんは一言も発せないまま、呆然としている。自分が見たものがにわかには信じられないのだろう。目を白黒させるのも無理はない。

千早君はそんな林田さんなど気にも留めずに、最後のガラス戸に筆をのせ終わると、土間へ下りて鍋の中身を確かめるように眺めた。

「とりあえず依頼はこれで完了ってことでいいのかな」

「ええ。そうですね。後のことは当人同士の問題でしょうから。まずは夕飯にしましょう。流石にお腹が空きました」

よほど心に響くものがあったのか。

林田さんは私たちが食事の用意を終えて声をかけるまで、心を奪われたように庭を眺め続けていた。その表情はかなり間の抜けた顔と言わざるを得なかったが、私にはとても幸せそうに見えた。

余談ではあるが、彼女の作った山菜鍋は大変美味であった。

人形

お城のある町へ引っ越すのよ、と母が静かに泣きながら幼い私に告げたのをよく覚えている。九歳の誕生日が過ぎたばかりの頃だ。大きな池のある公園の、すぐ隣に建っていたマンションを出なければならない、と母は言った。

住み慣れた街を離れて、小さな無人駅で電車を降りた。

母に連れられて初めてやってきた父の実家は、歴史ある海沿いの城下町で、小高い丘の上に町並みを見下ろすように居を構えており、厳めしい門が私たちを待ち構えていた。柱には表札がかけられていて、そこには『一条《いちじょう》』とある。

広大な庭には錦鯉の泳ぐ池があり、呆れるほど大きな桜の樹が屋敷の隣に寄り添うように聳えていた。桜はもう殆ど散り、すっかり葉桜になってしまっている。足元には枝葉から落ちた緑色の毒虫があちこちで蠢いていた。

玄関の向こうに立つ祖母が酷く恐ろしい顔をして、幼い私と母のことを睨みつけた。その隣には祖母にそっくりな叔母が立っており、悪意の滲んだ笑みを浮かべている。父が死ぬまで、私はこの人たちのことを写真でしか知らなかった。

母は私の手を引いて玄関を潜り、それから二人に深々と頭を下げた。

「ご無沙汰しております。お義母様」

「……丈雪《たけゆき》は一条家の大事な跡取りです。当家で当主に相応しい人間となれるよう養育します。本来、お前のような女を迎え入れる訳にはいきませんが、丈雪には幾ら愚かでもまだ母親が必要でしょう。けれどね、自分が他家の人間であること、私の可愛い啓一《けいいち》を死なせたことは忘れないでちょうだい。くれぐれも身の程を弁えることを忘れぬようになさい」

はい、と泣きそうな声で頷いた母の顔は、今までに見たことがないほど悲しみに暮れていた。

私は叫んでやりたかった。父は母の所為で死んだのではない、と。

勝手に首を括って死んだのだ。碌に家にも帰ってこないで、借金ばかりを残して死んだ。

母は父の尻拭いばかりさせられていたのだ。決して、その逆ではない。

けれど、ここで自分が口を挟めば、母はもっと辛い目に遭うだろう。子どもの自分にできることなど何もない。ただただ無力な自分を恨むことしかできず、母と共に頭を下げるしかなかった。

今の私は母の手を、ただ強く握り返すことしかできない。

正午を告げる梵鐘《ぼんしょう》の音が屋敷に鳴り響いた。

坂の途中に寺があったのを思い出す。

これから私が大人になるまで、この屋敷で何度、この鐘の音を聴かねばならないのだろう。

○

夏の日差しが嫌いだ。肌は焼けるし、体力を奪われる。炎天下の体育など正気の沙汰ではないが、公立の中学校の教育にそれ以上を望むのは酷というものだろう。どうせ高校からは私立のエスカレーター式の学校へ編入するので、もう一年足らずの我慢だ。本当は中学から編入したかったのだが、家の問題が片付くまでは寮に入る訳にはいかなかった。

夏期講習の為にこうして炎天下を塾まで自転車を漕いでやってきたが、いつまで経っても入り口が開かない。仕方がないので他の生徒たちと塾の前にある公園の木陰で待っているのだが、幾らなんでもおかしい。

「一条君。ねぇ、一条君ってば、大丈夫？」

声をかけてきたのは同じ進学コースに所属している同学年の速水《はやみ》さんだ。彼女は来年から親の都合で東京へ引っ越すことが決まっており、その為にレベルの高い私立を目指している。尤も、彼女の場合はそれを望んでいるのは親の方らしいが。

「大丈夫じゃないよ。熱中症になったらどうするんだ」

「帽子くらい持ってないの？　オシャレな髪型が見えないのが嫌だから？」

「そんなんじゃないよ。人柄が悪く見えるからって祖母がうるさいんだ」

「へぇ？　面白いのね。それで良い子に言うことをきいているんだ」

「……うるさいなぁ」

速水さんは塾に通う男子たちの間で人気がある。派手な見た目の割に勉強ができるし、誰とでも気さくに話をする。しかし、私は彼女のことがどうしても苦手だった。なんというか、いつも間が悪いのだ。人が苛立っている時や、焦っている時に限って鉢合わせをする。そうなると、こちらも余裕がないのでいつものように上手く相手に合わせられない。社交辞令の一つも言えないし、無性に苛立ってしまうのだ。

私は単語帳を捲りながら、今日の英語の小テストの対策に集中することにした。前回の模試の結果は悪くなかったが、語彙が少ないので解答の幅が狭い。そこを克服するのが急務だ。

「一条君って、あの丘の一番上に住んでいるんでしょ？」

「ああ」

「凄いよね。ご先祖様が家老だったっていうんだから。本当に由緒ある名家だ」

「別に。古いだけだよ。こんな田舎だと悪目立ちしてしょうがない」

実際、此処へ越してきて私はクラスメイトからいじめられるようになった。中学に上がり、多少は良くなったが、タチの悪い先輩からはすぐに目をつけられた。大人しくしていれば何をされることもないが、この小さな町では何処へ行っても家の名が邪魔で仕方がない。

「なに？　嫌いなの？　自分の家が」

まるで理解できない、という声のニュアンスに思わず鼻で笑ってしまう。自分が苦労知らずだからといって、他人まで自分と同じ境遇だと思うのは愚かなことだ。

「速水さんの家は家族仲がいいのかな」

「どうだろう。割とフツーだと思うけど。ああ、妹はすごくお父さんっ子よ。いつも側から離れようとしないの」

「そうか。羨ましいよ」

嫌味でも何でもなく、真実そう思う。でも、きっと速水さんは自分の家庭がどれほど幸せなものなのか自覚することは生涯ないだろう。彼女にとっての普通と、私の普通はあまりにも違っていた。

「……やっぱり苦手だな」

彼女は外見以上に子どもっぽい。いや、子どもであることを許されてきたのだ。私はその反対、早く大人にならなければならなかった。

「え？　なんて？」

「何でもないよ。それよりも幾ら何でもおかしくない？　この時間になっても塾に講師の先生が一人も来ていないなんて」

「だよね。事務員の酒井《さかい》さんまでいないもの」

もしかして、と嫌な予感が脳裏を過ぎった時だった。不意に携帯電話が震えた。見ると、塾の専用アプリから新規メッセージが届いている。件名は『お詫び』とある。

「まさか」

内容に目を通してすぐに最悪の事態だということに気づいた。長々と言い訳じみた言葉が続いているが、結局ここに書かれているのは『経営不振により倒産。昨夜のうちに経営一家が行方を眩ました』ということだ。文末に私たちの今後を慮《おもんぱか》るような言葉が綴られていたが、いかにも不吉で重たい気分になった。

「夜逃げしたらしい」

「えぇ、何それ」

素っ頓狂な声をあげる彼女に顔を顰めずにはいられない。

「内容を読んでないのか？　倒産したんだよ、この塾。だから講師の先生たちも来ない。事務員の人も一緒だ」

場合によっては彼らの給与さえも支払われないだろう。そうなれば私たち生徒のことに気を回せる筈がない。ここへ来ても一円の得にもならないのだ。そればかりか、私たち生徒や保護者から質問攻めに遭うリスクがある。

「うわー、困った。他に大きな塾なんてないのに。ママになんて言おう」

「ここに通っていた生徒はみんな同じ気持ちだよ。競合するような塾もないから安泰だと思っていたんだけど、そもそも生徒数が少なすぎたのかもしれない」

ため息を一つこぼして荷物を背負う。もうこれ以上、炎天下にいる理由もなくなった。

「一条君、何処行くの？」

「帰るんだよ。家で参考書を読みながら新しい塾を決めないと」

「そっか。なら、また学校でね」

私は軽く頷いてから公園を後にした。

市内の中央通りを進みながら、苛立ちが熾火《おきび》のようにずっと胸の奥で燻っていた。どうにも此処のところ、何もかも上手くいかない。いつ頃からだろうか。半年ほど前、新年を迎えたばかりの頃は順調だったように思う。勉強も何もかも、上手く立ち回ることができた。

それなのに、春になって中学も二年目が始まった矢先に躓《つまず》いた。学年テストで大きく順位を下げて、おまけに季節外れの風邪を引いて肺炎になった。

「春に調子を崩すような原因なんてあったかな」

自問自答していくと、すぐに思い当たる節があった。そういえば祖父母と進路について揉めたのだ。私は隣県の有名私立高校へ進学し、寮に入るのだと言ったが、祖父母はそれを許してはくれなかった。地元の大学に家から通うように私に強要したのだ。

『一条の家と土地を継ぐのですから、目の届かない場所になど行かなくて宜しい』

祖父も祖母も私には比較的甘い人だったが、この進路にだけはなかなか首を縦に振ってくれなかった。仕方がないので、学業面で結果を示すことで納得させるしかない。

『しかもよりによって、あんな街へ行きたいだなんて。碌なものじゃありませんよ』

叔母がそれに加わり、隣県の人間がいかに他県民に対して冷たいかを滔々と語ったが、虚言癖のある叔母の言葉に耳を傾けるだけの価値はなかった。叔母は若い頃に一度、隣県に嫁いでいったのだが、結婚生活が上手くいかずに出戻ってきていた。

私の進路を応援してくれているのは、母だけだ。しかし、それも公然とは言えないので、祖父母の前では貝のように押し黙って座敷の隅に置物のごとく座っているだけだ。それでも自分は一人ではないのだと思えて嬉しかった。

それなのに早々に試験で順位を落とし、体調を崩した。母がずっと側にいてくれたので助かったが、あのせいで大きく出遅れることになってしまった。ようやく体調が戻って本格的に試験勉強ができると思った矢先に、近隣唯一の進学塾が潰れてしまったのだから頭が痛い。

家へと続く長い石畳の坂道を登っていく。元は城下町だというが、いかにも地方の大名といったサイズ感だ。その城主というのも元は外様大名で維新の際にも目立った活躍はない。田舎の殿様、などと揶揄する者がいるのも分かる。

それでも戦火を免れたお陰で城下は燃えず、城も落城することなく解体されたが、昭和の各地の復興ムードに合わせて鉄筋コンクリート製の天守が完成した。小さくとも城のある風景というのは悪くない。

クラスメイトは私の家を羨ましいと褒めるが、小高い丘の上にあるので出かけて戻るだけでも一苦労だし、夏は暑く、冬は寒い。台風が来れば強風の被害をもろに受けてしまう。屋敷も大きく広いばかりで、あちこちに傷みがきている。夏は蚊を孕んだ隙間風も吹くし、冬は寒さと結露が酷かった。

それでも祖父たちは屋敷に手を入れることを嫌がった。由緒ある屋敷に悪戯に手を加えようものなら先祖に申し訳が立たない、とにべもない。お陰で不便なことばかりだが、そう思うのは外からやってきた私と母だけだ。

——おまけに、この家には化け物が棲んでいる。

夜になると家の天井裏を這い回る、大きく奇妙な何かがいるのだ。

「本当に嫌な家だ」

坂の上の自宅を見上げながら、歯噛みせずにはいられなかった。祖父が死ねば私が当主になる。その頃には私も成人するだろう。そうなれば祖母も叔母も追い出して、屋敷も庭の池も取り潰して思うがままに建て直すつもりだ。

「お帰りなさい。丈雪ちゃん」

引き潰した蛙のような顔をした叔母が、門柱からぬっと顔を出してきたので思わず悲鳴をあげそうになった。

「どうしたんです。そんな所で」

「常光寺《じょうこうじ》の前を登ってくるのが見えたから、ここで待っていたの」

「そうですか。ただいま戻りました。泉《いずみ》叔母さん」

「荷物、持ってあげましょうか」

「いいえ。大丈夫です。辞書が入っているから見た目よりも重いんです」

この叔母はもう五十になろうかというのに、何を思ったのか急に十代の女の子が着るような服ばかりを好むようになった。精神的にも幼く、情緒が不安定で感情的に泣いたり、怒ったりするので私はずっと苦手だったが、近頃は殊のほか酷い。私と一緒に風呂に入るのだと言って駄々をこねて、祖母から叱りつけられた日のことは軽いトラウマになっている。

するり、と指を絡めてくるのを咄嗟に振り解いて、叔母から距離を取った。

「大きくなったね。もう大人の男の人みたい」

恥じらうように笑う叔母は、昔からこうだ。甥の私と過度にスキンシップを取りたがる。偶然を装って脱衣所へやってきたり、下着を盗み出したりする。じっとりとした粘度の高い好意を寄せてくるのが心底気持ち悪かった。

「……疲れているので夕飯まで部屋で休みます。離れには来ないでください」

「うん。お勉強、頑張ってね」

骸骨のように痩せ細った醜女《しこめ》が、向日葵《ひまわり》色のワンピースを着てあざとくガッツポーズをするのを見て、ますます気分が悪くなった。母よりも年上だというのに、まるでそうは思えない。叔母は自分の妄想の中を生きている。

私は帰宅すると、そのまま母屋には向かわずに、まずは母の住む離れへと向かう。

母屋で生活することを許さなかった祖母が建てた簡素で小さな平屋だが、私はすぐに、勉強部屋と称して其処《そこ》へ入り浸るようになった。私だけは寝食は母屋でしなければならなかったが、それでも同じ屋根の下で母が意地の悪い祖父母と生活せずに済むのなら、瑣末なことだ。

桜の樹の真裏にある玄関から離れへと入る。叔母から押しつけられた趣味の悪いウェルカムドールと、蛍光色が強いジグソーパズルの飾られた壁を見ないようにして靴を脱ぎ、スリッパに履き替える。自室のベッドに倒れ込むとようやく息を吐くことができた。目を閉じると、居間のテレビ番組の音が聞こえてくる。母が点けたのだろうか。この時間なら母屋で食事の用意をしていると思ったが、どうやら今日は違うらしい。

「母さん、ただいま」

大きな声でそう言うと、不意に障子の前に母の影が立った。

おかえり、と掠れた声で答える母は、先日の風邪がまだ治り切っていないらしい。

「まだ本調子じゃないんだから無理はしないで。お祖母様には言っておくから」

ありがとう、と微かに答えて障子から離れていく。顔を見せなかったのは風邪を感染《うつ》すと思ったのだろう。

この広大な屋敷で、私と母だけが家族だ。それだけが私の持つ繋がり。長年、母を虐げてきた祖母たちに復讐する。その為にも一刻も早く、私はこの家を出ていかねばならない。私がいるから母は屋敷を離れられないのだ。私が一人暮らしを始めたら、母も自分の人生を歩めるようになる筈。私という子どもがいたせいで歩むことができなかった人生を、今度こそ進むことができる。

「……そうだ。親孝行するんだ」

いつの間にか、私は微睡んでいたらしい。

ぼんやりと薄暗くなった部屋の天井を眺めていた。頭を動かして柱にかけられた時計へ目をやると、もう間もなく夕飯の時間だ。

まるで寝足りない身体をどうにか起こして、身体を思い切り伸ばす。気に入らないことだらけの家だが、この窓から見える景色だけは悪くなかった。茜色に染まる城と周りに侍るようにして広がる城下町。此処に屋敷を構えた先祖は老中だったというけれど、きっと相当な野心の持ち主だったに違いない。

「天守よりも高い位置に建てるなんて」

中学生にも分かるくらい上昇志向が高かったのだ、と思うとなんだか血は争えないという気がした。

自室を出て居間の方へ目をやると、横になっている母の背中が見えた。どうやらテレビを見ているうちに寝てしまったらしい。夕飯作りは免れたようだ。

「よかった」

毛布を被っているので風邪を引くことはないだろう。本当は寝室で休んで貰いたいが、祖母がいつ呼び出すか分からないので、いつもああして備えるようにして横になっているのだ。母を起こさないよう、物音を立てず玄関から庭へ出て、母屋へと向かった。

居間へ向かうと、既に叔母が食卓についていた。上座にはまだ祖父の姿はない。今夜は会合があると話していたのを思い出して、少しだけホッとした。

お手伝いの幸子《さちこ》さんが食事の配膳をしてくれながら、にっこりとこちらへ笑いかける。彼女は私の知る限り最も長く続いているお手伝いさんで、家事全般をこなしていた。夕食の準備をして配膳してしまうまでが彼女の仕事だ。年齢は泉叔母さんと同世代だそうだが、落ち着いた大人の柔らかさを持つ彼女の方がずっと若く見える。

「お帰りなさい。お坊ちゃん」

「お坊ちゃんはやめてください。恥ずかしい」

ふふ、と笑って米櫃からご飯を茶碗へよそう。

「お帰りなさい。丈雪さん」

座敷の奥からやってきた祖母は着物の帯留めに手を添えて、そっとこちらを窺い見た。薄い笑みを浮かべているが、瞳には僅かに怒気を孕んでいる。

「帰ったのなら、何を差し置いてもまずは母屋へ顔を出して頂戴ね。ご先祖様にも戻った挨拶をしなさい」

「すいません。少し疲れていたものですから」

「そういえば聞きましたよ。塾が潰れてしまったそうですね。夜逃げしたとか？」

「はい。そのことで折り入って相談があります」

「分かりました。まずは夕餉にしましょう。話は食べながらでもできます」

いつも上座には祖父、その左隣には祖母と叔母が並ぶ。私は祖母と叔母の正面に座り、母は皆の食事の片付けが終わった後に、ようやく台所の隅で食べることが許されていた。それが嫌で仕方なかったが、ここ数年は身体を壊すことが多く、幸子さんが離れに食事を運んでくれるようになった。

幸子さんの用意する夕飯はどれも美味しくて、気遣いが巧みだ。祖父母には塩分を控えめに、叔母には消化の良いものを、育ち盛りの私にはタンパク質を多く含んだ食事を用意してくれる。膝を突き合わせて食べるのが、この二人でなければもっと美味しく感じられる筈だ。

「丈雪さん。それで話というのは？」

箸を止めて、咀嚼を終えてから箸置きに置く。しかし、祖母は食べるのを止めない。話したいことがあるのなら、勝手に話せということだろう。

「塾のことです。受験に向けて今、学力を落とす訳にはいきません。なるべく近場で見つけますから、新しい塾を選ばせてください」

「……貴方のことです。もう目星はつけてあるのでしょう？」

「はい。二駅ほど離れていますが、屋敷町の塾にしようかと考えています。歴史の長い進学塾で実績も確かです」

「門限を守れるのなら構いませんよ」

塾を終えてから電車に乗って帰ることを計算すれば、今の門限はかなり難しい。屋敷町の塾から駅まではそれなりの距離がある。

「塾の日だけで構いません。午後九時を門限にして貰えませんか」

「いけません。帰りにもしものことがあればどうするのですか。それならば家庭教師を雇えば良いでしょう。有能な講師を用意させます。思う存分、勉学に励むことができますよ」

祖母の言い分はもっともだが、それでは私の息抜きがなくなってしまう。私が塾へ通うことにこだわるのは、この家から少しでも離れていたいからだ。常に祖母や叔母の息遣いが聞こえる屋敷の中にいたくない。しかし、正直に本音を吐露するわけにはいかなかった。

さて、どうするべきか。

「……分かりました。その代わり、一つだけお願いがあるのですが」

「ええ、ええ。なんでも構いませんよ」

祖母が微笑みながら頷いて、箸を丁寧に下ろすのを見逃さなかった。

「友人が雇っている家庭教師が良いです。まだ二十代で少々歳若くはありますが、友人の兄も彼女の指導で難関大学に合格したのだと聞きました」

「そうね。実績は大事です。すぐに手配をさせましょう」

そう言って祖母が手を上げようとした時だった。がしゃん、と叔母が皿を壁へ叩きつけた。民藝品の角皿が壁にぶつかって勢いよく砕けて、美しく盛りつけてあった煮魚と野菜が無惨に畳の上へ落ちた。

「嫌だ！　嫌だ！　そんなの嫌だーっ！」

叔母が顔を真っ赤にして食卓の上に拳を叩きつける。がしゃん、がしゃん、と衝撃で食卓に並ぶ皿が跳ね上がった。

「泉っ！　いい加減になさい！」

祖母の怒声に叔母が竦むように動きを止める。それからボロボロと涙をこぼし立ち上がると、わんわんと大声で泣きながら座敷の奥へと姿を消した。

幸子さんは特に驚いた様子もなく、慣れた手つきで掃除を始める。彼女には申し訳ないことをしてしまったが、他に方法がなかったのだ。

「ああもう。どうしてあの子はあんな風になってしまったの」

祖母が頭を抱えて、それから着物の襟に煮汁が付着しているのに気がついてため息をこぼした。

「我が家の恥晒しだわ。せっかく一度は他所へ嫁がせたというのに、すぐに離縁されて出戻ってくるなんて」

「……泉叔母さんにはそういう疾患でもあるんですか」

私の言葉に祖母が顔を上げる。その瞳には怒りと戸惑い、それから諦めの色が宿っていた。

「知的な障害や精神的な病気ではありません。何度も病院で診て貰いましたから。ある日突然ああなってしまったのは丈雪さんも知っているでしょう」

おかしくなった、とは言わないのは母娘の情だろうか。だが、私はこの二人に同情する気など全くない。この家にやってきたばかりの頃、祖母とまだまともだった叔母が、母をどれほど酷く扱ったのか、私は忘れていない。

「家庭教師は諦めなさい。この家に若い女をあげたら泉が手にかけてしまうわ」

「では、屋敷町の塾でも構いませんか」

祖母は立ち上がって忌々しそうに襟についた染みをハンカチで押さえながら、好きになさい、と短く告げた。そうして座敷を出ていってしまう。

座敷に残されたのは私だけだ。ご飯やおかずには煮汁が飛び散ってしまっているが、これくらいはなんてこともない。それよりも一人でゆっくりと食事を摂れる喜びの方が大きかった。

「幸子さん。母の分はどちらですか？」

「ご安心ください。きちんとご用意して運んでおきましたから」

「そうですか。ありがとうございます」

戦場のように散らかった食卓で一人、私は久しぶりに心が満たされる食事を摂ることができた。


夜半、母屋で寝ていると奇妙な物音に目が覚めた。

まただ、と思う。この屋敷の屋根裏には何かが棲んでいて、こうして人が寝静まった後に這い回るのだ。幼い頃には分からなかったが、最近はその気配が強く感じられた。

最初は野生の動物が屋根裏に入ってしまったのだろう、と思っていた。祖父や祖母もその物音や気配には気づいていたようで、害虫駆除を頼んだことがあったが、生き物がいた形跡は見つからなかったという。

だが、それは確かに屋根裏を這い回っている。

化け物だ、と思う。

特に何かをする訳ではない。しかし、叔母はこの何かが這いずる音を酷く怖がった。

頭上を化け物が這って移動していくのを感じた。獣のようでいて、そうではない何か。

早く寝てしまおう。明日は屋敷町へ出かけないといけない。夏期講習に間に合うといいのだが、すぐに参加できるものだろうか。

暫くして、叔母の寝ている座敷から甲高い悲鳴があがった。

布団を頭から被って耳を塞ぐ。

——みんな死んでしまえばいい。

そうすれば、母さんと二人で生きていける。父が引き継ぐべきだった何もかもを取り戻すことができる。家も土地も、傷つけられた尊厳も全て。

私を育てて良かったと、母さんもそう思ってくれる筈だ。

○

翌朝、身支度を整えて居間へ向かうと、ちょうど祖父とすれ違った。

「おはようございます。お祖父様」

祖父はがっしりとした体格をしており、白髪染めをしていない髪を整髪料で固めて後ろへ流していた。いかにも経営者然とした風格があり、かけている眼鏡一つ、腕時計一つにしても百万円を下回るものはない。

「おはよう、丈雪。そよから聞いたぞ。勉学に励んでおるようだな」

「はい。今日はこれから新しい塾の見学に行ってこようと思っています」

「感心、感心」

「ありがとうございます」

うむ、と満足そうに頷いてから、祖父が私のことを爪先から頭までジロジロと値踏みするように眺めた。

「丈雪。お前は卑しい女の胎《はら》から生まれたが、その身には脈々と続く名門一条の血が息づいている。気にすることはない。その名に恥じぬよう、今のうちからしっかり励みなさい」

祖父は母のことを一度も名前で呼んだことがない。そして母のことを卑しいという。殺してやりたいほど憎んでいるが、私が成人するまでは生きていて貰わなければならない。

「はい。お祖父様」

「よし。帰りは遅くなるからな。そよの言うことをよく聞くように」

「行ってらっしゃいませ」

　こうして頭を下げるのにも慣れた。母が受けてきた屈辱を思えば、これくらいはなんということもない。ニコニコとして言いつけを守り、相手が欲しい言葉を吐くだけでいいのだから。何も難しいことはない。

　それから祖母と二人で朝食を済ませた。叔母はいつも昼過ぎまで寝ているので、朝食は祖母と二人で摂ることが殆どだ。会話は少なく、一日のスケジュールを報告するのが常だ。

　出かける前に離れの母の元を訪ねたが、何処にも姿が見当たらない。

「母さん？　何処へ行ったの？」

　声をかけるが、返事はなかった。母屋にはいなかったから、きっと離れにいると思ったのだが、考えたら今日は父の月命日だ。屋敷の反対側、海側へ下りていく敷地の端にある先祖代々の墓に参りに行ったのだろう。

　正直、私には父についてあまり良い記憶はない。いつも周囲に怒鳴ってばかりで、事あるごとに母に無理を強いた。手が出たことも二度、三度ではない。何か失敗すると、いつも母に当たり散らした。おまけに最後は勝手に首を括って死んだ。借金取りから逃れるように、私は生まれ育った土地を離れなければいけなかった。

そんな父でも、母は愛していたのだろうか。

中学生らしくない、と周囲からよく言われるが、子どもらしく生きられるのは、子どもであることを許された者だけだ。それを羨ましいと思わないでもないが、もう今更そんな生き方は許されない。それを強いたのが、他ならぬ私の父なのだ。好きになれる筈がない。

結局、母に挨拶をしないまま屋敷を後にした。


坂を下ってから城下町の商店街を抜け、お堀の脇を抜けて御坂《みさか》駅へと向かう。電車に乗る機会はあまりないが、今のうちに慣れておく必要があった。

屋敷町は古い武家屋敷や商家が多く残る観光地で、昼間から大勢の人で賑わっている。棹《さお》を持った船頭の船で川下りをする人々を脇目に眺めながら石畳の路地を進んでいくと、目的地の学習塾を見つけた。

「ここの、筈なんだけど」

見るからに武家屋敷然としていて、想像していたものとはかなり違う。何処かの雑居ビルを想像していたのだが、そもそもこの辺りにはビルがない。

門には『屋敷町左近塾《やしきまちさこん》』とあった。どうしたものか、と戸惑っていると不意に後ろから声をかけられた。

振り返ると、背の低いお婆さんが温和に微笑んでいる。

「もし。塾ならお休みですよ」

「そんな。定休日は水曜日ではないんですか」

ホームページできちんと確認した筈だ。

「大きな蜂の巣が見つかったらしくて。今日は業者さんが入っているのよ。だから、うちのお店も今日はお休みなの」

指差した隣の店はどうやらお茶屋さんであるらしい。

「そうですか。ありがとうございます」

「あなた、ここの塾に入るの？」

「見学に来たんです。でも、当てが外れてしまった」

「左近さんはね、とても優秀な方よ。教え子の方も優秀な方が多くて。きっとあなたも気に入るわ。ここはね、昔は藩校だったの。沢山の優秀な人を輩出したわ。左近さんはその学長を務めた家の末裔なのよ」

「なるほど。由緒ある塾なんですね」

歴史が長いということは、あちこちに人脈もあるだろうし、ネームバリューもありそうだ。

少しでも進学に有利なら言うことはない。

「またいらしてね」

「はい。ありがとうございます」

お婆さんは小さく会釈をしてから、自分の店の方へと戻っていった。看板には『実弥《さねみ》堂茶《どうちゃ》舗《ほ》』とある。享保七年創業とあったから、三百年近い歴史があるらしい。

「さて、どうしようかな」

このままここにいても仕方がない。電車を使ってまでやってきたのに何もせずに帰るのは勿体ない気がした。この塾に通うのなら、この辺りのことに詳しい方が何かと便利だろう。

「せっかくだし、少し歩いてみるか」

何かお土産を母さんに買って帰ってあげよう。最近、あまり元気がないようだし、気分転換になればいい。

屋敷町はまるでタイムスリップしたみたいに古い町並みなのに、内装はどこも洗練された店が多かった。飲食店もあるが、古書店や古道具店もあちこちにあり、中には蔵をそのまま店舗に改装した店もあり、細い路地にも味のある店が軒を連ねている。

しかし、何処となく懐かしさを感じるのはどういう訳だろう。初めてやってきた筈なのに、なんとなく既視感がある。もしかすると、私が覚えていないだけで母さんに連れられて来たことがあるのかもしれない。

そうしてあちこちを散策していると、古めかしい煙草店を見つけた。その前には一匹の黒猫がおり、ミャア、と声をあげる。気になって近づいていくと、猫はふいっと路地裏へと入っていってしまった。

細く暗い路地裏へ視線を向けると、一際強い既視感を覚える。その瞬間、頭の奥が刺すように痛んだ。棘ついた何かが炸裂したように目の前がチカチカする。

「いっ、つッ」

思わず頭を抱えた私の視線の先から、何処かで嗅いだ覚えのある甘い匂いがした。ずきん、ずきん、と頭の奥で痛みが強くなっていく。とても立っていられなくなり、その場にへたり込んだ。

「……ここを知っている。きっと来たことがある」

そうだ。この細い路地へ入ったことがある。この先に確か奇妙な店があった。

痛む頭を抱えながら、路地へ飛び込んだ。既視感の正体を突き止めなければならない。何故そう思うのかは分からないが、思い出す必要があるような気がしてならなかった。

急に蝉の声や、夏の気配が遠ざかっていった。

足を引き摺りながら、一歩ずつ路地裏の奥へと進んでいくにつれ、周囲が薄暗くなっていく。まるで怪物の口の中へ飛び込んでしまったような気分だ。

壁にずらりと並んだ古めかしい室外機、意味不明な文字の書かれた看板、三本足の鳥居、頭上で鳴く烏《からす》の声。悪い夢でも見ているようだ。おまけに歩いても歩いても、路地裏から出られない。道をただ真っ直ぐに歩き続けているだけなのに、何処にも繋がっていないなんて奇妙だ。

頭痛は良くなるどころか、痛みを増し続け、目を開けておくことさえ辛くなってきた。それでも懸命に進み続けるのは何故か。それは自分でもよく分からない。

不意に開けた空間へ出た。そこには一軒の古びた店があり、軒先には提灯が吊るされている。磨りガラスの引き戸の向こう、店内がどうなっているかはよく分からない。ガラスには一枚の白い紙が貼られており、そこには『夜行堂』と毛筆で書かれていた。

店の中からは、数人の人が話し合うような声が聞こえてくる。大人の声や、子どもの声が入り混じっていて何を話しているのかはっきりとしない。

意を決して入り口の戸を開くと、聞こえていた話し声が断ち切るように途絶えた。

店内は薄暗く、そこら中にガラクタにしか見えないものが散乱している。もしかすると商品なのかもしれないが、陳列しているとはとても思えない並べ方だ。裸電球の淡い光が辺りを仄かに照らし上げている。

「いらっしゃい」

店の奥から声をかけられて、思わず息を呑んだ。水に溶いて伸ばしたような闇の奥から現れたのはカーディガンを羽織った若い女の人で、烏の羽のような色の黒髪を背中まで伸ばし、時代錯誤な煙管を口に咥えている。

ふぅ、と煙を吐くと甘い香りが強くなった。じん、と頭の奥で疼いていた痛みが溶けるように消えていく。

「おや、君か。久しいね。元気にしていたかな」

彼女はそんな不思議なことを言って、私に向かって微笑んだ。

「あの、此処はなんのお店なんですか」

「見ての通りの骨董店さ。ただし曰く付きの品しか取り扱わないがね。前にも説明したと思うが、覚えていないのかい？」

「あの、私は前にも此処へ来ましたか？」

「ああ。半年ほど前になるだろうか。もうすぐ春になろうか、という季節だったね」

思い出そうとするが、頭の中に濃い霧がかかったように思い出せない。ただこの店主のたとえようのない雰囲気には覚えがあった。

「歳の割には随分としっかりした子だと思ったものだよ」

「すいません。実はその時のことを全く覚えていないんです。ただ、なんとなく既視感というか、覚えがあるような気がして」

店主は不思議そうな顔をしてから、少し考えるように私のことをじっと見つめた。

「……君は此処でとある品を持って帰った。そのことも覚えていないのかな？」

「私が？　何か買ったのですか？」

「ああ。そうだよ。君を主人だと認めたものがあったからね。それから一度も訪ねてきていない。幼い頃ならともかく、君くらいの歳ならば忘れたということもないだろう。何らかの理由がある筈だ」

「分かりません」

「身の回りで何か異変が起きていたりは？　不可思議な出来事や、おかしなものが見えたり、聞こえたりすることはないかい？」

脳裏を過ぎったのは、あの天井裏を這い回る化け物のことだった。

「屋敷にお化けのようなものがいるんです」

「それは君に害を成すのかな？」

「いいえ。私も家族も傷ついたりはしていません。なんというか様子を窺っているような、屋敷の様子を見回っているような感じがするんです」

「恐ろしいかい？」

いいえ、と私は答えた。奇妙なものが棲んでいる、とは思うが、それが恐ろしくて仕方がないと思ったことは不思議となかった。

「それなら問題はないだろう。放っておいて構わない」

「でも、どうして此処へやってきた記憶がないのかが分からない。記憶が抜け落ちている自覚なんてないのに」

どうしてだろうね、と彼女は言ってから、眉を顰めた。それから私の方へ顔を近づけて、すんすん、と匂いを嗅ぐような仕草をする。

「君の家には呪具があるようだ。何か心覚えは？」

「いいえ。そんな恐ろしいものは何も」

「一見、人を呪う道具のようには見えない筈だ。偽装、カモフラージュされていることの方が多い。とにかく気をつけなさい。とても強い呪いだ。術をかけた人間は相当な怨みを抱えているよ」

何処の誰が、と思うが、よくよく考えてみれば祖父や祖母のような人間ならば、恨みを抱えている人は幾らでもいるだろう。呪いの一つや二つ、向けられていてもおかしくはない。

「もし見つけたなら、どうすればいいですか？」

「物にもよるけれど、心配ならば使いをやろう」

「使いですか?」

「ああ。うちの使い走りだが、これが中々に優秀でね。とても目が利く。呪具くらいならばすぐに見つけ出すだろう」

「でも、うちはその、家族が厳しくて。外の方を招くのが難しいんです」

「その点は安心していい。きちんとした所からやってくるからね。それよりも君は失くした記憶をあまり無理に掘り返さない方がいい」

「そうでしょうか」

「何事にも理由はあるものだよ。それを無理に暴き立てようとすれば波風が立つのが道理だ」

そう言われても、自分の記憶に空白があるのを放っておくのは辛い。覚えていないのが、この店にまつわることだけとは限らないではないか。

「ありがとうございます。一条丈雪といいます」

ふふ、と店主は可笑しそうに微笑む。

「同じ客から二度も名乗ってもらうのは不思議な気分だね。今日はもう帰りなさい。そしてできることなら、二度とこの店には来ない方がいい。君のように子どもでいられない主を好む品は多いからね」

「どういうことですか？」

「庇護欲を掻き立てられるのだろうさ」

もう行きなさい、と店主は立ち上がって自ら戸を引いてくれた。

「もしも君が持って帰った品が姿を見せたのなら褒めてやってくれ。手ずから拭き上げてやればきっと喜ぶだろう」

「よく分かりませんが、見つけたならそうしてみます」

店の前まで見送ってくれた店主を振り返ると、軒先に吊るした提灯に火を灯す所だった。

夜行堂。不思議な店があるものだ。

〇

屋敷に帰った私は、さっそく母屋と離れの両方を探してみたが、かつて購入したという品も、恐ろしい呪具のようなものも見つけることはできなかった。特に離れの居間は叔母が寄越したぬいぐるみや人形だらけで、何が何やら分からない。

「しまった。前に何を買って帰ったのかくらい聞いておくべきだった」

どちらもどんなものか分からないのだから、見つけるのは無理があるということは充分に承知していた筈だが、どうしてもじっとしていられなかった。

「仕方ない。母さんにも聞いてみよう」

母が寝室に使っている和室、その障子の前で中へ声をかける。勝手に障子を開けてはいけない、と昨年辺りから母は急に厳しくなった。

「母さん。少しいいかな」

和室の灯りは点いていない。まだ夕方にもなっていないので、眠っているという訳でもないだろう。いや、祖母の手伝いをさせられる前に休憩をしているのかもしれない。

「母さん。聞こえている？」

中の様子を窺おうと、ほんの少しだけ障子を開けてみる。いつもなら横になれるように布団を敷いたままにしているのに、今日はどういう訳か、布団が片付けられていた。いや、それ以前にまるで荷物がない。

「え？」

障子を開けて中へ入ると、急に胸が締めつけられるように痛んだ。畳の他に何もない。母の衣服が入った箪笥《たんす》も、ドレッサーも、少ない蔵書を飾っていた棚もなくなっていた。

西日が窓から差し込んで、舞い上がった埃に反射して輝いていた。

胸の奥に、どろりとした不安が熱を帯びて広がっていくのを感じる。呼吸が荒くなっていく。上手く息を吸うことができない。違和感の正体が、こんな近くにあったのだという思いと、目を逸らしてしまいたいという思いが交錯した。

思えば、私が最後に母の部屋に入ったのはいつだったろう。

顔を見て言葉を交わしたのは？

食事をする所を見たのは？

母屋で母を見たのは、いつが最後だった？

大きな空白が少しずつ心を呑み込んでいく。不安と焦り、そして戸惑いが胸を締めつけていく。私は何を忘れているのか。母はいったい何処に行ったのか。

かたん、と物音がした。顔を動かすと父の仏壇に見覚えのない位牌があった。父の位牌は母屋に取られてしまったので、母が仏壇だけでもと用意をしたのだ。なので、この仏壇には位牌がない筈だった。

不意に携帯電話の着信音が鳴り響いた。目をやると母屋からかかってきていたが、今はソレどころではない。終話ボタンを押して電源を切った。

位牌には『善光院小誉京明信女』とある。母の名前は京子《きようこ》だ。もし母が死ねば、戒名に京の字を用いるのだと冗談交じりに聞いたことがあった。『生前に授けて貰っておかないと、きっと戒名のないまま弔われるから』と寂しげに話していたのを思い出す。

ぶるぶる、と唇が戦慄《わなな》いた。

仏壇の側には母の写真があった。私が中学に入学した時に母と二人で、祖父母の目を盗んで撮った家族写真だ。いかにも幸が薄そうな母が、本当に嬉しそうに心の底から微笑んでいる。

「ああ、ああああ、ああーっ」

私はたった一人になってしまった。なんの親孝行もできないまま、母を死なせた。心が軋んでいくのを感じた。ビキビキと罅割《ひび》れていく。そうだ。こんなことは耐えられない。だから私はアレに頼んだのだ。

不意に、背後にソレの気配を感じた。呆然と振り返ると、そこには黒い体毛を持った鼻の長い生き物が伏せるようにして私を見ていた。そっ、と指先で触れると忘れ去っていた記憶が頭の中に怒涛のように押し寄せて、思わず尻餅をつく。

「……そうだ。思い出した」

母さんは春の桜を眺める前に息を引き取った。この部屋で私だけに看取られて、骸骨のように痩せて孤独に死んだ。私はそれがどうしても受け入れられなかった。慎ましく生きてきた母さんの最期がこんなものだなんて。とても耐えることができなかった。だから、願ったのだ。この悪い夢を消してくれ、と。夜行堂で手に取った獏《ばく》の姿を彫ったソレに心の底から祈った。

初めて店に行った時、彼女は私にこう言った。『人が物を選ぶのではない。物が自身に相応しい相手を選ぶのだ』と。

獏は静かに目を閉じたまま、鼻先で私の指に触れた。甘く燻したような匂いがする。夜行堂で嗅いだものとも違う、どこか懐かしい匂いだ。

「お前が、私の悪夢を食べてくれたのか」

言いながら涙が止まらなかった。思えば、祖父母も誰も『今』の母について触れなかったから、分からなかったのだ。初めから母は、あの人たちにとって不要な存在だったから。

悔しい。悔しい。

再び携帯電話が責めるように鳴った。母屋からだ。

「……もしもし」

『丈雪さん。貴方を訪ねて県庁の方たちがいらしていますよ。早く母屋へいらっしゃい』

祖母の声に沸々と怒りが湧いてくるのを感じた。いつもと何一つ変わらない、居丈高な声音。母さんが死んでも祖母たちは喪服に袖を通すことさえしなかった。

「お祖母様。どうして母さんを直葬したのですか」

母の亡骸は告別式も通夜もせずに、火葬場で直接荼毘《だび》に付された。遺骨は一条の墓には入れられることなく、火葬場の合祀墓に入れられたのだ。私はそれさえも記憶から消し去っていた。

『あの女を一条の墓に入れることはできないと話したでしょう。それに貴方はあの時、自分を見失っていた。それどころではありませんでしたよ』

ぐらぐらと沸き立った怒りに呼応するように、傍らの獏が大きく膨らんでいく。私の怒りに染め上げられるように、凶悪な姿へと変貌していく。窓ガラスに亀裂が走り、音を立てて砕け散った。

「母さんの死因はなんですか」

『落ち着きなさい。丈雪さん。突然どうしたというの？　もう乗り越えたのではないの？今更なんですか』

「いいから答えてください。母はどうして死ななければならなかったのですか」

『心臓が止まってしまったの。衰弱が酷くて一年以上も寝たきりだったでしょう。幸子さんが身の回りの世話を焼いていたのを忘れてしまったの？』

呪具がある、と夜行堂の主人は言った。そうか。その呪具は母を呪う為のものだったのか。誰がそんなものを仕かけたのかなど、考えるまでもない。祖母が用意させたのだ。

「……許せない」

電話を切って立ち上がる。噛み締めた唇が破れて血が溢れた。鉄臭い血の味が口の中へ広がり、顎を伝って畳の上に落ちる。

もう貘とは呼べない、禍々しい獣の姿になってしまったそれを引き連れて離れを出る。庭を母屋の方へと回ると、見覚えのないスーツ姿の男が血相を変えてこちらに駆けてくるのが見えた。

「丈雪君、落ち着いてください。君は、」

「来るな！」

叫び声に呼応するように貘が飛び出したかと思うと、その太い前脚で男を薙《な》ぎ払った。羆《ひぐま》の一撃ほどはあるソレを男は背後へ跳んでかわす。掠めたメガネが粉々に砕け散った。

「お願いします。どうか落ち着いて話を聞い」

「うるさい！」

貘がその巨体を翻し、長く太い鞭のような尾が男を横から吹き飛ばした。今度こそ男は庭の池へと頭から落下して、大きな水飛沫を上げる。

甲高い祖母の悲鳴が聞こえた。玄関から出てきた祖母と叔母の姿を見つけて血が沸き立つ。今の私ならこの屋敷にいる全員をバラバラにすることができる。そうすれば私の痛みを思い知らせることができるだろう。

悲しくもないのに、涙が溢れて仕方がない。怒りや悲しみ、不安や焦り、罪悪感や嫉妬が入り混じって気がおかしくなりそうだ。

「騙してたのか。今まで、ずっと！」

やめろ、と何故か背後で声がした。振り返ると、そこには息を切らした若い男が立っている。右腕がないのか、半袖の先がない。彼が左手に握り締めている人形には見覚えがあった。幼い頃、三人で暮らしていたあのマンションにいた時からずっと傍にあった。女の子を模したぬいぐるみだ。

「落ち着けよ。夜行堂の使いだと言えば、分かるか？」

それがどうしたというのか。邪魔をするのなら、誰であっても容赦をするつもりはない。

獏が二本足で立ち上がり、ふっふっ、と荒い呼吸を繰り返しながら隻腕の男へとにじり寄っていく。邪魔をする奴はみんな踏み潰してやる。

「怒りの矛先を間違えてんじゃねぇよ」

男の右眼が青く燃えるように揺らめく。茜色の夕日を受けて、色素の薄い髪が燃えるように赤く見えた。話し方も性別も違うのに、何故か死んだ母さんの面影が重なる。

男が大きく振りかぶって、ぬいぐるみを投げた。

わざとゆっくり投げたのだろう。緩い放物線を描いて飛んだそれを獏の爪が斜めに引き裂いた。その瞬間、にわかに炎が人形を呑み込んだかと思うと、地面に落ちて轟々と勢いよく燃え上がる。見れば、貘のあちこちから火が溢れ、黒煙を上げ始めていた。

私の背後で絶叫があがった。

振り返ると、叔母が苦しげに顔を歪めて悲鳴をあげている。まるで全身に火がついたみたいに熱い、熱い、と言いながら踊り狂うように飛び跳ねていた。

「泉、泉！」

祖母が悲鳴じみた声をあげて、叔母を落ち着かせようとするが、その手を振り払って尚も身体中を必死に叩きながら、地面の上をのたうち回る。そうして、やがて気を失ってしまった。

「しっかりして、泉」

ぬいぐるみを壊したら、叔母が倒れてしまった。

「お前のお母さんを呪い殺したのは、あの叔母さんだよ。自分の髪と爪を編み込んだ藁人形をぬいぐるみに偽装させていたらしい。手が込んでる」

隻腕の男がそう言ったので、私は呆然とした。呪いをかけたのは、祖母ではなかったのか。

気がつくと、いつの間にか貘は消えていた。代わりに、何か皿のようなものの上で人形が音を立てて燃え上がっている。勢いよく火の粉が夕焼けの空へと舞い上がっていく。

やがて、隻腕の男は汚いものを拾い上げるように、指先でぬいぐるみの燃え滓《かす》を摘み上げた。そこには確かに束ねた藁を芯棒に使っているように見える。

「派手にやったなあ。まぁ、身内を手にかける前に終わらせることができてよかった。あの叔母さんは仕方ない。素人が安易に呪術に手を出すからこうなる。まぁ、代償に魂を幾らか持っていかれちまっていたようだけど、それも自業自得だ」

飄々とそう言って、池から上がってきた男をこちらへ手招きした。頭からずぶ濡れになった男がスーツを脱ぎながら、髪についた水草を取って足元へ捨てる。

「千早君。無事ですか」

「一応こっちは誰も死んでない。時間稼ぎご苦労さん」

スーツ姿の男は脱いだ上着を絞ると、何事もなかったかのように丁寧な動作でそれを畳み、左手に持ちかえた。

「まぁ、これで一段落からな。こいつらも今は落ち着いてるし、余程のことがなければ大丈夫だろ。ただ、呪具を持ち帰るのは無理だな。ああなっちまったから」

「分かりました。……とにかく救急車を呼びましょう」

そう言って背の高い男は電話をする為に私たちから離れた。

私たちが見ている前で人形はあっという間に燃え尽きて、ほんの僅かな灰となってしまった。ただ人形を燃やしても、決してこうはいかないだろう。

残った僅かな灰も風に攫われて消えてしまった。

「ほら、大事に持っとけ。二度と暴走させるな」

拾い上げて手渡されたそれは、薄い鍋の形をしていた。確か焙烙《ほうろく》という、盆に送り火を焚く時に受け皿として用いられる道具だ。素焼きで仕上げられた受け皿の部分には獏の絵が彫り込まれている。

「夜行堂の店主から伝言を預かっている。『約束を守って欲しい』とさ」

彼女の言葉を思い出して、思わず涙が溢れた。

褒めてやって欲しい、彼女はそう言ったのだ。私には味方などもう一人もいないと思っていたが、そうではなかった。

遠くから近づいてくるサイレンの音が、夕陽に染まった城下町に鳴り響いていた。

○

長い年月をかけて呪いを込めた人形が壊れたことで、その呪いは叔母たちに返っていった。

あの日、遠く離れた会合の会場で祖父も唐突に倒れた。談笑の最中、急に全身に火がついたように暴れ出して、やがては気絶してしまったという。

叔母も祖父も、それから少しずつ体調を崩していった。

叔母は毎晩のように身体が燃えるのだと泣き叫び、私が中学の卒業式を目前にした春の朝、池に沈んでいるところを新聞配達の人が見つけた。死因は溺死ではなく、心臓麻痺だったという。

祖父は病院に入院していたのだが、幻聴が酷く、炎が自分を焼く音と匂いがするのだと祖母に訴えていた。身体の丈夫な人だったが、食事を摂らないようになってからはみるみるうちに痩せ細っていき、叔母の後を追うように、病院で息を引き取った。

屋敷には、私と祖母だけになった。


叔母に呪術のことを教えたのは、おそらく祖父なのだろう。祖父が、いや、先祖の代からずっと家業を発展させる為にそうした行為を何度もやってきた証拠のように、亡くなった祖父の書斎からは呪具と思しきものが大量に出てきた。

何か困ったことがあれば頼って欲しい、とあの県庁からやってきた大野木さんという人の名刺に電話をかけて事情を説明すると、すぐに回収に来てくれた。夜行堂へ持っていくと言っていたので、滅多な人の手に渡ることはないだろう。

呪い返しではないだろうが、夫と娘を失った祖母はまるで別人のように変わり果ててしまった。

祖母にとって、叔母と祖父はなんの罪もないのに死んでしまった可哀想な人だった。

やがて祖母は認知症を患うようになった。孫の私の顔さえ分からないようになり、一日の殆どを介護用のベッドで過ごすようになった。介護士の方を雇って面倒を診て貰っているが、もう長くはないだろう。

あの隻腕の男、桜さんは言った。祖母だけは呪いには一切関わっていなかったと。恨みがない訳ではないが、今はただ祖母が哀れだ。

これから一条の家は没落していくのだと思う。呪いによって築かれた地位だというのなら、きっと代償を支払うことになる。私が成人する頃には、すっかり何もかも失うかもしれない。それまでに自分の力で生きていけるようにならなければいけない。

普段は寮で生活をしているが、たまに帰って祖母に顔を見せている。けれど、二度とこの家で暮らすことはないだろう。

縁側から庭の様子を無感情に眺める祖母は、一体何を思うのか。時折、叔母や祖父の名前を語りかけるように呼ぶこともあるが、そこにはやはり、誰もいない。

しかし、もしかしたら祖母には本当に視えているのかもしれない。

死後も魂を屋敷に縛られた、哀れな一族の姿が。

投射

新屋敷の南にある高架橋の下には、古い飲み屋が軒を連ねている。高架には鉄道が通っており、電車が通る度に店がガタガタと揺れるので『ガタゴト横丁』という名前で呼ばれていた。全長百メートルほどの区間に、三十近い店舗が所狭しと並んでいるが、人気のない店は早々に駆逐されてしまうので、この場所で『老舗』と呼ばれるのは簡単なことではないという。

現在、老舗と呼ばれる古株は四軒。そのうちの一軒である焼き鳥屋『千鳥足《ちどりあし》』の店主が今回の依頼人だ。

依頼の電話で『せっかくだから夕飯も食いに来るといい』と仰るので、千早君と二人で向かったのだが、ガタゴト横丁は思いのほかディープな空間だった。左右に立ち並ぶ店舗の数々、ずらりと並んだ行燈《あんどん》の灯り。色とりどりのネオンに、そこら中から漂う煙草の煙と酔った客の笑い声。およそこういう場所に縁のなかった私にとって、面食らう光景だと言わざるを得ない。

ちら、と足元へ目をやると排水溝から異臭が漂ってくる。衛生状態はお世辞にも良いとは言えない。壁に貼られたポスターは、十五年も前のサーカスショーを告知するもので、すっかり色あせてしまっていた。

「……刺激的な所ですね」

「素直に汚ねぇって言いなよ。まぁ、でも旨い店ばっかりだからな。こぞって人がやってくるのも分かる」

隣の千早君が上機嫌にそう言って、あちこちの店へ視線を送っている。ここまでの道中も一切迷う様子がなかった。

「まるで来たことがあるみたいな口振りですね」

「ああ。何度かな。最初の一回がとびきり強烈だったから、もう何処もなんてことはないね。どんな店でも行ける」

「これは興味本位なのですが、最初の一回はどなたと？」

「秘密。でも、聞いたらビビるよ」

こういう言い方をする時は、何か私に教えたくない理由がある時だ。彼は隠し事が基本的にできないタイプなので、どうしても中途半端な嘘をつく形になる。ここで深く聞くのは野暮というものだろう。いずれ白状させる機会もある筈だ。

しかし、こうしてざっと見渡しただけでも、鉄板焼きや炉端焼き、鰻屋や中華料理店まで幅広い。店先から少し覗いてみたが、どこの店も満員で入れそうになかった。

「仕事とはいえ、千鳥足で飯が食えるなんてラッキーだ」

「それほどの人気店なのですね」

「あそこは特に老舗だからな。まず一見《いちげん》の客は入れて貰えない。つーか、見つけられないんだ。基本的に予約客しか受けつけてないし、その予約も半年とか先まで埋まっている筈。おまけに素行の悪い客はすぐに出禁にされる」

「それは、かなり手厳しいですね」

頑固な店主のこだわりの店、という印象である。電話口の声はいかにも職人然としていて、サービス業の人間の声ではなかったように思う。

「問題は依頼の内容の方だよな。まだ何も聞かされていないんだろ？」

「はい。会って直接話したい、と。実際、お忙しくて時間が取れないそうで」

約束した時間は午後七時。行き交う客は仕事終わりの会社員が多いが、老若男女入り混じっており、たまに子連れの家族も見かける。

暫く進むと、千早君がやけに古びたシャッターの半分閉まった店の前で立ち止まった。

「ここだ、ここ」

「いや、どう見ても閉まっているじゃありませんか。まだ準備中なのでは？」

「ほら、シャッターが此処で溶接されてんだろ？　これ以上、閉まらないようになってんだよ」

「ですが、店名も見当たりませんし」

「大野木さん。柱のところにあるプレートを見てみなよ」

「ん？」

すっかり色あせた柱に小さな金属製のプレートが貼りついている。近くに行って確かめてみると、そこには小さな行書体で千鳥足とあった。

「隠れた名店っていうか、最初から見つけさせる気がないよな」

ケタケタ、と笑いながら中腰でシャッターを潜る千早君の後へ続きながら、釈然としないものを感じた。

シャッターの奥には僅かな砂利敷きの空間があり、その奥に茶室を思わせる侘びた店構えの店舗が現れた。引き戸の脇に置いてある手水台《ちょうずだい》が苔生していて風情がある。その脇には『本日貸シ切リ』の札がかけられていた。

「表の様子からは、およそ想像がつきませんね」

「肝心なのは味だからな」

言いながら入り口の戸を引くと、店内は薄暗く、頭上から吊るされた傘つきの照明が僅かに左右に揺れていた。左側に檜《ひのき》の一枚板を用いたカウンターが見え、見たところ五人ほどしか座れる場所がない。奥には階段があり、二階へと続いているらしかった。

いらっしゃい、と低い声で言ったのは、焼き場の前に立つ背の高い老人だった。眼光鋭くこちらを睨みつける様子に思わず身構えたが、僅かに口の端を引いて微笑む。

「入り口が分かりにくかったでしょう。出迎えるべきだと思ってはいたんですがね、最近は膝が悪くて。こうして立っているだけでも精一杯なんですよ」

「いいえ、お気になさらず。お招きありがとうございます。県庁から参りました特別対策室の大野木龍臣と申します」

「主を務めております、宇津河《うづかわ》です。どうぞ仕事の話の前に、ちょっとばかり食べてやってください。ひょっとすると長丁場になるかもしれない。腹ごしらえをしておくに越したことはないでしょう。そちらの若い方は？」

「委託をしています、桜千早さんです」

私が紹介しても千早君は何も言わず、じっと宇津河さんを見ていた。

「ああ。じゃあ、彼が噂の霊能力者かい」

「ええ」

「そうかい。なぁ、兄さん。コレが視えるかい？」

宇津河さんの言葉に、千早君は間髪容れずに頷くと、左腕、と言った。

「指先から肩まで真っ黒だ。元凶は二階、いや、もっと上か？」

千早君の断定する言葉に、宇津河さんが心底驚いた様子で私の方を見た。

「ははっ、こいつは驚いた。インチキ野郎ならどうしたものかと思っていたんですが、今度ばかりは信頼できそうだ。悪いね。試すような真似をして」

いいよ、と答えながら千早君が通路の奥へと鋭い視線を送る。その右眼は青い鬼火のように揺らめいていた。

「残念だけど、飯は後にしとくよ。じっとしているだけでも痛むはずだ。それよりも、何階まで上がったことがあるのか聞いてもいいかな」

「五階までだ。その上は恐ろしくて、とても」

「そうか。多分、今はもっと増えているだろうな。横には伸びてない？」

「本当に何でも視えているんだな。ああ。少なくとも横には伸びていないよ」

二人の会話が理解できない。この建物はどう見ても二階建てだ。その上には高架があるのだから、それ以上などない筈。

普通ならば。

「つい一ヶ月ほど前のことです。二階の座敷で食事をしていたお客さんから『いつの間に三階なんて造ったんだ』と言われましてね。何を寝惚けているんだと見に行ったら、本当に階段が上へ続いていやがる。どういうことだと思って見たら、まだ上がある。気味が悪いんで早々に店を閉めて、もう一度見に行くと五階まで階段が伸びていた。その座敷に妙な人影がありましてね。暗いな、と明かりを点けてみたら、真っ黒い人間が立っていたんです。慌てて逃げようとした所を、左手を掴まれまして。どうにか振り払って逃げたんですが」

「階段が伸びる、とはどういう意味でしょう？」

そのままの意味ですよ、と宇津河さんは心底困ったように笑う。

「階段がね、どんどん上へと階を伸ばしていくんですよ。もう今は何階あるのか、皆目見当がつきません」

おまけに時間が経つほど左手が痺れて仕事にならない、と言った。

「二、三人くらいの客ならなんとかなるが、日に日に腕がおいつかなくなって。従業員も、診て貰った医者もそんな風には見えないと言うんですが、私には焼け焦げたみたいに真っ黒に見えるんだ」

確かに私の目にも、宇津河さんの左手に異常を見つけることはできなかった。筋張って、火傷の跡が目立つ、職人の腕である。

「あの時、私の左手は盗まれたんじゃないかって思うんですよ。どんどん遠ざかっている気がするんだ。だから取り返さなきゃならない。だけど、どうしてもあの恐ろしい闇の中へ上っていく勇気が出ないんですよ。いい歳をして情けない話ですがね」

「いいさ。その為に俺たちみたいな仕事をしている奴がいるんだから。早いとこ上の奴から取り戻さないと、魂の方が身体から引き摺り出されちまう」

千早君の言葉に宇津河さんは顔色を失った。

「人に恨まれるような真似をした覚えはないんだがね」

「みんなそう言う」

「千早君。失礼ですよ」

非難してみたが、確かに呪われても仕方がないなどという人は稀だ。人間、己に向けられる悪意には無自覚なもので、自分がどんな恨みを買うかなど普段は想像もしていない。

「上に呪具があると思う。心当たりは？　こう変な感じのするやつ」

「その言い方では抽象的すぎますよ。宇津河さん、覚えのないものがいつの間にか増えていたりしませんか？」

「どうだろうか。そんな怪しげなものは見覚えがないがね」

「いかにも呪いの品みたいなものはそう多くないよ。相手の傍に置いておくタイプの呪具は、相手が見ても気にも留めないものが多い。枕に仕込んだり、写真立ての額縁に爪や髪の毛を塗り込んでいたこともあったな。玄関に吊るしてあった人形の芯に、藁人形を用いてあったこともある」

想像しただけで吐き気を催す邪悪さだ。

「分からんね。どうして、そんなことをするんだい」

「そんなの不幸になって欲しいからに決まってる。要は、自分よりも幸せなのが気に入らないんだ。それがたとえ逆恨みでも関係ない。悪意は相手を選ばないから」

正しい行いをしていても、それを良しと思わない人間は少なからず存在する。その行いに対してなんの関係性もない第三者であっても、気に食わない、という理由だけで悪意を向けられることは珍しくはないのだ。

「そうかい。なら、取るに足らねぇことだな。俺はね、ひたすら自分の仕事に打ち込んできただけですよ。誰に対しても恥ずべきことなんかしちゃいない。それでも呪うってんなら、そいつ自身の問題ってもんでしょうよ」

きっぱりとした宇津河さんの言葉に千早君は目を丸くすると、それから可笑しそうに笑った。

「アンタの焼き鳥を食うのが楽しみだ。ちゃんと解決してくるから、それまで待っててくれよ」

本来なら依頼書や書類の手続きがあるのだが、とてもそんな暇はなさそうだ。後から問題があった場合に備えて念書なども含めて、先に説明する義務があるのだが、この店主に関しては無用な心配かもしれない。

「そうですね。行きましょう」

「ちょっと待った。役人の大野木さんも同行するんですか。おたくは霊能者じゃないでしょうに」

全くもってその通りだが、そういう訳にはいかない。

「ええ。彼だけを危険な現場へ送っておいて、自分だけのうのうとしていられませんよ。それに、相棒が仕事を片付けるのを見届けるまでが私の仕事です」

そうして私たちは薄暗い階段を上り始めた。

○

二階への階段は勾配がきつく、人が二人なんとか横に並ぶことができる程度の幅しかない。足を滑らせようものなら下まで転げ落ちるだろう。

二階に着いて襖を開けると、そこには八畳ほどの座敷が二つ並んでいて、襖で中央を仕切ることができるようになっていた。客の規模によって座敷を広げる為だろう。

「此処にはないよ。とっとと上へ行こう」

「ええ。そうですね」

本来、ここより先はない筈なのだが、まるで当然のように二階から三階へと続く階段が伸びていた。造りも全く同じものだ。

「ぞっとしますね」

「ああ。何度見ても気味が悪いな」

確かにこうした『拡張された空間』というのは怪異にはよく見られるものだ。中には出られないものもあるので、そういう意味では今回のものは比較的、安全とも言える。

「問題は、これが何処まで続いているかだな。五階までは確認済みって話だけど、どうしても果てが見えない。呪具はそんなに遠くないのに、進むたびに逃げられている気がする」

千早君の言葉で、古代ギリシャの哲学者が提示したパラドックスを思い出す。

「そうなると、私たちは永遠に辿り着くことができないかもしれません」

「嫌な予言すんなよ。まぁ、行けるだけ行ってみるか。視てみないと分からないもんな」

それから三階、四階、五階、と階段を順調に進んでいったが、変化らしい変化は何も見当たらない。まるでコピーして貼りつけたように、二階と全く光景が広がるばかりだ。床の間の掛け軸や、天袋の開き具合までそのままに再現されている。

「もう高架を突き抜けている高さですね」

「いったい何階まであるやら」

いよいよ未確認の六階へと向かったが、こちらも変化はなかった。念の為に確かめてみると、やはり七階への階段が存在している。

「どうですか。何か視えませんか？」

千早君は座敷の中を見渡したが、首を横に振った。

試しに奥の窓を開けようとしたが、二人がかりで引いてもびくともしない。鍵さえ溶接されているように微動だにしなかった。

「ダメですね。まるで動かない」

「もー。どーなってるんだよ一体」

うなだれるように千早君が窓ガラスへと額をぶつけたかと思うと、驚いた顔をこちらに向ける。

「……大野木さん、今の見た？」

「何がですか？」

「ちょっとさ、窓から離れててくれる？」

そう言うと、千早君が大きく振りかぶり、野球選手さながらのピッチングフォームで投げ放ったのは、テーブルの上にあった陶器の灰皿だった。

窓に当たって木っ端微塵に砕け散ると身構えた私の予想に反して、灰皿は窓ガラスに触れるギリギリでぴたりと静止した。一瞬だけ空中に浮いて、ぼたり、と畳の上に落ちる。

「……今度こそ、見たよな？」

「ええ」

試しに私も落ちた灰皿を軽く窓へ放ってみると、やはり窓ガラスには触れずに空中で見えない壁に吸着するように止まり、畳に落ちた。

「膜だ」

千早君がはっきりとした口調でそう言って、灰皿を拾い上げた。青く燃えるように揺らめく右眼が、窓を静かに見据えている。

「窓にぶつかる寸前に灰皿が青い膜のようなものに阻まれたのが視えた」

灰皿をゆっくりと窓ガラスへ近づけていくと、今度はかちん、と難なくぶつかった。

「……大野木さん。一度、このまま二階まで戻ろう。灰皿は窓の下に置いておくから、よく覚えておいて」

千早君の意図が私にも理解できたので、それから私たちは大急ぎで二階へと駆け下りていった。

二階の座敷の襖を開けると、案の定と言うべきか、件《くだん》の灰皿は窓の下に無造作に転がっていた。柄の向きまでそのままだ。

「思った通りだ。増えた分の階は全部、この二階を写したものだ。同期しているらしい」

「つまり、呪具は此処にあると？」

「そういうことになる筈」

なんだけど、と千早君は首を傾げる。それから二階の座敷の天井を指差した。その右眼は遥か遠くで焦点を結んでいる。

「どういうわけか、呪具はあそこに視えるんだ。でも俺たちが六階まで上った時にも距離が近づいたようには視えなかった」

まさにアキレスと亀だ。近づけば近づくほどに遠ざかっていくものを、どうやって手中に収めれば良いのか。延々とこの無限に続く階段を上っていっても、私たちがそこに辿り着くことはない。

今までも空間が閉じているような異界はあったが、今回は性質がまるで違う。二階より上階が無限に続いているように見える。いや、ともすると延々と二階を上っているのだろうか。

それがどちらであるのかは、私たちには確かめる術がなかった。

「考えていると頭がおかしくなりそうだ。まるで鏡の中みたいだな」

「全くです。一度、一階へ戻りましょう。宇津河さんに報告しなければ」

「仕方ない。出直すか」

がっくりと二人で肩を落として一階への階段を下りていく。しかし、下りても下りても、すぐ目の前に見える一階の土間へ近づけない。

「あ、まずい」

嫌な予感がした。いや、ここまではっきりとしたものなら確信と言うべきだが、にわかには信じ難い。

「ああ、まさか」

慌てて駆け下りるが、結果は同じだった。階段を駆け下り、最後は下まで飛び降りるつもりで跳躍したが、私は千早君のいる階段を一段だけ下りた場所から一歩も動けていない。

「そんな馬鹿な」

「囚われちまったな。こりゃ」

早々に一階へ戻るのを諦めて、二階へと戻っていこうとする千早君の手を掴む。幾らなんでも諦めが早すぎるというものだ。

「何か、何か手段があるのではありませんか？」

「あるかもしれないけど、今ここでやれることはねぇよ。とりあえず二階の座敷に戻って小休止しよう。あそこには固定電話があったよな？　あれで宇津河さんに上がってこないように言っておかないと。心配して上がってきたら宇津河さんまで巻き込んじまう」

「しかし」

「落ち着きなよ。まず戻ろう。それから状況を整理しようぜ」

いつもみたいにさ、と千早君から励まされてようやく自分が冷静さを欠いて動揺していたことを自覚した。

「すみません。取り乱してしまいました」

「誰だってこんな所に閉じ込められたらパニックになるさ。慌てても仕方がない。のんびりやろうぜ」

ふわ、と大欠伸をしながら二階へと戻っていく。どういう理屈か、二階へは難なく戻ることができたが、事態は何も進展していない。むしろ悪化しているのではなかろうか。

「まずい。何だか無性に眠たい。ごめん、少しだけ横になっていい？」

「え？　いえ、今は困ります。頑張って起きていてください。宇津河さんに知らせないと、と言ったばかりではありませんか」

「本当にごめん。げんかい。代わりにたのむ」

千早君はそう言って仰向けになったかと思うと、あっという間に寝息を立て始めてしまった。

「よくこんな状況で眠ることができますね」

感心を通り越して呆れてしまう。このまま飢えて死ぬ可能性だってあり得るのだ。何処にも逃げられず、飲み水も食料もないこの状況は万事休すと言っていい。

そう思うと心臓の鼓動が自ずと速くなる。焦燥で頭がおかしくなりそうだ。

「とにかく今の私にできることをやるしかありませんね」

他ならぬ自分自身にそう言い聞かせてから、まずは固定電話を手に取る。けれどやはりというべきか、回線が繋がっておらず無感情な機械音が響き渡るだけであった。仕方なく手帳のページを一枚破り、宇津河さんへの簡易メッセージを書いてから階段下へと落とした。次に、白紙のページに座敷にあるものを一つ一つ記載していく。此処にはないというが、もし呪具を見つけ出すことができれば話は早い。

座椅子に座卓、爪楊枝に七味唐辛子、この時代に未だに公然と煙草の灰皿が並んでいるのが如何にもガタゴト横丁の老舗らしい。床の間には掛け軸に一輪挿しの花器、柱には天狗の面がかけられていた。座敷の隅に小さな化粧台があり、今は殆ど見かけない三面鏡が取りつけられている。

「考えてみれば、一見して呪具と分かるようなものではないのかもしれませんね。或いは、千早君のような目を持っていなければ視えないようにしてあるのかも」

手帳に状況を整理して書き込んでいく。

主観を除外した、あくまで客観的な事実のみを箇条書きにすることが何よりも重要だ。

まず、一階へは下りられない。

二階以上の階は、ほぼ無限に存在する。ただし、それらは二階の転写に過ぎない。状況は同期している。

「いや、差異の有無は確かめた訳ではありませんから、同時に同期している保証はありませんね」

さらに問題の呪具はここにはないとした千早君の霊視結果。今まで千早君の霊視が外れたことはない。

「……困りましたね」

全ての階が二階の転写であるとすれば、上階の座敷にあるものは此処にもあって然るべき筈だ。しかし、呪具が視えるのは上階のみ。

観測結果が矛盾している。考えれば考えるほどに頭が混乱していく。いや、そもそも怪異を相手に理屈で考えようとしているのが誤りかもしれない。

「少し仮眠を取ってから、打開策を考えないと」

時間はそれほど経過していないが、随分と疲れた。野山を駆けずり回った訳でもないのに、疲労が濃い。

眼鏡を外して座卓の上に置き、私も横になる。座布団を枕代わりにして天井を見上げると、何の変哲もない板の模様が見えた。

延々と続く二階。いや、そもそも上に上がっているつもりでいたが、ループしているだけではないだろうか。

「いや、そんな単純なものなら千早君に視えていない筈がありませんね」

よほど疲れていたのか、目を閉じるとすぐに眠りについてしまった。

○

悪夢にうなされる羽目になるかと思ったが、意外にもなんの夢も見なかった。微睡みから目を覚まして腕時計を確かめると、いつの間にか二時間近く経過している。硬い畳の上では安眠できないと思っていたが、それなりに体力も回復したらしい。

身体を起こしてみると、千早君はまだ身体を丸めて寝息を立てている。本格的に眠っているようだ。よくもこんな場所で普段通りに眠っていられるものだと感心する。

たった二時間でも仮眠を取っておいて正解だ。疲労感も多少はマシになったし、何より精神的な辛さが軽減したように思う。千早君を起こそうかと思ったが、今のうちに自分でもやれることをしておくべきだろう。

「現場百回と言いますからね」

刑事ドラマの常套句だが、本職の権藤《ごんどう》さんも同じようなことを肝に銘じているという。手がかりなど残っていないと思っていても、見落としたものが見つかることは少なくない。

私は座敷の中にあるものを一つ一つ、調べて回ることにした。床の間の掛け軸から急須に至るまで、どんな小さな小物も観察する。私は千早君のような眼は持ち合わせていないが、ほんの僅かな違和感も馬鹿にできないことがあるのだ。

座卓、座布団、一輪挿し、掛け軸、急須に茶托、盆の裏までよく観察する。畳も一枚一枚剥いで調べたいが、まずはこういうものからだろう。幸いなことにあくまで食事をする為の座敷なので、それほど物は多くない。

小物に不審な点は見つからなかったので、今度は少し大きめの調度品へ移ることにした。一つは飾り棚、もう一つは化粧台だ。飾り棚は床の間の正面、化粧台は座敷の奥にある広縁にぽつんと置かれている。化粧台の他には旅館で見るような椅子と机があり、机上にはクリスタルの灰皿があった。煙草を吸いながら休憩する為の空間なのだろう。喫煙家は肩身の狭い昨今、中々見られない光景だ。

奥の化粧台は、かなり年季の入った鏡台だった。三面鏡で正面の部分は観音開きになっており、それぞれの内側が鏡という構造だ。

「これは素晴らしい」

象嵌《ぞうがん》や螺鈿《らでん》細工など、派手ではないが、随所に細工が見られた。一般家庭のものとは思えない。閉じた蓋の中央に描かれているのは、大輪の牡丹《ぼたん》だ。

鏡の下部分に薄い引き出しがある。取っ手には象嵌細工が施され、真鍮製の鶯《うぐいす》を象ってある。そっと開けてみたが、中には何も入っていなかった。当てが外れた。やはり私では難しいのか。

「そう上手くはいかないものですね」

ため息をついて、ふと視線を上げた時だった。背後から、強いおしろいの匂いがした。何とも言えない甘い香りに息を呑む。

背後に誰かが立っている。

はぁ、と甘い吐息が耳朶《じだ》にかかって思わず悲鳴をあげそうになった。ぎし、と身体が金縛りにあったように微動だにできない。

唯一眼球だけは上下左右に動かすことができるが、他は指先一本動かすことができず、ぶるぶると身体が震えた。

うなじの辺りから肩、二の腕、肘、手首へと悪寒が指を這わせるように伝っていく。

鏡に映る自分の姿がみるみるうちに白く曇っていく。まるで生暖かい息を吐きかけられているようだった。そうして、じわじわと端から曇りが晴れていくと、鏡に映っているのは私ではなかった。

俯いた乱れ髪の若い女性だ。着物が着崩れて白い肩が露わになってしまっている。傍らに映っているのは三味線の糸が切れたように無惨に横たわる女性の姿だ。よく見ればその奥で無数の女性たちが顔をうつむけたままひしめきあっていた。

まずい。そう思った瞬間、背後に勢いよく引き倒された。尻餅をついて仰向けになった所で、暗示が解けたように手足が自由になった。

「悪い。寝すぎた」

「いえ、私が勝手に」

調べていたのです、と言おうとして、千早君が鋭い視線を油断なく鏡に向けているのに気づいた。右眼が青く揺れているのを見て息を呑む。

顔を上げると、鏡の中の女が泣いているようだった。顔を手で覆い、さめざめと泣く様子は恐ろしいというよりも哀れだ。よく見れば、まだ随分と若い。幼さすら残る手には折檻の痕が浮かんでいた。きっと鞭のようなもので叩かれたのだろう。

「見つからない筈だ。この鏡が隠してたのか」

そう言って、千早君が鏡に近づくと、青い右腕が浮かび上がった。半透明の燃えるように輝く右の掌が鏡に触れている。

「ここから出してやるから、もう泣くな」

千早君がそう言い聞かせるように告げると、女がゆっくりと顔を上げた。やはりまだかなり若い。少女と言ってもいいくらいだ。

幼さの残る顔を左右に振って、彼女は声の主を探しているようだった。

「声しか届かないみたいだな。大野木さん、引っ張り出すから支えておいてくれ。それと俺が向こう側に落っこちないよう頼む」

私が了承するのも待たずに、千早君が青く光る右腕を正面の鏡の中へと差し入れる。鏡面が粘度の高い液体のように揺れたかと思うと、ずぶずぶと右腕が鏡の中へと潜り込んでいくので慌てて彼の腰を抱き込むようにして掴んだ。

指先が鏡の中に見えたのと同時にそれは焦点を失い、合わせ鏡のように延々と遥か彼方まで続く鏡が映し出された。

「大野木さん。この合わせ鏡の中だ。この中に呪具がある」

手伝ってくれ、と苦しげに言うが、何をどうしたらいいのか見当がつかない。支えておけばいいのではなかったか。

「何をしたらいいんですか。私には何も視えないのですから、ちゃんと指示をください」

「とにかく左右の鏡を割ってくれ」

「分かりました！」

都合のいいことに、実に適したものがテーブルの上にある。ご主人には後で説明、弁償をしなければいけないが、背に腹は代えられない。なにせ事態は急を要する。

「目を閉じて！　破片が入りますよ！」

重いクリスタルの灰皿を振りかぶり、思い切り右側の鏡を叩き割った。驚くほど大きな音と衝撃が走ったかと思うと、割れた部分から吐血するように大量の血が床に零れ落ちる。

「ひぃ」

ゲボゲボ、と咳をするように血が噴き出し、床の上に黒味を帯びた血が広がっていく。見ているだけで卒倒しそうな匂いだ。錆びた鉄の匂いに交じって、酷い腐敗臭がした。

「いいぞ。反対も頼む」

見れば鏡の中にある千早君の手が、何かを掴もうとしている。合わせ鏡だというのなら、この正面の鏡を塞ぐ二枚の鏡がなければ成立しないのは道理だ。

灰皿を手にもう片方の鏡も躊躇なく叩き割った。

鏡の奥には、全く同じ化粧台が見えた。その引き出しの抓《つま》みを千早君がそっと引く。その瞬間、どん、と凄まじい勢いで弾き飛ばされた。

私もろとも、背後にあった椅子も机も巻き込んで床に倒れる。咄嗟に右手で衝撃をやわらげ、千早君を抱き込むように身を捻って受け身をとる。グエ、と蛙が潰れたような声が腕の中から聞こえた。

「千早君、大丈夫ですか？」

「平気。内臓潰されるかと思ったけど、ありがと。大野木さんこそ怪我はない？」

「なんとか」

二人で化粧台へ目をやると、鏡にはびっしりと亀裂が走り、破片も白濁しておよそ鏡とは思えない有様と化していた。

「お手柄だったな、大野木さん」

からかうようにそう言ってから、化粧台の引き出しに手をかける。

「さっきその引き出しは確認しました。何も入っていませんでしたよ」

「ああ。でも、今はもう違う」

そう言って無造作に開いた引き出しの中には、夥しい量の簪《かんざし》や櫛《くし》が入っていた。十や二十ではきかないだろう。

「この化粧台は元々、遊郭で大切に使われていたものらしい。遊郭がなくなった後に古道具屋に売られて、今度は芸子さんたちに使われていたんだな。でも、女たちの嘆きを映しているうちに変質しちまった。自分の中に取り込んじまうんだ。外に出さないように」

「……外に出さない」

少しだけ違和感があった。

「そうでしょうか」

「ん？」

「先程、鏡に映った少女は本当に辛そうでした。勤めに出るのが心底嫌で恐ろしかったのではないでしょうか」

苦界と呼ばれる世界で生きてきた女性たちのことを私は殆ど知らない。しかし、それが想像できないほど辛いことであるのは理解できる。

「そんな女性たちを何十、何百と映すうちに歪んでしまっただけで、本当は彼女たちを守りたかったのではないでしょうか」

「……そうかもな。簪はさ、髪に挿して使うだろ？　柊さんの受け売りなんだけどさ、髪は

POST CARD

料金受取人払郵便

小石川局承認

7741

差出有効期間
2025 年
6 月 30 日まで
(切手不要)

112-8790

127

東京都文京区千石 4-39-17

株式会社　産業編集センター

出版部　行

★この度はご購読をありがとうございました。
お預かりした個人情報は、今後の本作りの参考にさせていただきます。
お客様の個人情報は法律で定められている場合を除き、ご本人の同意を得ず第三者に提供することはありません。また、個人情報管理の業務委託はいたしません。詳細につきましては、「個人情報問合せ窓口」(TEL：03-5395-5311〈平日 10:00 ～ 17:00〉)にお問い合わせいただくか「個人情報の取り扱いについて」(http://www.shc.co.jp/company/privacy/)をご確認ください。

※上記ご確認いただき、ご承諾いただける方は下記にご記入の上、ご送付ください。

株式会社 産業編集センター　個人情報保護管理者

氏名《ふりがな》

(男・女／　　　歳)

ご住所　〒

TEL：

E-mail：

新刊情報を DM・メールなどでご案内してもよろしいですか？	□可　□不可
ご感想を広告などに使用してもよろしいですか？	□実名で可　□匿名で可　□不可

ご購入ありがとうございました。ぜひご意見をお聞かせください。

■ お買い上げいただいた本のタイトル

ご購入日：　　　年　　月　　日　　書店名：

■ 本書をどうやってお知りになりましたか？

□ 書店で実物を見て
□ 新聞・雑誌・ウェブサイト（媒体名　　　　　　　　　　）
□ テレビ・ラジオ（番組名　　　　　　　　　　）
□ その他（　　　　　　　　　　）

■ お買い求めの動機を教えてください（複数回答可）

□ タイトル　□ 著者　□ 帯　□ 装丁　□ テーマ　□ 内容　□ 広告・書評
□ その他（　　　　　　　　　　）

■ 本書へのご意見・ご感想をお聞かせください

■ よくご覧になる新聞、雑誌、ウェブサイト、テレビ、
よくお聞きになるラジオなどを教えてください

■ ご興味をお持ちのテーマや人物などを教えてください

ご記入ありがとうございました。

神に通じるんだ。身体の中でも特に意味のある部分。そこに挿す簪や櫛は依代なんだと」

依代とも言えるそれらを隠していたのは、いったい何の為か。誰から隠していたのか。今となってはもう分からないことだ。

「きっと取り込んだ力に耐え切れなくなったんだな。だから、外の空間まで歪んじまった。合わせ鏡の世界になっていたんだよ」

「だから、出られなかった」

「これは呪具なんでしょうか」

「呪具として作られた訳じゃないだろうけど、結果として呪具になっちまったんだろうな。鏡は砕いたから、もうなんの力もない。宿っていたものは霧散しちまったよ。もう誰かを閉じ込めることもないさ」

「その櫛や簪はどうしたら良いでしょうか」

「後から考えようぜ。とにかくトイレに行きたい」

「そうですね。宇津河さんも首を長くして待っていますよ」

「いや、呆れてもう帰っちまったんじゃねぇの？」

腕時計を確かめてみると、二階に上がってから既に五時間以上も経過している。仮眠を取っていたとはいえ、本当に時間がかかってしまった。

「……確かに」

ともかく一階へ下りなければどうにもならない。二階の惨状の説明もしたかったが、これも明日になるだろう。専門の清掃業者を手配しなければいけない。

そうして二人で肩を落として一階への階段を下りていくと、途中からなんとも言えない香ばしい匂いが鼻腔をくすぐった。脂の焼ける煙の匂いに腹の虫が鳴る。

がたんごとん、と急に頭上で電車が通過していく音が鳴り響いた。地震のように階段が揺れ、思わず手すりにしがみつく。

一階へ下りると、焼き場に立つ宇津河さんがきょとんとした顔でこちらを見つめた。

「なんだい。もう戻ってきたのかい。幾らなんでも早すぎる。まだ焼き始めたばっかりですよ」

困った様子で笑う宇津河さんを見て、私たちは顔を見合わせた。壁にかけられた時計の針は、私たちが二階に上がった時から殆ど動いていない。

「宇津河さん。私たちが二階に上がってからどれくらい時間が経ったか分かりますか？」

「きっちり計っていた訳じゃねぇが、五分とかかっていませんよ。なんですか。まさかもう解決したんですか？　ん？　そういや痛みがねえ」

電車が頭上を通る度にガタゴトと建物が揺れる。思えば、二階に上がってから一度も電車は通っていなかった。流れる時間が遅かったのではなく、時間が円状にループしていたのだろう。

「そりゃあ、よかった。とにかく事件は解決。二階は血塗れだけど、もう問題ない」

「血塗れ？　どちらか怪我を？」

「いいえ、説明をすると長くなるのですが、少しお話を伺いたいことがあります。宜しいですか？」

「ええ。そりゃあ、構いませんが。その手に持っている引き出しは？」

あのまま放置しておく訳にもいかず、引き出しごと持ってきてしまった。

宇津河さんは大量の簪と櫛を眺めて、不思議そうに目を丸くしている。

「二階の広縁に置いてあった化粧台。あれが今回の騒動の原因だ。ぶち壊したからもう二度とあんなことにはならないよ」

「化粧台？」

怪訝そうな声を出して唸る。

「ああ！　そういやあったな、そんなのが」

「あったなって。あれいったいどうしたんだ？」

「いや、先月だったかな。うちの三つほど隣の店で焼き鳥屋をやってた夫婦がいてね。一年ぐらいで商売畳んで、旦那さんの郷里に帰ることになったからって挨拶に来てくれたんですよ。その時に是非にって奥方さんから頂いてね。とりあえず二階の広縁に置いておいたんだが、今の今まですっかり忘れていた。いや、てめぇの店なのにおかしいな」

不思議そうに首を捻る宇津河さんを見て、ふと思った。あの鏡が女性の憎しみや悲しみを吸い取るものなのだとしたら。例えば商売敵を憎く思う気持ちも閉じ込めていたのではないかと。そうだとすれば彼が暗闇で見たという黒い影。左腕を呪ったあの正体は――。

「あまり深く考えなくていいよ。とにかくこの店は二階建てに戻ったし、腕もじきに治る」

千早君の言葉に宇津河さんは神妙な顔になり、深くは聞かずに只しっかりと頷いてみせた。

「そうかい。ありがとうな。しかし、その大量の簪はなんだい」

「あの化粧台が吐き出したんだ。持ち主に返してやりたいところだけど、難しいだろうな。殆どがもう鬼籍に入っているだろうし」

その時、急に店の電話が鳴り響いた。

慌てて宇津河さんが受話器を取ると、怪訝そうな顔をしてから私の方を振り返る。

「大野木さん宛に女性の方からですよ」

「私に？」

招かれるままに厨房の中へ入らせて貰い、受話器を預かる。

「はい。お電話代わりました。大野木ですが」

『やぁ、お勤めご苦労様』

電話越しとは思えない、くっきりとした女性の声に背筋がぶるりと震えた。

相手が夜行堂の主人であることは確かめるまでもない。そんなことよりも、私たちがこの店にいるのを知っていることの方が驚きだ。

『素晴らしいものを手に入れたようだね。始末に困っているのなら、うちに持ってくるといい。大歓迎だ。明日にでも縁のある客が一人、店に辿り着く筈だからね。大いに助かる』

「……化粧台の方は要らないのですか」

『ああ。あれはもう死んでしまったからね。彼は相変わらず容赦がない。うちに持ってきてくれたなら良いものを』

「しかし、あのままにしておいて大丈夫なのでしょうか」

『ただの残骸だよ。茶毘に付してしまうといい。大丈夫、もう障りはない筈だから』

やはり件の化粧台のことも承知している。

「分かりました。後ほど千早君とお伺いします」

『ああ。ご馳走を食べてからゆっくり来るといい』

ちん、と受話器を下ろす音が聞こえて通話が切れた。

「夜行堂で引き取ってくださるそうです」

「そんなことだろうと思った。どうせ俺たちの手には余るし、ちょうどいい」

そう言うと千早君はカウンターの真ん中、一番焼き場のよく見える場所にさっさと腰を下ろした。

「あぁ、腹が減った。もう限界だ」

隣に腰を下ろしてから、メニュー表を開いて目を通す。主観的には数時間ぶりの食事だ。何にしようかと思案していると、千早君は引き出しの中にある簪を一つ手に取って感慨深い様子で眺めていた。

「こいつも新しい主を見つけられるといいな」

彼はあの鏡の中に様々なものを視たのだろう。きっと数え切れないほどの大勢の不幸な少女たちの姿を、その眼で視たのだ。だからこそ、今度こそはと願うのだろう。

自身の為にこれを飾った誰かが、幸せそうに笑う姿を。

虚像

親父が会社から借りてきたハイエースの助手席に座り、頑なに窓の外を眺める。

いかにも田舎くさい地方都市といった町並みだ。どこにでも見かける外食チェーン店、無意味に大きな駐車場のあるコンビニ。住宅街にも活気はなく、どこの家の庭先も寂れてしまっていた。これからこの町で暮らすのかと思うと、無性に苛立ちが募った。

高校受験を控えたこの時期に、わざわざ引っ越さなければならないなんてどうかしている。親父の仕事の都合だというのなら、一人で単身赴任すればよかったのだ。息子の受験をなんだと思っているのか。

「渚《なぎさ》。おい、見ろ。明日から此処に通うんだぞ」

目線だけで伺うと、いかにも地方の公立高校といった風のこぢんまりとした古臭い校舎が見えた。今時、ブレザーではなく、学生服というのも性に合わない。

「別にいいよ。どうでも」

そうだ。どうでもいい。どうせ一年も通わないのだ。まともな人間関係をいったいどれほど作ることができるだろうか。

「なんだ。まだ怒ってるのか。仕方がないだろう。仕事なんだぞ」

「親父だけで来ればよかっただろ。俺だけでも残らせてくれたならよかったのに」

寮に入るという選択肢を担任も提示してくれたが、入寮費や諸々の費用を見た両親は首を縦に振ってはくれなかった。生憎、うちは裕福な家庭ではない。苦労して入った公立の進学校だったが、それも卒業寸前で無駄になった。

「成人するまでは親の言うことを聞くものよ」

後部座席で荷物に埋まるようにして座っているお袋が不機嫌そうに言う。

引っ越しくらい業者に頼めばいいのに。今時、自分たちだけで引っ越しをする家なんてどれだけあるのか。労力やら時間やらを考えたら、どう考えたって業者に任せた方がいいだろうに。

「大学に行かせて貰えるだけでも感謝しなさい。お父さんも私も大学なんて行けなかったんだから」

「大学でしか学べない専門分野があるから進学したいんだって何度も説明しただろ。それに俺が奨学金を借りて行くんだから、行かせて貰うも何もないだろ。入学金だってバイトで貯めたのに」

「自分が大学で遊ぶ為のお金じゃないの。馬鹿馬鹿しい」

血が沸騰するような怒りを覚えた。怒鳴り返そうとした俺の胸を、親父が制止するように叩く。

「おい、もう止せ。未華子《みかこ》もやめないか」

お袋と話しても無駄だ。考え方が根本的に違いすぎる。口を開けば喧嘩ばかり。お互いの価値観を擦り合わせることさえできない。

「お母さんだってね、団地住まいなんかしたくなかったの。借家の方がずっと良かったわ。隣近所の目も気にしなくていいし。どんな人間が住んでいるのか分かったものじゃないのよ？」

「そう言うなよ。それでも、あの家賃は破格の安さだろう。公営住宅はいいぞ。金はかからんし、会社からも近い。言うことなしだ」

「あのね。内見もしていないのに勝手に契約を決めたこと、私まだ怒っているんですからね」

それは初耳だ。内見さえしていなかったのか。

「いいじゃないか。貰った写真で見る限り、充分綺麗だったぞ。写っていた住人もみんなニコニコしていてな。明るくていい団地だ」

きっと気に入る、と親父は言い聞かせるように言った。我が父親ながら行き当たりばったりにも程がある。興味を持つと一直線、周りの苦労もお構いなしだ。

「写真があるのなら見せてくれよ。まだしっかり見てない」

「そうだったか？　ほら、これだ」

親父がサイドボードからクリアファイルに入った写真をファイルごと手渡す。器用にカーブを曲がりながら、視線は前方へ注意深く向けられていた。

ファイルから写真を取り出して、順繰りに見ていく。

似たような白い団地の棟が不規則に幾つも並んでいる。想像していたよりもずっと規模が大きい。都市の区画で言えば三十やそこらではきかないだろう。

「これ、幾つ棟があるんだよ」

「四十と少しだったかな。まぁ、幾つかはほぼ無人みたいな状態らしいけどな。住人を募集している場所ばかりじゃない。このご時世だからな」

不況なんだ、と親父は皮肉っぽく笑った。

親父が支店へ転勤が決まったのも社内の人員整理によるものだと聞いた。支店が幾つか統合されたのだと。支店長もあちこちで降格されたというから、親父のように転勤で済んだ者はまだマシなのかもしれない。

「俺たちが引っ越すのは何号棟？」

「三十二号棟。どっかに俯瞰写真があるだろ。それでだいたいの位置関係が分かるはずだ」

八枚目の写真には、航空写真のような一枚に団地全体が写っている。何ヶ所かに緑地と公園、それから東屋、大きな池が二つもあった。広大な敷地内には長方形の建物がびっちりと並び、その間には人体の血管のように大小様々な道が張り巡らされていた。

それぞれに棟の番号が記されているが、件の三十二号棟だけが明らかに他の棟とは離れた場所に建っているらしい。鬱蒼と生い茂った林に囲まれるように僻地に造られた様子はいかにも気味が悪かった。

「なんでこんな端っこなんだよ。もっと中央の方は選べなかったの？」

「立地は家賃にそのまま影響するんだ。それもこれも、お前の学費を捻出する為だぞ。文句言うな」

いちいち人の進路のことに絡めてくるのが鬱陶しい。

「塾の夏期講習代だってタダじゃないのよ」

「うるさいな。分かってるよ」

受験生の子を持つ親とは思えないが、そういった意識を持ち合わせていないことに文句を言っても仕方がない。

「先に言っておくけど、隣近所の人たちとは仲良くな。郷に入っては郷に従えと言うだろう。トラブルを起こしたりしないよう、くれぐれも気をつけてくれ」

これは俺たちにというよりも、殆どお袋への言葉だろう。お袋は近所付き合いがお世辞にも上手いとは言えない。挨拶もしないし、集まりにも顔を出さない。年上に可愛がって貰うというタイプでもないので、親父も懸念しているのだ。

「分かっているわよ」

携帯電話から顔も上げず、淡々と答える様子はどう見ても分かっていない。

「ほら、見えてきたぞ。あそこだ」

親父が指差した先、金網の向こうに立ち並ぶ団地が見えた。どの棟も夏の日差しを浴びていやに白々しい。あまり人気は感じられないが、駐車場には車が停まっている。

「なんだ。外壁も綺麗じゃないか」

親父が上機嫌に言って、車を徐行させながら団地の外周を進んでいく。母親も窓から顔を出して訝しむように周囲を見ていた。

「年寄りが多そう。ゴミの分別だの口喧《くちやかま》しいのがいたら困るわ」

「子どもが多いと聞いていたけど、あまり見かけないな。休日なのに公園に誰もいない」

受験勉強をするのだから、あまりうるさいのは困る。子どもは嫌いな方じゃないが、それも程度によるだろう。

道なりに進んでいくと、林の奥へ続く脇道が現れた。看板の類はなく、父が気づかなければそのまま行きすぎていたかもしれない。

「不親切だな。矢印の一つでも置いておけばいいのに」

林の中へ車が入った途端、急に周囲が薄暗くなった。車一台がどうにか通れるような道幅しかなく、対向車がやってきたら、どうしようもない。杉の葉の匂いと、強い土の匂いがした。

林道は緩やかな坂道になっていて、僅かに蛇行しながら丘の上へと続いている。自転車でここを通学の度に登るのかと思うとうんざりした。

「ああ、ようやく抜けるぞ」

林道を抜け、駐車場へと車を停める。どういう訳か。それなりに広い駐車場だというのに他の車は一台も停まっていなかった。アスファルトには団地の子どもが遊んでいたのか、奇妙な幾何学模様があちこちに描いてある。

「指定の場所とかはないんだろうか。それらしいものは何も書かれていないが」

「別にどこでもいいじゃない。こんなに空いているんだから。文句があれば誰か言いに来るわよ。ああ、腰が痛い。シートが傾かないとダメね。こんなことなら助手席に座ればよかった」

　母の小言を無視して車から降りる。見上げた三十二号棟は他の棟と外壁の色が違う。ベージュや薄い緑色の棟ばかりだったが、ここだけ塗り替えたばかりのように真新しく白い。四階建てで高さはそれほどではないが、妙に横に長い印象を受けた。

「どうだ。綺麗だろう」

　親父が上機嫌に言って、後部座席から荷物を担ぎ上げる。俺も自分の鞄を斜めにかけて、とりあえず段ボールを二つほど抱えて母親の後に続く。

　団地の前には小さな広場があり、ベンチが二つ並んでいた。割と年月が経っているのか、座面の木が乾いて罅割れてしまっている。裂けた隙間に何か白い粒のようなものがびっしりと埋め込まれている様子に眉を顰めた。

「どうした。何かあったのか」

「いや、別に。ちなみに何階にあんの？」

「三階だ。入り口が似ているから間違えるなよ。Ｅ三〇三号だからな」

「エレベーターとかないよな」

「あるわけないだろ。団地だぞ」

入り口は右端から四番目。古い錆びついた郵便受けが整然と並び、それらには同じ書体でそれぞれの家名が書かれていた。階段の脇に小さな白い壺があり、そこには榊《さかき》が活けられている。

「おい、立ち止まらないで先に進め。狭いんだから」

段ボールを重ねて持つ親父が苦しげに言うので、先を急いだ。鉄筋コンクリート製の階段を三階まで上がっていく。入り口はあちこちにあるが、通路で全て繋がっているらしかった。

それにしても、人の気配というものがない。何処かで催し物でもやっているのだろうか。

三〇三号室の前で荷物を下ろすと、息を切らしたお袋がぶつぶつ言いながら鍵を取り出して、ドアを開けた。その時、妙な違和感を覚えたが、それが何か分からない。

「ぼーっとしてないで荷物を取ってきなさい」

「ああ。でも、このドア何かおかしい気がする」

「別に何もおかしな所なんてないわよ。忙しいんだからちゃんと働いてちょうだい」

お袋が苛立たしげにそう言って、廊下に置いた荷物を奥へと引き摺っていく。ダイニングキッチンの奥、壁で仕切られた二つの部屋。片方は居間、もう片方は和室か。想像していたよりもずっと小さい。畳のある家独特の匂いがした。

他人の家のようなよそよそしさに気が重くなる。

荷物を取りに通路へ戻って少し歩いたところで、ようやく違和感の正体に気がついた。ドアの開き方がおかしいのだ。普通、玄関のドアは外開きになっている筈だ。他人を中へ入れないように、そうするのだと何かの本で読んだことがある。それなのに、この団地の玄関は他人を招き入れるように内開きになっている。

お袋はともかく、親父なら違和感に気づくだろうか。いや、ただでさえお袋は引っ越しに反対していたのだ。これ以上、ネガティブな情報をわざわざ伝えるとは思えない。

それから十回ほど駐車場を往復して、ようやく全ての荷物を運び入れることができた。

「ああ、疲れた。引っ越しの挨拶もしないとなあ」

「明日でいいでしょ。引っ越ししていても誰も見かけなかったし」

そういう問題でもないと思うが、いちいち口にするのも面倒だ。

「少しこの辺りを散歩してくる」

「出かけるならコンビニで夕ご飯買ってきてちょうだい。お金は後から渡すからレシート貰ってきてね」

「コンビニなんて近くにあるのかよ」

知らない、と段ボールから視線も外さずに適当なことを言う。

上着を羽織って、財布と携帯を手に玄関を出たところで背中に視線を感じた。振り返ると、通路に中年の女性が立っていて、微笑みを浮かべながらこちらを見ている。

「はじめまして。四〇四号室の的場《まとば》です。この棟の自治会長をさせて頂いています」

「どうも。安藤《あんどう》渚と言います。あの、親を呼んできますね」

「いいえ、お引っ越しをなさったばかりでお忙しいでしょうから。また明日、改めて伺いたいと思います。息子さんですか？」

「はい」

「失礼ですけど、お幾つ？」

「十八になります」

「受験生なのね。お勉強、大変でしょう」

そうですね、と相槌を打ちながら的場さんを窺い見る。左手の薬指には指輪はないが、こういうタイプの女性が団地で一人暮らしというのは珍しいような気がした。

「そういえば、今日は近くで何かイベントでもあったんですか。昼間、団地の人をまるで見かけなかったんですけど」

一瞬、的場さんの眉がひくついたように見えた。

「いいえ。特には何も」

「そうですか」

「明日は集会がありますから、ぜひ顔を出してくださいね。若い人が来てくれると嬉しいわ」

それでは、と言って的場さんが頭を下げて通路の奥へと戻っていった。自治会長というと、もっと年配の年寄りを想像していたのだが、あんなに若くても選ばれるものなのか。

気を取り直して、イヤホンを耳につけて携帯で音楽を選びながら階段を下りていく。硬いコンクリートの感触、壁を伝って流れ落ちる水滴、初めての環境に身体が緊張しているのが自分でも分かった。

一階の郵便受けを横目に、何気なく外へ行こうとして、それに気がついた。

思わず足が止まり、階段の途中で立ち尽くす。

郵便受けの上に、白いピンポン玉のようなものが転がっている。よく見れば、赤いケチャップのようなものが丸く広がり、郵便受けの縁から滴り落ちていた。

呆然としたまま、確かめようと正面へ回ってから、ようやくそれが人間の『眼球』だということに気がついた。お玉杓子の尻尾を思わせる、白と赤のコードの束のようなものが付着している。

「うわぁ！」

反射的に顔を逸らして、思わず背を向けて駆け出してしまった。

数歩だけ走って、すぐに膝が言うことを聞かなくなる。ぶるぶると手足が震え、全身の血が氷水のように冷え切っていた。混乱する頭を左右に振って、もう一度、ゆっくりと振り返る。しかし、そこにはやはり同じものが無造作に転がっているだけだった。

警察へ通報した方が良いのだろうが、そんな真っ当な考えは脳裏を過ぎりもしなかった。俺にできたのは、とにかく一秒でも早く、少しでも遠く、この場所から立ち去ろうとすることだけ。

幸い、もう雨はすっかり上がっていたが、とてもコンビニへ行く余裕など残っていなかった。

何処かの部屋からピアノの音色が聞こえる。柔らかい子守唄のような旋律は、しかし、何処か歪んでいるような気がした。

○

定時前の特別対策室で一人、サイフォンで淹れた珈琲に舌鼓を打つ。

今日は外出するような用件もなく、事務仕事ばかりしていたが、おかげで溜まっていた書類を全て片付けることができた。キャビネットのファイルや書類の整理などは日常的にしているつもりだが、考えれば考えるほど出てくるのが仕事というものだ。

千早君は今、夜行堂の案件で県外へ出ている。夕飯も食べて戻ると言っていたので、私も今夜は久々に外食しようと決めていた。

「鮨か、それとも小料理店か」

どちらにせよ酒精《しゅせい》を楽しめる店がいい。ゆっくりと酒と肴を味わえる店でなければ。

ここ最近、足を運べていない鮨屋へ顔を出すことを決めた。電車で行くのもいいが、駅まで歩くのも手間だ。少々贅沢だが、タクシーで向かってしまおう。私もたまには仕事のことは忘れて羽を伸ばさねければならない。

定時のチャイムが庁舎に鳴り響く。にわかに庁舎全体が騒がしくなるのを感じながら、カップに残った珈琲を飲み干した。軽く水ですすいでから泡立てたスポンジで洗う。珈琲ばかり飲むせいか、色素がカップに沈着してしまっている。

「明日にでも一度、漂白しておかなければいけませんね」

珍しいことだが、対策室も今日のように暇な日もある。いや、業務内容から言えば閑古鳥が鳴いているような町でなければいけないのだ。怪異に悩む依頼人が山のようにやってくるようでは、町として危機的と言えるだろう。

全ての書類を片付け、執務机の上を隅々まで拭き上げる。私は机の上には極力物を置かないようにしているのだが、その理由の一つは机を磨き上げる時に邪魔になるからだ。机の上にはパソコン、筆記用具、手帳さえあればいい。書類は全てバインダーに整理してから、机に並べておくのが一番だ。好き勝手に部屋を汚す相棒が不在のせいか、普段よりもずっと早く掃除が終わった気がした。

久々の鮨屋だ。さて、何から食べようか。

夏は冬に比べればネタが乏しいというが、夏でなければ食べることのできないものもある。これは鮨に限った話ではないが、食というものは旬のものを食べるのが至上である。

対策室の鍵をかけ、人気のない廊下を進む。

配属されたばかりの頃は、この人気のない北庁舎を寂れて寒々しいと感じたものだが、住めば都というものだろうか。今では快適そのものだ。

「東の間のバカンスです。楽しまなくては」

エレベーターに乗り込み、一階のボタンを押す。そして予約の電話をしようと携帯を手にした瞬間だった。携帯を握る右手に鳥肌が立つ。ぞわぞわと悪寒が腕から這い上ってくるような感覚に息を呑んだ。

言葉にならないほどの悪い予感がした。

音を立ててエレベーターが降下を始めるのと同時に、携帯電話がぶるぶると震える。携帯電話の画面には歪な文字で『ヤコウ　ドウ』とあった。その瞬間、浮かれていた心が一瞬で恐怖に朽ちていく。

「……もしもし」

『やぁ、大野木さん。お勤めご苦労さま。帰る邪魔をしてしまって悪いね』

これがただの人間ならば監視カメラの存在を疑うのだが、この店主が相手では理由を探す方が馬鹿馬鹿しい。どれほど出鱈目なことが起きようとも、そういうものだと自分を納得させるしかないのだ。

「いえ。問題ありません。それで、何の御用でしょう？」

『仕事だよ、勿論。縁あって私の所へやってきたんだが、肝心の品物はまだ先方にあるようでね。悪いのだけれど、彼と一緒に回収してきて欲しい』

退庁間際に仕事を回されることほど嫌なことはないが、今回ばかりは相手が悪い。拒否権など最初からないのだ。私は早々に鮨屋を諦めた。

「急ぎますか？」

『ああ。大至急だとも』

「分かりました。ですが、まだ県庁におりますから、到着までかなりかかります」

それなら問題ない、と妙に明るい声で返される。

怪訝に思う私の目の前で、エレベーターの操作盤のボタンがあちこち狂ったように明滅し、階数表示も目まぐるしく変わり続けた。この庁舎には地下はない筈なのに、既に地下七階を指している。エレベーターは揺れながら、さらに地下の奥深くへと潜り続けていた。

やがて、にわかにエレベーターが停止し、入り口の扉が左右に開くと、そこは見覚えのある骨董店の中だった。帳台に肘をついた夜行堂の店主が愉快そうに紫煙を吐いている。あちこちに吊るされた裸電球が揺れる度に足元の影が伸び縮みしていた。

「いらっしゃい。どうだい。数秒とかからなかったろう？」

私は呆然としながら背後を振り返ったが、そこには何もない。

「何をしたんです。これは、いったい」

「時間がないのでね。一時的に繋げさせて貰った。何、あくまで緊急時だけだよ」

普段はまずやらない、と涼しげに言う。

私は動悸の激しい胸を手で押さえながら、深呼吸を二度繰り返した。常軌を逸した事態に眩暈がする。

「驚かせてしまったかな。すまないね」

「いえ。大丈夫です」

「紹介しよう。彼が依頼人だ」

私の背後、店の入り口付近に高校生くらいの青年が立って、所在なげにこちらを見ていた。

入り口のガラス戸から差し込んでくる強い西日のせいで表情がよく見えないが、服のあちこちが擦り切れてしまっている。

「少年。名前はなんと言ったかな」

「渚です。安藤渚」

戸惑いがちに言う安藤さんに会釈して、上着から名刺を取り出した。

「はじめまして。県庁特別対策室の大野木と申します」

しかし、私が差し出した名刺を安藤さんは受け取らない。呆然と眺めて、まるで静止画のように微動だにしない。怪訝に思ったが、何か事情があるのかもしれないと、名刺を引っ込めた。

「話を急ごう。ともかく縁あって、彼は店へ導かれてきたんだが、聞けばどうやら君の管轄らしい。力を貸してあげるといい」

「あの、話がまるで見えないのですが」

今の説明では何一つ事態が把握できない。行けば分かるとでも言いたいのだろうが、千早君がいなければ現地に行っても途方に暮れるしかない。

「俺から説明してもいいですか。自分の家のことなので、できれば自分で話したいんです」

「ありがとうございます。お願いします」

「俺、横山《よこやま》団地っていう県営団地で暮らしているんです。数ヶ月前に家族で越してきて」

聞き覚えのある名に頷く。バブル期に建てられた県営団地であり、県内でも最大規模だが今まで特にこれといった事件があったという記憶はなかった。

「三十二号棟のことを知っていますか？」

「いえ、内情については存じておりません」

「……あそこの住人は誰も彼も狂ってる」

安藤さんが吐き捨てるように言う。唇を噛み締める顔は青白く、およそ生気というものが感じられない。こうして改めて見ると頬はこけて、あちこちに青黒い痣《あざ》が見えた。

「あの団地の連中のせいで親父もお袋もおかしくなった。あそこの住人はなんて言ったらいいのか。カルト宗教のようなことをしているんです」

怪異とは違うのだろうか。そうなると警察の職務の範疇になるのだが、夜行堂と縁があったということは人間の事件ではないのだろう。

店主の方へ視線を向けると、いつものように微笑を浮かべて煙管を咥えている。口を挟むつもりはないのだろうが、助言をするという様子でもない。

「何をご覧になりましたか？」

「ウツロネサマ。あれのことをそう呼んでいました」

「ウツロネ?」

「はい。四回目の集会の後、家族とそれを見ました」

「集会というのは、何をするのですか。順を追って伺っても?」

「はい。集会での話を連中は説話と呼んでいました。駐車場前のちょっとした空き地があるんですけど、そこに住人が集まって、自治会長の的場さんが話をする。でも、毎回いつも同じ話をするんです。ウツロネサマへの祈り方を何度も何度も。最初の集会の時には面食らいました。みんな、白い服を着て集まってんですから。お袋が空気の読めない人で、すぐに部屋に戻ろうとしたんですけど、みんなに睨まれて。……本当に殺されるかと思った」

信仰の自由があるので、誰がどんな宗教を信じても問題はない。だが、カルトと呼ばれるものは信者を支配し、信仰を強制する。同調圧力によって、団体から抜け出せなくなることも多くないという。

「鈴を鳴らして、踊るんです。跪《ひざまず》いたり、柏手を打ったり。親父もお袋も困ったことになった、という顔をしていました。でも、あのウツロネサマを見てから人が変わったように信仰に走るようになったんです」

「四回目の集会の後に見たのでしたね」

「はい。親父たちと夜逃げしようと話をしていた時でした。急に的場さんたちが大勢でやってきて鍵を開けて入ってきたんです。親父も流石に怒鳴りつけてましたが、連中はニコニコしているんですよ。『もうすぐウツロネサマがお見えになるから、平伏して待ちなさい』って。――そして、それがやってきました。開けたままの玄関の向こうに、これくらいの背の野球帽をかぶった男の子が立っていたんです」

そう言って安藤さんは自分の胸の少し下辺りを指し示した。

「黒いんです。肌が黒くて、目も鼻も口も見えない。腕も足もシルエットしか分からない。一目見て人間じゃないのは分かりました。青い野球帽だけが色を持っているのが不気味で。的場さんたちが跪いて、額を床にくっつけていました。俺たち家族は凍りついたみたいに身動き一つできないまま、それが家の中へ入ってくるのを見ているしかなかった」

想像しただけで鳥肌が立つ。怪異は家人に招かれなければ入れないというが、安藤さんの家は集合住宅なので一軒の家として見なされるのだろうか。あるいは招き入れていると見なされるような要素が他にあるのかもしれない。

「それがウツロネサマですか」

「はい。的場さんが立ち上がって、親父に言ったんです。『何か大切なものはありますか?』って。親父が戸惑っていると、的場さんは勝手に棚の上の写真立てを手に取ってウツロネサマに恭《うやうや》しく渡したんです。こう献上するみたいに」

「家族写真を奪われたと？」

「はい。幼い頃に一度だけ行った家族旅行の写真でした」

大切なもの、という言い方が気にかかる。無価値なものではダメだということは、まさに供物と言えるだろう。そして供物を捧げるのは、見返りを欲してのことだ。

「ウツロネサマが写真立てを食べたんです。口の部分がぱっくりと開いて、飲み込んでしまった。そうして、親父たちに手を差し出したんです。そうしたら一万円札が雨みたいに降ってきました。何十枚も。親父は呆然としていましたが、お袋は必死になって万札を拾い集めていました。確か七十枚くらいあったのかな」

「紙幣を生み出したということですか？」

「はい。ウツロネサマは捧げ物に応じて、お金を吐き出すんです」

「神様という感じではありませんね。なんと言うか俗っぽいと言いますか」

「そうすね。でも、うちみたいに経済的に余裕のない家からしたら、本当に降って湧いたような話なんですよ。ウツロネサマが隣の部屋へ移動して、的場さんたちも出て行った後、親父とお袋はすぐに次は何を捧げようか、と嬉々として話し合ってました。おかしいですよね。だから俺は言ったんです。その金を持って逃げようって。地元に戻ればいいって。でも、親父たちは聞く耳を持ってはくれませんでした」

信じてしまったのだ。目の前で起きた奇跡のような出来事に。それが幾ら胡散臭く、道理に沿わないものであっても、与えられた紙幣は本物なのだから。

「親父たちは集会にも熱心に参加するようになりましたが、俺は自分の部屋に閉じ籠っていました。月に一度、ウツロネサマがやってくると、用意していた供物を差し出して紙幣に変えるんです。家族のアルバムや結婚記念日に買ったっていうワインとか。そういうものを片っ端から捧げるんです。頭を下げて、手を擦り合わせるようにして祈る。俺はそれを見るのが辛くて」

怖かったんです、と唇を噛み締めて言う。

「なるほど。しかし、毎月そんなことをしていては捧げるものがなくなってしまいそうですが」

話を聞く限り、大切にしているものしか供物にならないのであれば枯渇するのは当然だ。

「越してきた日に、気持ち悪いものを見たんです。郵便受けの上に眼球が置かれていました」

「眼球!? それは人間の？」

「はい。あれはきっと捧げ物だったんだと、集会で身体の何処かしらを怪我している人を見かけるようになって気づきました。『大切なもの』がなくなった人が、それでもウツロネサマに捧げたくてやったんだと。おかしいですよね。狂ってますよ」

泣きそうな顔で力なく笑う安藤さんの言葉は正しい。

「家には大量の紙幣が、神棚の上に置いてありました。でも、生活は前よりもずっと貧しかった。親父たちが金を使いたがらないんです。あれは神聖なものだからって。お袋もあんなに毛嫌いしていたのに、昼間は的場さんたちと過ごすようになりました。夫婦間の喧嘩はなくなりましたけど、普通の会話もしなくなった。次に何を捧げようかって話ばかりするんです」

とてつもなく嫌な予感がした。いや、『大切なもの』という指定がある時点で気づくべきだった。

「俺、気づいたんです。この団地には一人も子どもがいないんです。年齢層はバラバラなのに、どこも子どものいる家庭がない。でも、それは勘違いで、いないんじゃない。きっともう残っていないんだって」

古今東西、神への最上級の供物は生贄、それも子どもが相応しいとされる。それは単純に集団において子どもよりも大切なものは存在しないからだ。

「それで、ここへ逃げてきたんですね」

「昼寝している所を親父に襲われて。出刃包丁を持った親父がね、泣きながら笑うんです。

これは名誉なことなんだ。お前が大切だから、捧げるんだって。部屋を飛び出して、玄関から逃げようとすると、お袋が包丁を持って立っていました。泣いてるのに、俺に切先を向けるんです。ドアの向こうには、きっと的場さんたちがいたんだと思います」

「よくここまで逃げてこられましたね」

「ベランダから飛び降りました。木にぶつかって枝を何本か折りながら落ちたんで、死なずに済みましたけど、後はもう無我夢中で走って逃げました。正直、ここまでどうやって辿り着いたのか覚えていません。気がついたら、この店の軒先に立っていたんです。それで、店主の人から好きなものを手に取っていいと言われて、これを選びました」

彼が差し出したのは、蛤《はまぐり》の形をした純白の香炉のようだ。よく見れば殻のあちこちに細かく砕いた螺鈿がちりばめてある。

「これも曰く付きの品なのでしょうね」

夜行堂の主人へ視線を投げながら言うと、嬉しそうに目を細める。

「当然だとも。此処はそういう店で、そう在るべきだからね」

「これにはどんな曰くが？」

「これは昔、とある細工師が心を失った妻を助ける為に魂を込めて作ったという逸品でね。香炉というものは人の夢を彩り誘うものだが、この香を聞いた者はたちまち夢から覚めるという」

なるほど。つまりそういう縁で彼と繋がったということか。この香を聞かせたなら、親御さんや住人たちも我に返るということだろう。

「では、すぐに団地へと繋げよう。さっきも話したが、悠長にしていられる時間はない」

「一つ聞いても宜しいですか？」

「なんだい？」

「どうしていつも繋げてはくださらないんですか？」

「人の身であまりここを潜ると、あちらに近づいてしまう」

ギョッとするようなことを平然と言い放ちながら、店の入り口へと近づいていく。甘い香りの煙が、辺りに漂って白く靄のように視界を埋め尽くした。

ガラス戸を開けると、その向こうに薄暗い闇が見える。

安藤さんが靄《もや》の奥、闇の中へと躊躇なく踏み込んでいく。

「すぐに彼も追いかけさせよう」

「お願いします」

深呼吸を一つ。薄闇の中へと足を踏み出すと、硬い砂利の感触があった。

「振り返らぬように。とにかく前へ進みなさい」

頷いて、数歩前をゆく安藤さんの後に続く。

背後でガラス戸を閉める音が聞こえた瞬間、視界を覆うように湧き起こった靄で何も見えなくなってしまった。

○

瞼を開くと、見覚えのない駐車場に一人で立ち尽くしていた。

日没間際、西の空は既に暗い。

目の前の団地は、私が知るものとは一見して違う。外壁のあちこちに見たことのないような模様が描かれ、朽ちた榊を入れた花瓶が周囲に転がっている。見るからに恐ろしい団地が夜の深みに沈んでいく様を目の当たりにし、私は心の底から震え上がった。

周囲に視線を巡らせても、やはり安藤さんの姿はない。大声をあげて探し回る訳にもいかず、ともかく団地の通路から見えないよう木陰へと身を隠す。

なんたることか。依頼人とはぐれてしまった。

まさか自分だけが夜行堂からこちらに辿り着くことができて、安藤さんは迷子にでもなっているのではなかろうか。もしそうだとしたら、まずは一度戻るべきだろう。

「大野木さん」

「ひっ」

突然、背後から声をかけられて心臓が止まりそうになる。

振り返ると、いつの間にか安藤さんが背後にしゃがみ込んで鋭い眼差しで団地を見上げていた。

「どちらにいらしたんですか。私ははぐれてしまったのだとばかり」

安藤さんは答えず、団地の三階を指差した。

「あそこが俺の住んでいた部屋です。月に一度、日が暮れて暫くすると、ウツロネサマが一階から順に通路を回ってくる。信者はみんな玄関のドアを開けて、土下座してそれが来るのを待つんです。そして捧げ物に応じて金を落としていく」

「中心人物は自治会長の的場さんという方ですか」

「そうだと思います。俺も接点は殆どないんです。ただ、お袋が言うには昔子どもさんを亡くしたらしくて、随分と思い詰めていた時期があるとか」

野球帽の少年というウツロネサマの外側と、その亡くなったというお子さんが無関係とは思えない。

「安藤さん。幾らなんでも多勢に無勢です。やはり知り合いの刑事さんに事情を説明してからにしましょう。危険すぎます」

「ダメです。もうやりました。警察には何度も通報したんです。でも、誰も来なかった。まるで最初から通報なんてなかったことにされたんですよ。それに親父たちにはもう今夜、差し出せるものがない。自分の一部を供物にするしかないんです。俺は親父もお袋も手放しで好きとは言えない。でも、それでも俺の親なんですよ。目を覚まして、元に戻って欲しい」

精悍な顔立ちをしているが、まだ高校生なのだ。日常を他人に蹂躙《じゅうりん》され、他ならぬ両親から殺されそうになったという事実は決して消えないだろう。それなのに彼は悲劇と向かい合い、己を殺そうとした親を救おうとしている。

滲むように溢れた涙を袖で拭いながら、彼は俯く。

「俺のことはもういいんです。でも、このままにしておくのは嫌なんだ。力を貸してください」

お願いします、と頭を垂れる。その姿を見て私は己を恥じた。

「失礼しました。できる限りのことをやりましょう。一つお尋ねしたいのですが、ウツロネサマは何処から現れるかご存じですか？」

「調べたので分かります。ここから少し先に小さな古い公園があるんです。遊具もなくて、砂場しか残っていませんが。ウツロネサマがやってくる夜は的場さんが必ず公園に向かいます」

「公園の周囲には何かありますか」

「特には何も。いや、そうですね。強いて言えば、雑木林があります」

私は少し考えてから、一つの仮説を立てた。私には千早君のような眼はない。手元にある情報を元に考え、試してみるしかないのだ。正解がない。なんと恐ろしいことだろうか。怪異というのは全く論理的ではない。

「私に考えがあります。その公園まで案内して頂けますか？」

安藤さんは頷いて、唇を強く噛み締めた。


団地に背を向けて遊歩道を進んでいく。団地内の通路だが、およそ手入れされているとは思えない有様だ。予算は降りている筈だが、他の用途に使われているのかもしれない。

背後から歌のような、唸り声のようなものが響いてきた。

雑木林のあちこちの枝に大量の注連縄や御幣がかけられているのを見かけたが、神秘的なものは全く感じられなかった。注連縄はまるで生贄の臓物を思わせたし、御幣の切り方も乱雑で何故か赤黒く染まっている。雑木林のあちこちからこちらを窺い見るような視線を感じたが、それは私が美嚢団地で感じたものとはまた違うものだ。人間ではない、ナニカたち。

暫く進むと、一人の女性が立ってこちらを静かに眺めていた。年齢は三十代から四十代、物静かな印象を受け、その手には青い野球帽が握られている。彼女が的場さんなのだろう。

「こんばんは。渚君」

青い月明かりが彼女の顔を照らす。温和で満ち足りた、本当に幸せそうな女性の笑み。

「戻ってきてくれたのね。嬉しいわ。そちらの方は？」

「俺を手伝ってくれる人だ。お前の宗教もおしまいだよ」

「いいえ。ダメよ。だって、みんな神様を待っているんですもの」

予備動作もなく、指先から零れるように野球帽が落ち葉の上に落ちる。

にわかに足元が揺れたような気がした。次の瞬間、帽子が持ち上がるように地面が隆起した。ぐずぐず、と音を立てて落ち葉と腐葉土が人の形を象っていく。まるで泥人形だ。私は似たようなものを以前にも見たことがあった。

「形がないものに、依代を与える。これはそういう儀式ですか」

「詳しくていらっしゃるのね。ええ、ウツロネサマには身体がないの。でも、それでいいの。それがいいの」

「それは神様ではありませんよ」

「いいえ。神様よ。私たちがみんなで崇めて、祀って、崇拝している。本当の力を持った神様。私の呼びかけに応えてくれた、本物の神様なの」

的場さんは微笑したまま、顔色は一切変わらない。

「渚君。あなた、コックリさんって知っている？　私ね、亡くなってしまったあの子とどうしてももう一度会いたくて。会いたくて会いたくて気が狂いそうだったの。そんな時、私の勤め先にいた天使が教えてくれたの。本物のコックリさん。知っているかしら。みんなの知るコックリさんはね、意図的に本来のそれとは違うものにしてあるの。招いてはならないものが、混じってしまわないように」

ざわざわ、と木々の枝が風もないのに激しく揺れる。野球帽を被ったウツロネサマが、じっとこちらを見ていた。よく見れば、黒い顔のあちこちに木のウロのような穴が幾つも開いている。

「的場さん。それはあなたの息子さんではありません。ただの土くれです」

「いいえ。息子よ、息子なの。息子になるのよ。願いと祈りと懺悔の果てに、ウツロネサマは返してくださる。その為にはまだ捧げ物が足らないわ」

穏やかな物言いだが、彼女の瞳は完全に狂人のそれだった。

「あんたの妄想に、他人を巻き込むな」

きっぱりと撥ね除けるようにそう言って、安藤さんが香炉を握り締めていた掌を開く。月の光を弾いて輝く真っ白な蛤の殻が、その口を開いた瞬間、夥しい量の靄が弾けた。いや、これはもう濃霧と言うべきだろう。

乳を水に溶いたような濃い霧が公園や周囲の雑木林はおろか、団地まで一瞬で呑み込んでしまった。

「こんなものがなんだというの？　誰にも邪魔はさせない。あの子をこの胸にまた抱けるのなら、私は」

不意に的場さんの顔に表情らしいものが浮かぶのを、私は見た。困惑、焦り、それから拒絶の色が彼女の顔を過ぎり、それらを隠すように己の顔を手で覆う。

夜行堂の主人は言った。この香を聞けば、たちまち夢から覚めるのだと。

その言が正しければ、今頃は団地にいる信者たちも洗脳から覚めている筈だ。

しかし、ウツロネサマは微動だにしていない。ただ静かにこちらを見る、目鼻のない貌《かお》が怒りを孕んでいるように見えて私は戦慄した。

「安藤さん。ここは一旦、」

逃げましょう、と言おうとして辺りに安藤さんの姿が見当たらないことに気がついた。ついさっきまで目の前にいた筈なのに、忽然と消えてしまっている。

得体の知れない人の形をした邪悪な何かを前に、私は思わず尻餅をついてしまった。ウツロネサマの顔に開いた沢山の穴、その一つ一つが悍ましい。

這ったまま逃げようとする私に、ウツロネサマが手を伸ばす。腐葉土を固めたような手、中からは肌色の芋虫を思わせる何かが見える。それは、紛れもない人間の指だった。たまらず絶叫しようとした瞬間、何かがこちらへ走ってくるような音がした。枝葉を踏み折り、一切の躊躇なく近づいてくる。

私の背後から現れた彼は、大きく跳躍すると、駆けてきた勢いそのままにウツロネサマの身体の中央を容赦なく蹴りつけた。鈍い音と共に其れが砕け、彼の足元に土くれとなって散らばる。

「何、腰を抜かしてんだよ。大野木さん」

千早君がズボンについた土を足で振るい落としながら、うんざりした様子で言う。濛々と煙る靄の中で、右眼が鬼火のように青く輝いていた。

「人間相手の喧嘩なら平然としているくせに。なんでこんな泥人形が怖いんだよ。前の現場から俺がどんだけ急いできたと思ってんだ。ああ、疲れた」

「ま、まだ動いてますよ！」

モゾモゾと蠢きながら黒い泥のようなものが野球帽の元へと集まっていく。

「ああ、これが依代になってんのか」

こともなげにそう言うと、上着のポケットから取り出した禍々しいほどに太い五寸釘を握りしめ、勢いよく野球帽へ突き刺した。血飛沫《ちしぶき》のように辺りに泥が飛び散り、異臭を放つ。

どういう曰くがあるのか。ぐびりぐびり、と音を立てて釘が黒い泥を啜《すす》っている。やがて野球帽がひしゃげるように縮んだかと思うと、釘に吸い込まれ消えてしまった。

呆然とする私を他所に、千早君は釘を引き抜くと、酷く汚れたズボンのポケットへと雑にしまった。

「この釘、案外使えるな」

そうして靄の中にある香りを吐き続ける蛤の香炉を摘み上げた。口を閉じると、辺りを覆い尽くしていた濃霧が少しずつ晴れていく。

「そういや依頼人は？　逃げてった女の人がいたけど、あれじゃないだろ」

「そうでした。安藤さんを探さないと」

的場さんを追うべきか考えたが、とにかく今は彼の安否確認が優先だ。

背後に気配を感じて振り返ると、少し離れた場所に安藤さんがぽつんと立っていた。だが、様子がどこかおかしい。ぼんやりとして気配が希薄だ。目の前にいるのに、いないような奇妙な感覚がある。

ありがとうございました。

声は聞こえなかったが、彼の口が確かにそう動くのを私は見た。

輪郭が解けるように揺らいだかと思うと、風に吹き消されたように安藤さんの姿が消えてしまう。

「まさか」

安藤さんはもう死んでしまっていたのか。せっかく事態を解決したというのに。

「落ち着きなよ。本人も無自覚だったろうけど、あれは生霊」

最悪の事態を想像して涙ぐむ私を、千早君が呆れたように笑う。

「生霊？」

「そ。魂の緒が繋がっていたから、死者じゃない。大方、怪我してどっかの病院に入院してんじゃないの？」

「では、無事だと？」

「ああ。無傷じゃないだろうけど、死んじゃいない。多分、身体の方が目を覚ましたんだ」

そう言って、香炉をこちらにほいと寄越す。

蛤の香を聞いた彼もまた、夢から覚めたのか。

「なんだか夢でも見ていたような気がします」

「ほっぺた抓ってやろうか？」

千早君は言うやいなや、私の右頰をつねる。

「いたた」

この鈍い痛みは紛れもない本物だ。直前の案件を終わらせて、ここまで大慌てで駆けつけてくれたのだろう。夜行堂の店主のことだ。事情は殆ど説明しないまま、とにかくこちらへ向かわせたに違いなかった。

「ありがとうございます。本当に助かりました」

「生贄にされた子どもたちの魂も、これでようやく解放されるよ」

「……そうですか。それならば、何よりです」

実は何処かで生きていた、などと都合のいい結末を期待していたが、そう現実は甘くない。

「逃げた女性を追うべきでしょうか」

「放っておけよ。術は破れたんだ。相応の代償を支払うことになるさ」

求めたものが大きければ大きいほど、代償もまた大きくなる。彼女はきっと私では想像もできないような結末を迎えるのだろう。

「帰ろう。俺たちが此処でやれることはもう何も残っていない」

駐車場の方へと歩いていくと、団地のあちこちが騒がしい。きっと彼らも悪夢から覚めたに違いない。いや、ここから先の現実こそ、彼らにとっては悪夢そのものかもしれない。

「香炉を持ち主の元へ届けねばなりませんね」

「その時は、車で行こうな」

蜃気楼は巨大な蛤の吐く夢だというが、この小さな蛤は現実を生きろと突きつける。

小さい癖に大きな在り方が、どことなく隣を歩く彼に似ているような気がした。

祭祀

県境にある中規模都市の歓楽街から程近い、新築の賃貸マンション、レジデンス新都《しんと》でその怪奇現象が目撃されるようになったのは、つい二ヶ月ほど前のことだ。

最初の目撃者は二〇四号室に暮らす大学生のカップルで、真夜中に異常な臭気で目が覚めたという。酷い血の匂いは次第に強くなっていき、やがてそれが部屋の中を徘徊していることに気がついた。

ふっ、ふっと犬のような荒々しい吐息が聞こえ、二人は息を止めて気配がなくなるのを待ち続けた。どれほどそうしていたのか、いつの間にか異変は去っていたのだという。

当初、この話を聞いた管理人は特に気にも留めていなかったが、それから立て続けに同じような訴えが相次いだ為、ようやく大家である吾妻《あづま》氏に相談した。県内に十数ヶ所の賃貸用マンションの不動産を持つ吾妻氏はすぐに県庁の特別対策室へと依頼を出したのだった。

そして、私たちが訪れるまでにマンションの住居者の間ですっかり噂が蔓延するようになっていた。

「よく話が見えんのですが、要するに霊能力者みたいなもんですかね？」

差し出された私の名刺をひらひらさせながら、管理人の男性は不審そうに私たちを横目で見た。無理もない。怪異現象の解決に県庁から公務員がやってきたなら、誰でも怪訝に思うだろう。

「みたい、ではなく正真正銘の霊能者です」

ふーん、と人を馬鹿にし切った様子で言ってから、湯呑みを啜った。

「まぁ、どっちでもいいんだけどさ。そっちの若いお兄さんさ、その腕どうしたの。右腕ないけど」

千早君は不機嫌そうに出されたお茶に一度も口をつけず、管理人室の壁にかけられた近隣地図を眺めている。

「別に。落としただけだよ」

ぶっきらぼうにそう言って、また視線を逸らす。これは相当に機嫌を損ねている。

「無愛想だなぁ。ええと、大野木さんだっけ。オーナーから話は聞かされてるけど、俺はそういうオカルトみたいなのって信じてないんだよね。公務員がこういうことをして、俺らの血税を使うのは感心しないなぁ」

笑顔は崩さず、うんうん、と頷く。この手の嫌味は公務員をしていれば一年の半分くらいは言われるものだ。わざわざ反応してもしょうがない。

「ご心配には及びません。これも公務の一環ですから」

「いや、俺が言ってんのはそういうことじゃなくってさ」

「大丈夫です。とにかく、そちらには一切のご迷惑はおかけしません。万が一、損害が出た場合にはこちらで弁償させて頂きます。勿論、吾妻氏にも管理人の方から大変よくして頂いた、と好意的にご報告させて頂くつもりですから」

にっこりと念を押して告げると、管理人はにか、と歯の欠けた笑顔を見せた。

「そう？　それなら協力するのも吝かじゃないけどさ。さっき来た神主とかもアンタくらい愛想が良けりゃ良かったんだけど」

「神主？」

「そう。これがまた無愛想でね。霊能者だかなんだか知らないけど、いかにもな格好をして胡散臭い。いったい誰があんなの呼んだんだか。一言、こっちに話を通しておくのが筋ってものでしょうが」

千早君が顔をあげ、ようやく口を開いた。

「霊能者？　どんなやつ。いつ来たんだ」

「一時間くらい前かな。なんとかって神社だか寺だかの人が来て、御祓をするとかなんとか言って上がってってたよ。あれもアンタらのお仲間かい？」

なるほど。何処かの入居者が個人で雇った霊能者だろう。少なくとも吾妻さんからの報告にはなかった。

「ああ、くそ。だから言ったろ。こんな奴いいから、急ごうって」

「そういうわけにはいきませんよ。どんな相手であろうと筋をまず通すのが社会人としてあるべきマナーです」

立ち上がりながら、管理人の男性へ頭を下げる。

「作業の間、可能な限り外へ出ないようお願いします」

管理人室を後にしたが、千早君はまだ無言で扉を睨みつけていた。

「機嫌を直してください。ああいう方もいます」

「腹が立つのは腹が立つんだ。仕方がないだろ」

「怪異を信じられない人もいます」

「そっちじゃない。あの野郎、ちっとも仕事なんかしてねぇくせに。嫌味ばっかり言いやがって。何が血税だ。大して納税なんかしてねぇだろ」

「はいはい。もう充分です。仕事をしましょう、仕事を」

ロビーの奥、エレベーターホールを視る千早君の右眼が青く染まる。さっきまでの怒りは何処へやら。静かな表情でじっと周囲を注意深く見渡した。

「……狗じゃないな。前に視たのとは別物だ」

「相談者によれば、犬のように四つ足で這う音だったと」

「まあ、四つ足って聞けば大抵は獣を連想するよな」

そう言って、嫌悪感に顔を顰める。

「大野木さん、頼むからあちこち不用意に触るなよ。あれが通った跡に触れると呪いを貰うぞ。後から具合が悪くなるかも」

うぇっ、と口元を押さえる様子から相当なものだということは分かった。しかし、具体的にどんなものか視えない自分には皆目見当がつかない。

「いったい何が視えるのですか？」

「……聞かない方がいい」

「報告書に記載が必要なのは千早君もご存じでしょう。事細かにとは言いませんが、どのような怪異かくらいは教えて頂かないと。報告のしようがありません」

「その報告書だけどさ、本当に書く意味あんのかな。前は書いてなかったじゃん」

「活動内容が不鮮明だと追及する声があるようでして」

馬鹿馬鹿しい、と千早君は一蹴してから、左眼の目蓋だけを閉じた。

「……人だよ」

「人？　ですが、報告書には犬のようだと」

「目を潰された人間が、四つん這いになってる。口には猿轡《さるぐつわ》、おまけに肘と膝の先がない。かなり古い。土地の穢《けが》れだ」

頭の中ではっきりと想像してしまい、思わず背筋が怖気立つ。

「土地の穢れ？　この土地で何かがあったということでしょうか」

「大野木さん。この辺りの古い地図とか出せる？　なるべく古いやつ。ええと、明治とか大正くらい。世界大戦よりも前だと思う」

「分かりました。すぐに依頼をかけましょう」

法務局の友人に電話で頼みながら、二人でエレベーターへ乗り込む。私には何も視えないが、千早君には相当に気味の悪い風景であるらしく、時折、足を止めたり、天井から落ちてきた何かを避けるような仕草をしたりしていた。

二階に着くと人だかりができていた。通路の奥、二〇六号室のドアが開いている。先ほどの管理人の話によれば、二〇六号室は空き部屋の筈だ。施錠されていない筈がない。

一瞬、身体中を虫が這い回っているような悪寒に震える。

「大野木さん。車で待っててくれてもいいよ」

「い、いえ。大丈夫です」

人だかりの数から言って、他の階の住人も集まっているようだ。この中には怪異現象に遭遇した者もいるだろうに、よくこうして野次馬にやってこられるものだ。

「あの、何かあったのですか?」

「御祓が中で始まるみたいよ」

ザワザワと集まる野次馬たちはお世辞にも中の霊能力者を心配している様子ではなく、物珍しさに見物に来ているのだろう。

「千早君。解散させた方が良いのでは?」

「好きにさせとけよ。もうこいつら、とっくに呪われてる。まともな人間なら近寄らない。どうなろうが俺の知ったことじゃないけど、流石に中の奴は放っとくのはまずい」

「でしたら、外に連れ出さないと」

人だかりを強引に押し除けながら室内へ入る。背後から怒号や文句が聞こえたが、聞こえなかったことにする。

室内は案外、明るい。そうか、空き部屋なのでカーテンがないからか。

「俺が先に行く」

先行する彼がリビングへの扉を開ける。そこにいたのは錫杖《しゃくじょう》を構えた老齢の山伏だった。

「入ってきてはならん！」

「失礼します。私たちはこちらの物件のオーナーから正式に依頼を頂いた県庁の者です」

「公務員が何用か」

言いながら、山伏の目が千早君に留まる。

「小僧、貴様は見鬼だな。その右腕と右眼、悪鬼羅刹《あっきらせつ》に魅了されておる」

「初対面なのに、随分な言い草だな。でもよかった。まだ始まってはいないみたいだな。おっさん、そういうアンタは視えてないだろ。悪いこと言わないから今すぐ中止にして、そこ代わってよ」

「ふん。視えずとも知覚する術はある。此処にはおぞましい悪霊が棲んでおる。痛い目に遭いたくなければ、此処から立ち去れ。すぐに祓い終わる」

傲然と言い放つと、恭しく準備を再開する。

「千早君。どうしますか？」

「どうもこうも。見てたろ？　言って聞くような人間じゃない。年寄りは頭が固い」

「おい、聞こえとるぞ！」

カッ、と怒鳴られて、二人で小声で話す。

「……おまけに地獄耳」

こちらをよそに、山伏の方は真言を開始し、部屋に大音量でそれが響き渡り始めた。

「本物なんですか？」

「何が？」

「あの方です。本物の霊能力者なのでしょうか」

「うん。本物。理屈は俺には分かんねぇけど、部屋の中の穢れは少しずつ消えてる。分解っつーのかな。俺はあんなことできない。でも、あのおっさんには視えないんだ。呪詛そのものが視えてない。だから、あれが此処にいないことにも気づいていないし、解決の仕方が分かってない」

「どういう意味ですか？」

「うーん。火事で言うなら、燃えてる炎は消せているんだけど、火元が分かってない感じじか。視えてるのは結果で、根本じゃないんだ。大元を断たなきゃ、同じことの繰り返しだ」

「それは、まずいのでは？」

「まずい」

そう言った千早君が、不意に背後を振り返った。そこには、何もない。

「危ない！」

しかし、唐突に千早君が私の背中を蹴りつける。たまらず床に叩きつけられるように倒れ込んだ私がついさっきまでいた空間を、何かが猛然と走り抜けたような気がした。

「がっ」

くぐもった悲鳴がして真言が止む。山伏の身体がぶるぶると小刻みに震え出し、やがてそれは痙攣とも言うべきものへと変わっていった。白目を剥き、がくがくと左右に身体を揺らし、手足を無茶苦茶に振り回す様は、狂人のそれだ。

「まずいな。入っちまった」

「え？」

「入ったんだよ、あの爺さんに。やっぱり耄碌《もうろく》してたな」

背後で重厚なドアが叩きつけられるように閉まる。急に室内が暗く陰っていった。窓の外は塗り固めたように黒く、小さな蝋燭《ろうそく》の炎だけが辺りを照らし上げている。ハッハッと荒い呼吸音が室内に満ちていき、鼻を突くような刺激臭に顔を顰めた。

「千早君、何か視えましたか」

「大昔、ここにあった村の連中に嬲《なぶ》り殺しにされた女の姿は視えた」

「呪いだけ残った、と？」

「悠長に話してる暇はねぇよ。大野木さん」

引き攣った笑みを浮かべて、老山伏が振り返る。その手元から錫杖が落ち、ぶるぶると震える手で顔を覆う。そして、自らの眼に指を突き立てた。吹き出す鮮血を前に、私たちは駆け寄ることもできないまま、呆然と立ち尽くした。

ぼとり、と床の上に転がったそれを私は直視することができなかった。

「千早君、眼がッ」

「まだ片方残ってる。そんなことよか逃げるぞ」

「待ってください、山伏の方が」

「助けたきゃまずは走れ！　ここで閉じ込められたら共倒れだ」

そう言いながら私の右手をぐいと引っ張り、即座に踵を返す。通路を一息に駆け抜け、玄関の扉を開けて外へ飛び出す。しかし、そこには合わせ鏡のような通路があり、その奥には見覚えのある居間が見えた。これは、空間が閉じているのか。

「止まるな！　進め！」

戸惑う私の背を押す、もとい蹴り出すように前へ倒れ込むと、薄い膜のようなものを突き抜ける感触があり、次いで人垣のある通路へと転がり出た。

うわぁあ、と野次馬が逃げていく。

「……千早君。無事ですか」

「うん。でも鼻が痛い」

私の背中にうつ伏せになっている千早君が、小声でそうもらす。どうやら二人共、生きて戻ってこられたらしい。

「千早君、今のは」

「ずれて重なったんだ。ほら、部屋の中見てみろよ。誰もいないから」

立ち上がって恐る恐る部屋の奥を覗くと、あの老山伏の姿はおろか床に落ちた血の一滴さえ見当たらなかった。まさに忽然と消えてしまっている。

「あの方は何処へ？」

「時間がずれたとこだよ。大丈夫。多分まだ生きてる筈だ。とにかく今はマンションの外に出よう。エレベーターは使わずに、非常階段な」

震災などの災害の際にエレベーターが緊急停止するのは広く知られているが、霊障でも止まってしまうのだから恐ろしい。

「美嚢団地を思い出しますね」

「あそこはもっと死の坩堝《るつぼ》って感じだったけどな。此処は大昔の呪いが滲み出てきた感じだ。問題は、なんで今更になって出てきたのかってこと。ほら、急ごう。早くしないと、あの爺さんを連れ戻せなくなる」

○

一度、マンションの外に出ようとすると管理室にいた管理人が青ざめた顔をしていた。軽く会釈すると、恐ろしげに顔を逸らしてしまった。

「どうしたのでしょうか」

「大方、防犯カメラに何か映ってたんじゃないか？」

「ああ、なるほど」

彼の不安は分からないでもない。私も初めて怪異を目の当たりにした時には、言いようのない恐ろしさを感じたものだ。よく見知った現実が、侵されていくような恐怖があった。日常という薄い膜の向こうには、得体の知れない何かが潜んでいるのだと思うと、不安でたまらなくなるのだ。

「大野木さん。さっきの件なんだけど、進捗はあった？」

「先ほど、携帯の方にデータが添付されてきました」

「神社があった時期はない？」

「ありますね。マンションが建つかなり前に。社名は御琴神社とあります。その後は長い間、空き地だったようです。それが何か？」

「神社の拝殿があったのはどの辺り？」

「ええと、あの駐車場のある辺りですね。何か視えますか？」

千早君の表情が険しいものに変わる。

「祠《ほこら》がない」

「祠？」

「神社が潰された後は小さな祠になってる。それでも地元の人にはそれなりに信仰されてたらしい。視る限りは」

なるほど。マンションを建てる際に社を取り壊してしまったのか。以前にも似たケースはあったが、私は気絶していたので何一つ覚えていない。

「つまり守り神を祀る祠を取り壊した為、この土地にあった穢れが滲み出てきたと？」

「いや正確には、この土地の穢れそのものが祀られていた神様の正体だよ」

「神様が悪霊なのですか？」

「俺も受け売りだから詳しかないけど、怨霊を手厚く祀り上げると守り神になるんだと。まぁ、どういう理屈かはよく分かんねーけど。ほら、勉学の神様の菅原道真《すがわらのみちざね》も元は怨霊だろ」

勿論、知っている。祟りによって宮中に雷を落としたとか。大層な死人が出たとして、当時の人々は震え上がったという。

「祟り神って言うんだっけ、帯刀老が話してたよ、人為的に作られる場合もあるんだって。人柱とかいうだろ。ああいう生贄みたいに、強い恨みを持って亡くなった霊を無理やり祀り上げて守護神にしちまう。願いと崇拝でがんじがらめにして、祟りを祝福に変える。神様に仕立て上げちまうんだ」

「その崇拝がなくなったということですか」

そう、と頷きながら疲れたように眉間を押さえた。

「だから今回みたいなのは業が深い。なまじ、あの爺さんは祓おうとしたからマズかったんだな。そりゃあそうだ。神として祀られていたのに、信仰も忘れられ、祟り神に戻りかけた状態の時に埃みたいに払うなんて不敬なことされてみろ。神の逆鱗に触れた、ってやつだよ」

まずいよな、と千早君がぼやく。

「……千早君、御祓できませんよね」

「祝詞《のりと》も知らねぇよ」

「どうしたら良いのでしょうか」

「んー。慰撫するしかないんじゃね？」

「イブ？　慰める慰撫のことですか」

「帯刀老はそう言ってた。……ような気がする」

なんとも曖昧な回答だが、話の要点をまとめるのは妙に上手い所がある。帯刀老との修行時代の詳細については聞いても教えて貰えないので想像するしかないが、短い期間の割には相当に濃密な時間であったらしい。

「要は、信仰が必要ってことだろ。腐っても神様だからな」

「しかし、既に神社もなく、氏子もいません」

「それは見つけた」

「え？」

「元氏子。だいぶ年寄りだけど、まだ生きてる」

千早君は右腕の付け根が痛むのか、さすりながらマンションへと踵を返した。

「氏子の頼みなら聞き届けるのが、神様ってもんだ」

マンションでにわかに起きた騒動を聞いた時、やっぱりという思いがありました。社を壊してしまっては障りがある。そう思っていたのです。

○

かつて、太平洋戦争での空襲が起こるよりも前に御琴神社は此処にありました。当時は市ではなく、村と呼ばれていました。神事は年に四度、宮参や厄除など様々な祈願を村中の人間がやってきていました。崇敬の深い神社だったのです。

しかし、空襲で神社は周辺の建物もろとも焼失してしまいました。

社の再建の話もありましたが、兎にも角にも目の前の生活を続けていくのが精一杯になっており、気がついた時には土地も他所の人間の手に渡ってしまい、どうにかこうにか話し合いの結果、小さな祠を立てることができました。

時代が進むにつれ、地元の人間は出ていき、他所から人が入ってくるようになると信仰はますます遠退き、ついには祠に水花を供えるのも私だけとなってしまいました。

マンションが建つと聞いた時、私はもういつ死んでもよい歳となっていました。夫と暮らした家も老朽化していて危険だから建て壊すよう娘夫婦に言われ、言われるがまま一緒に暮らすことになりましたが、娘夫婦はまだ現役で働いており、いつの間にか離婚して戻ってきた孫娘と曽孫まで共に暮らすようになり、早くマンションが建たないものかと心待ちにするようになったのです。

しかし、マンションの建設に際し、あの祠が取り壊されてしまったことを知った時、私はついにこの日がやってきたのだと思わずにはいられませんでした。思い出深い場所ですが、それも時代の流れであれば止めようもありません。

悪い予感というものは当たるものです。

このマンションに越してからというもの、奇妙なことが起き始めました。誰も触っていないのにテーブルの縁にあったコップが落ちたり、敷物が引き摺られたように動いていたり、犬の激しい吐息のようなものが聞こえてきたりするのです。一歳になったばかりの曽孫には何かが見えるのか、急に火がついたように泣き出したりすることもしばしばありました。

このままでは良くないことが起きる。そういう予感はあったのです。祟り神を怒らせてはいけない。

霊能者が御祓に来たという話を隣人から聞き、孫も野次馬をしに行くと聞かないので、曽孫を抱いて部屋から出ないことにしておりました。きっと悪いことがある。

暫くすると、孫娘が血相を変えて帰ってきました。

「おばあちゃん、霊能者のお爺さんが消えちゃったわ。部屋の中でうんうん言ってたんだけど、後から若いイケメンが二人やってきて。凄い音が中から聞こえたと思ったら、二人が飛び出してきて。中にはもう誰もいなかったの」

「野次馬なんてするものじゃありませんよ」

孫娘は唇を尖らせながら、窓の外へ視線を投げました。その様子が少し楽しそうに見え、私は言いようのない不安に駆られました。

「だって気になるじゃない。このマンションで死んだ人とかいたのかな。新築なのにね」

呼び鈴が鳴り、コンコンとドアを誰かがノックしました。

「おばあちゃん。私が出るわ」

膝が悪い私に代わって、孫が玄関へ。そして、ギョッとして驚いたような顔になりました。

「はい。どなたですか？」

チェーンもそのまま、鍵も外さずに孫が問いかけます。

『県庁から参りました、特別対策室の大野木と申します。少しお話を伺いたいのですが、宜しいですか？』

「ええと、はい、分かりました」

ドアの向こうに立っていたのは、若い二人組の男性でした。一人はスーツに身を包んだ、役人然とした方です。もう一人は二十代くらいの少し目つきの鋭い若者で、二人とも背が高く、先だった夫の若い頃に少し似ておりました。

「突然の訪問、申し訳ございません。県庁の特別対策室から伺いました」

深々と一礼をしながら、差し出された名刺を孫娘はまるで見ていませんでした。あの子は昔から二枚目に弱いのです。

「こちらは業務を委託しております、桜千早君です」

「どーも」

軽く会釈した青年の右の袖が揺らめいているのを見て、彼には右腕がないのだと気がつきました。何処か超然とした雰囲気で、私は大昔に彼と似た空気を纏った人を見かけたような気がしましたが、どうしても思い出せません。

彼の瞳が、こちらを真っ直ぐに見ていました。ぼんやりと彼の右眼が鈍く青い光を放っているように見え、思わず言葉を飲み込みます。

「よかった。いた」

靴を乱暴に脱ぎ捨てると、真っ直ぐにこちらへ歩いてきます。その態度と仕草に、やはりどこか懐かしさを感じました。膝を折り、椅子に腰を下ろしている私と真っ直ぐに目を合わせながら、彼は口を開きました。

「須川《すがわ》スエ子《こ》さん。あなたにお願いしたいことがあるんです。他の誰にもできない。あの神社の氏子だった、あなたにしか慰められない」

「琴神様の祟りですか」

「知ってたんだろう？　あの祠が壊された時から。だから神棚に祈ってたんだよな。全部、視えたよ。でも、それじゃダメなんだ。あの神様だけの祠を作らないと」

「こんな年寄りに何ができましょうか」

「何でもできるさ。唯一の氏子である、あなたの嘆願以外には耳を貸さないんだ。放っておけば災いを撒き散らす。死者の山が、さらに死者を呼ぶ。穢れに触れた者が、また誰かに穢れを移す。止められるのは、あなただけだ」

「立つのもやっと、なんの力もありませんよ。あなたの役に立てるとは思えません」

「なんの力もいらない。大丈夫、俺が手伝うから」

にっこりと笑って見せるので、思わず私も笑ってしまいました。

「介添えを頼んでもよいですか？」

「もちろん」

○

それから千早君はお婆さんにお風呂で身体を清めてくるように頼み、家の中にあるもので祭壇を作り始めた。孫娘だという女性は困惑していたが、先ほどの騒動を目撃していたこともあり、おっかなびっくりではあるが、我々の言う通りに動いてくれた。

「あたし、こういうのって全然信じてなかったんだけど、本当にうちのお婆ちゃんが役に立つの？」

「アンタのお婆ちゃんじゃなきゃダメなんだよ。相手は祟り神、仮にも神様だぞ。神格が残った呪いの塊。そんなの除霊なんかできる訳ねぇだろ。少なくとも俺には無理だ」

「しかし、こんな簡素なもので祭壇になるのでしょうか」

千早君に言われて作った祭壇はダイニングテーブルの上にベッド用のシーツを敷き、その上に大きめのまな板、さらにその上にお盆。お盆の上には水と塩、それから酒を適当な皿に入れて用意した。ローソクがないので、アロマキャンドルに火を灯してセットしておく。

「昔、帯刀老に習った通りでいいなら、こんなもんだろ」

「そんなテキトーな」

「大事なのは心の方。俺たちは氏子じゃないんだ。あれからしたら、そこらの雑草と変わりないよ。大切なのは、スエ子さんが此処を社だと感じられるかどうかなんだ」

「ねぇ、あんまり考えたくないんだけど。うちのお婆ちゃんが失敗したらどうすんの？」

「どうもこうもねぇよ皆仲良くお供物になるだけ」

「大丈夫ですよ。千早君、いたずらに脅かさないでください」

嘘ついてどうするんだよ、と嘯《うそぶ》くので始末に負えない。

「心配いりませんよ。赤ちゃんを連れて隣の部屋で隠れていてください」

「ダメだ。アンタたちも此処にいるんだ」

「なんでよ！」

千早君は赤ちゃんの頰をぷにぷにと優しくつつきながら、この子の為だ、と言った。

「大事な氏子だって認識見してもらわなきゃな」

脱衣所の扉が開き、スエ子さんが廊下に出てきた。

「こんなことなら着物の一つでも残しておけばよかったわ」

「大丈夫、清廉になってる。始めようか。大野木さんたちは、そっちの壁際で正座ね。赤ちゃんは抱っこしてて。まぁ、泣かない方がいいけど、口を覆ったりはしないでいいよ。そん時は俺がどうにかする」

左手で支えながら、スエ子さんを祭壇の前に置いた座布団へ座らせる。そして、その傍に千早君が膝立ちで座った。右眼の光が青い炎のように揺らめいている。

「どうすればいいの？」

「祝詞を唱えて。そうすれば、向こうからやってくるよ」

「もう祝詞なんて、大昔に何度か唱えただけだわ」

「大丈夫。さっきプリントしといたから」

「あら、ありがとう」

二人のやりとりを眺めながら、壁際で正座をしている私たちは不安が隠せなかった。

「ねぇ、うちのお婆ちゃんって別に神主でもなんでもなかったのよね。ただの氏子でしょ？　それなのに大丈夫なの？」

「ご心配はもっともですが、天津神《あまつかみ》であれば宮司《ぐうじ》は子孫でありましょうが、国津神《くにつかみ》や氏神であれば氏子の代表が務める場合も多いと聞きます」

「……ごめん。お兄さんの話、難しくて全然分かんないんだけど。とにかくお婆ちゃんで問題ないのよね？」

「はい」

私たちの会話を断ち切るように、大きく柏手の音が響いた。

「掛けまくも、かしこき荒御琴乃比売神よ」

スエ子さんが祝詞を口にした途端、陽射しが消えたかのように室内が瞬く間に暗くなっていく。重く、まとわりつくような空気に咳き込んだ。家中の電気が消え、窓の外が闇夜に包まれていく。

「来たぞ」

千早君の言葉とほぼ同時に、がこん、と音がした。玄関のドアの鍵が外れ、ぺたり、と誰かが入ってくるのを感じた。

「神社の御前を拝み奉りて、畏み畏みも白《まお》す」

深々とスエ子さんが頭を下げ、千早君も頭を下げるのを見て、慌てて私たちも低頭した。

ずるり、ずるり、と廊下を引き摺るようにしてやってきた人物を、こっそりと窺い見る。

血塗れの衣装を着た山伏が、力尽きたように部屋の入り口で崩れ落ちた。そして、重なるようにして立っていた黒い影が、祭壇の向こうへと移動していく。ぞわぞわとした言いようのない恐怖に、全身に鳥肌が立った。赤ん坊がぐずり始め、私たちは気が気ではなかったが、黒い影は特に何かするでもなく、祭壇の向こう側に辿り着いた。

「大神等の広き厚き御恵を、辱み奉り、荒ぶる御魂を仰ぎ畏み、直き正しき真心を持ちて、誠の道に違うことなく、負い持つ業に励ましめ給い」

ぐずぐずとした闇が立ち上がり、モヤのようなものが次第に晴れていく。

「家門高く、身健やかに、世の為人の為に尽くさしめ給えと、畏み畏みも白す」

不意に、空気が軽くなった。ぐずっていた赤ん坊もピタリと泣くのを止め、真っ直ぐに祭壇の向こうを見ているのが横目に分かった。私も顔を上げよう、そう思ったが、どういう訳か首が全く動かない。まるで見えない力に頭を押さえつけられているような、無言の圧迫があった。

そんな中で、スエ子さんが顔を上げた。

「この地に社を築き、代々その御霊をお慰め申し上げます。何卒、御加護を賜りますよう。伏してお願い申しあげる」

――然り

そんな言葉が、音に因《よ》らずに聞こえたような気がした。

不意に、それが私の隣、赤ん坊の前に立った。何か面白いものでも見えるのか、きゃっきゃっ、と楽しげに手足をばたつかせる様子が感じ取れる。

きっと、その手に触れたのだろう。そんな気がした。

そうして、前触れもなく気配が消える。

瞬きをすると、部屋の中は日常に戻っていた。まるで、ズレが戻ったかのようだった。

その場にいた誰もがぼんやりとする中、千早君だけがスエ子さんを支えたまま、大野木さん、と声を上げる。

「ぼうっとしない。ほら、救急車呼んで！」

「え、あ、はい！　今すぐ！」

　慌てて救急へ連絡し、至急一台寄越して貰えることになった。老山伏はあちこちに怪我はあるけれど、命に別状はなさそうだ。不思議なことに、血は全て止まり、殆ど治癒しかけているように見えた。顔色もよく、穏やかな呼吸を繰り返している。後から事情を説明すべきなのだろうが、これは一悶着ありそうだ。

「なんなの、今の。うわあ、鳥肌が凄いんだけどー。頭も上げられないし、なにあれー？」

　千早君がスエ子さんを支えながら、ゆっくりと椅子へ移動させると、彼女は堪え切れないように静かに涙を流していた。

「ごめんなさいね。こんなお婆ちゃんが泣くなんてみっともないでしょう。でもね、なんだかとても懐かしくて。あの頃、家族で参拝をしていた時のことを思い出してしまったの」

「立派だったよ。スエ子さん。ありがとう」

「いいえ、いいえ。こちらこそありがとうね。あなた方が来てくれなければ、此処はどうなっていたか。でも、本当にあなたは不思議な人ね。その眼は、いったい何処まで視えているのかしら」

　千早君はその問いには答えず、慰めるようにスエ子さんの背中を優しくさすった。

「今はたった三人の氏子だけど、きっと守ってくれるさ。特にそっちの曽孫はもうかなり気に入られているみたいだしな」

「もう恐ろしいことは起きないかしら」

「保証するよ。此処のオーナーに小さくてもいいから土地の一角に、新しく祠を作って貰えるよう話を通しておく。な？　大野木さん」

「はい。そのように取り計らいましょう」

吾妻さんなら、その辺りの経緯をきちんと説明しておけば難色を示すことはないだろう。不動産や工務店などの業界の方は、こういう話に敏感な方が割と多い。

きっと、かつてはもっと人と土地の繋がりというものが大切にされていたのだろう。だが、それらも時の移ろいと共に忘れられてしまった。そんな土地はあちこちにあるのだ。

「こうやって時の流れと共に変わっていくものも、沢山あるんでしょうね」

「そりゃあ、そうだろ。変わらないものなんかないさ。でも、だからってなくなるわけでもない」

不意に、どこから迷い込んだのか、一匹の蝶がゆらゆらと羽ばたいて窓の外へと飛んでいく。

見たこともない、美しい蝶だった。

青緑色の翅《はね》を優雅に動かし、どこか楽しげな様子で空の彼方へと消えていった。

晩夏

昔、山で奇妙な経験をした。

夏の終わり。山の麓から向かいの山の稜線へ沈んでいく夕陽を、目を細めて眺めていた。ひぐらしの鳴く声があちこちで重なるように響いて、うるさいほどだ。

この時間になると、なんとも寂しい気持ちになる。一日が終わってしまう、家へ帰らなければならない。でも帰りたくない。相反する気持ちが入り混じって、胸が一杯になってしまう。この感情の名前が俺には分からなかった。

さっきまで一緒に遊んでいた友人たちも、午後五時を知らせる時報を聞いて次々と家に帰ってしまった。我先にと去っていく彼らが、なんだか羨ましくて、恨めしい。

帰らないの、と背後から声をかけられた。

そう聞いてきたのは、一緒に遊んでいたうちの一人だった。

「帰りたくない。まだ遊んでいたい」

そっか、とそいつは告げて、俺の隣に腰を下ろした。田んぼを覆い尽くす稲穂の上を赤とんぼがじぐざぐに絵を描くように飛んでいる。

「お前はまだ帰らなくていいのかよ。あんまり遅くなると叱られるぞ」

大丈夫、とそいつは微笑んで、俺の手を取った。ひんやりとした白くて細い指だった。

遊びに行こうよ、と愛らしく笑う。

「でも、帰らないと」

母さんが可哀想だ。家に帰った時、誰も迎えてくれなければきっと悲しむし、心配するだろう。

ちょっとだけ、と手を強く引かれて、思わず立ち上がってしまった。

祭りがあるの、とそいつは言った。

「盆祭りならもうとっくに終わっただろ」

そう口にして、不意に疑問が浮かんだ。

「お前、盆祭りに来てた？」

行ってたよ、とそいつは怒ったように言って、お面を取り出した。それは舌を出した狐の面で、村の店で売っていた木彫りのものだ。

お面をしていたから、と言う。

「ああ。そっか」

なら仕方ない。お面の下が誰かなんて分からないのだから。

きみの分もあるよ、とそいつが取り出したのは、白い兎の面だった。長い耳がついていて、なんだか恥ずかしい気持ちになった。

「交換してくれよ。俺、そっちの方がいい」

ダメだよ、とそいつは頑として聞かない。

どこかで蛙が鳴いている。雨が近いのかもしれない。

「祭りなんてあるのかよ」

あるよ、とそいつは石段の上にある赤い鳥居の奥を指差す。

大人は来ることができない。子どもしか行くことのできないお祭り。美味しいものが沢山あって、誰も叱られたりしない平和なお祭りがある、とそいつは笑った。

行ってみたい、そう思った。

そいつが俺の手を引いて、石段をかけあがる。あれほどうるさかったひぐらしの鳴く声が、何処かへ遠ざかっていった。

お祭りが好きなんだ、とそいつが楽しげに笑う。木々の隙間から差し込む西日が、そいつの白い横顔を照らし上げた。汗の玉が頬を伝っていく。

頭の奥が、じんと痺れたようになって上手く考えがまとまらない。ただ胸の奥から湧き上がるような高揚感に思わず笑ってしまった。これから楽しい場所へ行くのだと思うと、嬉しくてしょうがない。

苔生した長い石段を進むにつれて、二つ目、三つ目の鳥居を潜る。

そいつはふわりと白い服の裾をはためかせて、軽やかに踊るように石段を登っていく。

どれほど登ったのか。いつの間にか水筒も虫籠も落としてしまっていた。

「待ってよ。速いよ」

早く、と急かすそいつを追いかけて、息を弾ませながら上へ上へと登っていく。

やがて、八つ目の鳥居を潜った辺りで、何処からか御囃子《おはやし》の音色が聞こえてきた。

今まで何度も友達みんなでこの小高い山は登ってきた。知らない場所はないというくらいに遊び回った。それなのに、こんな景色は見たことがない。

目の前に、露店が広がっている。赤提灯が連なって吊るされて、浴衣を着た人々が楽しそうに行き交っている。下駄を鳴らして歩く男の人が、鴉の面の下からチラリとこちらを見た。

頂上には、確か何か違うものがあったような気がする。

それなのに、どうしてもそれがなんなのか思い出せなかった。

俺たちはいつの間にか面をつけて、他の人たちと同じように祭りの中を歩いていた。

何か食べよう、とそいつが言って、実った稲穂のような色の髪を揺らす。

俺は頷いて、そいつに手を引かれるまま歩いた。

一緒に行こうよ、とそいつはこちらを見ないまま急に言い出した。

知っているよ。お母さん、よその人と結婚するんでしょう。そうしたらきみも村を出るんだ。二度と戻ってこない。みんなそうだった。出ていったら、もう戻ってこない。捨てたものを懐かしんだりしないんだ、とそいつは寂しげに言う。

「そんなことないよ」

そんなことある、と涙ぐんだ声で返してくる。

「今まで何度も遊んだだろ。川で魚を釣ったり、蛍を見たり、虫とりもやった」

友達だろ、と言った所で妙な違和感があった。

ぱっ、と繋いでいた手を解く。

名前。

そうだ。俺はこいつの名前を知らない。いつもみんなで遊んでいると、いつの間にか交じっていて。みんなが帰ってしまった後で、家に帰りたくない俺と二人で最後まで遊んでいた。

「みんなには見えない。声も聞こえていない。きみだけが、友達だった」

はっきりとした声になって、そいつの言葉が耳に届いた気がした。

顔を上げると、狐の面をつけたそいつが真っ直ぐに俺を見ていた。面の隙間から覗く、その瞳がお月様のように輝いている。

「一緒に行こう」

そう言って、俺に手を伸ばした瞬間だった。

わん、と犬の吠える大きな声がした。空気が揺れるような大きな声に思わず耳を塞ぐ。

ぐにゃり、と目の前が歪んだ。あちこちで悲鳴が聞こえて、そいつがこちらへ手を伸ばしたのが見える。

耐え切れなくなったように足元の地面の底が抜けて、身体が何処かへと落ちた。

上下の感覚が消えるのと同時に、俺の意識もまた暗い闇の中へ消えた。

べろり、と頬を誰かに舐められた。

目を開けると、大きな犬が俺のことを見下ろしているのが見える。

慌てて身を起こすと、殆ど陽が沈みかけた山の麓で横になっていた。

「大丈夫か」

ぼんやりとした頭で声の方を向くと、また顔を舐められた。しっかりしろ、とでも言うように何度も執拗に顔を舐め上げられる。

「おい。どうしてこんな場所で寝とるんだ」

椎葉《しいば》の爺さんが厳つい顔で唸るように言う。飼い犬と同じくらい恐ろしい顔をしているが、今はそんなことなどどうでもよかった。

「あいつは？」

「あいつ？」

必死に思い出そうとするが、あいつの顔も、特徴も、何一つ言葉にすることができない。

「あれ？」

「こがんな時間まで外で遊びよったらいかんぞ。ここん山は本当なら子どもが遊び場にしていいような場所やねぇ。神隠しに遭うたらどうするんじゃ」

呆然とする俺の背中を、爺さんが叩く。

「しっかりせぇ。立って我が足で歩かんか」

俺はもう何がなんだか分からなくなって、声を殺して泣いた。

恐ろしかったからじゃない。もう二度と会えない。そんな気がしたからだ。

そして、その予感は的中した。

あいつが言っていたように、まもなく母が町に住む男と再婚することになり、新年を迎えるよりも早く村を出ていくことになった。

あれから何度もあの場所を訪れようとしたが、二つ目の鳥居を見つけることはおろか、一つ目の鳥居を潜ることさえ叶わなかった。
まるで、あいつに拒絶されているようだった。

○

額から流れ落ちる汗をハンカチで拭い、灼熱の日差しから逃れるようにコンビニへ飛び込む。

営業として、この屋敷町のエリアを担当するようになって三年、流石に仕事にも慣れてきたが、どうにもこの季節は苦手だ。屋敷町はビル街に比べれば幾分か涼しいが、とにかく観光客が多い。学生の夏休みに重なると一気に増える。人が楽しそうに遊んでいるのを横目に仕事をするのは、とにかく労働意欲が湧かない。

クーラーの恩恵を感謝しながら、アイス珈琲を冷蔵庫の棚から取り出す。社会に出たばかりの頃には無糖の珈琲なんてとても無理だったが、最近は無糖でないと飲めなくなってしまった。どこの会社に営業に行っても出てくるのは珈琲ばかりだ。商談の最中にシロップや砂糖を入れるような余裕はない。飲み残すのは失礼だからと無理矢理流し込んでいるうちに慣れてしまった。

レジで会計を終わらせた瞬間、見計ったようなタイミングで携帯電話が震えた。殆ど反射的に通話ボタンを押す。

「はい。もしもし」

『おお、悪いな。昼休み時に』

「いえ、大丈夫です。部長、何かありましたか？」

肩に携帯電話を挟みながら、ポケットに財布をしまう。慌てて出入り口まで小走りで向かいながらなるべく小声で話した。

『いや、明日は休みだろう、お前。今年はお袋さんの初盆だったのを思い出してな。今年くらい長期休暇を取っていいんだぞ。墓参りぐらいしてきたらどうだ？』

母は昨年、還暦を目前にして病に倒れて亡くなった。あの再婚した男は、見かけがよく最初こそ優しかったが、化けの皮が剥がれるとそこにいたのは飲む打つ買うの三拍子が揃った最低な男だった。家の中は荒れに荒れ、結局、数年のうちに離婚した。母はその後、一人息子の俺を女手一つで育ててくれたが、長年の無理は確実に身体を蝕んでいた。ようやく親孝行ができると思った矢先、体調を崩してあっという間に亡くなってしまった。

「構わないですよ。仕事は好きですから」

『そういうことじゃないんだよ。とにかく休め。お前が休まないと、他の連中も仏事に休みが取りにくくなる。十日間くれてやるから、好きなことをしてこい』

「分かりました。では、有り難く」

『おう。今日もな、そのまま直帰していいぞ。どうせ有給も余ってるんだ。今月のノルマもクリアしているんだから、気兼ねなく休め』

いつも馬鹿のように厳しい部長だが、こういうことには案外気が回るらしい。

コンビニとの気温差で余計に暑さが肌を刺す。少しでも暑気から逃れようと路地裏へと飛び込むと、思いのほか涼しい。そういえばこの辺りの店はノーマークだった。案外、こういう場所に新たな顧客が見つかるかもしれない。

珈琲を口にしながら奥へと進んでいく。

「さて、どうしたものかな」

部長はああ言ってくれたが、母の遺言で墓は作らずに納骨堂に納めてもらった。その納骨堂もつい先日行ったばかりだ。お寺の住職は毎日供養をすると言ってくれていたが、どうだろうか。母はそもそも信仰心のない人だったから、案外お寺に入れたことを聞いたら怒るかもしれない。散骨してしまえ、と言ったかもしれないが、手を合わせる場所がないのは不便だ。

天涯孤独。今更な話だが、これは中々にこたえるものがある。

大学生の頃から付き合っていた彼女もいたが、どうしても頭から離れてくれない誰かさんのせいで、恋人以上の関係を想像できないまま社会に出て、忙しさにかまけて疎遠になり呆気なくフラれてしまった。それからなりゆきで恋人ができたこともあったが、やはり上手くいかなかった。問題も責任も全て自分にあると分かっているが、これればかりはどうにもならない。

名前はおろか、顔さえ碌に思い出せないというのに、未練がましいことこの上ない。

「馬鹿だな。こんな歳になっても」

独りごちると、不意に広い空間へと出た。それなりに屋敷町の地図は頭に叩き込んでいる筈だが、こんな場所がはたしてあっただろうか。

そこには一軒の古い木造の家があり、どうやら店舗のようらしい。何処か周囲は薄暗く、夏の陽射しは一切届いてこない。

「なんの店なんだ、これ」

うちの商材は飲食店に卸すものばかりだ。顧客にはなり得ないが、どうにも気にかかる。よく見ればガラス戸に一枚の紙が無造作に貼られていて、そこには毛筆で夜行堂と書かれていた。

磨りガラスの向こうの店内へ視線を投げると、仄かに中が明るい。とりあえずは営業中ということらしい。

「これも仕事だ。いや、完全に好奇心だな」

戸を引いて中へ入ってみると、外から見ていたよりも幾らか広く感じられた。薄暗い店内を仄かに照らし上げるように、天井のあちこちから裸電球が吊るされている。店内に乱雑に並べられた商品らしきものはどれも古い道具ばかりだった。古道具屋だろうか。

「やぁ、いらっしゃい」

店の奥から若い女性の声がした。

暗がりからやってきたのは細身の女性で、肩にカーディガンを羽織り、口には時代錯誤な煙管を咥えている。年齢は俺よりも少し上くらいか。綺麗な顔立ちをしているが、何処か底の知れない人物という感じがした。

「こんにちは。すいません、声もかけずに」

「構わないよ。うちと縁のある人間なら歓迎するとも」

「すごい商品の数ですね」

「ああ。骨董店だからね。特に曰く付きのものばかりを扱っているせいか、どうしても集まり易いのだろう」

曰く付きというのは穏やかではない。仮にも客商売だ。そんな気味の悪いことを言えば商売に差し障るだろうに。

「君も縁があって此処へ来たんだ。君を主人にと選ぶものがあるのかもしれない。此処には過去も未来も紛れ込む。どうぞ、ゆっくり見ていくといい」

不思議な雰囲気を持つ女性だ。ここは彼女の店なのだろうか。悠然とした態度といい、まさに主人という威厳がある。

何か適当に安いものでも買って帰ろうか、と周囲に目を走らせて、すぐにそれに釘付けになった。壁の柱にかけられた兎の面。それは間違いなく、あの日、あの夜祭りで俺が被ったものだった。

駆け寄って震える手で面を手に取ると、記憶の中にあるものに間違いない。紐の通してある部分の変色もそのままだ。

「どうして。これが、こんな所にあるんだ」

「気に入るものがあったかい？」

「教えてください。これは誰が店へ持ち込んだのですか？　いったい何処のどなたが。いや、その人は今何処にいますか？　一番最近、ここへやってきたのは？」

詰め寄る俺の顔に、店主がふぅーっと煙を吐いた。甘く香るそれを正面から吸ってしまい、思わず咳き込む。

「落ち着きなさい。先に言っておくけど、これは誰かが持ち込んだものではないよ。ある日、気がついたらあの柱にかかっていたんだ」

嘘じゃない、と彼女は困ったように肩をすくめる。

「どういうことですか」

「人を運び手に選んでやってくるものもあるがね。これは少しばかり出自が違うようだ。他でもない、君に手に取って貰う為に自ら店へやってきた。いや、きっと初めて触れた時から他ならぬ君を持ち主に選んだのだろう」

店主はそう言って薄く笑むと、紫煙を天井に向かって細く吐いた。煙は渦を巻くと、揺蕩《たゆた》うように滞留してゆっくりと広がりながら床へと落ちていく。

「買います。お幾らですか。値札がついていないようですが」

「持っていって構わないよ。どうせ他の人間には価値のないものだからね」

「そういう訳にはいかない。恵んでもらう理由はないんだ」

俺は財布の中にあった全ての紙幣と硬貨を掴み取って、傍の棚の上に置いた。

「持ち合わせで足りなければ、すぐに持ってきます。その代わり、他の人間には決して渡さないでください」

「いいや、充分だよ」

持っていくといい、と店主が手を振ったので、面を手にすぐに踵を返した。

店を出る間際、店主が上機嫌に硬貨を口の中へ放り込んでいるように見えたが、きっと俺の気のせいだろう。

○

その日、自宅のアパートへ戻ってから兎の面をぼんやりと眺めて過ごした。あの日、あいつと共に露店を回った記憶が鮮明に蘇るようだった。

「なんで兎なんだよ」

苦笑しながら面の縁を指でなぞる。どうしてこの面があの骨董店にあったかなど、そんなことはもうどうでも良かった。今、このタイミングに自分の元へ来たことに何か意味があるように思えてならない。

昔から時折、言いようのない焦燥感に駆られることがあった。何か大切なことを忘れているような、自分がいるべき場所は此処ではないような気がしてならなかった。これまではそんなものは辛い現実から逃れようとしているだけだと己を叱咤していたが、今ならその感覚の正体が分かるような気がした。

戻りたくても戻れない瞬間に、自分は焦がれているのだと分かってしまった。

これが最後の機会なのだと思う。

予感がある。選択を先延ばしにすれば、きっとこの面は俺の手元から消えてなくなるだろう。あの店に忽然と現れたように、忽然と姿を消すに違いない。そうなれば二度とこの手に戻らない。

他の誰でもない、自分自身で決めなければいけない。

社会人となってからは友人たちとは疎遠で、恋人もいない。唯一の肉親だった母が死んで俺は独りきりになった。誰とも縁のない俺に残された、たった一つの縁が今こうして目の前に現れたような気がした。

それが何を意味するのか分からないほど、もう子どもではない。選択には責任が付き纏い、それを背負うのは自身以外にあり得ないのだ。こんな筈ではなかった、と嘆くのは背負う覚悟ができていなかったからだ。

「それにしたってキツいよな」

面を片手に掃き出し窓を開けて、サンダルを履いてベランダへと出ると、夏の匂いがした。小さな丘の途中に建っているおかげで、ベランダからの夜景は悪くない。あちこちの家の明かりが眩しい。どの家にも賑わいがあり、家庭があり、恋人がおり、友人たちとの集いがあるのだろう。

町は騒がしく、静寂とは程遠い。どこもかしこも人ばかりで、うんざりするほどだ。結局、俺はそういう人たちと縁を繋げなかったように思う。過去を忘れて生きることができなかった。

こうして兎の面を眺めてみると、なんだか不安げな顔をしているような気がした。

「子どもの頃の俺に似てるような気もするな」

ようやく覚悟が決まった。あちこちに迷惑をかけることになるが、それも仕方のないことだと飲み込む。「立つ鳥、あとを濁さず」という言葉があるが、人知れず消えることになるので許して欲しい。

「最後に墓参りくらい行っておくか」

ついでに部屋の片付けくらいしておこうか、と思ったが、いつもと何一つ変えないまま去ろうと決めた。どうせ帰りを待つ人などいないが、この部屋を見に来た誰かから身の回りの整理をしてから失踪したのだと思われるのは癪だ。唐突に行方不明になったという方が同情を引くかもしれない。

「……未練だな」

なかなか寝つくことができずに、ただなんとなくぼんやりとしているうちに東の空が白んできた。あちこちで人々が一日の始まりを迎えて、それぞれの日常へと出発する音に耳をすませながらベッドへ横になる。

夏の早朝独特の爽やかな青い風を感じながら瞼を閉じると、信じられないほど穏やかな気持ちで眠りにつくことができた。今まで感じてきた孤独や不安など一切ない眠りは、いったい何年ぶりだろう。

結局、寝苦しさで目が覚めた。時計へ目をやると、昼を少し回ったくらい。

身体を起こして冷蔵庫の中からミネラルウォーターのペットボトルを取り出して、半分ほど一気に飲み干す。それから冷たいシャワーを頭から浴びて熱で茹で上がった身体を冷ましていった。

シャワーを終えてから簡単に身支度を整える。チノパンにシャツというラフな格好で、小さめの鞄一つがあれば充分だ。兎の面と財布だけを入れて、携帯電話と身分証明書はベッドの枕元に置いておくことにした。

アパートの部屋を出る間際、いってきます、という言葉が自然と口をついた。

誰もいない部屋に別れを告げるのは奇妙だが、不思議と気持ちが軽くなったような気がする。ドアに鍵をかけて、郵便受けから部屋の中へ鍵を放り込んだ。

手で日差しを遮りながら通路から外を眺めると、陽炎《かげろう》に揺れる道路が見える。今日もきっと暑くなるだろう。

自宅からバス乗り場へ向かい、停留所の屋根の陰へ逃れて汗を拭った。そうして舟落《ふなおち》行きのバスがやってくるのを待っていたが、幾ら待っても一向にやってくる気配がない。他の乗客たちも苛立った様子で待っていると、ようやくやってくるのが見えた。

心なしか慌てた様子でバスが停留所の前へ止まると、我先にと乗客が乗り込んでいく。最後に乗り込んだ俺が吊り輪に掴まったところで、そそくさと発進した。

六つ目のバス停を出発して暫くすると、アナウンスが流れる。次は野瀬《のせ》である。停車ボタンを押して、財布から小銭を用意して握り締めた。

『野瀬です。お降りのお客様は足元にご注意ください』

野瀬のバス停は小さな青いベンチがあるだけの簡素なもので、おまけに小高い山へ続く坂道の途中にあるので降りる人を見かけることは殆どなかった。周囲に見えるのは棚田が幾つかと、朽ちかけた古い民家が数軒だけ。

坂道を暫く登っていくと、雑木林の向こうに山門が見えた。その先に見える本堂を目指して山門へ続く石段を一歩ずつ進んでいく。蝉の声がうるさいが、木々の間はかなり涼しい。山から吹き下ろす風がひんやりと心地よかった。

山泉寺《さんぜんじ》の境内には納骨堂がある。お世辞にも綺麗とは言えないが、それでも朝晩にお経があがるというので有り難い。入り口を開けて中の照明を点けると、ロッカーのようなものが隙間なく埋まり、そのそれぞれに位牌と骨壺を置くスペースが設けられている。多少のお供物なら持ってこられるが、蝋燭を灯すのは火事の原因になるので禁止されていた。

スリッパに履き替えて母の所へ行くと、何故か位牌と骨壺がない。

「なんで」

思わず檀家料を払い損ねたかと思ったが、つい先日初盆の法要をして貰ったばかりだ。

「もしかしたら」

納骨堂を出て本堂の方へ向かってみると、ちょうど本堂へ向かう様子のお坊さんを見つけた。恰幅のいい男性で名前を正順《せいじゅん》さんという。同年代の若いお坊さんだが、お経が上手く、愛想が良いので檀家さんに好かれていると聞く。

「こんにちは」

声をかけると、向こうもこちらに気がついたようで会釈を返した。

「ああ、こんにちは。三芳《みよし》さん。お参りですか？」

「ええ。少し長い出張に行くことになりまして」

「そうでしたか。それは大変ですね。いつ頃、こちらにお戻りに？」

「分かりません。いつになるか」

「お母様のご遺骨はきちんとご供養しておりますから、ご安心ください。住職なら本堂の方におりますよ」

ありがとうございます、と深く頭を下げる。俺が此処へやってくることは二度とない。永代供養をお願いしているので心配はいらないが、それでもこの先のことを任せて音信不通になることを考えると申し訳ない気持ちになった。

本堂の中を窺い見ると、ご本尊の前に組まれた棚に位牌を一つずつ並べている住職を見つけた。歳は七十を超えているが、老いた印象がまるでない。

「ご住職」

こちらへ振り返ると、温和に微笑んで深々と頭を下げる。袈裟を着ていない姿を見るのは初めてだ。いつも法要の時にしか顔を合わせないので、少し印象が違って見える。何処にでもいるお年寄りという感じがした。

「ご無沙汰しております」

「ふふ、つい先日お会いしたばかりでしょう。ちょうどお母上のご位牌を並べておりました」

初盆の法要も終わったばかりなのに、何か仏事があっただろうか。

「当寺では毎月、本堂にてお経を読ませて頂いておりましてな。こうして一つずつ埃を払って並べるのですが、これが中々に重労働で」

「ありがとうございます」

「大切な御務めです。ええと、三芳さんのご位牌は確かまだ並べておりませんから、そちらに」

広げられた敷布の上に置かれた母の位牌をすぐに見つけることができたのは、自分でも不思議だった。他の位牌に比べたら酷く簡素なそれだ。白木の位牌でないだけマシだが、もう少し良い位牌を用意してやれたら良かった。

「お母様は幸せ者でいらっしゃる。息子さんがこうして足繁く来てくれるのですから」

「たまたま仏事が重なっていただけです。何をしていいのかも分かりませんでしたし、本当にお世話になりました」

山泉寺のご住職から事細かく教えて貰えなければ、俺は母の遺骨を今も部屋に置いたままにしていたかもしれない。

「正順との会話が聞こえておりました。遠くへ出張なさるとか」

「はい。なので墓参りをしておこうと思いまして」

「そうでしたか。どちらへ？」

「……遠くです。その、凄く遠くて」

具体的な言い訳など何も考えてこなかったのが仇《あだ》になった。せめて地名くらいすぐに答えられないと奇妙に思われてしまう。

どう取り繕おうか迷っていると、住職は特に理由を聞くでもなく、そうですか、とだけ短く応えた。怪訝に思っている風でもなく、ただそのまま受け止めてくれたような物言いに少しだけ気持ちが軽くなったような気がした。

「いつ戻れるか。いえ、戻ってこられないかもしれません」

住職は穏やかな表情で頷いて、大丈夫ですよ、と言う。

「それが考え抜いてのご決断ならば存分になさると良いでしょう。ご遺骨は当寺にてご供養致しますから心配は要りません。貴方が何処へ行こうとも、お母様はきっと背中を押してくださいますよ」

「……そうでしょうか」

「そうですとも」

「……俺は、この期に及んでまだ悩んでいるのかもしれません。もう決めた筈なのに、これで良いのかと立ち止まろうとしている自分がいるんです。もしかしたら俺の選択は間違っているのかもしれない。思い出に取り憑かれて、袖を引かれているだけなのかもしれない。だって、冷静に考えたらそんな筈はないって分かるのに」

あの日の続きが始まったような、そんな気がしてならないのに、どうしても立ち止まろうとしている自分がいる。正しいのだろうか、と思案する度に足が止まるのだ。

「ふむ。残念ながら拙僧には三芳さんの置かれている状況は分かりません。たとえ、話をしっかりと伺ったとしても、お気持ちを察することはできても、完全に理解することはできないでしょう。私は貴方ではないし、貴方は私ではないのですから。人と人は完全に分かり合うことはできないのです」

「……そうですね。仰る通りです」

「問題は貴方が何を望んでいるかということ。物事の正否など結果を見てみなければ分からないものです。誰にも未来を知ることは叶いません。御仏の他には」

「では、私はどうすべきでしょうか？」

「そうですね、初めに申し上げましたように存分になさるが宜しい。欲することを成せばよい。貴方が何を望むのか。何を手に入れたいと願うのか。それこそが肝要です」

住職は穏やかに、しかし力強くそう言うと位牌を私の手からそっと預かった。

「故人のことは拙僧に任せ、何処なりとも好きな場所で健やかにいてくだされば良いのです。いずれまた何処かでお会いすることもありましょう」

最後のからりとした笑い方が、母のそれに似ていて思わず涙ぐむ。母もそう言ってくれるだろうか。いや、そうであればどれほどいいだろう。

「母のことを宜しくお願い致します」

「ええ。永代に亘って御供養致しましょう」

私は床に額がつくほど深く頭を下げてから、山泉寺を後にした。

気がかりでずっと心に突き立っていた楔《くさび》が、ようやく抜けたような思いがした。

母のことを任せて正解だった。少なくとも、あの住職であれば母のことを蔑ろにすることはないだろう。

○

それからまたバスに乗って駅へと向かい、電車に飛び乗った。新屋敷の駅で乗り換えて、新幹線のチケットを購入する。それから二時間、新幹線の座席から後方へ流れていく景色を眺めて過ごしたが、もう追い立てられるような焦燥感は覚えなかった。

目的地の最寄り駅へ着いてすぐにタクシーに乗り込む。行き先を告げると随分遠いと驚かれたが、いくらかかるかなど、もはやどうでもいい。あの生まれ育った村へ辿り着いたのは夕暮れが差し迫る頃だった。

あちこちの家から白い煙が旗のように高く昇っていくのが見える。炊事の煙ではない。今日は盆の最終日。送り火を焚いているのだ。先祖が迷わず山へ帰っていけるように、この辺りでは必ず迎え火と送り火を焚くのが習わしだ。

見れば、それぞれの家の前で焙烙に火を焚いて煙を上げている。穏やかに合掌する姿があった。

あのまま、この村で生きていれば自分もああして送り火を焚いていただろうか。

あの日の出来事など忘れて、何処かの誰かと結婚して所帯を持ち、子どもに囲まれている未来があったかもしれない。

だが、それがどうしたというのか。可能性という言葉を無限定に用いても、現実の自分が虚しくなるだけだ。

結局のところ、俺はあの日からこうなることを心の何処かで望んでいたのだろう。

ただ真っ直ぐに、あの山の麓へと向かっていく。

途中、何度か村人と視線が合ったが、誰も俺のことなど覚えていないようだった。当然だ。俺もあの頃の友人たちとすれ違っても、気づくことはないだろう。

俺にとって、此処はもう故郷ではないのかもしれない。村人にとって、俺が他所者であるように。今の村は俺が育った頃の村ではないのだから。

麓の空き地で料金を払い、あの兎の面だけを手に車を降りた。

夕暮れに染まった地面に、自分の影が長く伸びていた。日没まであとどれほど猶予があるだろう。

石段を登っていくと、やがて一つ目の鳥居を見つけて、兎の面を顔に被る。子どもの頃に被っていたものだというのに、まるで設えたように成長した俺の顔にぴったりだった。

「さぁ、頼むぞ。俺を連れていってくれ」

願うような思いで勾配のきつい石段を懸命に登っていくと、二つ目の鳥居が見えた。

木立の向こうに、陽が沈んでいくのが見える。日没までもう時間がない。

さらに石段を必死に駆け登り、三つ目、四つ目と鳥居を潜っていく。そうして駆けていくうちに、もう鳥居の数を数える余裕さえなくなった。滝のような汗を流しながら、棒のように重たく言うことを聞かない脚を持ち上げて登り続ける。息をする度に、火のついた炭のごとく全身が燃えるように熱かった。

ようやく頂上に辿り着く頃には、膝が震えて立っていられず、思わず一番上の石段に倒れ込むように横になった。どうにか仰向けになってシャツのボタンを外し、ゼェゼェと息を吐く。

こんな面をつけているせいで余計に苦しいのだろうが、これだけは外す訳にはいかなかった。

ようやく息を整えて立ち上がると、僅かな木々に囲まれた小さな空間の中央に古びた祠を見つけた。狛犬ならぬ、狛狐が二匹、左右に控えている。こちらに向かって頭を垂れているのがなんとも珍しい。

あの夜祭りの時とは、まるで様子が違う。

不意に、背後から俺の名前を呼ばれたような気がした。

振り返ったそこには、狐の面をつけたあいつが立っていた。子どもの頃の幼い姿ではない。西日を背にしているので表情までは判然としないが、あの稲穂のように美しい髪は見間違えようがなかった。

「もう若くないな。ここまで走ってきただけで死にそうだ」

そんなことない、とあいつは首を横に振る。その儚げな表情に胸が締めつけられた。僅かに面をずらして見ると、案の定、面を通していなければ姿が見えない。やはり人ではなかったのだな、と今更ながら合点がいった。

「この面がないと、俺にはもうお前が見えないんだ。母さんの再婚を知った後、何度も会いに行ったんだよ。でも、お前のことが見えなくなっていたんだな。ずっとお前はいたんだろう？　気づかなくて、ごめん」

なんで戻ってきたの、と怒りの滲んだ声で問われる。

「一緒に行こうって誘ってきたのは、そっちじゃないか。忘れたなんて言わせないぞ。俺はもう何もかも放り出して此処へ来たんだ」

お互い大人になった。かつてのようにはいかない。

あちらに行くことが何を意味するのか、分からないほど子どもではない。幼い子どもなら行き来することもできようが、大人となった自分にとってこれは片道切符の旅となる。

今度は戻れないよ、と確かめるように告げられた。

茜色の空に、紫紺の色が滲むように広がっていく。黄昏の時間が終わり、これから夜がやってくる。この曖昧な時間が過ぎれば、もう二度と逢えないだろう。そんな確信じみた予感があった。そうなれば、俺はこの先の人生を後悔と共に歩むことになるだろう。

どうか、と願わずにいられなかったものが、今こうして目の前に立っている。

立ち上がり、あの日掴めなかった白い手を取った。

「悔いはない。もう他のものは何もいらないんだ」

仕事のことも、鬼籍に入った母も。こちらにある何もかもが遠ざかっていくのを感じた。

俺の手に、ゆっくりと掌が重なっていく。柔らかな指が絡んだ。

その瞬間、互いの面の紐が溶けるように解けた。

やはり、最期の瞬間まで後悔はなかった。

からん、と二つの面が地面の上に無造作に落ちて転がる。

夕陽が西の山の稜線に没して、辺りが夜へと滲んでいった。

〇

翌日、眩い朝日が東の空に昇って暫くした頃、山の頂上に一人の若者が息を切らしながらやってきた。息も絶え絶えだが、そのまま尻餅をつくようなことはない。

片腕のない彼は酷い悪態を一つ吐くと、ゼェゼェと苦しげに息をしながら辺りを見渡して、すぐにそれを見つけた。

石畳の上に落ちた二つの獣面。狐と兎。珍しい組み合わせだが、彼は少しだけ怪訝そうな顔をして、肩に斜めにかけた鞄へ面を入れると、ため息を一つこぼした。

「やっぱりこうなったか。遅かれ早かれ、結果は変わらなかったろうな」

彼はそれだけ言うと、祠に向かって小さく一礼した。財布から小銭を一掴み取り出して、小さな賽銭箱へ落とす。その様子を二匹の狛狐が座ったままジッと見ていた。

「御祝儀には足りないって？　そう睨むなよ。俺だって使いで来ただけだ」

隻腕で打てない柏手の代わりに、深く叩頭《こうとう》する。

それから踵を返して階段まで歩いていき、ぐっと大きく身体を伸ばすと、軽やかな様子で石段を駆け降り始めた。軽々な足音が朝焼けの空に響く。

やがて雲一つない晩夏の空に、にわかに雨が降り始めた。雨粒が朝日を弾いて虹が差す。

天気雨。あるいは狐の嫁入りと、人は呼ぶ。

嗚咽

時給二千五百円。知り合いから引き継いだ不動産屋の高額アルバイト。眉唾ものだと分かってはいたけれど、背に腹は代えられない。貧乏学生の自分は、仕事を選り好みできるような立場でもない。地獄で暮らしていれば、目の前に垂れてきた蜘蛛の糸を掴むなというのは無理な話だ。

バイト初日、先方から指定された物件へ朝から出向いて、電気メーターの陰に貼りつけられた合鍵を借りる。こんな適当な場所でいいのかな、とも思うが、こういう業界ではよくあることなのかもしれない。

郊外の古い一軒家。ここで朝九時から一昼夜、留守番をしているだけでいいらしい。食料に水、それと暇潰しの道具だけは忘れるな、と紹介してくれた知り合いは言っていた。事実、この日は一日中スマホゲームをしたり、本を読んだりして終わった。

翌日、定時になったので不動産屋へ電話をすると、誰か来たか？ と聞かれたので、正直に誰も来ませんでした、と答えた。

『ご苦労様。入金は今済ませたから、次もよろしく』

電話を切り、スマホでネット口座を調べてみるときちんと入金されている。こんなに楽して大金が得られるなんて。今までのアルバイトはいったいなんだったのか。

その日は帰りに焼肉屋に寄って帰った。実に半年ぶりの焼肉とビールは、涙が出るほど美味だった。

○

そのアルバイトはだいたい月に三回、拘束時間こそ長いものの、特にやることもない。留守番をする物件も毎回変わるが、仮に遠方であっても交通費も満額支給されるので、どうということもなかった。

留守番をさせられる家はだいたいが一軒家だったが、稀にアパートやマンション、寂れた団地なんてこともある。やることは変わらない。家の中の家具も残っていたり、いなかったりした。

仕事は楽な方がいい。とはいえ、退屈すぎるのも身体に毒だ。知り合いが辞めてしまったのも、きっとそういうことだろう。楽しい仕事じゃないよ、と彼も言っていた。

その日は、近衛湖疏水《このえこそすい》から程近い古い屋敷で留守番をすることになった。初めて来たが、屋敷町というのはちょっとした観光地のようで、史跡や古い家屋が残る町らしい。この屋敷も元は武家の家らしく、中庭や古い土蔵があった。庭の椿《つばき》がすっかり落ちて、冷たい土の上にゴロゴロと転がっている様が、どこか不気味だった。

電気も通っていないので灯りも点けられない家の中は暗く、外が雨模様なのも手伝って陰鬱としている。いつもなら特に気にしないような微かな物音も、今日ばかりはやけに響いて聞こえた。

屋敷の中には、まだ家具らしきものが残っているようだったが、布を被せてあるのでよく分からない。なんだか気味が悪いので、中庭に面した縁側で横になって過ごすことにした。

昼を回った辺りで、とうとう雨が降り始めた。屋敷の中はますます昏《くら》くなり、雨音に交じって囁き声のような幻聴が聞こえる。勿論、気の所為だ。不安に感じているから、ちょっとしたことが恐ろしくなるのだと自分に言い聞かせた。

しとしと、と降り続ける雨音と、屋敷の只ならぬ空気も相まって、とてもヘッドホンをしてゲームに没頭するような気持ちにはなれない。柱の陰や、天袋の隙間、沓脱の向こうに何かが息を潜めて蹲っているような気がしてしょうがない。

昼食を摂る気にもなれず、持ってきた本の内容に目を通す。しかし、大好きな作家の新作さえ、目で文章を追うだけで一向に内容が頭の中へ入ってこない。

見られている気がする。視線を感じるだなんて馬鹿馬鹿しいと思うが、本当に肌に刺すようなそれがあるのだ。

柱にかかった古い時計の秒針の音が、やけに大きく聞こえる。おまけに叫びたくなるほど時間が過ぎるのが遅い。まるで引き延ばされたみたいに、ゆっくりと感じられてしょうがなかった。

その時だった。叫び声が屋敷中に響き渡る。しかし、それはすぐに電話のベルの音だと気がついた。慌てて音の出所を探すけれど、なかなか見つからず、ようやく箪笥の中へと伸びる電話線を見つけて引き出しを開けると、中からレトロな黒電話が出てきた。けたたましく鳴り響く音をどうにかしたい一心で、受話器を取る。

「ええと、もしもし？」

受話器の向こう側で、息を呑むような音が聞こえた。

『……おい、誰かいるぞ。大野木さん』

若い、自分とあまり歳の変わらないくらいの男の声が、一緒にいる誰かに声をかけたのが分かる。

「あの、もしもし。どなたですか？」

『誰でもいい。とにかくすぐにそこを出ろ！　一番近い出口まで走って、敷地の外に出るんだ！　いいか、絶対だぞ！　俺たちもすぐに行くから走れ！』

殺されるぞ、とだけ告げて電話が切れる。失礼な奴だ、と思って、ふと足元を見ると電話線が切れて転がっていた。手に取ってみると、鋭利な刃物で切ったような断面をしている。

「なんなんだよ、いったい……」

無視できないほどの切迫した声音が耳に残る。現代っ子だと馬鹿にされることも多いけれど、これだけは分かる。何か得体の知れない事が起きている、これまでの人生で経験したことのない、何かだ。仕事は大事だけど、身の安全には代えられない。荷物だけまとめてさっさとお暇しようと縁側に戻ろうとした足が止まった。

何気なく向けた視線の先、中庭の向こう、生垣の上から何かがこちらを覗き込んでいるのが見えた。妙に縦に長い頭、雨に濡れて縮れた頭髪、背丈は二メートル以上ある。

見えていないふりをして、鞄に荷物を入れていく。視界の端で相変わらず、それがこちらを覗き込んでいるのが分かり、腹の底に鉛のような恐ろしさが落ちていくのを感じた。

いつの間にか携帯が圏外になっている。とにかく逃げないと。

荷物を手に勝手口を探す。古い家なのだから、玄関の他にも出入り口はある筈だ。

廊下を台所の方へ進んでいると、左手に玄関が見えた。曇りガラスの引き戸、その向こうに誰かが立っている。傘を差して、玄関の戸の前で微動だにしない。

先ほどの其れとはまた別のモノだ。そう思った瞬間、息をするのも忘れた。

『ごめんください』

罅割れた声に、背筋が粟立つ。声の高さもバラバラ、抑揚も何もあったものじゃない。何人もの人間の声を切り裂いて、つぎはぎにしてみたら、きっとこんな声になるのだろう。

『入れてください。ナカに。ナカに。ナカに。ナカに』

悲鳴が漏れないよう口を手で押さえて、廊下へ後ずさる。鼻をつく生臭い匂いがどこからともなく漂ってくるのを感じた。視線を廊下の奥へ向けると、赤い着物を着た小さな女の子がさっと横切っていくのが見える。長い黒髪をした女の子だった。

とにかく身を隠したくて、台所にあるテーブルの下へ潜り込んだ。ガチガチと歯の根が合わずに音を立てる。蹲ってから、もう逃げられないと、遅まきながら悟った。

縋りつくような思いでスマホを開いてみると、僅かにアンテナの表示がついている。とにかく助けて欲しくて不動産屋に電話をかけることにした。

『もしもし』

「あ、あの！　変なのが出るんです！　助けてください！」

『あー、そっかそっか。そっちに出たのか。了解、了解。ありがとう。まだ定時じゃないけど、もう帰っていいよ。入金もすぐにしておくから』

「は？」

『いや、だからお疲れ様』

「そうじゃなくて！　ありがとうじゃねぇだろ。なんなんだよ、これ。化け物ばっかかりいるんだ。囲まれてるんだよ。助けを寄越してくれよ！」

電話の向こうで相手が深いため息をついたのが分かった。

『君ね、契約書にサインしただろう。取り決めの内容に目を通さなかったのか？』

「あんな長い文章、読んでねぇよ！」

『それはこちらの落ち度じゃない。君のような者ばかりでは助かるけどね、老婆心で言わせて貰うと内容も理解していない書類に安易にサインすべきじゃない。時給が破格だと思っただろう。当然、相応の何かがあると考えるべきじゃないか』

「騙したのか。アンタ、訴えてやる。絶対、訴えてやるからな！」

いつの間にか泣きながら相手を糾弾していた。

『君にはもう関係ないだろうが、世の中の不動産にはね、訳あり物件というものがあるんだ。そこに大切なお客様を入居させてしまったらどうなるね。我が社の評判はガタ落ちだ。人の噂というのは馬鹿にできないからね。だが、その噂の真偽をどうやって確かめるか、それが問題だったんだ』

「それが、このアルバイト？」

『ご明察。命に関わるような恐ろしい物件なら、一日もいれば充分だよ。必ず何かがある。まず無事には帰れない。わざわざ事故物件として貸し出す必要さえないんだよ』

経費の無駄だ、と淡々とした口調で男が言う。罪悪感はおろか、何一つ悪いと感じていない声だった。

「俺、どうしたら……」

『知らんよ。有事の際の免責事項に目を通していない君の落ち度だ』

そこで通話が終わった。茫然と画面を見ると、液晶が壊れたのか、見たこともないような文字で画面が埋め尽くされていた。

「うわああ、うわああ！」

誰かが悲鳴をあげていると思ったら、自分の口から出ていた。気が狂ったように叫び続ける自分を、客観的に眺めているようで、とにかく奇妙だった。

絶叫する俺の背後に、異様に背の高い女が立っている。天井に届きそうな身体を、前屈するように曲げて俺に覆い被さろうとしているのが分かった。女の長い髪が、顔に降りかかる。痙攣したように震える自分の身体を、離れたところで見ている。

ふ、と隣を見ると赤い着物を着た女の子が立っていた。眼と鼻のない、歪な笑みを浮かべた白い顔を貼りつけて。白い手が、俺の手を掻き毟るように強く握っている。

声が出ない。感覚が遠く、痺れたようになっていく。

背の高い女の顔が、俺の顔の中へと吸い込まれるように沈んでいく。痙攣する身体がのたうち、失禁しているのをただ眺めるしかない。

女の子がけたたましい笑い声をあげて、俺の手を引く。

屋敷の中には、大勢いた。俺が気づかなかっただけ。

天井を這い回る何か、天袋からこちらを見ている赤子、焼け焦げて真っ黒になった上半身が、廊下を這い回っている。外へ目をやると、庭の木で首を吊った人の足が左右に揺れていた。

がしゃん、と台所から音がする。歩くのも億劫そうに、俺の身体がふらつきながら現れると、仏間へとふらふらと向かっていく。

乗っ取られた、そう思ったが、不思議なほど何も感じなかった。

不意に、玄関の戸が開いた。中へ入ってきたのは、眼鏡をかけた背の高い男と、右腕が青白く光っている男の二人組だった。ギャアギャアと何やら言い合っているが、ズカズカと中に入ってくる。

逃げろ、そう言いたかったけれど、言葉にならない。

屋敷の中のモノたちが、ほくそ笑むように彼らの元へ向かっていく。俺の身体も仏間から引き返していく。

その時だった。光る右腕の男が、眼鏡の男の手を引いて一目散に玄関から飛び出していった。

まさか視えていたのだろうか。

暫くして、今度は藍色の着物姿の美しい女性が一人で中に入ってきた。うろんげな表情で玄関の戸を丁寧に閉める。そうして、懐から小さな石を、丸いとんぼ玉を取り出した。青と緑の二色の炎が中で揺らめいているのが分かる。

「落角」

ラッカク、彼女が口にしたそれが、あの石の名前なのか。

目が合った瞬間、間違いなく彼女は微笑んでいた。

逃げよう、と千早君が私の手を引いて、玄関を飛び出していく。

○

以前から何度も近隣住民による報告があった、黒い噂の絶えない屋敷を調査すべく、散々時間を使ってきたが、千早君が下見した時点で手に負えないと匙を投げていた。入居者もおらず、不動産の売買リストにも記載がなかったので安心していたが、念の為に一報してみると、なんと電話が繋がるではないか。これには流石に血の気が引いた。

「まだなにもしていませんよ」

「ごめん無理。やっぱり俺の手には負えない。量も質も話にならない」

青ざめた顔の千早君の頭を、優しくコツンと叩いた柊さんが困ったようにため息をこぼす。

「千早。そのようなことでどうするのですか。何の為の修行だったのです。早々に諦めるだなんて。情けない」

「無理なものは、無理」

「あの子と一緒に鍛え直す必要がありそうですね」

うえぇ、と心底嫌そうな声を出す。

「冗談じゃない。お互い破門された身じゃないか」

「呆れた。よくもそんな口がきけますね。『弟弟子を助けると思って』と懇願してきたのは、貴方の方でしょう。わざわざ京の都から飛んできてあげたというのに、なんて言い方かしら」

千早君の態度に柊さんがいつ機嫌を損ねるかとハラハラしてしょうがない。気が乗らない、と本当に仕事を放り出して帰ってしまったりする人だ。

「大野木さん」

「はい」

「わたくし、傷ついてしまいました」

どうしてくれますか、と言わんばかりの仕草に動揺する。

「申し訳ありません。千早君には後できつく言い含めておきます。ですから、何卒先に事件の解決をお願い致します」

「仕方がありませんね。では、こうしましょう」

「はい。なんなりと」

「みんなで夕飯を食べに行きましょう。わたくし、鍋物がいいわ。そうですわね、河豚《ふぐ》にしましょう」

にっこりと微笑んでそう言うと、軽やかな足取りで屋敷の中へ入っていく。やる気になってくれたようで一安心。ようやく胸を撫で下ろす。

「千早君。もう少し言い方には気をつけてください。こちらからお願いしているのですから。失礼ですよ」

「あんまり関わり合いたくないんだよ」

「姉弟子でしょうに。身内のようなものじゃありませんか」

「姉弟子だからだよ。大野木さんは、あの人の恐ろしさがちっとも分かってない」

「そう言われましても」

「見てなよ。多分、すぐに終わ、」

その時だった。凄まじい音と共に屋敷中の窓ガラスが内側から砕け、屋敷の中で巻き起こった突風に吹き飛ばされた雨戸や瓦が空に舞い上がった。雨雲が驚いたように雨が止み、代わりに破片が頭上から降ってくる。よく見れば襖や障子などが中空に漂っているのが見えた。

「…………」

呆然と周囲の民家に落ちていく瓦礫《がれき》を眺めていると、玄関から柊さんがいつもと変わらない様子で現れた。手には小さなトンボ玉があり、それを胸元へしまって微笑む。

「これで綺麗に片付きましたわ。何もかも吹き飛ばしておきましたから」

あちこちの民家から何事かと人が表へ出てくるのも構わずに、柊さんは顔にかかった髪を耳へとかける。

「そうそう。中に男の子がおりましたから、些事はお任せします」

「無事なのですよね？」

「ええ。擦り傷くらいはありましょうが、中身はきちんと戻っているでしょう」

柊さんは悠然と微笑むと、和傘を上機嫌にくるくると回しながら、先に歩いていってしまった。

「千早。早くいらっしゃい」

「……な。だから、言っただろ？」

「……些事の概念が一瞬、分からなくなりました」

「うん、ごめん。とにかく先に行って待ってるから、できるだけ早く来て。一人じゃ身が保たない」

うんざりした様子で、千早君が彼女の後を追いかけていく。

後始末のことを考えると気が重くなるが、とにかくまずは救急車を呼ぶべきだろう。

「まぁ、犠牲者が出なくて何よりです」

そう口にした途端、ガラガラと屋根が崩壊して土煙が舞い上がる。

救急車を待っているような余裕はない。

慌てて被害者を助けるべく、屋敷の中へ飛び込んだ。

禍猿

粒子の細かい雪片が風に舞い上がる度に目が眩む。県東北部の山岳地帯には時折、信じられないような雪が降るというのは聞いたことがあったが、実際に体感するのとはまるで違っていた。

「千早君、待ってください」

膝下まで降り積もった新雪の野をものともせずに進んでいく千早君の背を追いかけながら、私は早くも息を切らしていた。体力には自信のある方だが、やはり山歩きでは敵わない。右腕がないにもかかわらず、彼は平地のように雪山を軽やかに進んでいく。オレンジ色の若く俊敏なトナカイが駆けていくようだ。

対策室の予算でなるべく軽く、丈夫な防寒着を購入したが、色くらいは分けておくべきだったかもしれない。店員さんに説明しておかなかった私の落ち度だ。これでは遠くから見たら、どちらがどちらか判別がつかないだろう。遭難した時のことを考えて目立つ色にはしたが、いまいち考えが足りなかったように思う。

私自身の今にも息絶えてしまいそうな激しい呼吸音と、いかにも疲れ切った足音の他には何も聞こえない。雪が音を吸ってしまうのだと千早君が言っていたが、不安になるほど静まり返っている。

千早君が一度振り返って、それから軽々とこちらへと戻ってきた。

「悪い。少しペースが速かったな、大丈夫か？」

「正直に言って、全く、余裕が、ありません。息を吸うと、胸が痛むのは、空気が、冷たいからでしょうか」

先程から咳が止まらない。家の中でも加湿には気をつけていたのに、咽喉が乾いて仕方がない。とにかく咽喉と胸が痛むのだ。

「氷点下だからな。息は細かく、浅くした方がいい。あと足は億劫でも膝を上げて歩かないと、爪先が引っかかってつまずくぞ」

白銀の世界を注意深く睨みつけながら、千早君が告げる。帯刀老の元で修行した時に山歩きは散々させられたと聞いているが、雪山も駆けずり回ったのか。片腕がないというだけでも相当なハンディキャップの筈だが、それをまるで感じさせない機敏さを見せていた。

「山の中だと溌剌として見えます。よく、そんなに軽やかに動き回れますね」

「溌剌なもんかよ、雪山は苦手だ」

視線を逸らさないままそう言って、首から紐で吊り下げた単眼鏡を右眼に構える。

「あそこだ。死穢が尾根の方へ続いているのが視える」

日本の民俗文化には赤と黒の穢れがあるという。赤は血の穢れであり、黒とは人の死による穢れだ。それは現代で言う感染症のように他者に移るとされ、特に死の穢れは忌み嫌われたので喪が明けるまでは家を出ることも憚られたという。

現代人はこういう習慣に無頓着だが、長年そうして信じられてきたことには意味がある。たとえ何も見えずとも『それ』は在るのだ。

「では、あの先に件の化け物がいるということですか」

「多分な。できるだけゆっくり歩くから、離れるなよ」

スノーブーツがあってもこれほど辛い。まさか雪山に怪異が出るとは想像もしていなかった。

「とにかく喰われないことを第一でいこうぜ」

こうして改めて聞くと、背筋に冷たいものが伝っていくのを感じる。人が消える、行方不明になるというケースはよく聞く。遺憾ながら、亡くなってしまっている場合も少なくない。

しかし、無惨に喰い殺されるという例はあまり経験がなかった。

故意に山中で見つけた人間を襲い、喰い殺す。それがただの獣であれば駆除もできるだろうが、怪異となれば話は別だ。

「……それはそうですが。そんな危険な怪異を前にしても対抗手段がありません。幾ら古郷《こごう》さんたちが遠くから支援してくれているといっても、間に合うものでしょうか」

「猟師なんだから、その辺は上手くやるだろ」

そう楽観したことを言いながらも、注意深く辺りを警戒し、視線を巡らせている様子は狩人のようだ。帯刀老の元での修行は険峻な山岳地帯で行われていたというが、山伏の行う修験道のそれに近かったのかもしれない。

修験道は厳しい山中の修行の果てに、疑似的な死を体験することで新たな自分に生まれ直すことを目的にすると聞いたことがある。有名なのは役小角《えんのおづぬ》だが、彼も確か二匹の鬼を使役していたと言い伝えられている。なるほどそう考えると、帯刀老や柊さんも妖魔を使役していたのを思い出す。

考え事に没頭していると、辛いのを忘れられる。しかし、あまり集中を欠くと足を踏み外して斜面を滑落しかねない。ただでさえ、雪山では毎年遭難者が出ているのだ。公務員が滑落死など、笑えない事態である。

「それにしても足跡一つありませんね」

痕跡が何もないように見えるが、千早君の眼にはしっかりと視えるらしい。

「これだけ濃い死穢なら、暫くは消えないから追いかけるのはそう難しくないよ。大野木さんがうっかり踏まないかの方が心配だ」

「踏んでしまえば、どうなりますか」

「穢れが移るよ、障りがある」

「具体的には？」

「人によっては体調を崩すだろうし、最悪の場合は死ぬかも」

淡々とした口調に息を呑む。そんな見えも感じもしないものをどうすればいいというのか。

「ここに足跡がある。踏むなよ」

やはりどれだけ眼を凝らしてみても、私には何も見えない。新雪の野だ。陽光を弾いて光る様はただ美しかった。

「追いかけよう。せめて姿くらいは視ておかないと」

「うまく誘導できるでしょうか」

「やるしかない。役割を果たさないとな」

時計を眺めると、時刻はもう正午を回っていた。いったいいつまで雪山を駆け回るのだろうか。そう思うと足が進まなくなるので、私はそれ以上考えることを止めた。

○

話は十日ほど前に遡る。

依頼人の古郷さんは県東北部の茂垣《もがき》村という山間部の限界集落に暮らす老人で、地元の猟友会の副会長を務める人物だった。年齢は八十をとうに超えている筈だが、浅黒く日焼けした顔は活力に満ちている。頭髪の薄くなった額には火傷のような痣がくっきりとあった。

「化け物退治を頼みてぇ」

応接室のソファに深く腰かけ、開口一番、低く唸るような声で古郷さんは言った。

「こっちの坊主が化け物退治をするのか」

眼光鋭く私を見て、続いて千早君を同じように見やった後、納得したように断言するので、思わず面喰らう。隣に座る千早君の空気が少しだけピリつくのが分かった。

「爺さん。どうして俺だと思った？」

「生き物の命を奪ったことのある人間って奴は、顔つきがまるで違うもんだ」

険しい顔のままそう言って、千早君の肩へ目をやる。

「その右腕を失くした時に覚悟を決めたんか」

ううん、とつぶやく彼の声が、なぜか傷ついた小さな子どものように感じられた。

「それよりも、もうちょっとだけ後だよ」

静かに答える彼の声を聞きながら、脳裏を美嚢団地での出来事が過ぎる。自分の行いがどんな結末を招くのか知りながら、それを行った私も彼と同じ罪を背負っている。ただ、私は千早君ほど割り切れていなかった。本当にあれで良かったのか、と顧みることが何度かある。そういう意味では、まだ私には覚悟が足りていないのかもしれない。

「ほうか。道理で若いのにええ眼をしとる」

古郷さんは満足そうに頷いてから、私の方へ目をやって笑った。恐ろしい顔をしていたが、笑うと笑窪ができる。

「こっちの兄さんは身体つきこそええが、目がちぃと優しすぎるの。まだ覚悟が足らん。役人じゃろう。アンタは」

「特別対策室の室長をしております。大野木と申します」

名刺を差し出したが、一瞥しただけで古郷さんは受け取ろうとしない。仕方がないので千早君のそれと一緒にテーブルへ並べることにした。

どうやら私たちのことをまだ信用していないのだろう。品定めに来たに違いなかった。

「爺さん。化け物退治がしたいのか」

「おうよ。退治しようと一人で散々足掻いてきたが、姿を消す獲物なぞどうにもならん。余所者に頼るな、とやかましい者もおらんわけじゃないが、背に腹は代えられんでな。年寄りばかりの過疎の村じゃいうことは、県の役人さんならよう分かっとるでしょう。こんまま村を全滅させるわけにはいかん。うちが滅べば、あれは下流の村へと行くじゃろう。あそこは年寄りばかりじゃない。幼い子どももおるでな」

あれを他所にやるわけにはいかん、と歯噛みする様子には獲物を狩って仕留める人間特有の殺気の籠った迫力があった。

「その化け物はいつから出るようになった?」

「分からん。少なくとも戦争が始まるよりも前から山におるらしい。御一新の時にも喰われた者がおった、と聞く」

「御一新?」

「千早君。明治維新のことです」

つまりはおよそ百年以上も前から出没している怪異ということになる。

「爺さんはそいつを見たことがあるかい」

千早君の問いに古郷さんは躊躇うように押し黙った後、ようやく頷いて「ある」とだけ言った。赤みを帯びた日焼けした顔が、青ざめて見えるほど声が震えている。

「十にも満たん小僧の頃じゃったが、よう覚えとる。猩々《しょうじょう》に似た化け物だ。身の丈は人間とそれほど変わらんが、膂力《りょりょく》は人とは比べ物にならん。手足を軽々と捥《も》いでまう」

そうなると我々よりも自衛隊の出番だと思うのだが、相手が怪異であればどうだろうか。自衛隊の場合、そもそも見つけられるかどうかが焦点となるだろう。観測することができなければ、存在しないことと同じだ。しかし、観測できたからといって退治できるかどうかはまた別の話である。

「そんなの退治できねーよ」

「できんか」

「話を聞く限り、無理だ。妖怪の類だろう。手に余る」

「なら、見つけ出してくれんか。退治はわしがやろう。ライフルを撃ち込んでやれば死なぬ道理はあるまい」

「どうかな。ただの鉛玉じゃ無理だ」

「幽霊ではないのだから、鉛玉でも殺せる筈だろうが」

語気を強める古郷さんの迫力に物怖じ一つせず、千早君は飄々と顔を横に振る。

「怪異を退治するのは概念であって、物理現象じゃない」

「概念？」

「そう。なんつーのかな。共通のイメージ？　こう、みんなの信仰みたいな。そういう奴」

「分からん。どういう意味だ」

相変わらず語彙力が足りないせいで全く言いたいことが伝わってこない。誰よりも核心を視る眼を持っているのに、それを出力することができないのはもどかしい。

「千早君。例えば吸血鬼は心臓に杭を打たれれば死ぬ。鬼は首を落とされたら絶命する。一種の定め。そういう共通認識のようなイメージが必要だと言いたいのですね」

「そう。そういうこと。つまりさ、人を殺す武器では殺せないんだ。鉛でも鉄でも銅でもダメだ」

「そうか、そうなのか」

「ああ。昔から化け物を殺す弾丸は銀の弾って決まっている。それはどんな化け物にも一定の効果がある筈だ」

そういう概念的なイメージにおいて、妖怪退治に最も適しているのは日本刀ということになるだろう。この国の化け物退治はすべからく刀によって成功しているのだから。問題は、それを扱える人間は猟師以上に少ないということだろう。

「銀の弾丸なんぞ、発砲店にも売っとりゃあせんぞ」

「それについてはツテがある」

その言い方におおよその予想はついた。確かに彼女ならば破魔の弾丸くらい創り上げるだろう。問題はその価格である。特別対策室は経理関係において比較的柔軟なのが数少ない利点であるが、それでも数百万単位でかかるかもしれない弾丸を購入となると、それ相応の手続きが必要となってくるだろう。

「構わんよ。あの化け物を退治できなければ、皆が喰われて村もなくなる。その弾丸を拵《こしら》えるのにどれくらいかかる？」

「二週間、いや、十日だな」

よし、と古郷さんは頷くと懐から百万円の束を一つテーブルの上へ置いて、名刺を手に取ってから立ち上がった。いかにも重そうな革の上着を羽織り、歯を見せて笑う。

「名刺も貰っていく。失礼なことをしてすまんかった。その金で足らなければ遠慮なく言うてくれ」

「え、いえ困ります」

「分かった。村には十日後に行くよ。泊まるとこを用意してくれると助かる」

「従姉妹が女将の民宿がある。室長さんの名前で予約を入れておく」

頼んだぞ、と言って私の話も聞かずに古郷さんは対策室を出ていってしまった。他にも聞きたいことがあったのだが、諸々含めて現地で改めて確認していくしかないだろう。

「……千早君。弾丸は柊さんへ依頼するつもりですか」

「ああ。余った金は手間賃で貰おうぜ」

「馬鹿なことを言わないでください。基本的にここの予算は税金で賄われています。依頼人から金銭の授受があったなどと思われては免職ものですよ。こちらは遺失物として古郷さんにお返ししておきます」

「そうなの？　じゃあさっきそう言って返しとけばよかったのに」

「誰かさんが私そっちのけで話して依頼人を帰してしまったんですよ」

ごめんなさい、と珍しく殊勝に謝る千早君から紙幣の束を受け取り、そのまま対策室に備えつけている金庫へと保管した。ダイヤルを回しておくのも忘れない。ふと考えてみると、この金庫に紙幣が入ったのは初めてのことではないだろうか。今まで夜行堂へ持っていくまでの間、曰くつきの道具などを入れておいたことは何度かあったが、あれらは盗られないようにする為ではなく、閉じ込めておくという意味合いの方が強かった。そう思えば、ようやく金庫本来の用途として利用することができたというのは感慨深いものがある。

「まあ、それはそれとして。準備の話をしましょうか」

「まずは装備だよな。登山道具なんて持ってたっけ」

「冬山用となると全く。ビバークできるくらいの装備が必要なら専門店に行かなければ揃えられません」

千早君は早くもうんざりした顔をしている。

「俺も何度か冬に屋敷へ迷い込んできた登山客を見たことがあるけど、大抵が凍傷で指や足が使い物にならなくなってる。葛葉さんが治療してから記憶を消して、登山道に戻してやるなんてことが何度かあった」

「お優しいですね」

「帯刀老の方はドライだけどな。怪異が干渉していないのなら、基本的には一切手出しをしない。葛葉さんはなんて言うのか、母性の塊だから」

母性の塊というのは言い得て妙かもしれない。彼女のあの包容力は確かに言葉にはできない魅力がある。女性というよりも、母という表現もよく分かる。

「柊さんの修行は鬼がかっていてさ。本当に死の淵を彷徨うんだ。おまけに自分が人間離れしてるから、加減が狂っているんだよ。真冬の滝を泳いで登れって言われた時には裸足で逃げ出したよ」

すぐ捕まったけど、と呟く。想像するだに恐ろしい。人は鯉ではないのだ。滝を泳いで登ることなどできないし、仮に万が一できたとしても龍に化けたりはしない。

「庇ってくれたのはいつも葛葉さんだった。あの人がいなかったら、今頃俺は滝壺の底で骨になってる」

「……以前から気になっていたのですが、帯刀老と葛葉さんの関係は本当にただの主従関係だったのですか？」

こんなことを聞くのは憚られるが、既に故人なので問題はないだろう。

「恋愛関係じゃねぇよ。強いて言えば親子関係」

「まぁ、そうですよね」

亡くなった帯刀老の年齢を考えれば祖父と孫に見えてもおかしくはない。確かに、あの二人の間に漂っていた空気は恋愛関係というよりは親愛の情に近いものかもしれない。

「勘違いしてるだろ」

「していませんよ。親子関係なのでしょう？　父と娘というより、祖父と孫でしょうか」

「だから、それが違うの。葛葉さんが帯刀老の育ての親なの。幼い時に主従の契約を交わしたらしい。葛葉さんは帯刀老の最初の式なんだよ」

驚愕の事実に言葉が出てこない。どうして今まで黙っていたのか、と千早君を責めたい気持ちに駆られたが、それは余りにも自分勝手だ。余人に話すべきことではない。好奇心本位で探っていいものではないし、答えてくれた千早君に敬意を払うべきだ。

「そうでしたか。話してくださってありがとうございます」

「大野木さん相手なら帯刀老も構わないだろ。そんなことよか、装備を揃えるのは任せていい？　俺はその間に柊さんに事情を説明しないと」

「それなら電話をしてから出かけましょう」

「いや、先に行ってきて。まだまだ時間がかかるから」

どれほど長電話をするつもりなのだろうか、と思ったが、携帯電話を睨みつけたまま硬直している。蛇に睨まれた蛙のように動かない。

「嫌なんだよ。おっかないから。色々と思い出すし」

「まだ何も言っていませんよ」

電話をかける覚悟を固めるのに時間を要するということらしい。私からすればいったい何が恐ろしいのか分からないが、姉弟弟子にしか分からない感情の機微があるのだろう。

チェスターコートを手に取り、袖を通してから愛用の手袋をつける。カナダへ行った折に購入したアザラシの皮で作られた手袋は雪や水分を弾いてくれるだけでなく、適度に暖かい。日本ではまず見かけることのない逸品だ。

「それでは行って参ります。もし留守の間に依頼人の方がいらしたら概要だけ聞いておいてくださいね」

いってらっしゃい。と既に心ここに在らずといった様子の千早君を残して、私は対策室を後にした。

○

エントランスにやってきた所で、不意に自分の名を呼ぶ声が聞こえた。辺りを見渡すと、休憩所の椅子に座っている藤村《ふじむら》部長がこちらへ能天気に手を振っている。昼休憩はとっくに終わっているというのに、いったいどこで油を売っているのか。

「…………」

私は会釈だけして立ち去ろうとしたが、入り口を出たばかりの所で捕まってしまった。こういう時くらいしか部長が急いでいる所を見たことがない。

「上司が呼び止めているんだから、立ち止まろうよ。無視されたのかと思ったじゃない」

「申し訳ありません。急いでいたもので。何か御用ですか？　なければ対策室に千早君がいますから伝言をお願いします」

「目の前に本人がいるんだから、ここで話させてよ」

「……手短にお願いします」

普段から無理難題ばかり放り投げてこられるので、あまり顔を合わせたくないというのが本音だ。態度も慇懃になろうというものだ。

「茂垣村からの依頼を受理したそうだね」

「はい。つい今しがた」

対策室を出る直前にシステムに登録処理をしたが、書類はまだ部長の所までいっていない筈だ。

「携帯電話に同期しているのですか？」

「管理者権限だね。心配しなくても私用携帯じゃないから」

大丈夫だよ、と胡散臭い笑みを浮かべる。

「少し話をしようか。そうだな。とりあえず車内でいいかな。誰の耳に入るか分からないからね」

駐車場へ移動してから運転席へ乗り込み、助手席に藤村部長が座る。

「おお、流石に冷えるね」

「今年は暖冬ではないようですね」

「冬はやっぱり寒くないと。あまり暖かいと先行きが不安になるよ」

エンジンをかけてエアコンを入れると、改めて藤村部長が話し始めた。

「実は茂垣村という所はね、少しばかり曰くがあるんだ。神隠しというほどのことではないけれど、昔からよく人が消える。行方不明になるんだな。それも他所からの転入者ばかりがある日、突然いなくなる」

「……怪異の仕業ということでしょうか」

化け物が浚《さら》って喰う、というのはいかにもありがちな話だ。

「どうだろうね。気がかりなのは、行方不明者について尋ねると、村民は口裏を合わせたように、ただ消えたとしか言わない。どんな人だったのか、最後に見たのは誰なのか、なんて当たり前の質問にさえ答えない。ただ茂垣村に越してきた人間の中から数年に一度、人が消える。それも圧倒的に独身者が多い」

気味が悪いよね、と藤村部長は乾いた笑みを浮かべた。

「……まさか村民が関わっていると？」

「どうだろうね。いつの間にか対策室というものは存在した。今のような名称ではなかったけれどね。実際、三十年程前に茂垣村へ向かったことがあったようだけれど、村民から酷い妨害を受けて調査どころではなかったそうだ」

「今回、化け物退治の依頼を受けました。まさか偽の依頼でしょうか。本来の意図は別にある、と？」

「そこまでは言っていないよ。注意が必要だと言いたいだけさ」

仮に今回の怪異による犠牲者が出ていた場合、それを隠匿していた可能性はある。問題はどうして隠匿していたのかということだ。話しても信じられない内容なので警察などに黙っておく理由は理解できるが、対策室のようにそれを専門としている行政機関にさえ、その被害を訴えないというのはいかにも怪しい。

「何か後ろめたいことがある、と考える方が自然ですね」

「単に余所者が嫌いなのかもしれないが、茂垣村は昔から転入者を募っていてね。少しでも村民を増やそうと役場も努力していたのは記録を見ても明らかだ。ただ、村民を募る理由に不穏当なものがあるのかもしれない」

怖いよねぇ、と呟く部長の顔にはいつもの軽薄な笑みが浮かんでいない。これは本当に危険なことかもしれない。

「化け物退治、気をつけてね」

それじゃあ、と車から降りようとする部長の背広の裾を掴む。

「私たちは十日後に村へ行くことになっています。それまでに部長がお持ちの茂垣村に関する資料を全て頂けませんか。過去五十年間の転入者の名簿も頂きたいです」

「大野木君が戻るまでに揃えておこう。だが、充分に注意するように。怪異も恐ろしいけれど、人間だって怖いからね。およそ考えつかないようなことを平気でやったりするんだから」

「県警の権藤さんにも声をかけておきます」

「権藤さんは刑事さんには見えないよね。強面すぎてヤクザだ」

「刑事は硬派に限りますよ」

「そう？　僕は純情派が好きだなぁ」

一瞬、意味が分からずに硬直する。

「軟派ではなく？」

「……大野木君ってあんまりドラマとか見ないで大人になったタイプ？　いや、年齢的にリアルタイムじゃないのか」

「映画でしたら。ただ邦画はあまり見ない家庭でしたので」

「ああ、そう。千早君なら知ってそうなんだけどなあ。知らないかなぁ。若いものなぁ。いや、僕も齢を取る筈だ」

「仰っている意味がよく分かりません」

「そうだろうとも。でもね、いつか大野木君も今の僕と同じ気持ちになるよ。いや、なれるといいね。うん、そうだ。そうなるといい」

部長はしみじみそう言ってから、私の肩をぽんと叩いた。

「僕の夢はね、いつか歳を取った君や千早君と喫茶店でゆっくりと昔話に花を咲かせることさ。こんなこともあったね、と笑い合うんだ」

「気の長い話ですね。まだそんな未来のことなんて想像がつきません」

いったい何年先の話をしているのか分からないが、その頃には藤村部長は後期高齢者だ。それにまずは目の前の問題を解決していくのが先決で、そんな未来のことを思い描けるような状況ではないというのに。

「まぁ、ぼちぼちやろうよ」

「そんな悠長なことを言っていられる暇はありませんよ。引き止めてすみませんでした。そろそろ出発したいと思います」

「はいはい。せっかく車の中が暖まってきたのに」

勿体ない、と嫌々外へ出ていく藤村部長に会釈をしてから、私は車をゆっくりと発進させた。郊外のアウトドア専門店なら大抵のものは揃うだろう。戻ったら資料に目を通さなければならない。

バックミラーへ視線をやると、藤村部長が凍えながら庁舎の中へ小走りに駆け戻っていくのが見えた。

アウトドア専門店で必要な装備を調達する。経費、すなわち県民の血税を使うので無駄な出費は許されないが、装備不足によって職務中に遭難するような事態になれば目も当てられない。組織図にも載っていない対策室が今後どのような扱いを受けるか、想像に難くない。

準備は万全に、しかし無駄な出費はしない。

業務上、野山に分け入ることは珍しくはないので、普段からそうした装備品などの情報には目を通すことにしている。だが、相応の性能を求めると、価格が比例するのがアウトドアギアというものだ。命を預ける防寒着や寝袋、テントなどは特に高価なものほど軽くて高性能となる。

私は予算を店員の方へ伝え、山のトレッキングをするという前提で最適な商品を見繕って貰うことにした。使ったことのない商品は使い方を詳しく教えて貰い、実際に触らせて貰う。いざという時に使えないのでは話にならない。特に千早君は片腕しかないので、道具の扱いは主に私の役目だ。迅速かつ丁寧に道具を扱えるようにならなければならなかった。

店員さんは年配の落ち着いた女性で南《みなみ》さんと言った。温和で丁寧な接客で、こちらの質問に的確な回答をくれるだけでなく、驚くほどベテランの登山愛好家でテントの設営も見事な手際でこなしてしまう。

「失礼でなければ、トレッキングにはどちらの山をお考えでいらっしゃいますか？」

「東北部の久々利《くくり》山の辺りを考えています。茂垣村の辺りから登ろうかと」

地図を広げておおよその範囲を説明すると、途端に南さんの顔色が変わった。急に難しい顔になり、どうしたら良いものか思案しているようだ。

「久々利山は初心者の方にはおススメできかねます。もし宜しければ、手前どもが県内のトレッキングに向いた手頃な山を御案内致します」

「いえ、仕事ですから」

問題ありません、と答えると、南さんの顔色が益々曇っていく。

「そんなに難易度の高い山なのですか？」

地図の等高線を見る限りはそれほど険峻な山とは思えない。裾野も広く、傾斜も厳しくはなさそうだ。雪が積もれば、私のように不慣れな人間では手を焼くだろうが、専門家が止めるほどの山だろうか。

「あまりこういうことをお客様にお話しするのは憚られるのですが、あくまで私の独り言として聞いて頂けます？」

「勿論です」

南さんは周囲に目を配ってから、口元のインカムを明後日の方へと向けた。それから広げた道具を片付けるふりをしながら、私の傍らにしゃがみ込む。

「久々利山は昔から曰く付きの山なんです。地元の人は忌避する山で、まず登るなんてことはしません。それに麓の村の人たちがいるんですけど、この人たちが山へ余所者が入るのを極端に嫌がるんです」

「それは何故？」

「分かりません。ただ凄い剣幕で。私も二十年ほど前に麓から登頂してみようと村へ行ったのですが、酷く叱られてしまって。ほら、ああいう村の人は林業をしている方が多いでしょう。それも関係しているのかもしれません」

「ですが、登山道は公的なものです」

「そうなんです。けれど役場が設置した案内板も村の人がすぐに壊してしまって、もう酷い有様なんです。昔から有名みたいですよ。あの山に入ったら殺される、なんて話もあったりして。久々利という由来は、首を括ることからだと言われていたんですから」

「まさか」

「勿論、眉唾だとは思いますけど、わざわざそんな危険な目に遭ってまで登るような所じゃありません。お止しになった方がいいですよ」

南さんは静かに頷いてから立ち上がると、にこやかに微笑む。

「それではお会計に進ませて頂いても宜しいでしょうか？」

「……はい。お願いします」

会計を済ませた後、もう少し話を聞かせて欲しいと思ったのだが、南さんはそそくさと次の接客に向かってしまわれたので断念する他なかった。

県庁へと戻る車の中で、南さんから聞いた話がぐるぐると頭の中で繰り返す。藤村部長から聞いた話と総合すると、不穏だと言わざるを得ない。虚偽の依頼だとは思えないが、全てが真実とは限らないのだ。

古郷さんの話を鵜呑みにする訳にはいかない。入念な下調べをしておく必要があった。

「一筋縄ではいきそうにありませんね」

思わずため息が漏れる。連日の仕事に追われて、少し疲れが溜まっているのかもしれない。

「たまには海外旅行にでも行きたいですね」

国内旅行は怪異と遭遇する可能性があるので、相応の覚悟が必要になるが、国外ならそんなことはあるまい。海外にも怪異がいるのかどうかは分からないが、少なくとも解決せねばならない立場ではなくなる。

「何処がいいでしょうか。東南アジアか、北欧。いや、ドバイもいいですね」

最後に海外旅行をしたのはいつのことだったろうか。

しかし、そうなると千早君にパスポートを取得して貰わねばならない。私のも期限が切れているだろうから、まずはその手続きからになる。食事のことを考えればドバイが間違いないが、千早君は東南アジアの方を好むかもしれない。本場のトムヤムクンが食べてみたいとしきりに話していたのを思い出した。

赤信号で車のブレーキを踏みながら、自分が珍しく現実逃避を始めていることに気がつく。

「いけない、いけない。まずは職務を全うしなければ」

とにかく十日後に村へ入るまでに準備だけは十全にしておく必要がある。ハプニングは避けられないが、どんな場合でも臨機応変に対応するには準備が必要不可欠だ。

対策室へ戻ると、千早君の姿がなく、机の上には一枚の書き置きが残されていた。

『取りに来いと言われたので北陸に行ってくる。すぐ戻る。ちはや』

すぐそこのコンビニへ行ってくるような気軽さで書いてあるが、北陸は遠い。彼はおよそ着の身着のままあちこちへ出かけてしまうので、きっとあのまま空港へ行ったのだろう。いや、飛行機という空の密室に出没する怪異など二度と関わりたくないと話していたから、新幹線を足に選んだかもしれない。

電話をかけてみたが、電源が入っていない。彼は携帯電話に依存していないので、基本的にはほったらかしだ。電話をかける時にしか使わないので、充電が切れてしまっていることがよくある。不便だと思えば何処かで充電するだろうが、それがいつになるかは分からない。

「はぁ。連絡ぐらいはいつでも取れるようにしてくださいい、と話しているのに」

ともかく彼は彼の仕事をしている。ならば、私も私の仕事をすべきだろう。

買ってきたアウトドアギアを袋やケースから取り出し、一つずつ動作確認をしていく。不良品が交じっていないかを確認すべきだし、どのように使うかぐらいは頭に叩き込んでおく必要があった。

一個だけ小型の高照度ライトが不良品であったが、他に問題はなかった。ザックに収納し、いつでも取り出せるように用意しておく。

この時点で、既に終業時間に差しかかっていたが、藤村部長が用意したと思われる資料の山に目を通さねばならない。軽く表紙を眺めた限り、茂垣村の行政記録が軒並み揃っているようだ。

「長丁場になりますね」

全自動珈琲マシンのスイッチを押しながら、残業の覚悟を決める。まだ十日あるなどと考えるのは危険極まりないことだ。あと十日しかないことを肝に銘じておかねばならない。

対策室のドアにかけた『受付中』の札を裏返し、『終業』の方にしてから気合を入れる。

珈琲マシンの抽出したエスプレッソを一息に飲み干した。清々しいまでの苦みと芳醇な香りが口腔内に広がって、鼻から抜けていく。

「さて、やりましょうか」

千早君が戻ってくるまでに最低限の目途は立てておかなければならない。

○

彼が戻ってきたのは九日後の夕方だった。

正午にようやく全ての準備が整ったので少しだけ仮眠を取ろうとソファへ横になった所までは覚えているのだが、気がつけば千早君が私の頬をペチペチと叩いていた。

状況が飲み込めず、思考がまとまらない。どうして彼が此処にいるのか。そもそも私は何処にいるのか。そこから思い出して状況を整理しなければならなかった。

「おい、大野木さん。まだ寝惚けてるのか？　しっかりしろよ」

ようやく脳が動き始めたのか、自分の置かれた状況を冷静に思い出した。結局、資料の内容をまとめるのに思っていた以上に時間がかかったのだ。おまけに古郷さん以外の案件の処理や、新たな依頼の内容の仕分けまでやることが多岐に亘り、連日連夜庁舎に泊まり込んでいたので時間感覚がおかしくなってしまっている。

庁舎から少し離れた場所にある銭湯へ毎日のように通い、食事は全て出来合いのものか、店に立ち寄るかして簡単に済ませた。一度も家に帰る暇はなかった。食欲はあまり湧かず、この九日間で体重が四キロ近く落ちている。

「お疲れ様です。おかえりなさい。随分と時間がかかりましたね」

「ただいま。遅くなって悪い。結局、あっちの用事にまで付き合わされる羽目になってさ。本当に散々な目に遭って危うく死ぬ所だったよ。でも、その甲斐あって特注の弾丸を手に入れた」

「そうでしたか。それは何よりです」

千早君は荒れ果てた室内を見渡して、不思議そうな顔で私を見た。

「こんなに散らかっているのを初めて見た。よっぽど忙しかったんだな。碌なもの食べてないだろ」

「ええ。食事どころではなくて。茂垣村にまつわる資料が思いのほか多くて難儀しました。ようやく内容を理解しましたが、そこからは調べものが多くて参りました」

「お疲れさん。ヤバい村だって話だろ?」

それは知ってる、と何でもないことのように言いながら、その場で腰を下ろす。疲労が蓄積しているようで、顔色がよくない。

「知っていたのですか」

「まぁ、柊さんに言われて思い出したんだけどな。久々利山は帯刀老が管理していた山じゃなかったし。化け物が出るって話は聞いたことがあったけど、あそこの怪異には手を出す訳にはいかないって話していたよ。俺たちにも関わるなって厳しかった」

「それは、どうしてですか？　人と怪異の争いを調停するのが、あの方の使命だったのでは？」

「均衡を守るだけ。基本的には不干渉だ。人と怪異には領分がある。それをどちらかが著しく侵害した時だけ干渉して解決する。例えば登山客が死にかけているとするだろ？　それが怪異によるものではなく、自然と遭難して滑落して死を迎えるのなら、帯刀老は決して手を出さない。たとえ、助けられるとしてもね」

「それは何故ですか。助けられるのなら、救いの手を差し伸べるべきでしょう」

「人の営みだから。帯刀の家に必要な当主というのは、そういう存在なんだ。人と怪異、そのどちらの側にも立たない。あくまで中立でないといけないんだと」

「ですが、怪異が人を襲うというのは明らかに人の領域を侵しています」

「うん。俺もそう思う。だから、今回の話を聞いて少し不思議なんだ。古郷さんが嘘をついているという感じはしなかった。でも、あれは肝心なことは話してない顔だ」

謎がまた増えてしまったような気がする。どうして帯刀老は力を貸そうとはしなかったのだろうか。あの方ならきっと大昔からご存じだったろう。おそらくは先代、先々代の時代から存在した怪異の筈だ。

「人を喰う化け物まで人の営みのうちに含まれるのでしょうか」

「んー。分かんね。他に何か理由があったのかもしれないけど、言うべきじゃないってことだったんだろうな」

「柊さんはなんと？」

「興味ないってさ。関わらないのが一番だけど、避けられないなら『さっさと殺して差しあげなさい』って今回の弾丸を寄越したよ」

「……そうですか」

千早君が見せてくれたのは銀色の弾頭を持つライフル弾である。狩猟免許を持っている方でも使える銃には規制があり、空気銃や散弾銃のようなものもあるが、とりわけ殺傷能力が高いのはライフルである。散弾銃は細かい弾を広範囲に広げる為、直線上にいなくても獲物を落とすことがあるが、ライフル弾は違う。強烈な推進力と貫通力を誇り、大型の獣であっても容易に屠ってしまう。

「これ、銃の口径は大丈夫なのでしょうか」

「知らね。あの人のことだから抜かりはないだろ」

無責任なことを言いながら、ソファに体重をかけて頬杖をつく。

「それで？　大野木さんの方の収穫は？　これだけやったんだ。それなりの成果はあったんだろう？」

「そうですね。多少の成果はあったように思います。まず茂垣村を含んだあの辺りの地域は古くから山神信仰が篤かったようで、特に人身供儀《じんしんくぎ》の風習があったようです」

「ああ、生贄を選んで神様に差し出すアレか」

「あまり気持ちの良い話ではありませんが、この辺りではその生贄に旅人を選んでいたようです。特に古い時代には歩き巫女のような人たちが多く犠牲になったようですね」

「歩き巫女ってなに？　巫女さんが歩いてくんの？」

「かつてあったという巫女の一つの形態です。日本各地を遍歴し、口寄せや託宣をして生計を立てていたと。彼女たちは総じて神を携帯していたと言います。外法箱《げほうばこ》あるいは外道箱と呼ばれる箱で神を使役したとか。これは柊さんの式のようなものだと考えられます」

「……あぁ、なるほど。外道箱ね」

千早君の表情が曇った。確かに聞いていて楽しい話ではないだろう。だが、この前段階を説明しておかなければ本題に入れない。

「うん。それで？」

「現代人のモラルで、当時の文化や風習を糾弾するつもりはありません。実際、こうした生贄の儀式は江戸時代の初めに藩命によって改めるよう御触れが出ました。それによって神事に捧げられていた生贄は、山で獲った猪で代用するようになったそうです。以来、生贄に人は使われなくなったようですね」

「つまりなんだ？　茂垣村はもしかしたら未だに人を襲ってるかもってこと？」

ヤバくないか、と千早君がうんざりした様子で言う。

「いえ、確たる証拠は何もありません。ただ実際に茂垣村では毎年のように行方不明者が出ています。それも他所から越してきた方ばかり」

怪異の仕業だと一言で片付けるのは、些《いささ》か以上に難しい気がする。

「めちゃくちゃ怪しいな」

「今回の依頼は今までとはまた違う意味で危険かもしれません」

「なるほど。その手がかりを探そうと躍起になっていた訳か」

その通りではあるのだが、思っていた以上に闇が深いようで、近代に近づくほどに情報を集めることが難しくなっていった。周辺の集落に比べて茂垣村だけが異様に情報が少ない。過疎の進んでいる村というのは、とりわけファミリー層もしくは若年層の人を招こうと躍起になるものだが、茂垣村は殆どそうした動きがない。独身寮の完備や、五十代以降でなければ受けられない各種サービス等。どちらかといえば高齢の単身者をターゲットにしている気がする。

「まぁ、行けば分かるだろ」

「ですが、危険です」

「危険はいつものことだろ。いざとなれば尻尾巻いて逃げようぜ」

「そんな適当な」

「だって考えてみなよ。わざわざ県庁の対策室に相談に来たんだぞ？　露骨な危険はない筈だ。もし俺たちが戻らなければ、藤村部長が権藤さんに通報してすぐに警察沙汰になる。公務員に安易に手を出すほど、あの古郷って爺さんは馬鹿じゃない」

千早君はそう言いながら身体を起こすと、机の下に常備してある乾き物へ手を伸ばした。

「後ろめたい過去があるのは間違いないだろうけど、あの人たちは本当に困ってんじゃねぇの？　化け物を退治したいって言葉に嘘はなかったぜ」

小袋からピーナッツを取り出して齧りながら言うので、思わず苦笑してしまう。結局の所、危険を承知で飛び込むしかないのだ。どれほど万端に準備をしたつもりでも、予想外のことが起きてしまうのが常だ。臨機応変にやっていく他にない。

「食べ終わってから話したらどうです？」

「小腹が減ったんだよ。なぁ、もういい加減に飯でも食いに行こうぜ」

「何か食べてくるのかと思っていましたが、意外ですね」

「何を食おうかって迷っているうちに戻ってきちまったんだよ。ああいう時に一度迷うと、なかなか決められなくなる」

「もう終業時間ですから帰りましょうか。明日に備えてしっかり睡眠を取っておかないと」

この荒れ果てた資料の山を片付けるのは、案件を解決してからにしよう。これだけの惨状を元の状態に戻すのは一日仕事になる。

千早君は鞄を斜めにかけて、くあ、と欠伸を一つする。

「そういや登山用の荷物は？」

「もう車に積んであります。明日は茂垣村へ直行しますから車で帰りましょう」

「ならさ、遠回りして空港沿いのうどん屋で食って帰ろうぜ」

そうですね、と安易に答えようとして思わず施錠していた手が止まる。

「遠回りというか、自宅から反対方向ですけど」

「うん。だけど俺は今、無性にあの甘辛い牛肉がドサドサのった太麺のうどんが食いたいんだ。すり下ろした生姜と唐辛子をこれでもかってのせて食う」

あとサイドメニューの唐揚げも食う、と宣言した。

「……そう言われてみると、無性に肉うどんが食べたくなってきました」

「大野木さんもしっかり食った方がいい。顔がやつれてるよ」

施錠したのを確認してから、茜色に染まる廊下を進む。あちこちで退勤する職員たちを尻目に、こちらは正面玄関ではない方から直接、駐車場へと向かった。

車を空港方面へと走らせたことは、言うまでもない。

○

翌日、茂垣村へ着いて一番に驚いたのは積雪量だ。平地に比べれば、高度が高い山地の方が雪が積もるのは頭では理解していたが、実際に目の当たりにすると平地とは別世界である。途中、車のタイヤに苦労してチェーンを巻いてどうにか村まで登ってきたが、よくぞ無事に辿り着けたものだと我ながら感心する。

待ち合わせ場所の役場へ行くと、オレンジ色のジャケットとキャップを被った男性が十人近く集まっていた。一目で猟友会の人だと分かった。全員が肩に猟銃を背負い、長靴を履いている。傍に猟犬を連れている人物も多かった。

ジロジロと無遠慮にこちらへ向ける視線の圧がやけに強い。千早君などは既に臨戦態勢に入っているようで、助手席側の猟師と睨み合っていた。

「おはようございます」

車を駐車してから一足先に降りて、大きな声で挨拶をする。第一印象が肝心だ。

「おお、よう来てくれた。待っとったんだ」

古郷さんが笑顔で手を振ってくれたので、思わず安堵の息が漏れた。千早君はまだ睨み合いの真っ只中だが、放っておくことにした。察するに外部の人間を招くのをよく思っていないという人たちなのだろう。

「昨日の日暮れから降り始めた雪が夜通し降ったもんで、こんなに積もってしもうた。この辺りでも、ここまで降ることは滅多にないんだがな。それにしても、よく無事に来られたな。そこの坂はスリップした車がよく谷底へ落っこちる。二人とも運がいい」

満足そうに頷く古郷さんは、自分の軽トラックの荷台を指差しながら、「乗れ」と言った。

「そんな車で行儀よく登れるような山道じゃないぞ。荷物ごと、こっちに乗り込め」

一瞬、道交法が脳裏を過ぎったが、言葉を飲み込んで忘れてしまうことにした。私は警察官ではないので、とやかく言うのは避けるべきだ。今後の円滑なコミュニケーションの妨げになりかねない。

「道中、説明してくれよ」

躊躇っている私を他所に、千早君がやけに慣れた様子で荷台へと飛び乗る。他に数名の猟師も乗り込んだところで、ついに私も観念して荷台へとよじ登った。万が一にも事故に遭って、転倒するようなことがあっても怪我をする訳にはいかない。公務員が荷台に乗っていたとなれば懲戒は免れないだろう。

運転席と荷台との間にある小窓を開けて、助手席に座った古郷さんが私の名を呼んだ。

「すまんな。驚かせただろう」

「いえ。ですが皆さんお揃いで、何かあったのですか？」

私の質問に古郷さんは一瞬だけ躊躇したように黙り込んだ後、静かに言った。

「昨日の晩、マガツザルが出た。あの人喰いの化け物が八田《やた》の家の番犬を喰い殺しおった」

マガツザルという固有名詞は今まで聞いたことがない。千早君の方を振り返ってみたが、こちらも思い当たる節はないようだ。

「あの、マガツザルというのは、いったい何でしょうか」

「おお？　伝えてなかったか。狒々に似た化け物退治を頼んだだろう。あれの名がそれなんだ」

固有名詞があるのなら教えて貰いたかった。調べれば何か手がかりが見つけられたかもしれないのに。いや、詳しく聞こうとしなかった私の落ち度か。

「そういうわけでな、着いて早々申し訳ないが、山狩りについてきて貰わんとならん」

「今すぐですか」

「おお。それだけの装備なら山歩きも問題なかろうよ」

千早君がひょいと手を挙げる。

「なぁ、何か算段があるのか」

「人数で囲い込んで追い立てる。マガツザルは酷く臆病でな。人が群れていると襲ってこないうえに襲う時しか姿が見えんことの方が多い。若いもんが村の近く。中間層が山の中腹で待機しつつ少しずつ追い込む。トドメは古参の仕事や」

「なるほどね。それなら俺が追いかけた方が間違いない。こんなに大勢を引き連れていってもしょうがねぇよ」

千早君の言葉に周りの猟師たちが気色ばむ。隣にいた若い男が立ち上がり、不機嫌そうに唾を吐いた。

「余所者が何のつもりじゃ。誰ん山やと思うとる。ええ加減なこと抜かすと追い詰めて埋めっぞ！」

凄んだ男が左腕一本で千早君の胸倉を掴み、無理やり立たせようとした。

そうだ。この男たちは猟銃を持っているのだ。

そう思った瞬間、身体が一人でに動いていた。立ち上がりざま、フィンガージャブで男の瞼に素早く触れ、瞬きをした一瞬の隙に、胸倉を掴む男の左手首の関節を掴んで千早君から引き離した。

「ご、誤解です！」

何が誤解なのか自分でもよく分からないが、向こうはもう完全に頭に血が昇っている。まさか銃は使ってこないだろうが、ここからどうすればいいのか見当がつかない。

「やめんか！」

いつの間にか助手席から降りてきた古郷さんの大声が辺りに響き渡った。あまりの声の大きさに枝上の雪が音を立てて落ちる。

「一馬《かずま》ァ、専門家の先生相手に何をしやがるか！　こん素人どもが！　誰の客じゃと思うとるんじゃや、こら！」

体格が良い方だとは初見から思っていたが、怒鳴り方一つにしても凄みがある。

「もういいよ。仕事の話をしよう」

「……本当に人数はいらんのか」

「少数精鋭で行こう。二人一組でも襲われるかな？」

さっきまでの騒動などなかったかのように飄々としている。私などはまだ彼らの方をまともに見ることができない。

「ああ。二人なら大丈夫だろう。今までの犠牲者は一人になった所を襲われとるから、それだけ気をつけておけば大丈夫だ」

「なら爺さんとは別にもう一人だけ選んでくれ。腕利きを頼む。あと、やかましくない奴」

やはり根に持っていたらしい。

「よし。お前らは荷台から降りろ。山狩りは古参連中でやる」

留守番しとけ、と最後まで厳しかった。恨み言の一つでも言われるかと思っていたが、こちらが可哀想になるほど皆一様に肩を落としてそれどころではないようだ。

古郷さんが運転席から一人七、八十代の男性を連れてきた。いかにも山の男という印象で、帽子を取って会釈するだけで寡黙なタイプのようだ。

「すまんじゃったな。若いもんが迷惑をかけてしもうて」

古郷さんの言葉に千早君は肩をすくめるだけだ。

「いいよ。どっちかって言うと大野木さんの方が先に手を出した気もするし。それよか大勢で山に入ることにならなかったのがありがたい」

「ふふ。まぁ怪我の功名か。大野木さんもすまんかった」

さっきまでの迫力は何処へやら。やんわりとした口調は対策室で会った時よりも遥かに親しみが籠っていた。

「いいえ、こちらこそ申し訳ありませんでした。冷静な判断ができていなかったことを謝罪します」

「アンタらには期待しとるでな。千早君よ、例の弾丸はできたかね」

千早君が頷いて鞄から布で包んだ一発の弾丸を取り出して、驚いた様子の古郷さんへと手渡した。弾頭は鈍い銀の輝きを放っている。よく見ると、薬莢《やくきょう》の周りに細かい模様が彫ってあるように見えた。

「呪文字が刻んである。これで撃たれた化け物は間違いなく死ぬってさ」

「驚いた。わしのライフルにピッタリだ」

「一発しかないんだ。外すなよ」

「確実に当てるなら射程距離の見極めが肝だな。何か考えがあるんだろう？」

「大野木さん。山の地図を見せてくれ」

どれほどデジタル地図が便利でも、仕事には実物が必要だ。

「ここで広げて構いませんか？」

「ああ。荷台に広げてもらって構わんよ」

等高線の描かれた登山地図へ四人が集まる。用意していたマーカーを千早君に手渡すと、慣れた様子で矢印を描き始めた。

「千早君よ、うちの山へ来たことがあるのかい？」

「そんな訳ないだろ。初めてだよ」

「だが、お前さんが書き込んでいる矢印の場所は登山道じゃない。獣道だぞ」

「死穢が続いている道を辿っているだけだよ。これは俺と大野木さんが行く。古郷さんたちは、こっちだ」

「おまえさんたちの右側か。距離はだいたい数百メートルという所だな」

「痕跡を追いかける俺たちをマークしたままついてきてくれ。化け物を見つけたら知らせる。無線機なら用意してきた」

「本当に準備がいいな」

「これも県民の血税だ。還元しないとな」

千早君はそう言ってから、古郷さんのことを正面から見据えた。

「俺が合図するまで絶対に撃たないでくれ。化け物退治はそう簡単じゃない。下手をすると死人が出る。おまけに山はあいつらの棲み家だ。油断するなよ」

「誰に言ってやがる。半世紀以上、駆け回った山だぞ」

それでもだ、と千早君は声を低くして続ける。その右眼が青く燃えるように揺らめいていた。

「なんだ、その眼は」

さっきまで得意げに笑っていた古郷さんたちの顔から笑みが消える。ありえないものを見た人というのは、大抵の場合酷く恐れるものだ。

「この眼で化け物の残した痕跡を追いかけるんだよ」

「無線機を使うのは一度だけにしましょう。現場での経験上、こうした電子機器は怪異の影響を受けやすいので干渉される可能性があります」

「どっちにしてもチャンスは一瞬だ。合図を出すから見逃さないでくれよ」

二人が無言のままコクコクと頷く。猟師の持つ本能が生き残るには、誰の言うことを聞くべきか冷静に判断しているのかもしれない。

「道が分岐している此処まで車で乗せてってくれ」

「あ、ああ」

荷台にもう一度乗り込むと、千早君は真っ白に染まった人を喰うという化け物の棲む山を仰ぎ見ていた。彼の右眼には今、何が視えているのだろう。

「千早君。お二人に同行して頂く方が安全ではありませんか？　或いは千早君と古郷さんがペアになった方が良いのでは？　そもそもどうして二手に分かれるのか、理解しかねます」

「痕跡を追いかける俺たちの方が襲われる可能性が高いからだよ。奇襲されたりすれば全滅だ。仮に怪我で済んだとしても助けられる人間がいなくなる。あっちは還暦越えているんだ。流石に危ないだろ」

「……それはつまり、私たちは囮ということでは？」

私の質問に千早君がキョトンとした顔をする。

「なんだよ。気づいてなかったのか。そうだよ。囮だよ、囮。襲われる時にしか古郷さんたちには視えないってんなら、あっちから襲ってきて貰うしかないだろ？」

私は絶句する他なかったが、既にトラックは走り始めていた。

〇

険しい雪山を歩き始めて既に二時間弱。残穢は雪山の奥深くへと続いていた。途中、沢に下りることもなく、彷徨うように山をあちらこちらへ忙しなく移動している。

まるで何かを探しているかのようだ。

一面の銀世界に対して、空は眩しいほど晴れ渡っていた。それでも一向に雪が溶ける様子がないのは、それだけ気温が低いと言うことだろう。

千早君にはマガツザルの残穢が足跡のようにくっきりと視えているようで、どれほど雪深い場所所や木々の乱立する木立の間も、迷うことなく進んでいく。私にはただ美しい新雪の野が広がっているようにしか見えない。

どれほどそうして歩いていたのか、不意に先を行く千早君の足が止まった。これまで尾根伝いに歩き続けていたのだが、ようやく平らな場所へ下りられるかもしれないと期待が高まる。

「千早君。どうしましたか」

振り返った千早君がジェスチャーで黙るように指示した後、そっと隠れるようにこちら側へ腰を下ろした。彼の隣に身を屈めると尾根の向こうを指差す千早君の右眼が燃えるように輝いていた。

「見つけた。でも、かなり距離がある」

「私にも視えますか？」

「大野木さんなら視えるだろうけど、見つからないようにそっとな。焦点を合わせず視界の真ん中には捉えるなよ。視線に気づくかも」

好奇心よりも恐怖心が遥かに上回った。とてもそんな危険な賭けはできない。

「やめておきます。古郷さんに無線を入れますか」

「いや、まだだ。向こうもこっちが立ち止まっているのは見えているだろうから、少し様子を見よう」

「万が一、見つかったらどうするのですか」

「動向を見ておかないと余計に危険だろ。見失った所を襲われたら勝ち目がない」

千早君が寒さで赤くなった鼻をこすりながら、強張った顔でそう呟く。

「想像していたよりもヤバい」

「山の神、ですか？」

「違う。一瞬しか視ていないけど、妖怪とかそういう類でもない。……多分、元は人間だ」

「どういう意味です？」

千早君は答えずに、じっと黙り込んでしまった。

仕方がないので動向を探ろうと、ゆっくり四つん這いになったまま尾根の向こう側へとそっと顔を出すと、急な斜面になっていた。落ち窪んだ巨大なクレーターのような盆地に雪が降り積もっている。

心配しなくても、この山は休火山なので噴火の心配はまずない。

あの辺りが火口跡だろうか。窪みの中央に何かがある。赤い。

「んん？」

目を凝らした瞬間、それが赤い毛並みをした巨大な猿のようなものだと気がついて、慌てて視線を逸らした。

想像していたよりも、遥かに大きい。猿というから大きめのチンパンジーくらいを想像していたのだが、あれならば座った状態でも私の背丈を超えているだろう。妙に長く太い腕が雪を掻く様子がいかにも恐ろしかった。

そっ、と顔を上げようとして頭を帽子ごと雪へ押さえ込まれる。反射的に飛び起きそうになるのを背中に覆い被さる形で制止される。

「大野木さん、今顔を上げたらダメだ」

動くのをやめて、じっと雪の中に伏せる。手袋をしていても凍えるほど冷たい中、恐怖心がそれを遥かに上回っていた。

「元は人というのは、どういうことですか」

「祟りだよ。ようやく合点がいった」

「祟り？」

「ああ。詳しく説明してやりたいけど、ちょっとこのままだとマズいな。一度、出直そう。大野木さん、古郷さんに無線で連絡してくれ。話を聞かせて貰わないと」

「分かりました。では、すぐに」

無線機のスイッチを押して声をかけようとした、まさにその時だった。頭上から影が差した。

咄嗟に顔を上げた視線の先、尾根の向こうにいたはずの巨大な赤毛の化け物が昂然と立っていた。髪の間から見える黒々とした、ガラス玉のような目が私たちを捉えて弧を描く。

「マガツザル」

禍々しい猿、と書いて禍ツ猿なのかもしれない。

黄色い歯が剥き出しになり、手を叩いてキィキィと笑う姿に背筋が震え上がった。

すんすん、と匂いを嗅ぐ様子が妙に人間じみていて気味が悪い。

複数でいる時には襲わない、と古郷さんは言ったが、とてもそうは思えない。今にもあの巨大な手で殴りつけられるのではないか、と気が気ではなかった。

その時、私たちの頭上を何かが凄まじい勢いで飛来したかと思うと、化け物が肩を突き飛ばされたように背後に尻餅をついた。ターン、と一瞬遅れて発砲音が響き渡る。

「頼むから殺すな！」

千早君が大声で後方へ叫ぶと、私の手をぐいと引く。

「大野木さん、走れ！」

やってきた道を戻ろうと踵を返した。引っ張られるままに駆け出そうとして、ぼきり、と嫌な音が肋骨の辺りから響く。

「ぎっ」

遅れて激しい痛みが来ると同時に、背後から胴体を鷲掴みにしている腕が見えた。肋骨を折られた、そう思うよりも早く、凄まじい遠心力を感じ、目の前の景色が一変する。青い空が見え、遥か下方に雪原が見える。それらの世界がクルクルと三回転した。三半規管の感覚が正しければ、私は力任せに放り投げられたらしい。

「っ」

咄嗟に受け身を取ろうとしたが、呆気なく頭から雪の中へと突き刺さる。しかし、衝撃も痛みも想像していたよりもずっと少ない。

「はっ、はっ、はっ、はーっ！」

必死に雪の中を掻いて顔を上げると、特に雪が降り積もった辺りに運よく落ちたらしい。岩の上などに落ちていたら、確実に死んでいただろう。

息を吸い込むと肋骨に凄まじい痛みが走る。呼吸をする度に横隔膜が上下し折れた肋骨が痛む。

顔を上げると、どうやら尾根の向こう側の盆地へと投げ落とされたらしかった。

ダーン、とまた銃声が響いた。

何が起きているのか分からないが、このままこうしていても埒があかない。ともかく合流しなければならない。何をするにしても、近くに行かなければ何もできない。

しかし、どうして千早君は殺すなと言ったのか。彼はあの化け物を元は人なのだと言い、それは祟りだとも言った。茂垣村に存在したという風習と無関係である訳がない。

ダーン、ダーン、と続けざまに二発の銃声が響き渡る。

痛む肋骨を手で押さえながらようやく斜面の麓まで辿り着いた所で、百メートルほど離れた場所から化け物が飛び出してきた。私を襲いに来たのかと身構えたが、こちらには目もくれずに逃げ去っていく。あちこちから出血しているようで、雪の上に夥しい血の跡が残っていた。

「やめろ、撃つな！」

「離せ、離さんか！」

盆地へと下りてきた古郷さんと千早君が何やら揉めている。もう一人の男性の姿は見当たらなかった。

なんとか二人の元へ辿り着くと、ちょうど千早君が弾き飛ばされる所だった。雪の上に尻餅をついて悪態をついている。

「どうしたんです。何があったんですか。もう一人の方はどちらに？」

「よかった、大野木さん。無事だったのか。あっちで気絶しているけど問題ないよ」

「そうですか。命に別状はないのですね」

「頼むよ、古郷さんを止めてくれ」

「いったい何が」

事態がまるで飲み込めない。化け物退治に来たのではなかったのか。

「大野木さん。邪魔をせんでくれよ。アンタらには感謝しとるんだ。手荒な真似はしたくない」

銃口をこちらへ向けはしないが、揉み合ったせいか古郷さんも冷静には見えない。これだけ距離があると取り押さえるのも難しいだろう。刺激するような真似はしない方が得策だ。

「すまんな。ここから先は一人でやらねばならんのだ」

古郷さんはそう言ってから、こちらへ注意を払いながら化け物の方へと近づいていく。

「大野木さん。俺たちは担がれたんだよ。化け物を殺したいって依頼内容には嘘はなかったけどな。全部、この爺さんには分かっていたんだ」

「言っとくが、詳しいことを知らされるもんは古参の中でも数人だけや。あとはわしが終わらせるだけ。この村の悪習もこれで終いや」

出血が酷いのか、マガツザルはもう雪の上に仰向けに倒れたまま身動き一つしない。まだ死んではいないようだが、このままではそう長くはないだろう。

「遠い先祖が山の神さんへ捧げる生贄に村の者じゃなく、外の人間を使おうとしたのがそもそもの始まりじゃった。当時は、そりゃあ親切な村で有名でな。旅人を上げ膳据え膳で歓待したそうだ。そうすると、身寄りのない旅人もやってくる。歩き巫女はその中でも都合がよかったんじゃろうな。年頃の娘を捕まえ、生贄に使いよったらしい。何年も、何十年もな」

狂っとる、と古郷さんは吐き捨てた。

「そのご利益か知らんが、こんな雪深い山村にもかかわらず、飢えて死ぬ子どもは殆ど出たことがないらしい。だが、そんな非道がいつまでも罷《まか》り通る筈がない。時代が江戸になり、藩命で生贄が禁止された。村の大人たちは考えただろう、また冬に飢える時代になるのかと。一度、手に入れたものを手放すことは簡単ではない」

「やめなかったんだな」

「そうだ。だが、それが運の尽きだった。その歩き巫女は本物の神様を連れとったそうだ。箱の中に神様を飼うて、失せ物探しから千里眼までなんでもやった。これはご利益も深かろうと襲いかかると、巫女は自分の胸に刃を突き立てた男へ呪いをかけた。その翌朝、男の腕から獣のような硬く赤い毛が生えた。針のように鋭い毛で鋏でも断ち切れん。男は日を追うごとに毛に覆われていき、ついには心身共に化け物のように変じてしもうた」

「それがマガツザルか」

「そうだ。其れは山の奥深くへと逃げ、村人も追おうとはせんかった。だが、化け物も喰わねば死ぬらしい。初めは作物、次に家畜が襲われる。家畜が喰われるようになれば、人を襲いだすまでにそう時間はかからん。おおよそ家畜の味に飽きるのに、五頭か、六頭くらいか。

血の味を覚えた其れは、完全に理性を失ったマガツザルとなる。結局、村人総出で山狩をして嬲《なぶ》り殺しにする他なかった。犠牲も出たようだがな。問題は、トドメを刺した男が次のマガツザルに変貌したことだ」

マガツザルを退治した者が、次のマガツザルになる。

「待ってください。では、茂垣村で転入者が行方不明になっているのは」

「マガツザルに喰われたのじゃない。次のマガツザルになってもらう為にトドメを刺させた。村の人間を其れにはできん」

「なんの罪もない人を、化け物にしたというのですか」

古郷さんは首を僅かに振りながら、そんな真似ができるか、と吐き捨てる。

「女子どもや罪もない人間をさしむけるほどの外道にはなれんやったんやろう。単身者が沢山来るように集め、その中から脛に傷を持つ奴を調べあげ、生贄にしてきたんだと。法の網を掻い潜ってきた悪党共がいくらでもおる」

「言い訳になってねぇ。結局、やっていることは先祖と何も変わらないじゃないか」

「そうや。何も変わらん。変えきれんやった。マガツザルを殺した者が自ら命を断つと、必ず村人の誰かがある日いきなりマガツザルに変貌する。わしの親父がそうやった。この村は、許されることがない」

古郷さんがそう言って、銀の弾をゆっくりと装填する。

「これでようやく、何もかも終わる。地獄に堕ちるのは、わしで最後だ」

銃口を自らのこめかみに押しつけ、その引き金を躊躇なく引いた。止めるひまもなく、雪山に乾いた銃声が響く。

しかし、ほんの一瞬早く飛びかかった千早君が古郷さんを雪の上へ引き倒していた。弾丸は幸い空を切ったらしい。

「まだ間に合う。アンタがまだ誰も殺していないことは知っている。地獄になんて行かなくていい」

「……なんやと？」

「最初から頼れば良かったんだよ。村の中だけで解決しようとするから、こんなことになるんだ。呪いのことも何もかも正直に話してくれたなら、あんな面倒なこともせずに済んだのに。その為に俺たちみたいな奴がいるんだから」

千早君は立ち上がると、マガツザルへとよろよろとした足取りで歩き始めた。

「こいつはまだ法で裁けるだろ」

「どうせ大した罪にはならんぞ」

「それでも機会がない訳じゃない。少なくとも、アンタが手を下す必要なんてないよ」

千早君は仰向けになっているマガツザルの元へ近づくと、青く浮かび上がった右手を胸へと突き入れた。マガツザルはぶるぶる、と痙攣しているが、暴れ出す様子はない。

「掴んだ」

ゆっくりと右腕が胸から引き抜かれて、やがて拳が外に出たかと思うと、雪の上へ何かが転がり落ちた。千早君が拾い上げたそれは、とても小さな頭蓋骨だった。小猿の頭骨ではないだろうか。

「これが呪いの核だな。歩き巫女が使役していた『神様』って奴だろ」

酷く風化したそれは土塊のようにボロボロと脆くも崩れ去ってしまった。りんりん、と小さな鈴の音が盆地の火口の方へと走っていく。

「大野木さん。あの下にあるみたいだ」

一瞬、千早君の言葉の意味が分からなかったが、この呪いの始まりをまだ確かめていなかったことを思い出した。この事件の最大の犠牲者は捧げられてきた生贄たちだ。さらに言えば、なんの縁もなく、ただ立ち寄ってしまったという理由だけで無惨に殺されてきた旅人たちだろう。

「昔はただ火口に放り込んでいたんだろうな」

盆地の中央はよく見ると僅かに盛り上がっていた。大きな土饅頭のイメージに近いだろうか。試しに雪を掻いてみると、拳大の石を積み上げた古墳のようなものが現れた。いったい、どれほどの犠牲者がこの下に眠っているのか。

「こいつの飼い主も此処に埋められてる」

そう言って千早君が足元にいる小さな何かの頭を右手で撫でたような気がした。もちろん、私には何も視えていない。しかし、鈴のついた小猿を撫でる千早君のイメージがありありと感じられた。

マガツザルの方へ目をやると、そこには浅黒く肌が変色した全裸の男が横たわっていた。慌てて駆け寄って脈を取ると、どうにか生きている。五、六十代の男性のように見えた。肩と大腿部の外側に銃創があるが、命に別状はなさそうだ。

「そいつを介抱してやってくれ。救急車と警察は手配する。ヘリも出して貰わんと間に合わんだろう」

救急隊員がこの傷を見たら、一目で銃創だと気づくだろう。そうなれば事情聴取は免れない。

「しかし」

「長い悪夢から目覚めたような気分だ。初めから何もかも間違っておったのか。なるほど、道理で殺しても蘇る筈だ」

古郷さんは憑き物が落ちたように温和に微笑んで、猟銃から排莢《はいきょう》すると雪に落ちた弾丸を千早君へと投げた。

「手間ばかりかけさして悪かったな。千早君よ」

「いいよ。知り合いの刑事さんに事情は説明しておく」

古郷さんは頷くと土饅頭の方へと歩いていって、深々と頭を下げた。

一瞬、盆地を埋め尽くすほどの人影が見えたような気がしたが、瞬きをすると忽然と消えてしまった。数え切れないほどの死者たちの瞳が、古郷さんを静かに見据えていた。

「若い連中を後ろから見守ってやるのが年寄りの役目だろ？」

そう話す千早君の眼には、きっと先ほどの光景がより鮮明に視えているのだろう。彼女たちの過去も思いも全て。

「弔ってやってくれよ。死者の為にしてやれることなんて、そう多くないんだ。罪を犯していない子孫のアンタたちだからこそできることがあるよ」

新たなマガツザルを生まない為には、それしかないのだろう。目を逸らさずに向き合うことに意味があるのかもしれない。

強い風が吹きつけたかと思うと、雪が舞い上がって陽光を弾いて眩く瞬いた。

耳元で強く吹く風の音に交じって、山の何処かで甲高い猿叫が聞こえたような気がした。

夢魔

係員が笛を鳴らしながら、踏切の遮断機をゆっくりと下ろしていく。

紺色の雨合羽を着た彼らは、こうして電車がやってくる度に遮断機を上げ下げしなければならない。東京では既に電動化されたものが将来導入されることが決まっているというが、それを彼らは果たして喜ぶだろうか。

何かに席を譲るということは、自分の席を失うということだと自覚しない人間があまりにも多いように思う。

咳をする度に胸が痛む。雨の日は湿気が酷いので億劫だ。極力、外へ出なくとも良いようにしているのだが、帯刀からの呼び出しとあれば無下にもできない。仮にも、あれであの男は私の師になるのだ。利用価値があるうちは従順であるべきだろう。

傘を叩く雨音に耳を傾けながら、電車がやってくるのを待つ。踏切の向こうで係員が警鐘を鳴らす様子を眺めていたが、待てど暮らせど肝心の電車がやってこない。踏切で待つ人は数を増やしていく一方だ。

「学生さん。何かあったのかい」

背後に立った背広姿の中年男性にそう問われたが、私は首を横に振る。

「分かりませんが、事故かもしれませんね」

この踏切の先にある周郷《すごう》駅は、とかく人が電車に飛び込むので有名だった。昼夜を問わずに起こるので乗り場に柵まで設けられたが、止まることを知らないという。

「参ったな。商談の時間が迫っているのに」

「かなり歩きますが、そこの畑沿いに小道が見えるでしょう。あの先に歩道橋がありますよ」

「そうかい。ありがとうよ、学生さん」

男性が礼を言ってから小道へと逃れると、次々とその後に周りの人間も続いた。私のような人間からすれば、わざわざ手間をかけてまで回り道を急ごうとは思わない。おまけに泥水でぬかるんだ道を進むくらいなら、ここで待っていた方がいい。

それから暫くして、警鐘が止んだ。係員が遮断機を上げて周囲に目を配ってから、こちらへと急いで駆けてくる。

「人身事故です。暫く上下線共に電車は来ません。今のうちにどうぞ通ってください」

安堵の声があがり、次々と踏切を渡っていく。レールの鋼の色合いをぼんやりと眺めて、ふと顔を上げると踏切の向こうに停められた車の横に見覚えのある男が立っていた。特別に仕立てさせた、見るからに高価そうな背広を着て、不機嫌そうに傘を差して待ち構えている。

「いつまで人を待たせるつもりだ」

木山《きやま》、と唸り声を上げた師を見て私は肩をすくめて見せた。車を運転しているのは石鼓《せっこ》だ。

「私の所為じゃありませんよ。人身事故があったようです」

「最近、特に多いな」

「怪異の仕業ですかね」

ともかく乗れ、と後部座席に座る帯刀の後に続いて乗り込むと、ふわりと甘い花の香りがした。女物の香水の匂いだ。

「呆れた。また女を連れ込んでいたのですか」

「人聞きの悪いことを言うな。これも付き合いだ。女の所へは満遍なく顔を出してやらないといじけるだろう」

「派手に女遊びばかりしていると、そのうち刺されますよ」

「俺の手に負えない美女というのも悪くないな」

満足そうに言いながら葉巻を取り出すと、先端を切ってマッチで火を点けようとするので、咄嗟に葉巻を取り上げた。

「おい、返せ」

「車内で葉巻を吸うのはやめてください、と何度言えば分かるんですか」

「相も変わらず細かい奴だな」

「あなたの煙を吸わされるこちらの身にもなって頂きたい」

「お前が悪いのは心臓であって、肺ではないだろうが」

「匂いが服や髪につくのが嫌なのです」

車の窓を開けて、葉巻を外へと放り捨てる。

「勿体ない。あれが一本幾らすると思っている」

「師の身体を気遣ってのことです。そんなことよりも仕事の話をしましょう」

帯刀は忌々しそうな顔をしたが、切り替えるように鋭い視線を向けた。

「少し面倒な依頼でな。人に仇を成すので我が子を始末して欲しい、という。地元では豪農で知られた名家だが、昔からそういう鬼子が稀に産まれてくるという話だ」

鬼子。およそ人の子とは思えない容貌、或いは性質を持った子どものことを言う。先祖返りだという話もあるというが、定かではない。

「葛城《かつらぎ》家の祖先には鬼がいる、という宗家にのみ受け継がれる口伝があるそうだ」

「鬼とはまた随分ですね。今まで相手をしたことがありますか」

「角を持った男には幼少の頃に会ったことがあるが、今回のそれとは些か事情が違うだろう。本来、鬼というのは朝廷に『まつろわぬ民』のことを侮蔑して呼んだ名だ。そうだな。古くは『歩《あよ》の鬼』が有名だろうな」

古代の出雲国、阿用《あよ》の郷に棲んだという角を持つ一つ目の鬼だ。人を喰うとされる。この国の最古の鬼である。

「さらに古くは飛騨《ひだ》にも二面四臂の鬼神がいたというが、これも同じく朝敵であったろう」

「要は特殊な技能や異能を持つ者の総称ですね」

「木山。世が世なら、お前のような者も鬼と言われて迫害されていただろうな」

自分ばかりを棚に上げるのが、この男の嫌な所だ。自分の方がよほどあちら側に近い場所で生まれ育っておいて、平然とそんなことを言うのだから質が悪い。

「私なら目をつけられるような間抜けな真似はしません」

「そうだ。それが外から見ても分かるような差異でなければ、そうした者は自身の力を隠すものだ。己が異端であることを理解しているからな」

鬼子は生まれた時に産婆に殺されるのが古い慣わしだ。あれは単なる偏見ばかりから来るものではない。自分たちに将来、害を為すことを恐れて行われる防衛行為であり、同時に一種の人身供儀だ。

「つまり今回は、そうではないということですね。一目で異質だと分かる外見的特徴があるのか、同様の影響力を持つ何かを持っているか」

どちらにせよ、一筋縄ではいかないことは想像に難くない。親が我が子を殺してくれと他者に依頼するということは、恥を外部に晒すことに等しい。それほど手に負えないのだろう。

「お前の式を試す良い機会だろう」

「ご冗談でしょう。人に転変することもできない、弱く儚げな式に何をさせようと？」

「嘘をつくな。俺の目を節穴だと思っているのか？　お前の式は実によく考えてある。いかにもお前に相応しい、応用の利く小賢しい式だ」

「さて、どうでしょうか」

車は舗装されていない郊外の田園地帯を抜けて、緩やかにカーブを描く川沿いの道を走り始める。まだバスも碌に通っていないので、この辺りに暮らす人々はさぞ不便だろう。オート三輪とすれ違ったが、荷台にやけに大きな物が載っていた。一瞬だけ運転席に座る中年の男の顔を見たが、特にこれといった特徴はない。ただ、強いて言えば魂の色が濁った鼠色をしていたので、碌な人間ではないだろう。大方、詐欺師か何かだということは想像がついた。どちらにせよ、清いばかりの家ではないらしい。

「葛城家は豪農で知られる。ここらの田んぼや果樹園は全て葛城家の土地だ。先の戦争でも財産を更に増やした」

「あまり好かれている家ではなさそうですね」

田園の先に漆喰の塀に囲まれた広大な屋敷が見えた。この薄暗い雨の中でさえ、くっきりと白く浮かび上がる屋敷には、こうして外から眺めるだけでも蔵が四つも確認できた。これだけの富を築くのにどれほどの時間を要しただろう。同時にどれほどの犠牲を小作人たちに強いてきたのか、と夢想する。

「御山の屋敷に負けず劣らずといった規模ですね」

「門を潜る前に、その軽口をどうにかしておけ」

車が敷地の中へ入ると、正面がロータリーになっていて玄関の前に直接車を横づけすることができた。

「石鼓。車で待機しておけ。人の目につくようなら眠っていて構わん」

運転席に座る岩のように寡黙な男は頷き、私たちが降りるのを確認してからゆっくりと車を脇の方へと丁寧に停めた。私も車の運転ができるようなものを式にしたかったが、叶わぬ願いだ。それに私は人形《ひとがた》になるものを式にしたいとは思わない。

「学生服が正装とはいえ、スーツでも着せてくるべきだったか。外套と帽子は脱いでおけ」

言われずともそれくらいの礼節は弁えている。

呼鈴を押すと、すぐに玄関の戸が開いて背の低い皺だらけの老婆が応対に現れた。帯刀の顔を見るなり、深々と膝に手をつけて叩頭する。

「帯刀家の御当主、御自らお越し頂けるとは法外の歓びでございます」

高齢のせいか、身体ばかりか声まで震えている。歯も残り少ないようだ。

「ツエさん。息災でいたかい。こうして本家を訪ねるのは五年ぶりか」

「七年ぶりでございます。御当主、そちらの方は？」

老婆の鋭い眼光が私を値踏みするように舐め回した。老いてはいるが、伊達に長生きはしていないと見える。

「弟子を取った。何、いっときの気紛れだ」

「まぁ、それはそれは。改めまして。奉公人頭を務めております、ツエと申します。どうぞ、お見知りおきを」

「木山千景です」

軽く会釈した私の瞳を覗き込むように、顔を向ける。前髪を伸ばしておいて良かった、とつくづく思った。

「顔つきに少し陰がございますが、稀有な瞳をお持ちのようで」

「陰気な面だろう」

失礼極まりないことを言って豪快に笑う。

「さて、当主殿はどちらに？」

「離れでお待ちです。ご案内致しましょう」

沓脱を上がってスリッパに履き替えてから屋敷の奥へと進んでいく。相当に古い歴史があるようだが、生活がしやすいようあちこち改修されている。若い奉公人も途中で何度か見かけたが、誰もがこちらを見るなり慌ててその場に平伏した。しかし、この帯刀家の威光も現代においてどれほど続くだろう。

母屋と離れを繋ぐ為に庭にかけられた回廊を進んだ先、庭の池を眺める階《きざはし》に着物姿の壮年の男が立っていた。年齢の割に身体が大きく、衰えた様子がまるでない。こうして横顔を眺めると、確かに額の中央が膨らむように隆起していた。

「旦那様。帯刀様をお連れ申し上げました」

ご苦労、と低く唸るような声が返事をした。男は手の中にあった餌を池へ放り投げて、こちらを振り返る。こうして正面から見ると益々大きい。肩幅も広く、胸板が厚い。白髪を短く刈り上げ、双眸には生気が満ち溢れていた。

「久しいな。当主殿。息災か？」

「お陰様で。そちらもお変わりないようで」

「当主殿も益々、家名に相応しい貫禄が備わったようだな。そろそろ嫁御を娶る歳だろうに女遊びが激しいようだ。いやはや、あの若造が成長したものだ」

「まだ所帯を持つ気にはなれません。一人の方がよほど気楽でいい」

「堅物だった先代とは似ても似つかんな。いったい何処の誰に似たのやら」

当主が私の方へ目を向ける。帯刀も大柄な方だと思っていたが、この男は桁違いに太い。腕も足も年輪の詰まった木の幹のようだ。掌も大きく、指の一本一本が太く鋭い。先祖に鬼がいるというのも納得できようというものだ。

「そちらは？　初めての顔だ」

「ええ。弟子を取りました。いや、押しかけてきたので仕方なく弟子にしたというのが正しいか」

「ほう。見た目の割に度胸があるようだ。いや、これは野心か。危険な男を飼っているな」

「それなりに見所はあります。便利な眼を持っていましてね。重宝しております」

「なるほど。互いに利用し合っているということか」

「木山千景と申します」

「当主の葛城実昭《さねあき》と申す。まぁ、そう固くなるな。さて、積もる話はこちらでしようか」

案内された離れの座敷。その縁側からは池と庭を一望することができた。睡蓮の花を雨粒が叩く音が座敷に小刻みに響く。

座卓を挟んだ上座に腰かけた葛城さんは苦々しい顔をして顎の髭を撫でた。

「さて、何から話せばよいか」

依頼の内容は伝わっているが、帯刀は葛城が話し出すのを待つつもりのようだった。我が子を殺して欲しい、などという話を簡単に切り出せる筈がない。

「恥ずかしながら、私は妻との間に多くの子がいる。七人の子どもたち。この末の娘が鬼子だったことが全ての始まりだ」

一目見て分かった、と彼は低く告げた。

「取り上げた産婆が最初の犠牲者だ。その場で気が狂い、脳味噌が溢れ出すほど頭を柱に打ちつけて死んでしまった」

「最も身近にいた奥様に危害は？」

「咄嗟に瞼を閉じて難を逃れることができた。四代前にも鬼子が生まれ、その眼を見た者が舌を噛み切って死んだと聞いていたのが役に立った。すぐに俺が駆けつけ、手探りで子どもの目に布を巻いた。臍《へそ》の緒を切って処置をしたのは予備の産婆だ」

取り上げた産婆の遺族には手厚い見舞金を支払った、という。他言無用と暗に示したのだろう。沈黙料を含んでいることくらい誰にでも分かる。

「この先、振り撒くであろう厄災を考えれば自ら手にかけておくべきだった。だが、我が子を殺すことだけはどうしてもできなんだ。何か手段があるのではないか、と」

理屈は分からないではない。

「眼に封を施したのですね」

「そうだ。呪い師を雇い、眼に禁呪を施させた。外には出さず、我が家の蔵で育てることに決めた。俗世に関われない代わりに、可能な限りの愛情を注いで育て、己の力を制御できるようになった暁には、この蔵から出そうとな。しかし、それが間違いだった」

手に負えなくなる未来を、この男が想像できなかったとは思えない。しかし、人間はありもしない希望に目が眩んで、現実が見えなくなる生き物だということを私は知っている。

「あれが八つになった時、六番目の息子が蔵の前で死んだ。己の首を自ら締め上げて窒息死していた。優しい子で、いつも蔵の中にいる妹を不憫に思い、話をしに来ていたのだ。兄妹の中でも特に仲が良かった」

「眼は禁じた筈でしょう」

「そうだ。あれにはもう一つの異能があるようだが、それが何かは分からないのだ。あれはすぐに人を煙に巻く」

「蔵の中に入ることができるのは？」

「今は私と妻だけだ」

おそらく子どもが死んだのを境に蔵へ入るのを禁じたのだろう。

葛城さんと帯刀の話に、ただ静かに耳を傾ける。私のような若輩が口を挟む余地はない。

この男の魂は鮮やかな赤色をしている。嘘をつくような人間ではない。だが、この色の人間は総じて攻撃性の高い者が多かった。実は妻や子どもたちに暴力を振るっていてもおかしくはない。

不意に男の後ろに広がる庭へ目をやると、その奥に黒漆喰で塗り固められた重厚感のある蔵が見えた。集中してやれば、建物や障害物を透かして魂の色を見ることもできる。

蔵の奥に佇む、その魂の色がにわかに膨れ上がった。

「うっ」

口元を押さえて慌てて縁側へ逃れたが、耐え切れずに池へと嘔吐する。

「木山、どうした。何があった」

駆け寄ってきた帯刀に背中を摩《さす》られると、胃の中身が全てひっくり返る。ゲェゲェと嘔吐してからようやく身体を起こすと、帯刀が自分のハンカチをこちらへ寄越したので、固辞して己のハンカチで口元を覆った。

葛城さんに聞こえないよう、耳元で小さく呟く。

「化け物です」

あの蔵の中にいた者の魂は、赤錆と腐敗した膿のような色をしていた。あれはもう人間ではない。今更どうにかできるものではないのが否応なく分かった。

「お前、さてはあの蔵の中を視ただろう」

咎めるように言うので、口の端を引いて笑ってみる。精一杯強がってみたが、思っていた以上にダメージが大きかった。

「不可抗力ですよ。先に視てきたのは、向こうの方です」

ほんの一瞬だが、あれと繋がったような感触があった。視線が交わるなどという生易しいものではない。侵蝕されるような恐ろしさがあった。

「……葛城殿。今一度確認しておきたいのですが、本当に我が子を殺して欲しいとおっしゃるのか」

「無論だ。このままでは関わりのない者まで殺すようになるだろう。本来なら、父親である私の務めだということは理解している。だが、為す術もなく殺されるだろう」

帯刀が悩む理由は想像がついた。帯刀の使命はあくまで人と怪異の仲立ち、バランスを守ることにある。人とそうでないものの領分が互いを侵すことがないよう努めるのだ。しかし、今回の場合はどうだろうか。異能を持っているとはいえ、相手は人の子に過ぎない。怪異とは言えないだろう。

「気が乗らないかね」

「……当然です。何も殺さずとも良いのではないか、と思います。まだ少女と言っていい年齢なのでしょう」

「違う。あれはもう私の娘ではない。変質してしまったのだ。死の味を覚えてしまった。だから蔵の周囲には近づかないようにさせたのだ。私と妻ならば、いつ犠牲になっても構わない。だが、それに何の意味がある。私たちが死ねば食事や身の回りの世話をする者はいなくなるだろう。それで大人しく餓死を迎えるようなことはあるまい。どんな手を使ってでも外へ出る筈だ」

「そんな手段があるのなら、どうして今すぐ蔵の外へ出ようとしないのですか」

「いや、何度か蔵の外へ出ていたことはあった。どうやったのかは不明だが」

「つまり物理的に閉じ込めても意味はない、と？」

「蔵の扉にかかった閂《かんぬき》も、錠前も中からでは外せん筈なんだ」

それだけ強力な力を持ちながら、どうして逃げようとしないのだろうか。何か目的があるのか。それとも離れることができない理由があるのか。

「帯刀殿。あれの眼は何だと思うね」

「詳しくは分かりません。しかし、視ただけで相手に害を与えるというのなら邪眼の類でしょう。海外では魔眼とも呼びますが、要は同じものです」

「やはりそうか。禁を施した呪い師も同じことを話していた。人の手に負えるものではない、と。正気でいられないのだとな」

「その方は優秀ですな。精神にも多大な影響を及ぼします。彼女と会話はできますか」

「外の人間を前にあれがどう反応するのか。想像もつかんよ」

「……あれなどと呼ぶのはやめませんか。仮にも貴方の実の娘でしょう。不愉快だ」

帯刀の声に怒りが滲む。しかし、葛城さんは困ったように口元を緩めた。

「君は相変わらず優しい所があるな。だが、言っただろう。私たちの愛した娘はもう死んだのだ。我が子の姿をしているが、本来の名で呼ぶことはどうしてもできんのだ」

歯噛みする帯刀の袖を掴んで引く。

「無理をするな。横になっていろ」

「気に入らないのなら退散しましょう。これは我々の手には余る」

魔眼とやらに関心がない訳ではないが、この眼の代わりにしたいとは思えなかった。それに本音を言ってしまえば、あれが解き放たれたならいったい何をするのか、どれほどの死をもたらすのかということにこそ興味があった。そうすれば、この男はきっと手を貸さなかったことを後悔するだろう。

「人と怪異の均衡を守るのが、帯刀家の役目だと言っていたではありませんか。魔眼持ちであろうと、人であることに変わりはありません。これはあくまで人の問題でしょう」

唆すようにそっと囁く。こういう時、人という生き物は逃げ口を作ってやると楽な方へ、楽な方へと流れる選択をするものだ。

「木山」

「はい」

「……黙れ」

狼の唸り声のような怒気に思わず背筋が、ぶるりと震えた。今まで一度も見せたことのない貌に笑みが溢れる。いつもの人を馬鹿にしたような余裕たっぷりの顔ではない。切羽詰まった、土壇場で見せた表情は悪くなかった。

「葛城殿。力を無力化できれば殺すまでもないでしょう。私に任せて頂きたい。助力は無用です。その代わり、無害だと証明できれば寿命が尽きるまで面倒を見てください。それが親の責任というものでしょう」

文句はなかろう、という姿勢を隠そうともしない。

「いいだろう。そこまで言うのなら君に任せよう。ただし、あれが外の人間を一人でも傷つけたのなら、容赦なく殺して頂く。情け容赦は不要。心臓を止めるか、頭を砕くかして頂きたい」

「承った」

酷いことを言っているように聞こえるが、全ては覚悟の上だろう。

硬い口調で頷いた帯刀に、一本の古びた鍵を差し出した葛城さんは険しい顔で口を開いた。

「蔵の鍵をお渡しする。私にできることがあればなんでもしよう」

「何かあれば式を送ります。……奥方の傍にいらしてください」

「礼を言う。然れば、宜しく頼みます」

額を床に押しつけて頭を下げると、勢いよく立ち上がってそのまま離れから出ていってしまった。廊下で待っていた使用人の老婆が当主の後に続いて母屋へ去っていくのが見えた。

「らしくないことをしますね」

「そう言うな。ここで帰れば夢見が悪いだろう。実際、このまま放置しておけば無関係の者にも被害が出かねんからな。高貴ゆえの義務という奴だ」

甘い、と思わずにはおれなかった。真に中立で均衡を尊ぶべきだと言うのなら、この件からは身を引くべきだったのだ。怪異の関係ない騒動に首を挟んで解決するというのは、帯刀家の信条に合っていないだろう。たとえ、どれほどの犠牲者が出たとしても、そこに関与すべきではない。

しかし、そんなことは当人が一番よく知っているだろう。実際、話に聞く帯刀家の先代、すなわち帯刀の父上は冷酷で知られた人物であったという。人の姿をした樹木のよう、と生前の姿を知る人が語っていたのが記憶に新しい。

「勝算はあるのでしょうね」

「まずは相手の手の内を暴かないことには始まらん。石鼓はここ一番で使うべきだな。それまでは小技で凌ぐ他あるまい」

無傷で帰れると良いが、そう上手くはいかないだろう。全く面倒なことだ。

「蔵を壊せば済むような話なら楽だったんだがな」

目をやると、曇天の映り込んだ池を錦鯉が悠然と泳いでいた。雨が上がるまでに片付けばいいが、儚い望みかもしれない。

彼方の空で雷光が走り、雲の上から轟くような音が鳴り響いた。

嫌な予感がする。

嵐がやってこようとしていた。

○

池の先にある四つの土蔵のうち、一つだけが黒漆喰で仕上げられ、壁面の幾つかに魔除けの紋様が彫り込まれていた。巨大な鬼瓦が屋根の前後で睨みを利かせている。

「なるほど。魔を寄せつけない結界を利用して、その内側に魔性を閉じ込めたか」

帯刀は感心したように言って、蔵の周りに幾つかの術をかけた。中のものを外に逃がさない為の壁のようなもので、三種類ものそれを精緻に配置していく。常人には何も見えないし、感じることもできないだろうが、これならばたとえバスが突っ込んできたとしても土蔵にぶつかることはない。

雨足が先ほどよりも強くなっていた。

「木山。お前は蔵の中で一言も話すな。会話は俺がする」

「……先の失態の所為ですか」

「お前に落ち度はない。ただ、相手が悪かった」

力負けした挙句、あわや呑み込まれる所だった。あれを失態と呼ばずしてなんと言うのか。

蔵の扉にかかった木製の大きな閂は想像していたよりも重く、私の力ではおよそ動かせそうにない。仕方がないので、術を施して閂を脇へ落とした。

「木山。もう少し丁寧にやれないのか」

「閂が相手では難しいですね」

私の言い方に帯刀は苦笑して、預かった鍵を取り出す。それから一度だけ深く息を吸って錠前を開ける。何らかの術がかかっていたのか、錠前がひとりでに浮き上がって鍵と共に脇へと移動する。まるで従者のようだ。

蔵の扉というものはどれも分厚く重い。火が中へ入り込まない仕組みになっているからだが、この扉は殆ど抵抗を感じないほど軽かった。おそらく数え切れない量の術が随所に刻まれているのだろう。

最初に私たちの目に飛び込んできたのは、蔵を埋め尽くすほどの座敷牢だった。二階部分はすっかり取り払われ、分厚い木材で組んだ牢が天井ぎりぎりまで迫っている。よく見れば牢にも、用いられた鉄製の金具にも同様の術が刻み込まれていた。

牢の中は簡素な部屋という印象で、ベッドや机があり、意匠の凝った木の椅子には目を黒い布で覆った若い女性が膝を合わせて座っている。背は高いようだが、手足が異常に細い。ウェーブのかかったちぢれた黒髪をして、淡い色のワンピースを着ているが、よく見れば寝巻のようだった。極力そちらを見ないよう、目を伏せながら視界の端で様子を窺う。

牢の前には年季の入った椅子が二脚並んでいた。かつてはこの椅子を使って娘と話していたのだろうが、うっすらと埃が溜まっているので暫くは来ていないようだ。帯刀はその椅子を一つ手に取ると、ハンカチで乱暴に拭いてから腰を下ろしたが、私はとても座る気にはなれなかった。

「なるほど。これは強烈だな」

女は表情一つ微動だにしない。ぞわぞわと悍ましい赤錆色の何かが百足《むかで》のように辺りを這い回っている気がして、思わず口元を覆った。

「私の名は帯刀という。これは弟子の木山だ。君の名を教えて貰えるかね？」

帯刀の問いにも、女は眉一つ動かさない。能面でできているかのようだった。いや、いっそ人間ではないと言われた方が納得できる。こんな魂の色を持つ人間が果たしているのだろうか。

魂の色彩というものは、生まれついて大方決まっているものだ。鮮やかになったり、濁ったりすることはあっても、色が大きく変じることはない。この女の場合はそもそもの色彩が人のそれではなかった。

「君の御父上から相談を受けてね。君の抱える問題を解決したい」

女の顔にはどんな色も浮かんでいない。こちらの声が言葉として認識されているのかさえ怪しいものだ。まるで昆虫と会話を試みているような気分だった。

帯刀がこの女にこだわる理由が、まるで理解できない。

「君は自分の眼についてどれくらい理解している？　他者を傷つけるものであることは自覚しているのだろう？　だから、こうして座敷牢の中で大人しくしている」

女が不意に顔を動かし、私の方へと視線を向けた。咄嗟に顔を逸らしたが、有刺鉄線のような視線が肌の上を掻いていく痛みがある。

「……なるほど。木山の眼には知覚できているようだな。それを君も感じ取っているのだろう？」

帯刀はそう言うと、おもむろに上着から葉巻を取り出すと先端を切り落として、マッチで火をつけた。文句の一つでも言ってやりたい所だが、とても口を開く気にはなれなかった。

葉巻の甘い香りが蔵の中に漂っても、女は何も言わない。

「正直に言って、私は君の力を取り上げてしまうべきだと考えている。人の身には過ぎた力を持つと身を滅ぼす。その眼の代わりくらいはこちらで用意しよう」

帯刀はいつもの傲慢さを取り戻したように不敵な笑みを浮かべて足を組んだ。

「君の眼に宿る力は《強制》か、あるいは《支配》か。しかし、それだけではあるまい。禁を施してあるのだから魔眼は使えない筈だ。それにもかかわらず、君は蔵から何度か出ているという。そちらの方がよほど不可解だ」

話してもいい、とか細い声が響いた。

「驚いたな。何が君の琴線に触れた？」

「……外へ、出して。それが条件」

見た目よりも声が幼く、酷く無機質に聞こえる。

「その条件は呑めない。このまま君を屋敷の外へ出すのは危険だからだ」

「逆でもいい。話すから、ここから出して」

この女が何を考えているのか理解できない。蔵から出る手段があるのに、屋敷の外へ連れ出すことを条件に力の正体を明かすというのは本末転倒ではないか。黙ってさえおけば、いつでも蔵から出られるのだから。

「いいだろう。どちらにせよ眼球を摘出する為には外部の病院へ連れていく必要がある」

女は暫く黙っていたが、了承したように小さく頷いた。

「それでいい」

「では、どうやって術の施された牢を出たのか。教えて貰おう」

「お母さんに頼んだ。お父さんの目を盗んで、たまに開けてくれる」

予想だにしていなかった呆気ない答えに、思わず拍子抜けした。

「なるほど。母親か。それならば納得がいく。だが、幼い君の兄が蔵の前で死んでいた理由にはなるまい。あれは君の仕業だろう」

女は小さく首を横に振って違う、と言った。

「兄は、私の眼を盗み見ようとしたから、狂った」

眼に施された禁は魔眼の力を打ち消している訳ではない。本人が触れることができないように干渉しているだけだ。そもそも魔眼ほどの力を封じ続けることは不可能だ。それは眼に映ったものに力を発揮する特性上、見なければ効果はない。幼い兄弟が興味本位で布をめくって、その瞳を見て発狂したのも無理からぬ話だ。

「一度でいいから、屋敷の外に出てみたい」

一応、話の筋は通っているように見える。だが、この女を外へ連れていくのは危険だ。虚をつかれたら何をされるか分かったものではない。しかし、それでも帯刀が敗れることはないだろう。この男の持つ式はそれほど強力で、また数が多い。

不意に、胸の内でどろりとした感情が芽生えたのを感じた。それは熟れた果物の皮が破れて、液状化した中身が外へ出ていく様に似ている。

――この女がどんな災厄を撒き散らすのか、見てみたい。

何故か、脳裏をあの『眼』のついた魔導書が過ぎった。恐ろしくてそのままにしている、あの本のことをどうして今思い出すのか。むくむくと大きくなる好奇心に思わず胸が高鳴った。

「木山？　どうかしたのか」

「……いえ。なんでもありません」

「お前はどう思う。信ずるに足ると思うか」

「彼女を生かそうとするのなら、魔眼の摘出は必須でしょう。その道中くらいのことであれば、私とあなたがいればどうにかなると思いますが」

自分で口にしながら、言いようのない罪悪感が襲ってくる。帯刀には見せてこなかった様々なものが露見してしまいそうで恐ろしい。この女を屋敷の外へ連れ出せば、きっと酷いことになる。そういう確信めいた予感があった。

冷静に考えれば、依頼主の望み通りに女を殺してしまうのが間違いない。長年見てきた実の親に、殺してくれとまで言わせたモノを生かそうとする方がどうかしている。それこそ、いつもの帯刀らしくない。この女に特別な感情などない以上、これは帯刀の善意でやっていることだ。

「よし。君をこの屋敷から連れ出してやろう。眼球を失うことになるが、視力を失わぬよう代わりの眼を用意する。だが、それにも一日半はかかる。明後日には迎えに来られるが、それでいいかね？」

女は小さく頷いたが、今となってはそれも全て芝居に見える。

「その間に医師も手配しなければならない。支度が済んだら迎えに来よう」

帯刀が椅子から立ち上がり、牢に触れてから刻まれた呪文字を確かめている。私はその間、ずっと女の視線がこちらに向いているのが楽しくて仕方がなかった。

「希望というのは、酷く見る眼を曇らせる」

思わず口を突いて出たが、帯刀には聞こえていないらしい。

女の方へ視線をやると、口元に薄い笑みを浮かべていた。昆虫のような女だ、と改めてそう思う。だが、この女がやろうとしていることには興味があった。胸の奥から湧き上がってくる今までにない好奇心に少しだけ戸惑いながらも、その果てに帯刀がどんな表情を見せるのか、気になって仕方がない。

女の足元から広がる百足のように凶悪な赤黒いものが、牢の内側でギィギィと音を立てる様子に背筋がぶるりと震える。この人の形をした化け物のことを、帯刀はどれほど見通しているのだろうか。

こんな邪悪な人間を、私は生まれて初めて眼にした。

○

近衛湖の湖畔にある洋館の一室で、帯刀はあの女に用いる新しい眼を作成していた。ただの義眼では意味がない。視力を得る為には相応の術をかけた呪具を造る必要があった。

「こういう工作はあまり得意ではないのだがな」

そう言う割には、机に広げられた幾多の工具はよく手入れされていて、帯刀が普段からこうした工作を好んでいるというのが分かる。私はこういう自分の手で何かを作り出すような行為に価値を見出したことがないので、まるで理解できない。

「魔眼は邪視とも言い、摘出すれば大きく肉体のバランスが崩れてしまうだろう。大きな器の中に水を入れたものを抱えていた人間が、急にそれを失えば立つこともままならなくなるのは当然のことだ。彼女が見えている世界をなるべくそのまま再現できるようにしなければ」

「具体的には、どうするのですか」

「一つは霊視の力を、もう一つは肉体を補う力を持たせる」

「つまり二種類の義眼を造ると？」

「そこまで器用じゃない。せいぜい一つだな。つまり片目分だ」

「では、もう一つは？」

「それについては手配を済ませてある」

心配はいらん、と上機嫌に言う。

「こうした呪具を造る術は幾つかあるが、義眼に用いるのならば宝石ほど相応しいものは他にない」

帯刀はそう言って引き出しから木箱を取り出すと、その中から赤い布に包まれたものを机の上に置いた。包みを解くと、中から現れたのは拳の半分ほどの紫色の鉱石だった。

「紫水晶だ。霊視の力を付与して義眼にする」

「随分と手間をかけますね」

「この先のことを思えば、これくらいの眼は必要になるだろう」

「その制作の間、私は何をすれば？」

ここにいても、まず私が役に立てる場面はないだろう。横で見ていろ、などと言われる方が暇を持て余すと言うものだ。私は呪具の作り方に精通したい訳ではない。

「病院の手配を頼む」

「分かりました。では、どちらの病院を手配すれば宜しいですか」

「そうだな。福部《ふくべ》に聞いてみてくれ。あいつなら詳しかろう」

もう作業に没頭し始めたようで、こちらを見向きもしない。

「……呆れた。まさか当てはないのですか。昨日の話はなんだったのです」

「福部がその当てだ。あいつは知り合いに医者も多い。眼球の摘出くらいなんということもないだろうが、問題はその辺りの事情を汲むことのできる医師を見つけることができるかだ」

福部さんは私たちの共通の友人だ。帯刀にとっては学生時代の友人であり、同時に幼馴染だった女の夫でもある。呆れるほどの善人だが、怪異や骨董品に目がないのが玉に瑕《きず》で、トラブルに巻き込まれることも少なくない。

「あいつの所に行くのなら、何か適当に手土産を持っていけ。金なら棚の上にあるものを使え」

「小間使いですか」

「弟子とはそういうものだろう。病院の手配まで済ませてから戻ってこい。もし医者が渋るようなら、謝礼は言い値で構わんと言え」

「分かりました。ついでに宮子《みやこ》さんの様子も見てきましょう」

好きにしろ、と帯刀は言うなり作業に没頭し始めた。

電話で済む用件なのに、わざわざ使いに行かせるのは医師よりも幼馴染の様子が気になるのだろう。幼くして天涯孤独となったこの男は、彼女に対し姉弟にも似た感情を抱いている。

屋敷のエントランスに立つ石鼓と目が合ったが、お互いにいない者として振る舞う。私にとってあれはただの式に過ぎない。呪詛の札や木剣と同じ、ただの道具だ。

傘立てからなるべく軽そうな傘を一本手に取り、雨に煙る道を歩き始める。濃い雨の香りが立ち上る道を、水溜まりを避けながら進んでいく。車を使うという手もあったが、あの式と二人きりになるのは避けたかった。あれに限らず、帯刀の式はどれも私のことを酷く警戒している。

あの女、葛葉は特に私のことを危険視していた。山の屋敷では帯刀の側から一時も離れようとしない。あの女は、もし私が帯刀へ敵意を向けたなら容赦なく襲いかかってくるだろう。

「本当に優秀な式ばかりだな」

苦笑しながら、なんとなしに近衛湖へと視線を投げる。台風が徐々に近づいていることもあり、湖面にも風で波が立っているのが見えた。

それから暫く近衛湖沿いの道を進んで五条《ごじょう》旧街道へ続く小道へと入った。古くは大勢の旅人が行き交う街道だったというが、明治の折に国道が他所に通ってからは賑わいも遠ざかってしまった。それでもあちこちに老舗の甘味処や旅籠《はたご》が残っていて、休日はそれなりの人出で賑わう。道が舗装されたならもっと賑やかになるだろう。

さすがに人気《ひとけ》は殆どないが、幸いなことに目的の『月うさぎ』という甘味処は店を開いていた。ここの店は季節によって出す品が変わる。

そっと店の中へ目をやると、店番の女の子が退屈そうに頬杖をして座っている。くわ、と大きな口で欠伸をしている所を見ると、今日は客足も殆どないのだろう。

私が入り口の戸を開けて中へ入ると、彼女は顔を真っ赤にして口元を着物の袖で拭き、上擦った声で「いらっしゃいませ」と言った。私は小さく会釈をして、並べてある菓子に目をやった。こういう時にどういう土産を渡せばいいのか、未だによく分かっていない。

「知人の家を訪ねるのですが、何が喜ばれるでしょうか。そこの向かいの家を訪ねるんです」

「ああ、それなら餡子《あんこ》の入ったものが良いかと。ご夫婦揃ってうちの粒餡が大好きなんですよ。よくいらしてくださいます」

「好物など分かりますか？」

「よくご購入なさるのは、こちらの和三盆を使った羊羹でしょうか。ご主人が特にお好みのようでして」

「でしたら、こちらを一つお願いします。あ、妊婦が食べても問題はありませんか？」

「はい。すぐに食べ切って頂けたら問題ありません。この季節ですから、どうしても食材は傷むのが早いので」

私は頷いてから彼女へ品代を支払い、羊羹が包まれるのを待った。雨風でガタガタと窓枠が激しく揺れて音を立てる。台風が九州を通過したと言っていたから、本格的に降るのはまだこれからだろう。

「お待たせしました」

紙袋に入った羊羹を受け取り、店を後にする。

道を挟んだ甘味処の向かいにある一軒の民家の門柱には『福部』と書かれた表札がかかっている。門を潜った玄関先から中へ向かって声をかけた。呼び鈴の一つくらいつけて欲しい。

「ごめんください。帯刀の使いで参りました、木山です」

ややあって、奥の方から返事をする女性の声がして、パタパタと廊下を駆けてくる音が聞こえた。土間へ下りる彼女の姿が玄関のガラス戸から透けて見える。

今開けますよ、と言いながら鍵を外して戸を引いて顔を出したのは二十代の女性で、白い割烹着を着て髪を結い上げていた。私の顔を見るなり、表情が明るくなるのを見てなんとも言えず複雑な気持ちになった。

「木山さん。まぁまぁ、こんな中どうなさったの？　そんなに濡れて。どうぞ中へ入ってくださいな」

「すいません。ありがとうございます」

玄関の中へと招き入れられる。手拭いを取りに行って戻った宮子さんが私の頭を無遠慮に拭こうとするので、思わず距離を取った。つい先日、お会いした時よりもお腹がまた少し膨らんでいるように見える。

「宮子さん、大丈夫です。自分で拭けますから」

「外套も脱いでくださいね。乾かしておかないと」

「いえ、長居するつもりはありませんから。どうぞ、お気遣いなく」

「そうはいきませんよ。台風が近づいているのはご存じでしょう？　こんな時に外へ出てはいけないわ」

「ごもっともなのですが、実はご主人にお願いしたいことがありまして。ご在宅でしょうか」

宮子さんは眉間に険しい皺を寄せて、腰に手を添えて怪訝そうな顔をした。

「どうせ帯刀が貴方を此処へ寄越したのでしょう。弟子をなんだと思っているのかしら。聞きたいことがあるのなら電話の一つでも寄越せばいいでしょうに」

「宮子さんの様子も見てこい、ということだと私は受け取りました。これ、良かったら」

「あら。私の大好きな月うさぎの羊羹。いつもありがとうございます」

「こちらこそ、ご迷惑をかけて」

「主人なら二階におります。少しお待ちくださいね。呼んできましょう」

「いえ、失礼でなければ、こちらから出向きます。階段を上り下りするのは危険ですよ」

「まぁ。お気遣いどうもありがとう。散らかっていますけど、気になさらないでね」

宮子さんはどうも私のことを子ども扱いするきらいがある。帯刀には少し冷たいくらいなのだが、こうも世話を焼かれると調子が狂う。こういういかにも善人といった人間が私は昔から得意ではない。

二階へ逃れるように上っていくと、僅かに開いた襖の向こうに手足を放り出して眠っている福部さんの姿を見つけた。そっと襖を開いて中に入っても起きる様子がまるでない。文机で何か仕事をしていたようだが、放り出してそのまま眠ってしまったのだろう。

「福部さん。木山です。起きてください」

肩を揺らしてみるが、まるで目を覚ます気配がないので、鼻を摘んでみることにした。苦しげに唸っていたが、とうとう限界が来たのか、不機嫌そうに唸り声をあげて瞼を開く。

「どうも」

「ん？　あれ、木山君か」

涎を袖で拭ってどうにか身体を起こした福部さんは、まだ眠り足りない様子で大きな欠伸をしてみせた。

「いや、すまない。いつの間にか眠ってしまったらしい。待たせたかね」

「いいえ。すぐに起きて頂いたので」

「そうだろう？　僕は人の気配には敏感でね。傍に人が来ると野生動物のように感知できるんだな。これは野性の勘というものかな」

この御仁は本当にこういうことを心から言っているので始末に負えない。魂の色も裏表のない、実に白い善人だ。私のような者からすると、こういう人間はいかにも白々しい。

「帯刀が福部さんに病院の手配をして頂くように、と」

「病院？　どうしたんだい。誰か病気にでも？」

「とある女性の眼球を摘出します。そうした行為を引き受けてくれる医師に、福部さんなら心当たりがあると聞いていますが」

福部さんは青白い顔をして、怪訝そうにしている。

「待ってくれ。なんだって？　眼球を摘出するだって？　それは、どうして？」

「諸事情ありまして。代わりの眼は用意するそうです」

福部さんは絶句しながら頭を抱えて、困り果てた様子で唸り始めた。事情を事細かに説明すれば、余計に混乱するだろう。

「他ならぬ帯刀君の願いだ。尽力は惜しまないつもりだが、そういうことを頼める病院となるとまずマトモではないよ。極道やそういう普通の病院には行けないような事情を持つ人を診るような病院だからね」

「構いません。覚悟の上です」

「そうか。なら、そのようにしよう。いつ手術するつもりだい？」

「明日、患者を迎えに行きます」

「それはまたえらく急な話だな。いいよ。まずは連絡をしてこよう。断られるかもしれないから、その時は帯刀君に一度電話をしてみようか」

酷く気が進まない様子で福部さんが一階へと下りていった。それほど広くない畳敷の和室のあちこちに何らかの骨董品が散乱している。宮子さんもよくこんな人を伴侶にしたな、とも思うが、夫婦仲は大変良いので幸せなのだろう。

「私にはまるで分からないな」

結婚以前に家庭というのが、まずよく分からない。厳格だが才能のあった野心の強い祖父と、自尊心ばかりで何一つ中身の伴わなかった父親。兄は早々に家を出て仏門へ入り、一族との縁を断ち切った。

文机の上に乳児用の玩具を見つけて、思わず手に取る。角のない、丸く柔らかいコレは生まれてくる赤ん坊の為に用意したのだろう。あの帯刀ですら、宮子さんの赤ん坊のことは気になっているようで、事ある毎に理由を作っては顔を見に来ている。

帯刀と宮子さんは遠いけれども、同じ血縁なのだと聞いた。宗家の跡継だった帯刀に対して、宮子さんは遠い分家筋の末っ子だったという。まず接点がないように見えて、この二人は幼馴染のような親しさで育ったらしい。

男女の仲であってもおかしくはないと思ったのだが、どうやらそんなことはまるでなかったらしい。

あんな生意気な女に欲情するか、と吐き捨てるように叱られたことがある。十五の頃から色街に入り浸っていたというのだから、年下の幼馴染をそういう目で見たことは本当にないのかもしれないが、あの男にとって福部宮子という存在は唯一の肉親に等しい。

そんなことを考えていると、福部さんが音を立てて階段を上って戻ってきた。

「何とか受け入れて貰えることになったよ。いや、よかった。これで一安心だ」

お盆に急須と湯呑みを二つ載せて戻ってきた福部さんが、文机の上にそれらを置く。そして押し入れから来客用の座布団を二枚取り出すと、一枚をこちらへ寄越して、もう一枚を敷いてどっかりと腰を下ろした。

以前会った時よりも、また少し太ったように見える。

「お茶も出さずにすまないね。宮子にも怒られてしまったよ」

急須で湯呑みに緑茶を注ぎ入れながら、困ったように笑う。きっと宮子さんが下で準備していてくれたのだろう。妊婦さんにあの急勾配の階段を上らせるのは酷な話だ。

「帯刀君には松郷《まつごう》病院へ行くよう伝えてくれるかい？」

松郷病院といえば隣町の外れにある、まだ比較的新しい病院の筈だ。もっと小さな闇医者の診療所を想像していたが、どうやらそうではないらしい。

「福部さん。一つだけ聞いてもよろしいですか？」

「なんだい？」

「何故そのような病院のツテをお持ちなのですか？　帯刀ならそういう人脈との繋がりがあるのも理解できるのですが、福部さんがそういう世界の方とは思えない」

そのことを最初から疑問に思っていたのだ。福部さんが知っていて、帯刀が知らないというのはどうにも無理があるように思われた。

「いや、それには少し訳があってね。元々は帯刀君との付き合いで懇意になったんだが、ほら、彼は少しばかり破天荒な所があるだろう？　それでトラブルになることが多くて。その仲裁に入っていたら、いつの間にか私の方が親しくなってしまって。お互いに立場を弁えているから、悪戯に連絡を取り合うようなことはしないけれど、パイプ役としてたまに声がかかるんだ」

「なるほど。それなら合点がいきました」

渋い顔をしながら茶を啜る様子が、いかにも福部さんという人の人間性を表しているような気がした。帯刀はきっと彼や宮子さんを自分の仕事に巻き込みたくはないと思っているのだろう。しかし、そう思いつつも福部さんたちと離れることができないのは、あの男の未練だろうか。

出された茶を啜りながら、ぼんやりと窓の外へ目をやると、ガラスを叩く雨音が次第に強くなっているのを感じた。この分だと戻るのにも一苦労しそうだ。

「木山君の方はどうだい。修行は上手くいっているのかな。僕はそういうことに疎いからよく分からないけれど、ゆくゆくは彼の跡を継ぐのかな」

「私はただの弟子に過ぎませんから。跡を継ぐというのなら、結婚して自身の子に継がせるのではありませんか？」

「それはどうだろうね。彼は自分の血筋を忌み嫌っている節があるから。もういつ嫁を貰ってもいい歳だろう？　実際、他所の名家から娘と是非見合ってくれという依頼が殺到しているそうだよ。だが、どのご令嬢とも顔を合わせたことすらないらしい」

「女遊びに忙しいだけでは？」

それはそうかも知れない、と福部さんは微笑む。

「だが、弟子を取ってからは遊郭通いも減ったようだよ。師匠として自覚が出てきたのかもしれないね。いつまでもあんな風ならどうしようか、と宮子と心配をしていたんだ。優秀な弟子が来てくれて本当によかった」

「よしてください。そういうのじゃありませんから」

どうにも調子が狂う。この夫婦の温かな様子が性に合わないのだ。誰でも気軽に招き入れて、歓待をしてくれるというのが、あまりにも自分にとって馴染みがない。

私の家などはまず人を招くことがなかった。徹底的に拒絶して門前払いにしてしまう。逆に家へ人を招く時には、目的を果たすまでは決して外へは出さないという薄暗い思惑が常にあった。

「ああ、そうか」

居心地の悪さの正体が分かったような気がした。私にとってこの夫婦は眩しいのだ。帯刀はそれを尊いと思うのだろうが、それが私には少しだけ忌々しい。

「どうかしたかい？」

「いいえ。何でも。何でもありません」

湯呑みに残ったお茶を飲み干して、座布団から立ち上がる。

「急に押しかけてしまって失礼しました」

「もう帰るのかい。外はこれからなお雨が酷くなるよ。車を借りてくるから少し待っていなさい。家まで送るから」

「いえ、奥方のお側から離れない方がいい。私なら大丈夫ですから。これ以上、雨が酷くなる前に戻ります」

それでも食い下がろうとする福部さんの提案を固辞して、私は一階へと階段を下りていった。

宮子さんも主人に送らせると言ってくれたが、逃げ帰るようにして福部家を後にした。この家にいると、自分が異質であるという事実が浮き彫りになって、突きつけられるような気がしてならない。

帯刀もこんな気持ちになるのだろうか。

見上げた鉛色の空には分厚い雲がかかっていた。


近衛湖湖畔の屋敷へ戻ると、見覚えのある少女が中央階段の途中に腰かけていた。いかにも女中といった格好の幼い少女で、不満そうに唇を尖らせている。彼女は屋敷町にある曰く付きの品を扱う骨董店・夜行堂に奉公に来ていた。

「美智子《みちこ》さん。そんな顔をしてどうしたんだい」

彼女はこちらに気づくと慌てて立ち上がって、ちょこんと頭を下げた。私は外套についた水滴を手で払い落としてから、入り口の側のコートハンガーに外套をかける。

「聞いてください、木山さん。お嬢様の連れ添いでここまでやってきたのに、二人で話をするからと追い出されたんです」

酷いと思いませんか、と憤る彼女は顔を真っ赤にしている。しかし、無理もない話だ。年端のいかない少女の耳に入れるには、今回の話は少しばかり刺激が強すぎる。

「それは酷いな」

「あの男がお嬢様にいかがわしいことをしやしないか、心配で仕方がありません」

「君の杞憂だと思うけどね。お互いに好みじゃないだろう」

こんな言い方をするのもどうかと思うが、真実あの二人から男女の仲という匂いはまるで感じられない。

「木山さん、お願いです。二人の様子を見てきてくださいませんか？」

「構わないよ。何か茶菓子でも持ってこよう」

「いえ、大丈夫です。石鼓さんが美味しい紅茶とクッキーを出してくださったので」

「……石鼓殿が？」

「はい。いつも親切にしてくださいます。店まで迎えに来てくだったのですが、帰りも送ってくださるそうです。お優しいので、いつもつい甘えてしまって」

「そうかい。それは、よかった」

やはり私が目の敵にされているのは間違いないらしい。そもそも、あの男が給仕の真似事をする所など今まで一度も見たことがなかった。

「少し様子を見てこよう。報告しなければいけないこともある」

「宜しくお願いします」

それにしても何とも忙しく、騒がしい一日だ。明日のこともあるので早く家に帰って休みたいが、あの水晶の義眼ができるまではそういう訳にはいかないだろう。

二階の応接間を覗いてみたが、誰もいない。執務室の方へ向かい、ドアをノックしてから中へ声をかける。

「ただいま戻りました」

「ご苦労。入れ」

中へ入ると、カーディガンを羽織った長い黒髪の女が椅子に腰かけているのが見えた。青白い顔をした線の細い女が、こちらを振り返って微笑む。

「やぁ、ご苦労様。この悪天候の中、福部さんの所まで出向くのは大変だったろう」

「ご無沙汰しています。もうお話は終わったのですか？」

「ああ。頼まれていたものを納品に来たのだけれどね。天気も悪いから、これでお暇させて貰おう。これ以上、美智子を待たせると機嫌を損ねる。本当はあの子を連れて観劇に行こうと思っていたのだけれど、延期になってしまったからその埋め合わせもしてあげないと」

「無理を言ってすまんな。贔屓《ひいき》の役者の芝居があれば手配してやろう」

「それなら歌劇を頼もうかな。美智子がご執心でね」

そういえば女ばかりの歌劇団が最近、若い娘の間で流行りだと聞いたことがある。男装の麗人を愛でるのだとか何とか。

「二人分、席を用意させよう」

「感謝するよ、当主殿。では、またご贔屓に」

そう言って、執務室を出ていった夜行堂の女主人の背中を見送って、私は執務机の上にある琥珀《こはく》色の瞳を見つけて目が離せなくなった。

「これは？」

「目敏い奴め。琥珀を削り出して作られた義眼でな。中に植物の種が入っているだろう。これをもう片方に使おうと思ってな。夜行堂に持ってこさせたのだ」

執務机の上はもはや作業台も同然の散らかりようだが、どうやら作業そのものは終わったらしい。琥珀と対になるよう作られた紫水晶の義眼が帯刀の手の中にあった。

「見せて貰っても？」

「報告が先だろう」

「そうですね。宮子さんはお元気そうでしたよ。お腹の子も順調のようです」

帯刀はむっすりと眉間に皺を寄せると、そっちじゃない、と呟く。

「病院の手配なら福部さんにお願いしました。松郷病院が受け入れてくれるそうです」

松郷、と聞いて帯刀が舌打ちした。

「よりによって、あそこの病院になったか」

「何か問題でも？」

「あそこの医者はな、腕は確かに立つが、基本的には悪人だ」

「そうなのですか？　立派な病院のようですが」

「表向きにはな。そういう強《したた》かな奴なんだ。まぁ、いい。奴なら魔眼の摘出手術くらい朝飯前だろう」

詳しく聞きたかったが、この男が悪人と断言するのは珍しいことだ。

「もう見てもいいですか？」

「好きにしろ。だが、まだ完成ではないぞ」

紫水晶を削り出したという義眼は奇妙な形状をしていた。ただの球状のものを想像していたのだが、どうやらそうではないらしい。瞳の部分は紫で、その周りは白い水晶で覆われていて見事な出来栄えだ。

「これで完成ではないのですか」

「一晩置いて呪《じゅ》を馴染ませる必要がある。ただの鉱石のままでは眼球には使えんだろう」

私は作り方を見て盗まなかったことを後悔した。この様子だと、応用の利きそうな術を見ることができたかもしれない。

「明日は早いぞ。真夜中のうちに屋敷へ迎えに行って、病院へ連れていかねばならん。従業員や患者たちがやってくるよりも早く、摘出を済ませる必要があるからな」

勤務している医師が全員、こうした行為に手を染めている訳ではないらしい。開院時間までに終わらせるのは、その為か。

「そうですか。では、同じ部屋を借りさせて貰います」

今更、家へ戻っても仕方がない。真夜中にまた、この雨の中を戻ってくるなんて想像するだけで面倒だ。

「好きにしろ。食事は適当に台所にあるものを食え。不足があれば石鼓に言えばいい」

「あなたは?」

「俺はまず葛城家に一報して真夜中に迎えに行くことを伝えておく。それから一眠りするつもりだ。術式の構築から何からやって、流石に疲れた」

私もまずは眠ることにしよう。今日はどうにも疲れてしまった。不思議とお腹も空かないので、食事を摂りたいという気持ちにまるでなれなかった。

「では、お先に失礼します」

「よく休めよ。明日、使い物にならないのでは困るからな」

「あなたこそ夜更かしをしないでください」

執務室を後にして廊下の窓から近衛湖を眺めると、分厚い雲のせいでもう夜のように暗くなってしまっていた。風で窓枠が激しく揺れて、強風に煽られて背の高い庭木が折れんばかりに揺れている。

昔からそうだった。嵐の夜には、碌な思い出がない。

きっとこれから先もそうなのだろう。嵐は良くないものを町へ持ってくるものだ。

●

気がつくと、既に丑《うし》の刻を回っていた。枕元の灯りに照らされた室内が、薄ぼんやりと浮かび上がっている。ベッドに横になった所までは覚えているのだが、いつ眠りについたのか覚えていない。

慌てて身体を起こして身支度を整えていると、ノックもなしに部屋のドアが開いた。いかにも不機嫌そうな帯刀がのっそりと顔を出して「起きているか」と唸るように言う。

「当たり前です。今、身支度を終える所です」

「……よし」

あの様子だと帯刀も今までずっと眠り続けていたのだろう。

身支度を終わらせて一階へ下りると、石鼓がちょうど外へ出ていく所だった。車をこちらへ回しに行ったのだろう。結局、夕飯を食べ損ねてしまった。

外套を身に纏い、帯刀が下りてくるまでに台所へ行って冷蔵庫から麦茶を取り出してコップに注いで飲む。こうして改めて眺めると、三種の神器と呼ばれる家電だけでなく、海外から取り寄せた様々なものが並んでいる。ガスオーブンなどのある家がいったいどれほどあるだろうか。

冷蔵庫の中には沢山の食材が所狭しと並んでいるが、どれも調理しなければ食べられそうにない。仕方ないので戸棚の中を漁っていると、クッキーを見つけた。チョコの混ぜ込んである大判のもので、これを車内で食べようと鞄に放り込んでおく。ついでに瓶の牛乳を二つ鞄に入れて、エントランスへと戻った。

「木山。出るぞ」

ちょうど下りてきた帯刀は上質な背広姿で革靴の底を鳴らしながら、颯爽と目の前を横切っていく。待っていたのはこちらの方なのだが、それを言うのは野暮というものだろう。

外では既に石鼓が車を用意して、後部座席の傍に立ってドアを開けている。先に帯刀が乗り込み、その後ろに私が続く。丁寧にドアが閉まり、運転席へ戻った石鼓が無言で腰を下ろした。

「葛城邸へ急いでくれ」

鮮やかなハンドル捌きで車が滑らかに走り出す。

「いつの間にか雨が止んでいますね」

「嵐の前の静けさだろう。それにしてもタイミングが悪いな」

停電でも起きようものなら、手術にも影響が出るだろう。

「延期すべきではありませんか？」

「そうしたいのは山々だがな。どちらにせよ、こちらの一存では決められまい。彼女との約束を違えることになる」

大袈裟な、と鼻で笑うことはできない。たとえ口約束とはいえ、約定は約定である。一方的な契約の破棄は神秘の術を扱う人間にとって、その力を減退させる要因になりかねないのだ。

「できうる限りのことをするしかない」

元より逸れる筈だった台風だ。それが徐々にこちらへ進路を変えたというのは、なんともタイミングが悪い。ラジオで速報を聞く度に嫌な予感はしていたが、これぱかりは如何とも し難いものだ。

「一筋縄で行くと思いますか」

「どうだろうな。だが、魔眼さえ摘出すれば父親の警戒心も少しはマシになるだろう。被害がないと分かれば、座敷牢から出て生活ができるようになるかもしれん。一生を囚われたまま過ごさねばならんというのは惨いことだ」

あの女の母親が夫の目を盗んで、蔵から出していたというのも無理からぬ話だ。我が子に対する負い目が、あの女を縛る鎖を緩くしてしまうのだろう。

しかし、あの父親は言った。かつての娘は死んだと。その言葉の意味を帯刀は本当に理解できているのだろうか。

嫌な予感がする。だが、それにどうしようもなく期待している自分がいた。抗いがたい好奇心に良心が呆気なく押し潰されていくのを感じる。

「大丈夫か？」

「はい。少しお腹が空いたな、と」

「そういえば昨夜から何も食べていないな。仕事を終えたら何か食べに行くか。鮨がいいか。

いや、温まるものが身体にはいい」

「鍋が食べたいですね。そういえば先ほど台所で幾つか拝借しました。いかがですか」

「いつのまに」

他愛のない会話を交わしながら、葛城邸へと向かった。

異変は、その敷地内に入る時から始まっていた。

「御当主」

珍しく石鼓の低い声がした。前方へ目をやると、路肩に止まった車が轟々と炎を上げて燃え上がっていた。運転席の人間が、まるで人の形をした炭のように焼けていく様子が見える。

「悪い夢だろう。葛城邸が燃えているぞ」

夜に浮かび上がるように紅蓮の炎が塀の向こうに見えた。悪夢が現実に顕現したような思いがした。ここから私の眼には、あの禍々しい百足のような色彩が溢れ返って視える。

門を潜った所で車から降りた。まるで奉公人が一斉に屋敷中に火を放ったとしか思えないような有様に言葉を失う。

「石鼓。生存者を屋敷の中から運び出せ。いいか、一人でも多く救え」

帯刀の式の中で石鼓だけは火をものともしない。見事な采配だが、ここで式を戦力から外すことに一抹の不安が残った。

頷いた石鼓が炎の噴き出る屋敷の中へ躊躇なく入っていくのを見届けてから、辺りを改めて見渡すと、あちこちで人が死んでいるのが見えた。奉公人か、それとも家人か区別がつかない。皆、一様に恐怖に引き攣った顔をして、自分の咽喉を鋭い刃物で突き刺していた。

「……木山。残穢が視えるだろう。見覚えはないか」

うつ伏せに倒れた男の遺体の瞼をそっと指で閉じながら、今までにないほど強張った声で帯刀が聞いた。

「彼女のものです。間違いありません」

「……蔵へ行こう」

燃え上がる屋敷の炎から逃れるように、私たちは離れの方へと向かったが、そちらも既に炎に巻かれて焚き火のように火柱を上げていた。これがただの火事ではないことが一目瞭然だった。

蔵の前に、見覚えのある大柄な男が膝をついて死んでいるのを見つけた。

「……葛城殿」

両目と耳から血を流して絶命していた。日本刀で自分の首を断とうとしたのか、中程まで切断しようとしたまま刃が止まっている。

そこから少し離れた場所には、同い歳くらいの中年の女性が舌を噛みちぎって亡くなっており、彼女だけは涙を流して絶命していた。その手には禁呪を施した布が握り締められている。

「なんてことだ。娘の禁を解いたのか。どうして」

呆然とする帯刀の言葉を飲み込むように、背後の方で離れが焼け落ちてガラガラと倒壊していく音が響いた。炎に包まれていないのは蔵だけだ。

今まで感じたことのない恐怖と高揚感に背筋が震える。

想像以上だ。まさかこれほどの惨劇は想像していなかった。あの女は自らの両親ばかりか、屋敷にいる家族も、奉公人も全て死に追いやったのだ。

帯刀の顔に浮かぶのは悔恨、そして怒りだ。それが魂の色に翳《かげ》りをもたらすのを、私の眼は確かに捉えた。その失墜の色を何に喩えればいい。そうだ。これは愉悦だ。どんな快楽よりも心を震わせるものが、今この目の前にあった。

砂利を踏む音がした。

目を凝らすと、池の淵に白い寝巻姿の女が佇んでいた。服のあちこちが返り血で斑《まだ》らに染まっている。

「待っていた」

振り返った瞬間、手足の感覚が消失した。指一本、動かすことができない。瞬きをすることさえできない中、眼球だけは自由に動かすことができた。

帯刀も私と同じ身構えるような姿のまま、完全に硬直していた。痛みはない。ただ身体が動かせないのだ。感覚が遠いのではなく、何もない。

「外の世界があることを、証明する誰かが来るのを」

その言葉にようやく合点がいったような気がした。

どうしてこの女が今まで屋敷の外へ出ていかなかったのか。実に馬鹿げた理由だが、それならば納得がいく。

この女にとって、屋敷の外の世界があるということは半信半疑だったのだ。土蔵の外からやってくる両親の存在によって、蔵の外の世界の存在を知ったように、私たちという外部からの来訪者によってこの女は屋敷の外にも世界が存在することを知ったのだろう。

女の魔眼は、左右で違う色をしていた。右の瞳は赤黒い血膿色、左の瞳は暗い硫黄色をしている。どうして気づかなかったのか。この女は最初から二種の魔眼を持っていたのだ。

「いつからか。人のことが、土くれにしか視えなくなった。脆くて乾いた土くれが私をここに閉じ込めているのが嫌だった。目の覆いさえなかったら、私の頭の中に閉じ込めてしまえるのに、それもできない。だから、待っていたの」

女は無表情にこちらへ近づいてくると、傍で倒れる母親の頬に触れた。

「簡単だった。涙を流してお願いしたら、目隠しを取ってくれた。こんなに簡単なら、もっと早くに泣いてみせればよかった。少し大人しくしていて欲しくて、この人も私の頭の中に閉じ込めたら、死んでしまった」

「これだけ、大勢の人間を、一度に閉じ込めたのか」

驚いたことに帯刀が言葉を発していた。なんの術か、自分の身体のコントロールを取り戻しつつあるらしい。

「頭の中に閉じ込める力は、夢を通して広げられる。夢は同じ所で繋がっているから」

「悪夢を見せる力と、それを拡散する力か」

ああ、葛城の当主が人ではなくなったと評したのは間違いではなかった。これは正真正銘の化け物なのだ。

「既に私たちは夢うつつにあるということか」

「そう。あなたたちにはして貰うことが残ってる」

まさか、という思いがあった。

「こんな眼はいらない。みんな、土くれにしか視えないなんて」

この女には罪悪感も恐怖もない。ただ何処までも利己的で、他人の死など微塵も感じていないのだ。文字通り、この女にとっては土くれが崩れているようにしか感じられないのだろう。

「新しい眼が欲しい」

「断れば、頭の中に閉じ込めるか」

帯刀の問いに女が頷く。

「条件を飲もう。だが、まずはこちらの身体の自由が欲しい。病院まで車で連れていってやる」

女が頷いて、私たちを一瞥すると、すぐに手足の感覚が戻ってきた。息をするのも忘れていたのか。一瞬、目の前が真っ暗になる。酸欠で気絶しようとしているのが分かった。

「耳鳴りが酷い」

「大丈夫か、木山」

「ええ、なんとか」

女は私たちのことを無表情で眺める。この女には人の形をした土くれが話しているようにしか視えないのだろう。

「連れていって」

交渉の余地はない。こちらが何かしようとしても、向こうは一瞥するだけで私たちを無力化できるのだ。おまけに人数も関係ないらしい。来る途中に事故を起こしていた車の人間は、もしかすると逃げ出した人ではなく、ただ単純に通りかかっただけで力に巻き込まれたのかもしれない。

力の作用する範囲が分からない以上、安易に手出しはできない。

「いいだろう。ついてこい」

石鼓は生存者の捜索の命を優先しているので、こちらにはまだ戻ってこられない。そうなれば此処へ置いていくしかなかった。いや、それすらもこの女の計画かもしれない。

車の運転席に帯刀が座り、助手席に私が乗り込む。後部座席に座った女は車など初めて目にする筈だが、特に表情に変化はなかった。

帯刀の方を確かめるように見たが、今は病院へ向かうしか手立てがない。とはいえ、このままでは病院に入院している患者や、周辺にまで被害が出る可能性がある。

唯一の手段は、この女が望む通りに魔眼を摘出してしまうことだ。

帯刀が車を発進させる。バックミラーへ目をやると、母屋が轟音と大量の火の粉を散らして倒壊する所だった。もう少し早ければ、石鼓が戻ってこられたかもしれないが、残念ながらそうはならなかった。

屋敷から出た一本道の途中にある車は、まだ炎を上げている。騒ぎを聞きつけて人を呼ぶのにそれほど時間がかかるとは思えなかった。

道中、女は無表情に前を見たまま、何も話そうとしない。

「そういえば、まだ名前を聞いていなかったな」

帯刀の問いに、女は顔色一つ変えずに、ない、とだけ短く答えた。

「なんだと？」

「取られた。いつも遊びにきていた子がいなくなってから、ご飯を持ってくる大きな人に。名前を取られたら、お父さんもお母さんも分からなくなった。みんな、土くれになった。触ると、簡単に崩れるから、やっぱり人じゃなくなった」

ああ、この女はもう完全に壊れている。いや、生まれついて壊れかけていたのだろう。少なくとも人間としてはとっくに破綻していた。だが、完全に破壊し尽くしてしまった責任は父親にありそうだ。

「名前、分からない。呼ばれても聞こえないから」

呪術的に奪われた名前は認識できなくなるのだと聞いたことがある。記憶を奪われることに等しく、術者によって改竄された記憶を植えつけられることも珍しくない。葛城家の当主は、娘を恐れるあまり、それと同じことをしたのだろう。

そうして、この名前のない化け物が生まれたのだ。

帯刀は唇を噛んでいる。きっと様々なことを後悔しているのだろうが、起きてしまったことをなかったことにはできない。責任を感じているのだろう。いったいどれほどの死者が出たのか、想像もつかない。いや、それは今から更に数を増すかもしれないのだ。

市街地へ入る頃には、新聞配達の自転車とすれ違い始めていた。

「このまま病院へ向かうぞ」

「分かりました」

件の松郷病院へとやってくると、入り口の詰め所から守衛が出てきた。

「おはようございます。院長からお話を伺っております。どうぞ、そちらの入り口から地下の駐車場をご利用ください」

慣れた様子で話す守衛の言葉に従い、地下へのスロープを車で下りていくと駐車場が現れた。緊急用と表示された出入り口があり、既に数名の看護婦が待ち構えている。

車を止めると、すぐに運転手席側に看護婦が駆けつけた。

「患者さんは後ろの方で間違いありませんか？」

「そうだ。よろしく頼む」

うまく言葉にはできないが、どの看護婦も私が普段から見知っているものとは違う雰囲気を纏っていた。

「ストレッチャー、早くして！」

後部座席から女が手を引かれて降りると、看護婦たちによってストレッチャーに横に寝かされてあっという間に病院の中へと搬送されていった。ほんの数秒の出来事だ。

「帯刀。二度と此処へは来るなと前に話した筈だぞ」

白衣に身を包んだ長身の痩せ型の男が、険しい顔で運転席を降りた帯刀を睨みつける。

「福部さんの名を騙ったろう。汚い真似をしやがって。どういう了見だ」

「松郷。医者が患者を選ぶな。金なら払ってやる。お前が普段から贔屓にしている連中の汚い金ではないぞ」

松郷ということは、彼がこの医院の院長ということになる。年齢は帯刀よりもやや年上に見えるが、医師と呼ぶには獰猛な顔つきをしていた。眼鏡をかけているのも逆効果だ。

「金に綺麗も汚いもあるか。馬鹿野郎」

剣呑《けんのん》な様子の二人だが、どうやら付き合いは長いようだ。代々続く名家の当主の割に、反社会的な勢力や権威を利用することも厭わないのがこの男らしい。

「初めて見る顔だな。弟子でも取ったか」

「お前には関係なかろう」

「眼球の摘出か。また曰く付きなのだろうな」

「そうだ。摘出した眼球は、こちらで回収する。粗末に扱うなよ」

帯刀の言葉に松郷が笑う。

「なるほどな。やはり魔眼か。それならうちで買い取ろう。買い手は幾らでもつくからな」

「馬鹿を言え。こちらで処分する。あんなものを移植してどうするつもりだ」

「お前が思っているよりも世の中には好事家が多い。どうせ焼いてしまうんだろう。勿体ない。俺に寄越せ」

いつまでここで揉めているつもりだ。

「やめた方がいいですよ。つい今し方、その魔眼で犠牲者が大勢出たばかりですから。ご存じありませんか？　豪農葛城家。あの名家を彼女が滅ぼしました」

松郷の顔色から血の気が引いていく。生存者がいるかもしれないので、血縁者が絶えたかどうか分からないが、壊滅したのは間違いない。

「そんな奴を、俺の病院に連れてきたのか」

「金になるから、こんな非合法なことをしているんだろう。今更、怖気づくな」

みっともない、と帯刀は不遜に笑いながら葉巻を取り出した。

「クソ野郎が。一本寄越しやがれ。これ見よがしに高価な葉巻ばっかり吸いやがって」

葉巻を帯刀から奪い取ると、それを白衣のポケットへ捻り込む。

「なんだ。金に困っているのか」

「言っとくがな、面倒ごとは困るぞ。やるのは眼球の摘出手術だけだ。それが終わったら痛み止め持ってさっさと帰れ」

文句を言いながら踵を返す彼の後に続いて病棟へ入ると、やけに内装に金がかかっているのが分かる。特に調度品の類だ。絵画などもまずそこらの病院で飾るようなものではない。

「極道の組長や、政治家や役者。そういう連中の知られるとまずいような医療行為を密かにやっているんだ」

「なるほど。どうりで」

手術室の前へ行くと、執刀医らしい医師に松郷が密かに耳打ちした。執刀医は一瞬だけ硬直したように見えたが、すぐに頷いて手術室の中へと入っていく。

「何を指示したんだ？」

「企業秘密だ。魔眼の摘出にはコツがいる。何せ目が合っただけで影響があるからな。それなりの措置がいるんだ。手術が終わるまで当分まだ時間がかかる」

好きにしていろ、とだけ告げて松郷は手術室のドアの向こうへと姿を消した。

帯刀と私は通路にある長椅子に腰を下ろして、ようやく一息つくことができた。よく見ると掌が煤《すす》だらけだ。帯刀は頬にまで煤がついてしまっている。眉間に皺を寄せて、苦悶の表情を浮かべていた。

「大丈夫ですか」

「ああ。……いや、今回ばかりは流石に応えた。眼球を摘出した後、どうするか考えなければならない。司法に委ねてしまいたいが、立証できるものではないからな。何処か人の少ない場所で生活して貰うか、いや、あれだけの人を殺した人間を放置する訳にはいかん」

苦悩する帯刀の魂が揺らいでいるのが視える。強固で尊大な男の魂が、たったこれだけのことで動揺しているのかと思うと、どうしようもなく胸が高鳴った。

「最初から殺しておいた方が良かったのではないか、と後悔していますか？」

私の問いに、帯刀が息を呑んだのが分かった。泣いているようで怒っているような顔をなんと喩えたらいいだろうか。だが、この胸に広がるこの感情は紛れもない愉悦だ。

「今夜、あの女によっていったいどれだけの人間が死んだでしょうか。全てを理解した上で、当主は依頼をかけてきたのかもしれません。そうでなければ我が子を殺して欲しいなどとは言わないでしょう。いっそ親である自分の手でと思い詰めたかもしれない」

しかし、どうしてもできなかった。そうして専門家に助けを求めた結果が、この有様だ。想像しうる限り、最悪の結末になってしまった。

「私たちは選択を間違ったのかもしれない」

私は興味があった。

この男が自分の罪を目の当たりにして、どのような反応をするのか。自身ではなく、他者にその被害が及んだ時にどのように罪と向き合うのか。

それが、どうしても気になるのだ。

しかし、帯刀は髪を右手で掻き上げると、大きなため息をこぼした。

「そうだ。あの選択は間違いだった」

そう言い切った。

「だが未来は誰にも分からない。事実、葛城殿も娘を救える道に懸けた。眼球を摘出し、異能の力を失えば人に戻るかもしれない、と。娘の名を奪ったことが要因だとも気づいていたのだろう。だがこうなってしまった以上、まだ他者に危害が及ぶようであれば殺すしかあるまい」

そういう約束だ、と帯刀は断言した。

「だがな、木山。お前が責任を感じることはない。責任は全て私にある」

そうして、まるで励ますように私の頭を撫でた。

「思い詰めるな。お前はよくやっている」

「やめてください。そんなつもりで言ったんじゃない。頭を触るな」

手を払いのけながら、私は返す言葉に詰まった。

「本当に。そんなつもりじゃないんだ」

だから、そうやって褒めようとするのはやめてくれ。

「手術が終わるまでまだ暫くかかる。今のうちに寝てしまえ」

そう優しく言って腕を組んで目を閉じた帯刀を忌々しく眺めて、男の頬についた煤を袖で雑に拭き取った。大して年も違わないくせに子ども扱いをされているようで、どうしようもなく腹が立つ。

誰が寝るものかと思っていたが、いつの間にか私の意識は吸い取られるように夢の中へと落ちていった。

○

気がつくと、廊下の照明が落ちていた。非常灯の淡い緑色の光が周囲を薄く照らし上げているが、すぐ側にいた筈の帯刀の姿が見えない。

「帯刀？　何処だ」

ガシャン、とけたたましい物音が響いた。手術室の扉が開いて、松郷がふらふらと出てきたかと思うと、ぐぼり、と血の塊を足元に吐いた。

酷く現実感がないのに、咽《む》せ返るような血の匂いに後ずさる。

ずる、と彼に続いて手術室から出てきたのは手術着に身を包んだ、あの女だった。

「眼を取ったのに。どうして土くれのままなの」

女が右から左へと手で払うように、松郷の胴体を横薙ぎにした。その瞬間、上半身と下半身が音を立てて断ち切られた。夥しい量の鮮血と内臓がリノリウムの床の上に広がる。

夢を見せられている。

目を覚まそうとして自分の顔を叩いたが、一向に目が覚めない。

「嘘をついたの」

女がこちらを見た。眼球を摘出した後の落ち窪んだ眼窩から、涙のように血が溢れ出て頬を伝って床の上に滴り落ちる。

「返して。私の眼、返して」

女が襲いかかろうと近づいてくる。

「土くれは、崩れてしまえ」

女の手が私の顔を掴み、瞼の上からそっと眼球に触れた。目を潰される、そう思った瞬間だった。頬に衝撃が走った。

目の前が明るくなった。その刹那、服の後ろ襟を誰かに鷲掴みにされて、後ろへと放り投げられた。床の上を滑るように転がり、肘を強かにぶつけた。

「木山。目が覚めたか」

帯刀が傍に立っていた。顔を上げると、二つに分断された医師の遺体が病院の通路に転がっていた。その傍に立っているのは、顔を血塗れにしたあの女だ。そして、その女との間に立ち塞がるようにして石鼓の姿があった。悍ましい百足色の色彩が、石鼓からこちらには侵食していない。

「人間のことが土くれのように見えるのは、魔眼の所為じゃない。彼女自身の心のせいだ」

この女にはもう生命というものが、そうは認識できないのだ。夢を現実に浮き上がらせるような力を持っていても、正しく現実を見るということができないのは哀れだった。

「彼女を生かしておけば、自身も周りも傷つけ続けるだろう」

女は爪を噛みながら、返して、返して、とうわ言のように繰り返している。

「嫌だ。嫌だ。返して。返して。返して――」

視界が暗転する。魔眼はもう摘出した筈なのに。夢の中へ引き摺り込まれる。

「石鼓。苦しめるな。一撃で楽にしてやれ」

御意、と遠雷のような声が短く響いたと思うと、石鼓が一息に女に近づき、その拳を振り上げていた。

肉と骨が潰れる音が、廊下の一部を粉砕した。壁を血飛沫が叩き、女のうわ言がそれきり聞こえなくなる。廊下を埋め尽くそうとしていたあの色彩が、一瞬で消えてなくなっていた。

そっ、と目をやると、そこには上顎から上のない女が仰向けに転がっている。

呻き声に気づいて手術室の中へ目をやると、怪我をした看護婦たちと執刀医が横たわっていた。駆け寄ると、まだ息がある。

私は壁に取りつけられた電話機の受話器を上げると、内線ですぐに電話をかけた。

それからの騒動のことは、よく覚えていない。

○

結局、迷惑料と口封じも兼ねて魔眼は病院へ寄贈することになった。オークションにかけて高値で取引し、収益は犠牲になってしまった松郷の遺族のものとなったという。

帯刀が用意した二つの義眼は使われることなく、お蔵入りすることになった。しかし、それは勿体無いので私が片付けておくという名分で自分のポケットへと収蔵した。

あの日、十七人もの死傷者の出た葛城家は四男坊が奇跡的に生き残り、新しい当主を継いだ。

謝罪に訪れた帯刀と私を、新当主の葛城清衛《きよえ》さんは温かく歓迎してくれた。彼が言うには、いつかこんな日が来るのではないか、と一族の誰もが予感していたのだという。

「異能を持つとはいえ、妹を蔵に閉じ込めて育て、そのことに何も言えずにいた報いです。

父だけではない。私たちがあれを名前すら持たない化け物にしてしまった。一族の後始末を押しつけてしまったことを申し訳なく思います」

前当主は幾多の業績を残してきたそうだが、一人の父親としては苛烈な部分があり、妻が最後まで娘のことを気にかけていたことを快く思っていなかったそうだ。

全焼した屋敷は建て直すが、蔵はもう取り壊してしまうと言う。残しておいても妹は喜ばない、と判断したらしい。

別れ際、帯刀が清衛さんに一つだけ願い出たことがある。

それは、奪われてしまった彼女の本当の名前を教えて欲しいということだった。

「そうですね。是非、覚えていて頂きたい」

そうして教えて貰った女の名前は、拍子抜けしてしまうほどごく普通の平凡な名前ではあったが、最後まで取り戻すことができなかったのだと思うと複雑な思いがした。

彼女の骨は親戚たちの反対で、本家の墓に両親と共に入れることは叶わないという。

「うるさい親戚たちが死に絶えたら、こっそり墓に入れてしまおうと思います」

そう言って笑った彼は、なかなか抜け目のない人物であるらしい。


しかし、気にかかっていることもある。

あの絶命する瞬間、女は夢の中にいたのではないか。

魔眼を摘出した後にもかかわらず、異能は発現していた。理屈は分からないが、もし悪夢を見せ、それを拡散するという力が発揮されていたのだとしたら、今際の際の女の怨念とも言うべきものが、無作為に誰かの夢の中へ紛れ込んではいないだろうか。

植物が己の種を撒き散らして増えるように、あの女の悪夢もまた病院の周辺にいた大勢の誰かに宿ったのだとしたら。

「それこそ、夢物語だな」

蒔かれた種はいつか芽吹くことを待ち侘びながら、人々の心の奥底で何年も、あるいは何十年も静かに眠り続ける。

そんな気がして、ならなかった。

了

引用文献

『ライ麦畑でつかまえて』（野崎孝／訳　白水ブックス51　白水社）

幻旅

その封筒は、いつの間にか私の執務机の中に入れられていた。

差出人の名前もない黒い封筒、中に入っていたのは『水靡庵《すいびあん》』なる旅館の広告だった。情報は最低限、しかし相当に上質な旅館であることは間違いないらしい。おまけに太宰府《だざいふ》という立地も大変素晴らしかった。

千早君を慰安旅行に連れていくという約束を果たすにはちょうど良い機会だ。年始であれば彼のスケジュールにも合うだろう。彼のこれまでの活躍を思えば、旅費ぐらい必要経費と言えるだろう。当然、予算が下りるとは思えないが、日頃のことを考えれば私が身銭を切るのも吝かではない。むしろ、今後のことを思えば大きな貸しを作っておくのは妙手と言える。

私がこの封筒について、それほど警戒をしなかったのは、県庁には多数の業者が出入りをしていて、職員向けのサービスや広告などを机に置いていくことは日常茶飯事であり、珍しいことでもなかったからだ。

考えてみれば、成人してから泊まりで誰かと旅行に出かけたことはない。強いて言うなら学生時代の友人から招待された海外挙式へ赴いたぐらいだ。同じホテルの別の部屋だったので、バーで軽く呑んでおしまいだった記憶しかない。それ以外でも機会は何度かあったものの、前向きに検討したことはなかった。余暇は可能な限り部屋でゆっくりと過ごしたい。

しかし、彼と同居を始めてからというもの、何だかんだと外出する機会が増えた。基本的にはぐうたらとしていて放っておけば一日中ソファの上で寝転がっているのに、ふらりと散歩に出かけていったりする。そうかと思えば「商店街に美味そうな小籠包の店を見つけた。食いに行こうぜ」などと言って、私を連れ出す。いつの間にか、すっかり家の近所に詳しくなってしまった。

そんな彼が、美味な名物の多い九州への旅行を喜ばないはずがない。

私はすぐに広告に記載されている番号に電話をかけ、成人男性二人で予約を取った。日程は年明けの一月四日。三が日の太宰府は参拝客でごった返すというので、そこは避けた方が無難だという判断である。

○

そうして新年を迎え、私たちは慰安旅行へと出発した。千早君は太宰府に行くのは初めての経験らしく、観光雑誌を買い込んで名所やグルメなどをチェックしたりしている。

「なぁ、大野木さん。明太子買って帰ろうぜ。パスタ食いたい」

「なぜ行きの電車の中で、もうお土産の話を始めるんですか」

「福岡って美味いもの沢山あるんだろう？　もつ鍋、豚骨ラーメン、水炊き、イカも美味いんだっけ」

「そうですね。私も何度か出張で滞在しましたが、食事はどれも美味しかった記憶があります。太宰府天満宮にも足を運びましたが、参道を通ってお参りをしたくらいで、めぼしい所を観光していません」

「学問の神様か。社会人には無縁かな」

「文化の神様です。無縁ではありませんよ」

「あーそっか、そういや歌人のイメージあるよな。具体的には分かんないけど。まぁ、俺は食い物の方がいいな」

「……不敬ですよ」

修学旅行中の中学生の方が、まだ幾分まともなことを言うのではないかと思ったが、旅先でまでしょうもない言い争いをするのも憚られるので、そっと心にしまっておく。

「そういえば今回の宿ってどんな所なんだ？」

「高級旅館ですよ。創業千二百年を超える老舗だとか。天然温泉の源泉掛け流しで、疲れた神様も癒すとか。食事に関しては記載がありませんでしたが、電話予約の際に好物は全て伝えてあります」

「すげぇ！　でもそれ料金高くない？」

「いえ、それがどこにも金額の記載がありませんでしたので、幾らなのかは私にもさっぱり。ですが私個人の財布から出しますので問題ありませんよ」

「え、何。部屋にも時価ってあんのかな」

「さあ？　あまり聞いたことはありませんが一泊ですし、大丈夫ですよ」

「……なら、いいか」

納得したのか、千早君は大きく欠伸をすると窓の外を眠そうな顔で眺め始めた。

異変はいつの間にか始まっていた。

私たちは揃って眠ってしまっていたらしく、気がつくと車内は無人になっていた。西鉄太宰府駅へ向かう為に乗った西鉄二日市駅行きのこの電車は、かなり混雑していたはずなのだが、今は誰一人乗っていない。慌てて窓から外を見たが、濃い霧が出ていてまるで視界がきかない。車内の電光掲示板は文字化けしていて、何一つ読み取れなかった。

嫌な予感がする。幾度となく経験してきた悪い予感だ。

「千早君。起きてください。千早君。異常、」

事態です、そう言おうとして止めた。いや、こんなものはいつもの怪異に比べたらどうということもないではないか。死霊が襲いかかる訳でもなければ、一人で異界に閉じ込められた訳でもない。確かに電車から人が残らず消えているが、危害を加えられた訳でもない。焦るのは時期尚早かもしれない。そう自分に言い聞かせる。せっかくの慰安旅行が台無しになったという事実を、断固として認めたくないのだ。

私は深呼吸をしてから、座席に腰を下ろし、現状把握に努めた。窓の外が見えない以上、現在地が分からない。携帯電話を開いてみてもやはり圏外で使えない。ＧＰＳはおろか、画面が全く動かない。

これがなんらかの怪異であるならば、私たちはおそらくはもう術中に嵌っている。慌てても仕方がない。いずれ事態は好転するだろう。千早君が起きるまでどっしり構えて待っているのが得策だ。

そうこうしていると、電車が減速を始め、やがて停止した。

『終点、太宰府。終点、太宰府』

罅割れた声がスピーカーから響き、扉が開く。はて？　西鉄二日市駅で乗り換えると聞いていたのだが、どういう訳か太宰府駅に到着したらしい。終着駅らしく電車が動く気配はない。そっと扉から左右を覗いてみるが、濃霧で何も見えない。ロンドンは霧の都というが、太宰府が霧の都だなんて話は聞いたことがなかった。

「千早君。太宰府に着きましたよ。起きてください」

「ああ」

大欠伸をして起きた千早君が荷物を手に外へ。私も続いて電車から降りると、途端に電車の扉が閉まった。ホームを改札へ歩きながら、電車の中を覗くと黒い人間のようなものが幾つも座席に座り、微動だにしない。なんとも不気味だが、あえて見えないふりをすることにした。

「なぁ、大野木さん」

「はい。なんでしょう」

「凄い霧なんだけど、おかしくないかな」

「太宰府は背後に宝満山《ほうまんざん》という福岡屈指の霊峰の麓《ふもと》にありますから、山間に霧が出るのは珍しくはないかと。ロンドンも霧の都と言いますから」

「いや、ロンドンと太宰府て無関係だろ」

どういう訳か、改札には駅員どころか観光客一人いない。仕方がないので切符を窓口に置いておくことにした。振り返って駅名を見るとやたら古い字体で『駅府宰大』とある。

「大野木さん。雑誌で見た太宰府駅とかなり違う気がするんだけど。駅前なのに誰もいないし。この時期に観光客が一人もいないなんてことある？」

「お昼時ですから。そういうこともあるでしょう」

「いや、絶対おかしいだろ！　太宰府じゃないだろ、ここ！」

「太宰府駅ですよ。ほら、あそこに駅舎名がきちんと書いてあるじゃないですか」

「いやいや、絶対こんな木造駅舎じゃなかった。あの時刻表も文字化けしてて読めないし」

「そういう趣向ではないでしょうか。ミステリーツアーのような」

「え、慰安旅行じゃなかったの？」

千早君が怪しむのも無理はない。何しろ霧が濃くて周囲の様子がまるで判然としないのだ。うっすらと霧の向こうをなんだか人間離れしたシルエットのものが闊歩しているような気もするが、気に留めてはいけない。

「大野木さん、アンタまさか慰安旅行だって嘘ついてまた面倒な案件に連れてきたんじゃないだろうな」

「まさか！　そんなことはありません！　誓って偶然です」

「前科があるからなあ」

「あの件はもう時効です。それよりも現状をまずは把握すべきでは？」

以前、他県のとあるホテルに出る怪異について調査する為、慰安旅行だと言って彼を連れ出したことがある。なんだかんだ無事解決できたものの、嘘をついた罪の償いに翻弄される日々に、何重もの意味で後悔したものだ。

「把握ね。よし。じゃあまず今回の旅行は調査ではなく慰安旅行で、目的地は旅館。一泊二日の日程で合ってる？」

「合ってます。そして今現在、西鉄の太宰府駅らしき場所に着きました」

「うん。じゃあさ、とりあえずもう一回、さっきの電車に乗って戻れないかやってみる？」

「そうですね！　では、まずは切符を」

券売機で切符を買おうとして、絶句する。

「困りましたね。ここから向かえるのは『アノ世』だそうです」

「なるほど。じゃあ戻る選択肢は一旦諦めるか」

「とりあえず買うだけ買っておきましょうか」

「あの世行きの切符をとりあえずで買うなよ。そういえば駅から旅館まではどうやって行くつもりだったんだ？　レンタカー？」

「いえ。迎えがあると聞いています」

噂をすればなんとやらで、駅前のロータリーに一台の馬車がやってきた。今時、馬車というのも時代錯誤のような気もするが、なるほど太宰府という場所には相応しいかもしれない。

「千早くん。良かった。迎えが来ましたよ」

「お、おお？」

彼が怪訝そうな顔をするのも無理はない。朱色の漆に彩られた山車《だし》を思わせる紅白の馬車である。おまけにあちこちに金箔細工が施してあり、どうにも華美に過ぎる。

極めつきは、御者が一枚の布で顔を覆っていることだ。白い布には『従』とあり、おそらくは従者の意味であると知れた。

「前見えんのかな、あれ」

馬車を引く二頭の馬は黒馬でいかにも知性が高そうに見える。

それはやはり我々二人の前で止まった。しかし、御者はこちらに視線も向けず、微動だにしない。

黒漆の観音扉がひとりでに開き、中のランプに火が灯る。

「乗れってことか。いや、待て。これ、馬じゃないぞ。牛？」

「いえ。牛にしては手足が長いような気がするのですが」

「でも額には小さいけど角があるぜ」

「どうしましょうか」

「乗ろうか。とりあえず切符は買わずにすみそうだし」

千早君はそう言うと悠然と乗り込み、こちらを手招きした。

●

どれほど進んだだろうか。

いつの間にか外はすっかり暗くなってしまった。濃霧は消え、塗り固めたような夜のあちこちに提灯の明かりが見えた。

「千早君。見てください。街がありますよ」

「奇麗だな。遠くにあるのか近いのかも分かんねぇけど」

「いったいどんな方たちが住んでいるのでしょうね」

闇夜の中、揺蕩うように淡く光るあの場所は、遠い昔、何処かで見たような気がする。

「大野木さん、ストップ。あんまり見ない方がいい」

そう言って視界を遮るように彼の手が私の目を覆う。

「見ない方がいい、というのは？」

「前に乗ったろ？　地下の線路から電車に。あれと同じだ。引き込まれると帰れなくなる」

不意に、馬車が止まる。乗車した時同様に扉がひとりでに開いた。

恐る恐る降りると、旅館の威容に思わず息を呑む。木造の四階建て、明治時代を思わせる和洋折衷の豪奢な旅館だ。大きな煙突からはもくもくと白煙がたなびいている。装飾はふんだんに金箔が貼られ、いかにも高級旅館といった風情だ。

「凄いですね。これは期待できそうですよ」

「はは、化け物屋敷じゃなけりゃいいけどな」

振り返ると御者と馬車は煙のように消え失せていた。その向こうには朱色の橋が架けられていて、さらにその向こうは明かり一つない漆黒の闇だ。

「チェックインしようぜ。今更、後戻りはできねーよ」

荷物を担ぎ、歩き出す千早君の後に続く。彼はこういう時、本当に躊躇がない。

門扉を潜り、飛び石を踏んで、重い玄関の扉を開けると室内の暖気が頬を撫でる。暖炉を焚いているらしく、どこかで薪が爆ぜる音がした。

「受付は此処ですよね」

黒檀のカウンターには誰もおらず、壁には出雲の神々が宴をしている様子を描いた絵画がかけられている。旧暦の十月、神在月となる出雲に日本中の神々が集まり、侃侃諤諤《かんかんがくがく》の口論の果てに男女の縁を結ぶという話は有名だ。この旅館もそうした賑わいを良しとしたのだろう。

「呼び出し用のベルなども見当たりませんね」

「大野木さん。これ」

千早君の指差した先、カウンターの上に置かれた一枚の紙を押さえるようにして随分と古風な鍵が置かれていた。

「『お部屋は翡翠《ひすい》の間でございます』とだけ書いてあるな。そっけない。従業員一同でお出迎えとか思ってたのに。着物を着た女将とか」

「高級旅館ですから。なるべく人に会わないよう徹底しているのかもしれませんね。都会の喧騒を離れたい人にはありがたいサービスです」

「俺たちの町も、それなりに田舎だけどな」

「面倒くさがりの千早君にも嬉しいじゃないですか」

「前向きすぎる」

壁の案内図によれば、旅館の背後に随分と大きな露天の大浴場がある。各部屋から渡り廊下で繋がっているので、すぐに行き来ができるらしい。おまけに中庭は清水が湧いていて、小さな泉のようになっているらしかった。

「おお、露天風呂行こう。露天風呂」

「いや、まずは部屋へ行きましょう。荷物を置いて少しゆっくりしたいですね」

館内は外から見るよりも遥かに大きい。廊下なども大人が四人横に並んでもまだ余裕があるほどだ。天井も高く、昔の日本人が低身長だったことを思えば少し奇妙だ。

翡翠の間は三つある個室の真ん中に位置する和室だ。千早君が戸を開くと、なるほど高級旅館に相応しい客間だ。調度品から障子の向こうに覗く日本庭園まで素晴らしい。

「なぁ、大野木さん」

「はい。なんでしょうか」

「この部屋の広さってさ、割と普通の範囲なの？　部活で行った合宿場の大ホールぐらいあるんだけど」

「かなり広い方だとは思いますが、帯刀様の屋敷で暮らしていたのですから、慣れているのじゃありませんか？」

「あ、そこと比べるレベルか、やっぱり。確かに座敷は広かったけど、葛葉さんが用意してくれた大きい部屋はほぼ荷物置きでさ、大半は柊さんの部屋の近くにある物置みたいな所で寝起きしてたんだよな」

「物置ですか。理由を伺っても？」

「朝、叩き起こすのに丁度いい場所にあるからって言ってた」

なるほど、いかにも彼女らしい。柊さんなりの愛情表現だと思えなくもない。

「よし、そろそろ大浴場行こうぜ。大野木さん、もう行ける？」

「お先にどうぞ。少し荷物の整理をしてから合流しますので」

了解と答えながら千早君は服を脱ぎ散らかしながら浴衣に着替える。入浴セットを持ってさっさと大浴場へと向かってしまった。右腕がないというのに、よくも器用に着替えられるものだ。

荷ほどきをし、散らかった彼の衣類を畳みながら、ふと中庭に目を向けると、一羽の小鳥が石灯籠の先にとまった。小鳥の背中には華やかな着物姿の少女が騎乗しており、私と目が合うと花が咲いたような微笑みで会釈をしたので、私もかしこまって頭を下げた。顔を上げると、小鳥は飛び立ったのか、姿は見当たらなかった。

「なんだったのでしょう。今のは」

すっかり気が緩んでしまっていたが、ここは怪異の宿だ。普通の宿である筈がない。たとえ宿泊客とはいえ、油断することはできない。

「しかし、先ほどの小人は邪悪どころか、むしろ神々しいような気がしましたが」

私はすぐに浴衣に着替え、千早君のいる大浴場へと急ぐことにした。

翡翠の間を出ると、なんだか酷く騒がしい。何処かで宴会でもしているのか、ドンチャンドンチャンと随分と盛り上がっている。高級旅館にあるまじき騒々しさだが、不思議と嫌な感じがしない。むしろどこかおめでたい印象を受ける。

渡り廊下を抜けると、すぐに大浴場に出る筈なのだが、上階へ続く階段が現れた。おかしいな、と感じつつも階段を上ると、ドンチャンドンチャンと益々騒々しい。なるほど、ここが宴会場か。薄暗い廊下は障子で仕切られていて、中で騒いでいる宿泊客たちの姿がぼんやりと見える。仮装大会でもしているのか、やたらと人間離れしたシルエットばかりだ。

キュ、と背後で板の間の軋む音がした。振り返ると、息を呑むような浴衣美女が立っている。酔いが回っているのか、頬や首元が淡く紅潮していてなんとも艶やかだ。私はモデルや女優というものに面識がないが、彼女はそういう職種の人であるのかもしれない。

「え？　あれ？　あんた、人間でしょう？　なんでこんなトコにいるのよ」

彼女は自分の頬をつねりながら、そんなことを口にした。

「いやいやいや、ちょっと嘘でしょう。ちょっとこっち来なさい」

「いえ、私は大浴場へ向かう途中でして」

「風呂なんか入ってる場合か！」

彼女はそう言うと、私の手を取り、廊下の奥へと引っ張っていく。目の覚めるような美女に手を引かれるというのは思春期に一度は憧れる状況ではあるが、初対面にしては随分と積極的だ。それに千早君にこんな場面を見られてはなんと言われるか分かったものではない。

「あの、お嬢さん。手を離して頂けませんか？」

「いいから黙ってなさい。人間が、こんなとこウロウロしてるんじゃないわよ」

「人間が、という言い方は奇妙ですね。それでは貴女は人間ではないようだ」

「そうよ。人間じゃないわよ。でも、今はそんなことはどうでもいいの。ほら、急ぐ！」

「何処へ行くのですか？」

「ここから逃げるのよ。道は作ってあげるから逃げなさい。いい？　振り返らずに真っ直ぐに走るのよ。それから絶対に途中で振り返らないこと。分かった？」

「それは困ります。彼を置いては行けません」

立ち止まり、彼女の手を振り払う。

「は？　なに、他にもいるの？」

「はい。相棒が大浴場に先に行ってしまいましたので」

彼女は到底信じられないといった顔で絶句した。

「何？　迷い込んだんじゃないの？　それとも私が知らないだけで新しいお仲間？」

「ここには慰安旅行で伺いました」

「慰安旅行ぉ？」

「尤も、想定していたような普通の旅館ではありませんでしたが。他にも貴女のような方が宿泊しているとなれば心強いです」

「呆れたわ。まさか自分から迷い込む人間がいるだなんて。いいえ、招かれなければ入れない筈よ。あなた、誰に招かれたの？」

「それが皆目、見当がつかないのです。いつの間にか、ここのチラシが机に入っていまして」

「チラシ。……ねぇ、あなた。変なことを聞くけど、もしかして知り合いに怪異とか神様とか、そういうのに通じた人がいなかった？　もう鬼籍に入っている人でもいいわ」

彼女に言われて、一人の人物が思い浮かんだ。帯刀老と呼ばれ、千早君の師匠にして、葛葉さんの仕えた主人。人と怪異の混じり合う山の管理者。

「あ」

「呆れた。思い当たる人物がいるのね。なに？　あなた、権禰宜《ごんねぎ》か巫女の家系なの？」

「いいえ。私は公務員です」

「ああ、昔の陰陽院みたいなものか。いい？　ここはマヨイガ。人の世と幽界の狭間にあって、迷い込んだ人に禍福をもたらすの。同時にね、ここは神様のお宿なのよ」

「日本の神様と言いますと、八百万《やおよろず》の神々のことですか」

「そうよ。その打ち上げ。まぁ、お正月の三が日で御神徳《ごしんとく》を大盤振る舞いして燃え尽きた神々が、温泉に入って宴会して憂さ晴らしして、また社に戻る為の保養所ね。あなたたち、来た時期が悪いわ。極度の疲労を超えて異様にテンションの上がった神々ほど始末に負えないものはないのよ」

なるほど。この美女は自分が神であるという。美しいので美の女神であるのかもしれない。

「貴女は何の神様なのですか？　宜しければお名前を聞かせて頂きたい」

「神に名を問うなんて不敬ね。残念だけど、私は気に入った人間にしか名を明かさないことにしているの。だからあなたの名前も聞かないわ。今はオフだしね。そんなことよりも、あなたの友人を探しに行かないと。いざという時は妹たちに手伝わせるけど、なるべく自分たちでどうにかしなさいね。なんでもかんでもして貰えると思われたら迷惑なの。神の威厳に関わるしね」

「分かりました」

「よろしい。まずは大浴場へ行きましょうか。連れていってあげるわ。でも、ああ、念の為に言っておくけど、階段を無闇に上ったり下ったりしないように。分かった？」

はい、と答えるなり、彼女は立ち上がり、私の手を引いた。自分よりも年下である筈の彼女がなんだか酷く恐れ多い者のように感じた。

大浴場に辿り着くと、彼女は私に言った。

「いい？　友達を見つけたらなるべく早く出てくるのよ。あとのんびり温泉に浸かったりしないこと。いいわね？　とにかく早く出てきなさい」

「承知しました」

事態は急を要する。しかし、暖簾《のれん》を潜った瞬間に私は絶句した。明らかに人とは違う異形の神々が服を脱いでくつろいでいたからである。ある者は鏡の前で毛を乾かし、ある者は体重計に乗ったりしている。

私は戦略的撤退を選択し、静かに後退して脱衣所を出た。

「え、なによ。どうしたの」

「いいえ、あの、面食らいまして。既に沢山いらっしゃるのですが」

「そりゃあ、いるわよ。湯治に来てるんだから」

「食べられないでしょうか」

「酒が回って前後不覚になってないならなんとかなるんじゃない？」

「大雑把ですね」

「大丈夫よ。大半の神は人間を食べない。湯気で顔もよく見えないだろうし」

「あの、何か加護のようなものは頂けませんでしょうか？」

「あなた、私の氏子じゃないでしょう？　他所の土地神の氏子にこういう場所で勝手に手を出すのって、ちょっと気まずいのよ。他所の子に勝手におやつあげる感じって言ったら伝わるかしら。古い神だからって好き勝手してると思われるわけにはいかないの。分かる？」

「さぞ名のある神の一柱なのだとお見受けします。何卒、何卒」

「……仕方ないわね。内緒よ？　神社で言ったりしないでね。ほら、手を出しなさいな」

差し出した左手。その掌を爪で強く抓られる。じわ、と血が滲むと、それは小さな幾何学模様の丸を描いた。どういう仕組みか、赤い丸は指で擦っても落ちる気配がない。

「とりあえず目眩しくらいにはなるわ。ほら、さっさと行く！」

彼女に蹴り出され、脱衣所の暖簾を潜る。脱衣所は先ほどよりも少し多いくらいの神々で賑わっていたが、誰もこちらを気にしていない。見えていないというよりも、特に関心がないという風である。とりあえず頭からガブリと食べられる心配はなさそうだ。

私は急いで浴衣を脱ぎ、きちんと角が合うよう畳み、帯も元の状態になるよう整えてから、持参したシャンプーやリンスなどを手に浴場へ向かう。

大浴場と冠されるだけのことはあり、なるほど確かに巨大な施設だ。何しろ浴槽の大きさが尋常ではない。かけ湯を浴びながら、それとなしに千早君の姿を探すが、湯気で周囲がまるで見えない。

とにかく頭と身体を一刻も早く洗わねばならない。水垢離《みずごり》が神事であるように、身体の汚れを落とすことは身を清めることだ。疎かにはできない。

そうして、身体と頭を丹念に磨き上げてから、ようやく湯船に向かう。しかし、千早君の姿が見えない。彼の性格を考えるなら、おそらくは外の大露天にいる可能性が高い。しかし、私はまだ身体を温めてはいないので、このまま屋外の露天風呂へ行くと湯冷めをして風邪を引く可能性がある。ここは一度、内湯でしっかりと身体を温めておかなければならない。

内湯とはいえ、そのサイズは極めて大きい。常識的なサイズの四倍はあるだろうか。おまけに奥に向かうほど深くなっているらしく、底の方が見えない。

「失礼します」

一言断ってから湯に浸かると、思わず全身の筋肉が緩む。温泉の効能か、自分がよほど疲れていたのか、つい目を閉じて足を伸ばしてしまう。極楽浄土という言葉は、この温泉の為にあるようなものだ。

「あー」

言葉にならない。温泉とはかくも心地よいものだっただろうか。全身から疲れが溶け出していくようだ。そればかりか、骨まで溶けているような気さえする。

泉質はどんなものかは分からないが、お湯はやや琥珀色で、ぬるぬるとしている。それでいて吟醸香のような、果実にも似た香りがした。指先がなんだかじんじんと熱くなり、それほど温度は高くないようだが、随分と身体が温まる。眠くなるような、気持ちよく身体が目覚めていくような、なんとも言えぬ心地よさが心身を癒していくのが分かる。日々の疲れや、身体の凝り、若干自覚を始めた老いの恐ろしさが湯の中に溶けていく。

どれぐらいそうしていただろうか。ふと、何か大事なことを忘れているような気がして目を開けた。

「ああ、そうだ。千早君を探さないと」

このままでは湯船にお尻から根が生えてしまいかねない。

後ろ髪を引かれる思いで立ち上がり、露天風呂へ出ると、またもや言葉を失った。

滝がある。聳え立つような岸壁、その頂《いただき》から温泉が大瀑布となって滝壺に落ちていく様は、この世のものとは思えない光景だ。あちこちに赤い提灯が吊るされ、湯気で朦々と煙る露天風呂を淡く照らしている。何処かで香が焚かれているのか、痺れるような甘い香りがあちこちからした。

「おお、大野木さん」

聞き慣れた声に振り向くと、すいすいと器用に片手で泳ぐ千早君の姿があった。

「千早君。温泉で泳いではいけませんよ」

「固いこと言うなよ。なんか効き目が凄くてさ。右足の感覚が元に戻ったんだ。最近ずっとむくんでる感じがしてたのに、湯治って凄いんだな」

神様の疲れを取る温泉ですからね、と言おうとして口を噤《つぐ》む。

「大野木さん、遅かったな。何してたの？」

「いえ。特に何も」

「温泉に来てびっくりしたよ。人間じゃないのまでわちゃわちゃいるんだもんな。大野木さん、食われてやしないか、心配したよ」

「そう思うのなら助けに来てください」

「いや、俺も長話してさ。社畜っていうのかな。もう疲労困憊、髪の毛まで真っ白になった兄さんがいてさ。その人とあれこれ話してたら、つい」

「満喫していたのなら何よりですが、そろそろ出ましょう」

「え、もう？　なんで？」

はて、どうしてだったろうか。何か大きな理由があったはずなのだが、思い出せない。

「なんでもです。ここは一旦出なければいけないのです」

「意味分かんねーよ。せめてあと五分待って」

そう言うと、すいーっと泳いで遠ざかっていく。片腕であれだけ器用に泳げれば立派なものだと思う。

しかし、困ったことになった。いつまでも悠長にはしていられない。何故かは分からないが、妙な焦燥感が大きくなっていくのを確かに感じる。

「千早君。食事です。もう既に夕飯の準備が終わっている筈です」

遠ざかっていく動きが止まる。もう一押し必要だ。

「冷めてしまいますよ」

「それは、嫌だな」

知的戦略の勝利だ。千早君はそそくさと露天風呂から上がると、脱衣所へ向かう。こういう時、目的に真っ直ぐに向かう所は彼の美点だろう。私などは様々なことを、様々なケースで分析し、考察に考察を重ねた上で行動し、その最中にも行動の良し悪しを考えてしまう。

「腹減ったなあ」

千早君は片手で雑に身体を拭き上げると、これまた適当に髪をタオルで拭く。

「全然、乾いていませんよ。ドライヤーもかけてください」

「いいよ。面倒臭い」

「そんなだから変な寝癖がつくんですよ」

嫌がる千早君を座らせ、ドライヤーで丹念に乾かしていく。確かにこの動作は、片手では非常に難しいだろう。

「大野木さんは髪型にもうるさいよな」

「社会人として当然の身嗜《みだしな》みです。千早君も美容院に頻繁に通うべきですよ」

「別にスーツ着るような仕事でもないし」

千早君の髪の毛は猫っ毛で柔らかい。これならすぐに乾くだろうに。

「はい、終わりましたよ」

「ありがと。あ、風呂上がりに整髪料つけたりすんなよ」

「頭皮に負担がかかりますからね。そんなことはしませんよ」

そうして風呂から出ると、先ほどの浴衣美女が怒髪天を衝くといった様子で仁王立ちしていた。

「あ」

忘れていた。そういえば彼女を待たせてしまっていたのだ。

「あんたね、この私をここまで待たせるなんて良い覚悟してるわ。なに呑気に温泉入ってるのよ」

「も、申し訳ありません」

美女はジロリと千早君を睨みつける。

「あんたね。さっきうちの後輩が話してたのは。露天風呂で髪の毛真っ白になって死にかけてた優男がいたでしょ。あれ、私の後輩なのよ」

「ああ、あのお兄さんか」

「なるほどね。あんた、随分と無茶してるのね」

「そんなつもりはないけどな」

「さっさとこの宿から逃げた方がいいわよ。あんたたちをここへ招いたのが誰にせよ、そんなのは一時の時間稼ぎなんだから」

「？　あの、なんの話でしょうか。千早君、何かあったのですか？」

二人の会話についていけない。何があったのだろうか。顔見知りというわけではないようだが。

「別に。何も」

「そうね。もういいわ。無事だったようだし、宿を出るまでは大丈夫でしょ。じゃあ、私も戻るわ。妹たちも私のことを探している頃だろうし」

「あの、ありがとうございました。本当に助かりました」

「いいわよ。これも何かの縁でしょうから。それより、なるべく早く帰りなさいよ？」

そう言うと彼女は踵を返し、颯爽と去っていってしまった。

「めちゃくちゃ迫力ある人だったな」

「はい。女神様ですから」

●

部屋に戻ると、豪華絢爛な夕膳が所狭しと並んでおり、思わず二人で感嘆の声を漏らしてしまった。

岩魚《いわな》の骨酒《こうざけ》、霜降り肉の鍋、旬の野菜や魚で彩られた小鉢の数々。さらには見たこともないような食材の料理に思わず唸ってしまった。なんというか、抗い難い食欲を感じずにはいられない。

「飲もう！　飲もう！」

氷に満たされた容器から冷酒を取り出した酒器に注ぐと、黄金色がかった、とろりとした酒が香りを放つ。芳醇で甘い、脳の奥が痺れるような香りだ。

「では、乾杯しましょう！」

「おう！　乾杯！」

競うように酒器を掲げ、黄金色の酒を口に含む。そのあまりの美味しさに思わず二人で大笑いしてしまった。もう一杯注いで、また口に含む。

「うはっ！　なんだ、これ！」

「尋常ではない味わいですね！　なんなのでしょう、この味は」

銘柄も何も分からないが、間違いなく今までの人生で飲んできた酒の中で一番の味わいだ。

「あはは！　馬鹿げた美味さだ！」

それほど酒に強くない千早君が、パカパカと飲んでいる。いや、考えてみればここは神様たちの疲れを癒す為の宿なのだ。酒一つ取っても、人間が口にしているものとはモノが違う。

「これはいったいなんの肉なのでしょうか。なんといえば良いのか、とても滋味深いですね」

「こっちの小鉢の茸も凄い美味い！」

それから私たちは貪るように食事を進め、到底全ては食べ切れないような量をあっという間に平らげてしまった。千早君はよほど酒が気に入ったのか、酒器を逆さまにして一滴残らず飲み干そうとしている。

「よし。俺、もう一回風呂入ってくるわ」

「そんな状態で入浴は危険ですよ」

「大野木さん、全然酔ってないな。顔色全然変わってねー」

「そんなことありませんよ。しかも良い気分です」

「んじゃ。酔ったついでに色々聞いてみるか。あんまし過去の話とかしないもんな」

「千早君に言われたくはないですね。殆ど昔のことは話さないじゃないですか」

秘密主義という訳ではないのだろうが、過去の話になると、ふらっといなくなってしまったり、はぐらかされたりすることが多い。

「俺の話なんか聞いてどうすんだよ。面白い話なんかねーよ」

「そんなことはないでしょう。家族構成や出身地も言いたがらないじゃないですか」

「んー。それじゃあ、一つだけ。妹がいるよ。音信不通になってるけど」

「妹さんがいらしたんですか。幾つ離れているんですか？」

「四つくらいかな。俺と違って真面目な優等生だよ」

「そうですか。お兄さんだったんですね。千早君」

妹のいる長男というと『責任感のあるしっかり者』というイメージがあるけれど、彼は割と行き当たりばったりな所が多いように思われる。

「大野木さんもそうだろ。下に弟か妹がいるのは分かるよ」

「え？」

面倒見いいもんな、と屈託なく笑う。

「面倒ついでに色々聞かせてくれよ。多分こんな場所、もう二度と来られないだろ。美味い酒も肴もまだまだある。話そうぜ、聞きたいことも言いたいことも、くだらないことも、沢山」

「……そうですね。質問ならば私も沢山ありますよ。まずは先ほどの大浴場で話していた内容から教えて頂きましょうか」

酒器を傾けて、花の香りがする酒を注ぐ。夜は始まったばかりで、二人だけの宴会はまだまだ続く。

あの女神様も今頃は同じ酒に舌鼓を打っているのだろうかと、ふと思う。

どこか遠くで、幾重もの陽気な笑い声が響いた気がした。

明け方近くまで飲み続けた我々は、朝風呂まで堪能して充分に気力を養った。

これまた豪華な朝食を摂ってから帰り支度を整え、チェックアウトをする為にフロントへ向かう。念の為に他の宿泊客と鉢合わせしないよう細心の注意を払ったが、千早君が気にせずズカズカと進んでしまうので無意味なものになってしまった。

「お、昨日のお兄さんじゃん」

千早君が駆け寄ったのは、痩せぎすの若い男性で特にこれと言って特徴のない人物だった。昨夜の浴衣美女のような神々しさはなく、どちらかと言えば休暇明けのサラリーマンといった空気を纏っている。

「ああ、昨日の。こんにちは、答えは出ましたか？」

「まぁね。お陰様で。お兄さんもチェックアウトするとこ？」

「ええ。いい加減、戻らないといけませんからね。こちらとあちらでは時間の流れ方が違いますから。ふふ、どれだけ仕事が溜まっているやら。お正月が終われば他の人もそれぞれの土地へ帰りますからね。正真正銘、一人での戦いが始まるので」

「大変だよな。疲れ、少しは取れた？」

「そうですね。お陰様で。あなたも随分と身体が元に戻ったようで。でも、無理はしない方がいい。ご友人も心配しています」

急に話を振られて、思わず頷いてしまう。

「先にチェックアウトしてください。私は人を待っているので」

「そう？　ならお言葉に甘えて」

千早君がフロントの呼び鈴を鳴らすと、顔の前を布で覆った着物姿の女性が出てきた。鍵を差し出すと無言で受け取り、一枚の請求書を差し出す。そこには、

「十年？」

それだけ書かれていた。金額の提示もなく、ただ「十年」と。

「なんだ、これ」

「何が十年なのでしょうか」

二人で困惑していると、急に先ほどの男性が割り込んできた。

「ああ、いいんだ。ここの支払いは私たちがするから。このまま帰してあげて欲しい」

女性は暫く沈黙していたが、一礼すると、領収書を記入して男性へと差し出した。そこには何やら文言が書かれているようだったが、よく見えなかった。

「さぁ、もう帰った方がいいですよ。ここを出たならすぐに坂を下りて。途中、何度か分かれ道になっているけれど、迷わずに真っ直ぐに道を進めば駅へ出られますからね」

「あの、お支払いします。お幾らでしたか？」

「そんなことは気にしないで。ほら、早く行かないと、他の人たちがやってきますよ。さぁ、急いで」

ぐいぐいと背中を押され、旅館を後にする。

「ああ、最後に一つだけ。坂道を下りている間は決して後ろを振り返らないように」

「ありがとう。菅原さん」

「桜君も元気で。さぁ、行きなさい」

とん、と背中を押され、一歩踏み出すと急に坂道に出た。辺りは相変わらずの濃霧で何も見えない。

「振り返るなよ。大野木さん」

そうして、私たちは歩き続けた。言われた通り、分かれ道は全て直進し、とにかく坂を下降り続ける。

どれほど歩いただろうか。

急に、目の前が濃霧で何も見えなくなった。自分の手さえ見えない。

そして、不意に明るくなる。気がつくと、私たち二人は急に喧騒の中にいた。見渡す限り大勢の参拝客でごった返している。頭上には大きな石の鳥居があり、さらに先に大鳥居が見えた。この景観には見覚えがあった。

「ここは、太宰府天満宮の参道ですね」

「ああ。雑誌で見たよ、あのお洒落な珈琲店」

二人で顔を見合わせ、急に吹き出してしまった。

「せっかくですから、お礼参りに行きましょうか」

「そうだな。髪の毛が真っ白くなるほど忙しいみたいだけど、お礼参りならいいよな」

二人で笑いながら人混みの中へと進んで行く。

こうして私たちの慰安旅行は幕を閉じた。

今日の日付が一月の最終日であることに気づいて、慌てて職場に電話をかけることになるのは、もう少し後のことである。

嗣人（tuguhito）

熊本県荒尾市出身、福岡県在住。

温泉県にある大学の文学部史学科を卒業。

在学中は民俗学研究室に所属。

2010年よりWeb上で夜行堂奇譚を執筆中。

妻と娘2人と暮らすサラリーマン。

著作に『夜行堂奇譚』『夜行堂奇譚　弐』『夜行堂奇譚　参』『夜行堂奇譚　肆』『天神さまの花いちもんめ』『四ツ山鬼談』がある。

@yakoudoukitann
https://note.com/tuguhito/

夜《や》行《こう》堂《どう》奇《き》譚《たん》　伍《ご》

2024年7月16日　第一刷発行

著者……嗣人
カバー・口絵……げみ
ブックデザイン……bookwall
編集……福永恵子（産業編集センター）
発行……株式会社産業編集センター
〒112-0011
東京都文京区千石4-39-17
印刷・製本……株式会社シナノパブリッシングプレス

ISBN978-4-86311-410-4　C0093
本書はウェブサイトnote発表の作品を大幅に修正し、書き下ろしを加えたものです。